AS RAINHAS BANDIDAS

PARINI SHROFF

Tradução: Luiza Marcondes

astral
cultural

Copyright © 2023 Parini Shroff
Publicado originalmente nos Estados Unidos pela Ballantine Books, um selo da Random House, uma divisão da Penguin Random House LLC, Nova York.
Tradução para Língua Portuguesa © 2025 Luiza Marcondes
Todos os direitos reservados à Astral Cultural e protegidos pela Lei 9.610, de 19.2.1998. É proibida a reprodução total ou parcial sem a expressa anuência da editora.

Editora
Natália Ortega

Editora de arte
Tâmizi Ribeiro

Coordenação editorial
Brendha Rodrigues

Produção editorial
Manu Lima e Thais Taldivo

Preparação de texto
Letícia Nakamura

Revisão de texto
Alexandre Magalhães, Carlos César da Silva e Fernanda Costa

Design da capa
Elena Giavaldi

Foto da autora
Devin Spratt

Dados Internacionais de Catalogação na Publicação (CIP)
Angélica Ilacqua CRB-8/7057

S564r

    Shroff, Parini
      As rainhas bandidas / Parini Shroff ; tradução de Luiza Marcondes. -- São Paulo, SP: Astral Cultural, 2025.
      416p.

    ISBN 978-65-5566-619-9
    Título original: The bandit queens

    1. Ficção norte-americana 2. Suspense I. Título II. Marcondes, Luiza

25-0454

CDD 813

Índice para catálogo sistemático:
1. Ficção norte-americana

BAURU
Rua Joaquim Anacleto
Bueno 1-42
Jardim Contorno
CEP: 17047-281
Telefone: (14) 3879-3877

SÃO PAULO
Rua Augusta, 101
Sala 1812, 18º andar
Consolação
CEP: 01305-000
Telefone: (11) 3048-2900

E-mail: contato@astralcultural.com.br

Para Arthur, meu navegador:
Nevada-1-2-1-Papa-Papa

Conteúdo sensível: este livro contém cenas de abuso sexual, violência doméstica, alcoolismo, sexismo e crueldade animal.

Nota da editora: um glossário com termos em hindu que aparecem ao longo de *As rainhas bandidas* consta no fim do livro para melhor compreensão e leitura da obra.

UM

As mulheres discutiam. O agente financeiro estava para chegar em questão de horas, e ainda faltavam a elas duzentas rupias. Ou melhor, o que estava faltando eram Farah e suas duzentas rupias. As outras quatro mulheres do grupo de empréstimos haviam se reunido, como faziam todas as terças-feiras, para juntar seus respectivos fundos.

— Onde ela está? — Geeta perguntou.

Ninguém respondeu. No lugar disso, começaram a falar qual foi a última vez em que viram Farah em um quebra-cabeças de fofocas que, ao menos aos ouvidos de Geeta, não se encaixava. Saloni, uma mulher cuja capacidade de comer perdia apenas para a de destilar veneno, instigava boa parte da conversa.

— Não é a primeira vez que isso acontece — Priya pontuou.

— E você sabe que não vai ser a última — Saloni finalizou.

Quando Preity comentou que tinha quase certeza de ter visto Farah comprando haxixe, Geeta teve a sensação de que era melhor as direcionar para questões mais triviais:

— Varunbhai não vai gostar disso.

— Bom, agora sabemos onde vai parar o dinheiro dela — Priya disse.

— Que belo exemplo de muçulmana devota. — Saloni fungou, o gesto delicado para uma mulher de seu tamanho. Ultimamente, ela vinha tentando reposicionar o próprio peso como evidência de seu status na comunidade. Combinado com seu talento sobrenatural para a intimidação, tal roupagem fazia efeito naquelas mulheres. Mas Geeta conhecia Saloni e sua família desde a infância — quando ela regia o parquinho em vez de o grupo de empréstimos delas — e podia atribuir com precisão o peso da mulher à genética, que a traíra com a chegada de seus trinta anos, em vez de a qualquer tipo de sinal elegante de prosperidade. Era irônico, levando em conta que Saloni havia passado seus primeiros dezenove anos de vida constantemente desnutrida, fina como papel e igualmente suscetível a distribuir cortes. Ela havia conseguido um bom casamento, tornando-se uma mulher deslumbrante que recuperou a silhueta delgada depois de seu primogênito, mas não alcançou o mesmo feito com a segunda criança.

Geeta ouviu os rumores delas, observou com interesse clínico como as mulheres contribuíam e apedrejavam. Provavelmente fora assim que sussurraram a respeito dela depois que Ramesh foi embora — uma mulher em desgraça, "misturada à sujeira" — e, então, calando umas às outras quando Geeta se aproximava, os lábios abrindo-se em sorrisos solidários, tão sinceros quanto promessas políticas. Mas agora, cinco anos depois do desaparecimento de seu marido, ela se via incluída no grupo em vez de afastada, graças à ausência de Farah. Era uma honra duvidosa.

Seus dedos brincaram com a orelha. Quando costumava usar brincos, ela vivia conferindo se estavam bem presos no lugar. Achava reconfortante a picada aguda, mas inofensiva, da tarraxa contra seu polegar. O hábito persistiu mesmo depois de Ramesh evaporar e ela parar de usar qualquer tipo de joias: nada de brincos no nariz, nada de braceletes, nada de penduricalhos nas orelhas.

Exausta da fofoca, Geeta interrompeu as reflexões das mulheres acerca da deserção de Farah:

— Se cada uma de nós contribuir com mais cinquenta, ainda podemos dar a quantia inteira a Varunbhai.

Aquilo prendeu a atenção do grupo. O cômodo se aquietou. Geeta ouviu o zumbido fraco de seu ventilador agitando o ar. Os círculos apertados do motor oscilavam como um bambolê minúsculo. As hélices mostravam-se apenas ornamentais; o calor continuava denso e implacável. O ventilador pendia de um cabo firme que Ramesh havia amarrado na antiga casa dos dois. Era o início do casamento, portanto, quando ele tropeçou na escada, não houve problema em rir; Ramesh até chegara a rir junto dela. A fúria não encontrou o marido até o segundo ano em que estavam juntos, depois que os pais de Geeta faleceram. Quando ela foi obrigada a se mudar para esta casa menor, amarrara o cabo por conta própria.

Um lagarto disparou, subindo a parede em linha diagonal, escondendo-se então sob a sombra do dintel. A mãe de Geeta costumava dizer a ela que não tivesse medo, que esses animais traziam sorte. Ela se coçou para vê-lo cair da escuridão em cima de uma das mulheres — de preferência Saloni, que morria de medo de qualquer animal, exceto, inexplicavelmente, aranhas. As outras duas, as irmãs Priya e Preity, não eram gentis nem cruéis, mas submetiam-se à sua líder. Geeta conseguia compreendê-las, já tendo ela mesma servido sob o comando de Saloni anteriormente.

— De jeito nenhum — Saloni disse. — Este problema é da Farah.

Geeta encarou a parede, desejando que o lagarto tivesse espírito esportivo. Nada.

— O problema é *nosso* — ela falou, com rispidez. — Se dermos o calote, Varunbhai não vai nos conceder outro empréstimo no ano que vem.

As mulheres fecharam a cara; todos sabiam que a central concedia empréstimos para grupos, não para indivíduos.

Então, seguiu-se uma metamorfose comunitária de faladeiras para mártires: as mulheres derramaram desculpas uma em cima da outra, todas candidatas insistentes em uma competição sem juiz que decidisse quem era a parte mais prejudicada.

— Preciso comprar os livros escolares dos meus filhos. O preço não para de subir. — Os lábios de Saloni se comprimiram. — Mas ser mãe é uma dádiva imensa.

— Acabamos de comprar mais um búfalo. Meus filhos tomam tanto leite... Estou sempre dizendo a eles: "se estão com sede, bebam água!". — Preity tossiu. — Mas, ainda assim, eles me trazem alegria.

— Meu menino precisa de remédio para uma infecção no ouvido. Ele tem chorado *o tempo inteiro*. — Priya apressou-se a acrescentar: — Mas não existe bênção maior do que um filho.

— Alegrias da maternidade — elas murmuraram.

— Um baita privilégio, não?

Preity e Priya eram gêmeas, antigamente idênticas. As cicatrizes que cobriam o rosto e o pescoço de Preity reluziram como ondas de calor quando ela balançou a cabeça em concordância.

— E quanto a você, Geetaben? — Saloni perguntou. Os braços dela eram rechonchudos e amplos, esticando as mangas da blusa de seu sári, mas, então, transformavam-se de repente nos cotovelos e antebraços esbeltos de sua juventude. As duas metades facilmente poderiam pertencer a pessoas diferentes.

— Bom, não tenho as alegrias da maternidade — Geeta replicou, quando todas haviam esgotado suas desculpas. A voz dela era paciente, mas o sorriso era selvagem. — Mas tenho as alegrias do sono e do dinheiro.

Ninguém riu. As mulheres olharam para o teto, para o ventilador, umas para as outras, para a porta, qualquer lugar, menos para ela. Geeta havia, há muito tempo, abandonado a ideia de que contato visual era necessário para se sentir observada. Acostumara-se ao desconforto das mulheres com sua presença; as pessoas não gostam de ser lembradas que tinham como certo o que alguém havia perdido, muito embora Geeta já não sentisse que Ramesh lhe havia subtraído algo ao ir embora. Em certos momentos, tinha vontade de dizer às mulheres que fizessem bom proveito de seus maridos sanguessugas, que ela não nutria inveja alguma, não almejava parte alguma de suas vidas pequenas e complicadas. Era verdade que já não tinha amigas, mas o que tinha era liberdade.

Mais um lagarto passou deslizando pela parede. Geeta prezava pela sorte tanto como qualquer um, mas dois lagartos não tinham utilidade para ela. Dizia-se que ver dois lagartos cruzando era sinal de que se encontraria um velho amigo. Vê-los brigar, por outro lado, significava que se compraria briga com um amigo.

— Eu pago — ofereceu Geeta às mulheres, pegando uma vassoura de palha que ficava no canto. — Não tenho filhos, não tenho marido, nem búfalo. — Cutucou o cantinho do teto com as cerdas rígidas da *jhadu*. O gesto não funcionou para persuadir os lagartos, então ela golpeou a parede duas vezes.

Alguém inspirou em um arquejo diante do barulho alto. Priya moveu-se para trás da silhueta maior de Saloni, como se Geeta fosse uma ameaça. Era o que muitos presumiam que fosse a verdade: uma *churel* que, a depender de quem era o fofoqueiro, devorava crianças, tornava mulheres inférteis ou homens impotentes. O fato de que uma mulher precisaria ter morrido para poder voltar como *churel* não fazia muito para estancar os rumores do vilarejo.

Saloni secou o buço com o dorso da mão. Suor fresco brotou rapidamente. Ela fez uma careta, e Geeta pôde se lembrar sem esforço da garota aos catorze anos: esbelta e arrogante no centro das atenções, o quadril saliente apoiado em uma bicicleta enquanto os garotos suspiravam.

O lagarto finalmente caiu lá de cima — infelizmente, errando o rosto desdenhoso de Saloni — e saiu correndo, na tentativa de se localizar. Com a vassoura, Geeta bateu no chão, conduzindo-o na direção da porta aberta.

— Tudo bem — Saloni disse. — Então, estamos de acordo: Geetaben vai cobrir a quantia. Você acerta as contas com Farahben depois, correto. — Não era uma pergunta.

Dado o selo de aprovação opressivo de Saloni, as outras nem sequer fingiram choramingar ou protestar. O peso social de Saoni era tão robusto quanto o físico, o sogro dela era o chefe do *panchayat*, o conselho do vilarejo. Cinco anos antes, quando o governo exigiu que o vilarejo cumprisse o sistema de cotas e elegesse uma mulher para preencher uma das cinco cadeiras do conselho, Saloni fora a escolha óbvia. Na verdade, reuniões pré-empréstimos como aquela eram geralmente conduzidas na casa de Saloni, mas, naquela semana, a casa vazia de Geeta havia sido selecionada, por motivos que ninguém se deu ao trabalho de explicar à anfitriã.

As gêmeas encararam Geeta com cautela, como se ela fosse a deusa da morte, Kali, e sua vassoura, uma foice. Ela sabia que estavam pensando em Ramesh, sobre o que supostamente acontecera ao homem pelas mãos dela. E, de um momento para o outro, Geeta não era mais parte da alcateia; as mulheres evitaram fitá-la e tocá-la ao entregar o dinheiro, antes de se retirarem. Saloni foi a única que a encarou e, embora Geeta reconhecesse o desdém com tanta facilidade como reconheceria o próprio rosto, pelo menos era um sinal de reconhecimento. Uma resposta, ainda que negativa, diante do espaço que Geeta ocupava naquele mundo, no vilarejo, na comunidade.

Ela bateu a porta com força quando as três saíram.

— Não, não — murmurou efusivamente para ninguém. — *Eu* é que agradeço.

...

Farah a visitou naquela noite, esmorecida e assustada, trazendo uma cabaça como presente. Seu olho esquerdo estava inchado, um pistilo apertado em meio a uma florescência roxa. Geeta fez questão de não encarar o machucado enquanto Farah empurrava o vegetal comprido e verde em sua direção.

— O que é isso?

Farah sacudiu o vegetal até Geeta o pegar para si.

— Não se pode aparecer na casa de alguém de mãos vazias, todos sabem disso. Saloniben esteve na minha casa. Ela disse que você cobriu a minha parte. Obrigada. Ela disse que eu deveria definir uma taxa de juros com você para...

— Saloni é uma vagabunda. — Farah limitou-se a piscar diante do linguajar. — Só tenho uma pergunta — Geeta falou, apoiando-se no batente da porta. Ficou batendo uma das extremidades da cabaça na palma da mão, como um cassetete. O fato de que deveria chamar a convidada para entrar não passou despercebido.

Farah inquietou-se.

— Vou pagá-la assim que...

— O festival Navratri acabou há pouco, então sei que você recebeu muitos pedidos de novos vestidos. — A cabeça curvada de Farah acenou. — E acho que nós duas sabemos quem fez isso com seu rosto.

— Não ouço nenhuma pergunta, Geetaben. — As mãos de Farah seguraram os cotovelos, o gesto arredondando ainda mais as costas já inclinadas.

— O que vai fazer quando ele pegar seu dinheiro de novo?

Farah fechou os olhos.

— Não sei.

— O que ele está fazendo com o dinheiro?

— Karembhai. — Farah suspirou.

Geeta conhecia Karem; seu marido também o havia conhecido. Karem comercializava as bijuterias espetacularmente feias de sua falecida esposa em uma pequena loja. Não era um negócio muito lucrativo, mas suas vendas de bebidas alcoólicas contrabandeadas alimentavam a ninhada de crianças que ele possuía.

— Se algumas das outras mulheres reclamassem com o marido dela, talvez eles pudessem encarar o seu.

— Não! — As sobrancelhas grossas de Farah se ergueram e o seu olho sadio arregalou-se de medo, fazendo o irmão inchado parecer ainda menor. A imagem era tão perturbadora que Geeta escolheu focar a clavícula da mulher. — Não, por favor — Farah repetiu. — Ele ficaria furioso. E eu duvido, de qualquer forma, que você conseguiria convencer as outras... Não sou exatamente a pessoa favorita delas.

A notícia surpreendeu Geeta, que havia presumido ser a única forasteira no grupo de empréstimos. Ela suspirou.

— Você consegue esconder um pouco do seu dinheiro fora de casa? Ou simplesmente mentir sobre o quanto está recebendo?

— Pensei no assunto na semana passada, depois de ter perdido os outros pagamentos. — Farah engoliu em seco, e Geeta observou a noz de sua garganta recolher-se e voltar. Ela apontou para o lábio cortado. — Mas ele descobriu. — Ela arrastou-se para a frente. — Posso entrar?

— Por quê? — Geeta perguntou, mesmo já se afastando para dar passagem. Farah descalçou as sandálias e Geeta notou suas omoplatas projetando-se através da blusa fina, como asas nascentes.

Geeta não lhe ofereceu espaço para se sentar nem um copo d'água. Um convidado deveria ser tratado como Deus, mas Farah não era sua convidada; e, embora Geeta comparecesse ao templo mais ou menos três vezes por ano, não era a suplicante em série que a mãe havia sido.

As duas mulheres ficaram paradas, descalças, no meio do lar de Geeta, que dispunha de um só cômodo. Farah aproximou-se, e Geeta, alarmada, recuou um passo. Tal liberdade intimista, como se fosse a confidente daquela mulher, a irritou. Não eram amigas; ter coberto o pagamento fora uma necessidade, não uma gentileza. Ainda assim, Farah havia se agarrado ao gesto com o desespero de um cão negligenciado.

De repente, Geeta sentiu vontade de dizer à mulher que mantivesse um pouco de orgulho. Que retivesse partes de si, pois pessoas como seu marido, esperando para surrupiar o que pudessem, existiam aos montes por aí. Aquilo não era do feitio de Geeta, não apenas intrometer-se nos problemas dos outros, como também oferecer conselhos. Conselhos eram primos do afeto; apatia era o mantra de Geeta.

Mas, então, Farah disse:

— V-você deve lembrar como é difícil. Rameshbhai costumava ir o tempo todo a Karem antes de... — E evaporou-se qualquer desejo de aconselhar a mulher. Devido a certo senso de tato atrasado, Farah parou de falar aos poucos, mas o estrago já estava feito, e parar no "antes de" era simplesmente preguiçoso. Vários finais à frase abandonada ricochetaram pelo cômodo feito rabos de lagartos soltos, todos eles ecos dos rumores que haviam consumido o vilarejo logo após o desaparecimento de Ramesh. *Antes de ela ter salpicado vidro moído na comida dele, antes de tê-lo dissecado com suas presas até que ele virasse uma casca, antes de ela ter fatiado e entregado o corpo dele para os cães comerem.*

— Sim — Geeta anuiu, por fim. — Antes. — Já havia passado da hora de Farah ir embora, e Geeta conteve-se para não bater a porta na cara dela, com aquele olho inchado e julgador e a camaradagem presunçosa.

Mas Farah continuou:

— Preciso da sua ajuda... de um favor.

Era uma atitude ousada, o suficiente para surpreender Geeta, o que, por sua vez, também lhe arrancou um tantinho de respeito relutante.

— Resolveu forçar a barra, é? Bom, não tenho mais dinheiro nenhum para você.

— Não, o que quis dizer é que acho que sei como fazê-lo parar.

— Ótimo — Geeta comentou. — Vá em frente. Depois, pode me pagar. — Ela conduziu a visitante indesejada na direção da porta, assim como tinha feito com o lagarto mais cedo, faltando apenas a vassoura batendo nos calcanhares ressecados de Farah.

— Não, espere. — Farah esquivou-se mais para dentro do cômodo. Geeta suspirou. — Você fez Ramesh parar. Ele bebia e batia em você, sei disso. Eu vi. Todos vimos.

— Todos viram — Geeta repetiu. — Mas ninguém fez nada a respeito.

Farah abaixou a cabeça, acanhada de novo.

— Era um assunto de família.

Geeta balançou a cabeça em concordância.

— Sim, assim como este. Boa sorte, Farahben. — O sufixo respeitoso, significando "irmã", não era necessário, já que Geeta era mais velha. No entanto, reconfortou-se com a distância que o honorífico criava e estendeu a mão para alcançar a maçaneta.

— Só me ensine! — Farah irrompeu, mais agitada do que Geeta jamais a vira antes. O olho sadio parecia maníaco com as possibilidades. — Também posso parar Samir. Só preciso saber como você fez, como se safou.

— E, por "pará-lo", significa que você quer...

— Matá-lo! — Farah completou, a voz alta demais. Ela golpeou com uma das mãos a palma oposta, com um baque substancial. — Me livrar dele. Acabar com ele. Dar a ele uma morte digna de um cão. — Ela estalou a língua ao correr o polegar pela própria garganta.

Geeta ficou boquiaberta diante dela.

— *Você* tem comprado algo do Karem, por acaso?

— É claro que não! — Farah pareceu ofendida, como se *aquela* perspectiva fosse moralmente repugnante. Estava sem fôlego, respirando com rapidez excessiva e quase soluçando. Ela abanou o rosto.

— Acalme-se — Geeta instruiu.

Farah concordou com a cabeça ao mesmo tempo que hiperventilava, e se pôs a murmurar em um único e longo fôlego:

— *Kabaddi, kabaddi, kabaddi...*

Geeta a encarou.

— Que merda é essa?

A respiração de Farah estabilizou.

— Me ajuda a respirar mais fundo. Sabe? Como naquela brincadeira? — Ela ergueu os ombros. — Quando fico estressada ou assustada, isso me tranquiliza. É tipo meu mantra.

— Seu mantra é "*kabaddi*".

— Sei que é um pouquinho esquisito, mas...

— Não, um pouquinho esquisita é *você*. Isso é *muito* estranho.

Geeta inspirou. Aquele encontro — que deveria ter sido um breve e isolado *ObrigadaGeetaben, ImagineFarah* — havia descarrilado para tornar-se uma insanidade. O fato de que Geeta tinha sequer permitido que a conversa chegasse àquele ponto denotava uma perda de controle fora do normal; será que estava desesperada por companhia o bastante para ter se deixado levar pela loucura de Farah? Ela alisou fios de cabelo desobedientes no topo da cabeça e falou, com calma:

— Você não faz ideia do que está dizendo, Farah. Você não é a Rainha Bandida para sair por aí matando homens como bem desejar. Vá para casa e pense em outra coisa.

— Eu *já* pensei nisso! — Farah rebateu, as mãos em punho, os polegares escondidos dentro delas, como tartaruguinhas. Uma criança a ponto de dar chilique depois de não ter sido levada a sério pelos adultos, por ser considerada fofinha, mas desprendida da realidade. — Se não me livrar dele, vou perder o empréstimo e o meu negócio. Ou, então, Ya'Allah! Acabar como a coitada da Runiben. — Ela estremeceu. Até mesmo Geeta engoliu instintivamente em seco ante à menção da mulher infeliz que já fizera parte do grupo de empréstimos delas.

— Ele é o pai dos seus filhos; pense no que isso faria com eles.

— Estou fazendo isso *pelos* meus filhos, não *com* eles. Você não sabe das coisas de que ele é capaz. Ele... — Farah soltou a respiração. — Acho que, se fosse apenas comigo, eu conseguiria aguentar. Mas não consigo estar em todos os lugares ao mesmo tempo, e são três crianças e, às vezes, eu... — A mulher parou e piscou. — Não que eu esteja reclamando.

— É claro que não.

— Não, é óbvio, é óbvio que eu amo...

E, neste ponto, Geeta também contribuiu:

— As alegrias da maternidade.

Farah fechou os olhos, como se estivesse recebendo uma bênção.

— São muito gratificantes. Mas, Geetaben, todos vão ficar melhores sem ele. Eu, as crianças. Nosso grupo de empréstimos. Por favor — ela implorou, apertando as palmas de suas mãos uma contra a outra. — Tire a argola do meu nariz. — Apesar de ser uma figura de linguagem que Geeta não ouvia há muitos anos, ela entendeu o apelo de Farah: *Me torne viúva.*

Geeta cruzou os braços.

— Dois homens desaparecidos em um único vilarejo não é um fato que vai passar despercebido. O que você diria à polícia?

Farah balançou-se para cima e para baixo, praticamente flutuando de esperança. Sua empolgação era patética.

— Podemos deixar que encontrem o corpo. Vai parecer um acidente. Além do mais, já faz, o quê, cinco anos desde Ramesh?

— Acidente? Você perdeu o cérebro por aí? Como assim, ele tropeçou e caiu numa faca uma ou duas vezes? Atirou em si mesmo com uma arma que nunca teve?

— Certo, tudo bem, não defini *todos* os detalhes ainda. É aí que você entra! Nós vamos fazer o que você fez, só que vamos fazer parecer um acidente.

— "Nós"? — Geeta estendeu as mãos, as palmas à sua frente. Ela deu um passo para trás. — Não estou com você nessa.

— Está, está sim. — Uma tranquilidade estranha espalhou-se pelas feições machucadas de Farah. Seus ombros relaxaram e a voz ficou mais baixa. A dignidade lhe desenrolou a coluna e pareceu alongar seus membros; a transformação inquietou Geeta. — As outras mulheres vão continuar esperando que você cubra a minha parte se Samir continuar a me roubar. Pense bem. Você é a única que não tem família para cuidar. Mas, se acabarmos perdendo o empréstimo, é a única que não tem família para cuidar de *você*. — Farah aproximou-se. — Então, sim, "nós".

A lógica da mulher era imaculada; Farah não dissera nada além da verdade. Mas a valentia súbita e sagaz fez o ressentimento surgir em Geeta.

— Fique com seus diálogos de cinema e dê o fora da minha casa.

Então Farah afundou, exausta, e Geeta voltou a reconhecê-la.

— Por favor, Geetaben.

— Não.

Farah se foi assim como havia chegado: com a cabeça baixa e as costas curvadas, como se o ar noturno fosse um fardo pesado demais. Observando-a ir embora, Geeta sentiu uma necessidade inesperada de chamá-la. Não para ceder ao plano maluco, mas para fazer um chá e conversar sobre a solidão e o ódio aterrorizantes que acompanhavam olhos roxos e costelas quebradas. Então, Geeta lembrou-se de que Farah estava indo para casa encontrar a família. E a necessidade resolveu-se por conta própria.

DOIS

Embora Geeta visse a si mesma como uma mulher que conseguiu seus bens por conta própria ela não era, na verdade, uma viúva por conta própria. Ao contrário do que diziam os rumores na vizinhança, não tinha "tirado a própria argola do nariz" ao assassinar Ramesh. Nunca teve desejo algum de destruir o homem, apenas *partes* dele. A parte que se afundava na bebida, a parte que se enfurecia rapidamente, mas demorava para perdoar, a parte que a culpava pela ausência de filhos do casal, apesar de haver uma grande possibilidade de ele ser o responsável. Mas poucas coisas eram monocromáticas quando o assunto era casamento, e até mesmo quando o assunto era a violência, porque também havia outras partes, partes que Geeta amava, partes que, quando não estava atenta, ainda arrancavam dela gotas relutantes de ternura.

Mas sentir falta de Ramesh no presente era mais um hábito do que uma compulsão. As lembranças que ela tinha pareciam pertencer a outra pessoa: todas sob um foco suave e cinematográfico. Como quando os pais dele vieram pela primeira vez examinar a idoneidade dela e ele salvou sua pele, assando um *papadam* da maneira adequada em seu lugar. Ou como, durante o primeiro ano do casamento, ele sempre dormia com uma das mãos no ombro, no quadril ou na barriga dela. A vez em que tentou ensiná-la a assobiar com os dedos. Como ele tinha gargalhado, os olhos dobrando-se nos cantos enquanto ela fracassava, saliva brilhando em seu queixo e nas mãos.

Mas havia outras coisas que Ramesh ensinara a Geeta, também: a não o interromper, a não salgar demais sua comida, como se desculpar corretamente caso falhasse no supracitado (*Você está certo, eu estou errada, sinto muito*), a ser estapeada e não gritar de dor. A fazer a comida com metade de um orçamento comum, porque ele desviava o dinheiro deles para Karem e, ainda assim, exigia um jantar de respeito.

Ela já não precisava mais dessas lições. No período depois que Ramesh foi embora, Geeta culpou primeiro a si mesma, depois Karem. Associava o homem ao cheiro do álcool contrabandeado de seu marido: doce, mas asqueroso, nauseante ao envolver a cama, a casa, ela mesma. Ponderou se Farah se sentia sufocada pelo fedor. Será que também havia aprendido a respirar pela boca? Geeta sentiu aquela necessidade irritante mais uma vez, o desejo de compartilhar e ouvir, de comparar com Farah as experiências de sobreviventes.

Merda, se estava tão solitária assim, deveria arrumar um cachorro, Geeta censurou a si mesma.

Ramesh não teve a decência de ir embora depois de uma briga intensa; não, ele fugiu depois de uma noite de terça-feira de céu limpo — ela não o havia interrompido nenhuma vez, o *undhiyu* não estava salgado demais, ele salpicou o maxilar dela com beijos antes de ir para a cama, e Geeta adormecera sorrindo. Que nem uma completa imbecil. O golpe final: sair de fininho e deixar para trás apenas as próprias dívidas e o útero empoeirado dela, para que todos se revezassem cochichando e se perguntando qual dos terríveis defeitos dela havia o afugentado. Isto é, até que Ramesh nunca enviou alguém para buscar o restante de seus pertences nem reivindicou a casa. Até mesmo o irmão mais velho, que morava em um bangalô em uma cidade próxima e cuidava dos pais, não conseguiu entrar em contato com ele. Então, os cochichos passaram a falar de um delito. Evidentemente, Ramesh estava morto, não havia outra explicação.

A polícia chegou com perguntas e com insinuações nada sutis de que poderiam ser convencidos, mediante pagamento, a colocar o foco em outro caso. Tendo se dado conta de que Geeta não tinha muitas posses, nem como casada nem como solteira, retiraram-se. O vilarejo, contudo, não se convenceu de sua ficha limpa, e concedeu a ela a distância reservada a qualquer pária social. Havia rumores de que Geeta era uma *churel* do folclore antigo: uma bruxa perambulando com pés invertidos, perseguindo homens por vingança, suas pegadas torcidas garantindo que correriam na direção dela, em vez de fugirem.

Para o vilarejo, ela se tornou uma doença; seu nome, um insulto. Ela, como dizia a expressão, estava "misturada à sujeira". Dizer agora, com a aclimatização que cinco anos proporcionaram, que não foi uma situação humilhante, seria mentira. Certa vez, no início, quando ainda era ingênua o bastante para acreditar que nem tudo teria mudado com o abandono de Ramesh, visitara sua tia de segundo grau preferida, uma solteirona. Depois de Geeta ter batido à porta verde, a pintura descascando em várias cores, caiu sobre ela uma chuva de cascas de batata em decomposição, restos de tomates e cascas de ovo, entre outros refugos líquidos. Geeta ergueu os olhos para ver sua tia Deepa, as rugas e a aversão emolduradas pela janela do segundo andar, segurando um balde vazio e dizendo a Geeta que fosse embora e levasse sua vergonha consigo.

Ela obedecera, enquanto os vizinhos davam risadinhas, os cabelos emaranhados com borras de chá. No caminho para casa, a fim de ganhar coragem, pensou na Rainha Bandida, nas histórias que havia reunido da vida dela por meio do rádio e dos jornais, apesar de os relatos com frequência contradizerem uns aos outros. Nascida em 1963, simplesmente como Phoolan Mallah, uma garota Dálite de um pequeno vilarejo, ela tinha onze anos quando protestou com veemência contra o roubo das terras de sua família por parte de um primo. O primo a acertou com um tijolo, deixando-a inconsciente. Para fazê-la desaparecer e ficar longe de confusões, seus pais a forçaram a casar-se com um homem de trinta e três anos. O marido batia nela e a estuprava, mas, quando Phoolan fugiu, o vilarejo mandou-a de volta para o homem, e também para a segunda esposa violenta dele. Quando tinha dezesseis anos, o mesmo primo diabólico providenciou que Phoolan fosse jogada na prisão pela primeira (mas não última) vez. Ela passou três dias apanhando e sendo estuprada na cadeia, por ordem de seu primo. Pouco tempo depois, fugiu rumo a, ou foi sequestrada — os relatos divergiam — por uma gangue de ladrões armados conhecidos como *dacoits*. Se Phoolan fora capaz de não apenas sobreviver, como também escapar e executar uma vingança selvagem contra seus carrascos, Geeta certamente era capaz de voltar andando para casa conforme as pessoas olhavam abertamente para as cascas fedorentas penduradas em seu pescoço.

Com o passar do tempo, ela aprendeu por conta própria a desfrutar dos privilégios do ostracismo, como imaginou que Phoolan teria feito. Os lados bons de ser uma *churel* assassina sem filhos: crianças estridentes nunca brincavam de *kabaddi* nos arredores de sua casa (*Ela vai te devorar feito uma banana sem casca!*), vendedores raramente tentavam pechinchar com ela (*Ela pode te levar à falência com um piscar de olhos!*) e até mesmo alguns dos credores de Ramesh a deixaram em paz (*Ela vai amaldiçoar sua esposa a não parir nada além de natimortos!*). Então, os microfinanciadores apareceram, oferecendo empréstimos com taxas de juros baixas. Os habitantes das cidades grandes estavam determinados a ajudar — apenas mulheres, por favor — na aquisição de independência e renda.

Contem comigo, Geeta havia pensado, e assinou o próprio nome. Primeiro, havia comido o sal de seu pai, depois, o do marido; era hora de comer o seu próprio. Depois que Ramesh foi embora, a importância do dinheiro, de repente, comparava-se à do oxigênio. Com sua primeira parcela recebida, andou três horas até Kohra e comprou contas e linha por atacado. Caçou uma mesa bamba e prendeu uma fotografia granulada da Rainha Bandida sobre seu local de trabalho, como um lembrete de que, se realmente estava "misturada à sujeira", pelo menos estava em boa companhia.

De início, as vendas foram nulas. Noivas supersticiosas, como ela descobriu, não eram ávidas por usar colares de casamento de magia sombria, amaldiçoados por alguém que tornara a si mesma uma viúva. Mas, depois de dois casamentos curtos, nos quais as noivas foram devolvidas para suas cidades natais, as superstições do vilarejo oscilaram a seu favor. Se não pedisse um *mangalsutra* dos Designs da Geeta, o casamento duraria tanto quanto a hena da noiva.

Ela não era respeitada, mas era temida, e o medo fora muito gentil com Geeta. As coisas iam bem, a *liberdade* ia bem, mas ela havia testemunhado que a sobrevivência era condicionada a duas regras inegociáveis: 1) assumir apenas um empréstimo por vez, e 2) gastá-lo com trabalho. Assinar múltiplos microempréstimos e, então, comprar uma casa ou uma televisão — era uma armadilha fácil. A coitada e míope Runi havia assumido três empréstimos para seu negócio de folhas de tabaco para fumo, mas os gastou na educação do filho. Então, o dinheiro e o filho se foram e, de repente, o mesmo ocorreu com Runi.

A visita indesejada de Farah havia atrasado as tarefas que Geeta planejara. O céu escurecia sob o domínio do crepúsculo quando ela fechou a porta da frente, mas ainda precisava de vegetais e de um pouco de grãos para serem moídos. Sua sacola de juta vazia arranhava a faixa de pele exposta onde a blusa do sári terminava e seu saiote começava. Cascas de cebola roxa e branca cobriam o fundo da sacola. À medida que caminhava, Geeta a sacudiu de cabeça para baixo, e as cascas quebradiças ficaram para trás, juntando-se à decoração de festivais que agora eram lixo — ouro falso, varetas quebradas de *dandiya* em várias cores, embalagens de cores vivas — em meio à poeira.

O festival Navratri havia terminado no fim de setembro; por nove noites de muita dança, o vilarejo celebrou várias deusas. Apesar de nunca ter frequentado as festas dançantes de *garba*, a história favorita de Geeta era a do triunfo da deusa Durga sobre Mahishasura, um demônio com cabeça de búfalo e obcecado por poder. Ele ganhara uma bênção com a qual não poderia ser morto por homem, deus ou animal algum. Muitos deuses tentaram derrotar Mahishasura, sem sucesso. Desesperados, uniram seus poderes para criar Durga. Ela partiu, montada em seu tigre, e confrontou Mahishasura, que, com arrogância, ofereceu-se para casar-se com ela em vez de lutarem. Depois de quinze dias de batalha, Durga o decapitou. Era algo que divertia Geeta: nunca mande um deus fazer o trabalho de uma deusa.

Ela passou pela escola local. Era um prédio de cor laranja quando a frequentava, mas, desde então, o sol a tornara um amarelo pálido. Manchas de tabaco, da cor de ferrugem, tomavam as paredes; tanto crianças como homens costumavam fazer competições de cuspe atrás do prédio. Slogans governamentais, por uma Índia limpa ou encorajando apenas dois filhos por família estavam pintados cuidadosamente com estêncil nas paredes, em letras arredondadas. Outros eram menos oficiais: alertas desajeitados em vermelho contra a *jihad* do amor ou imigrantes biaris roubando trabalhos. Em um vilarejo com duas famílias muçulmanas e nenhum trabalhador imigrante, Geeta pensava que os avisos eram absurdos.

Naquele momento, algumas crianças brincavam de *kabaddi* no pátio de terra, o que fez Geeta voltar a pensar em Farah. O atacante de um dos times inspirou profundamente antes de invadir a outra metade da quadra improvisada, entoando "*Kabaddi, kabaddi, kabaddi*". O atacante precisava tocar os defensores do outro time e voltar para sua parte da quadra sem ser derrubado, tudo em um único fôlego. Geeta já estava atrasada, mas parou quando um desentendimento teve início.

— Você respirou! — uma garota gritou para o atacante. Ela e os outros defensores estavam posicionados em um *W*, de mãos dadas. Em um vilarejo tão pequeno, Geeta deveria conhecer a garota e a mãe dela, mas não se lembrava de nenhum dos nomes. Se ela própria tivesse sido mãe, impelida na rotação de merda de reuniões com professores e dias de jogos, teria memorizado qual prole pertencia a cada mulher.

— Não respirei!

— Respirou, sim! — A garota rompeu a corrente e empurrou o atacante, que caiu de costas na poeira. Ela era mais alta do que as outras crianças e, em sua fisionomia, Geeta visualizou uma Saloni nascente. Foi por isso que, quando deveria estar fazendo compras, ela gritou de trás do portão:

— Ei!

A garota girou a cabeça.

— O quê?

Os outros jogadores dividiram seus olhares, nervosos, entre a *churel* e a valentona.

— Deixe o garoto em paz.

— Senão o quê? Vai ferver meus ossos pra fazer sopa? Adoraria te ver tentar.

O cenho de Geeta se ergueu. Estava acostumada ao pavor reverente das crianças, não à sua insolência. Antes de se retirar, ela murmurou os nomes de uma ou outra fruta em sânscrito, que soavam ameaçadores o bastante para evocar algumas arfadas, embora não da valentona.

Longe da escola, a noite estava excepcionalmente silenciosa. Nenhuma das quatro crianças da família Amin — que costumavam escapar dos confins abafados da choupana em que moravam para brincar de *kabaddi* ou fazer entregas por alguns trocados — estava à vista. Geeta passou pela casa deles, um cubo de latão. Três tijolos e uma pedra avantajada mantinham o telhado no lugar. Um rumor que ela havia escutado na semana anterior veio à sua mente: os Amin estavam construindo uma casa de quatro quartos.

Geeta respeitava a enviuvada sra. Amin. Ela, assim como Geeta, era uma daquelas mulheres Engajadas com Trabalho. O marido da sra. Amin fora fazendeiro; quando as chuvas falharam, ele sucumbiu a agiotas para comprar sementes e fertilizante. Mas as chuvas falharam de novo no outro ano, e no seguinte. Em certa manhã, ele despejou pesticida no *chai* que a esposa preparou, erroneamente acreditando que o governo outorgaria a ela um valor indenizatório. A única coisa que ela recebeu foram as dívidas. Então, a sra. Amin, depois de retirar sua argola do nariz, utilizou o próprio microempréstimo para começar a vender doces caseiros e, agora, não conseguia cozinhar nem fritar rápido o suficiente. Tinha até mesmo tirado a filha mais velha da escola para ajudar a atender a demanda.

Geeta teria preferido estar no grupo de microempréstimo da sra. Amin, com outras mulheres que mexiam as mãos mais do que as bocas. Mulheres diferentes de Saloni, que só tinha entrado nos microempréstimos porque não suportava não ser o centro de qualquer coisa que fosse, mesmo um círculo laboral. Havia sido o mesmo coquetel de ansiedade e arrogância que instigara Saloni a se voltar contra Geeta quando a família de Geeta providenciou seu noivado com a família de Ramesh.

Geeta teria apostado cinco meses dos pagamentos de empréstimo na hipótese de que Saloni nunca desejou Ramesh de verdade. Desejar ser desejada simplesmente era parte de sua natureza. Mas Ramesh, que nem sequer era especialmente bonito, com sua pele marcada e seus dentes encavalados, não a desejou. Casou-se com Geeta e, depois que ele desapareceu, Saloni não oferecera uma única palavra ou alimento como apoio, garantindo, em vez disso, que os rumores continuassem agitados. *Teria sido tão fácil para Geeta colocar um pouquinho de veneno de rato no chá dele, não é? O que mais poderia ter sido, com os dois sozinhos naquela casa? E sei, com toda a certeza, que ela é uma bela mentirosa; ela copiava as respostas das minhas provas, sabia?*

Todo aquele veneno vindo de uma garota que fora quase sua irmã pelos primeiros dezenove anos da vida delas. Duas metades de um grão-de-bico, elas dividiram comida, roupas e segredos, copiaram os trabalhos uma da outra e mentiram em perfeito uníssono sobre o mesmo assunto. Como o pai de Geeta dissera, secamente, *Nakal ko bhi akal ki zarurat hai. Até mesmo para copiar é preciso um pouco de inteligência.* Saloni preferia a casa pequena e os pais cansados de Geeta do que a própria casa pequena e pais cansados, mas tal fato não elevou Geeta para o meio dos alfas. A bela Saloni (cuja graciosidade mascarava a verdadeira selvageria em seu humor) era muito mais adequada para as politicagens da infância; seu capricho, por si só, determinava qual garota excluiriam e levariam às lágrimas na semana em questão, quais garotos eram bonitos, qual herói dos filmes estava na moda e qual música estava ultrapassada. Geeta não via problemas em segui-la, contente em seu papel seguro e pouco exigente de uma beta. Isso até que o casamento com Ramesh foi anunciado. Então, rápida como um relâmpago, Saloni mudou as regras, direcionando o cano de sua popularidade transformada em arma para a cabeça atordoada de sua amiga mais antiga.

Geeta desviou de uma vaca sentada, cuja mandíbula se movia em círculos, num ritmo inconstante. A cauda reproduzia formatos semelhantes, mas não ajudava muito a dissuadir as moscas que comungavam em sua anca. Quando Geeta finalmente chegou até as lojas, era tarde demais. Portões de metal cheios de sulcos em várias cores cobriam as entradas, fechados com cadeados rentes ao chão. *Maldita Farah*, ela pensou, dando meia-volta.

Mas o som de vozes freou seus pés. Geeta fechou os olhos para escutar melhor. Dois homens conversavam dentro da última loja da fileira, a de Karem. Geeta aproximou-se, o instinto mantendo seu caminhar suave. A entrada estava escancarada. Apesar da brisa do fim do dia, um calor ansioso fez suas axilas formigarem.

Ela prendeu a respiração enquanto ouvia Karem falar. Levou um instante, mas conseguiu reconhecer a segunda voz, baixa e gasta: o marido de Farah. Samir tinha a voz de um fumante.

— Nada feito até você pagar sua conta — Karem dizia. Mesmo do lado de fora, sua impaciência era audível. Ela apertou as costas contra a loja de bugigangas vizinha. — Aqui não é o casamento da sua irmã, onde todo mundo pode simplesmente beber de graça. Também tenho filhos para alimentar.

Geeta não conseguia enxergar nenhum dos dois, mas imaginou Karem, os cabelos grossos, a testa estreita, a pequena argola na orelha direita. E Samir, o escalpo coberto de penugem, como um filhote de passarinho.

— Eu te dei cem ontem!

— *Bey yaar*, mas você deve quinhentos.

— Vou te arranjar o restante logo. Só me dá uma mão hoje, pode ser?

— Não.

Samir praguejou, e um som de algo se quebrando fez Geeta dar um pulo, sua sandália enroscando no cadeado da loja. Uma mão, Geeta presumia que a de Samir, havia batido com força sobre uma mesa. Tudo, de seu maxilar até o ânus, contraiu-se enquanto ela aguardava para descobrir se fora ouvida.

— Vou te arranjar o dinheiro logo — Samir anunciou, agora mais calmo.

— Aham, vai sim.

— Falo sério, eu vou. Minha esposa tem uma amiga que está ajudando ela, e vai me ajudar, também.

Um fio de suor teceu uma rota estreita pela coluna de Geeta.

— Por que ela te ajudaria?

— Porque, se não ajudar, vou fazê-la se arrepender.

— Que seja — Karem disse. — Só pague o que deve e depois pode tomar o *daru*.

— Pois garanta que vai ter alguma coisa decente pronta pra mim. Seu *tharra* é capaz de deixar um cavalo vesgo.

Geeta foi embora naquele momento, o coração agitado enquanto ela beliscava o lóbulo da orelha. A mulher cruzou o beco cheio de lixo por trás das lojas. Não era o percurso mais rápido para casa, mas fornecia proteção. Se Samir saísse da loja de Karem, a veria na mesma hora. A ideia a fez correr, a sacola vazia quicando em seu corpo como um membro dormente. Geeta não era acostumada a correr; a cada passo, as ameaças de Samir corriam em zigue-zague por sua cabeça. Será que ele apenas bateria nela e a roubaria, ou será que a mataria? Será que a estupraria? Quando o choque deu lugar à raiva, nas redondezas da choupana dos Amin, ela trocou de percurso, física e mentalmente.

Aquele *chutiya* bêbado achava que o esforço dela, sua vida de solidão preservada com todo o cuidado, era um baú do tesouro aberto à sua própria conveniência. A Rainha Bandida não teria tolerado aquilo; ela havia matado os vários homens que a brutalizaram, começando com o primeiro marido. Depois de ter entrado para a gangue, retornou ao vilarejo do homem, espancou-o e também à segunda esposa, que tinha atormentado e humilhado Phoolan. Então, arrastara-o para fora e, das duas uma: ou o esfaqueou ou quebrou suas mãos e pernas; Geeta ouvira histórias diferentes. Phoolan deixou o corpo dele com um bilhete, alertando que homens mais velhos não se casassem com garotas novas. (Era provável que a última parte não fosse verdade, já que Phoolan Mallah era analfabeta e sabia apenas assinar o próprio nome, mas era uma lenda excelente, então não importava.) A questão era: se a Rainha Bandida tomasse ciência de uma traição em desenvolvimento, não ficaria à espera de ser injustiçada. Um grama de prevenção equivalia a um quilo de vingança.

Ao chegar à casa de Farah, estava com a garganta seca e precisando de um banho gelado. Ainda assim, estava certa de que havia chegado antes de Samir, e esmurrou a porta. Enquanto esperava, segurou os joelhos com as mãos e arfou. Grilos chiavam. Para sua irritação, sua pulsação batucava no ritmo de *kabaddi, kabaddi, kabaddi.*

— Geetaben?

Ela precisou aspirar duas lufadas de ar antes de conseguir dizer:

— Eu topo.

TRÊS

Já passava das dez horas quando Geeta ouviu alguém se aproximar. Com uma lamparina solar em mãos, ela abriu a porta antes que Farah pudesse bater. Sem o aparato, estava tão escuro do lado de dentro quanto do de fora. Os cortes de energia programados ("férias da energia" era como os chamavam, como se tatear no escuro e bater os joelhos em móveis fosse uma festa animada) se tornavam cada vez mais longos e menos programados. Todos ali haviam crescido com lamparinas a querosene e velas, mas, depois de muitos incêndios, houve ONGs que vieram até a cidade com um ímpeto preocupado e com presentes, como lamparinas e os postes de luz maiores, instalados nas regiões mais movimentadas da vila.

Farah ficou parada no escuro, o cotovelo magro em ângulo reto, a mão ainda erguida.

— Ah, oi! — ela falou, estridente, como se tivessem se encontrado por acaso no mercado. Farah tinha, observou Geeta, um hábito um tanto desencantador de encontrar diversão em qualquer situação, mesmo em um assassinato premeditado.

Farah esfregou as mãos, e um barulho límpido e irritante preencheu a casa de Geeta.

— Então, qual é o plano?

Era exatamente a pergunta que estava acocorada na cabeça de Geeta nas últimas horas. Farah estava contando com a taxa positiva de aproveitamento de Geeta no departamento de assassinatos, e Geeta já havia desistido há muito tempo de insistir na própria inocência. Dizer a verdade a alguém era o mesmo que pedir que acreditassem nela, e ela não pedia mais nada daquele vilarejo. E, como não via motivos para revelar a verdade àquela altura — afinal, não deveria ser *tão* difícil assim, certo? —, sua voz estava bem confiante quando declarou:

— Devemos fazer tudo à noite. Precisa parecer que ele morreu enquanto dormia. Nada de sangue; é bagunça demais.

Farah se moveu e se sentou no chão de frente para Geeta, que se acomodou na cama dobrável.

— Bom, como foi que você fez da outra vez? Com Ramesh?

— Não é da sua conta.

— Tudo bem. — Farah suspirou. — Então, você vem até minha casa agora ou...?

Geeta estreitou os olhos.

— Eu disse que ajudaria você, não que faria as coisas por você.

— Mas você é mais esperta do que eu. Vai fazer tudo direitinho, tenho certeza. Eu estragaria tudo.

Geeta soltou um som de escárnio.

— Se lambesse uns doces como está me lambendo agora, não seria tão magricela.

— *Arre, yaar*, não é isso. Só estou dizendo que você já matou um, outro não vai fazer diferença.

— O marido *chut* é seu, o assassinato é seu.

Farah retraiu-se mais uma vez com o linguajar, mas seguiu Geeta e sua lanterna noite afora. As duas evitaram os canais hídricos a céu aberto, caminhando pelas laterais das trilhas comuns do vilarejo, onde o lixo se acumulava. Farah cobriu o nariz e a boca com a extremidade livre de seu sári. Com a voz abafada e infeliz, ela perguntou:

— O que estamos fazendo aqui?

Geeta se agachou, a cabeça mais próxima do chão, e estreitou os olhos.

— Procurando uma sacola plástica.

— Por quê?

Geeta ajustou a voz, como se a resposta fosse óbvia:

— Amarre as mãos e os pés dele enquanto ele dorme e, então, coloque a sacola na cabeça. Sufoque-o. Ele morre. Você tira a argola do nariz; eu fico com meu dinheiro. Todos ficam felizes.

— Esperta.

Era quase doce a maneira com que Farah a olhava. Como se as ideias de Geeta fossem ouro, como se ela fosse incapaz de fazer algo errado. Inesperadamente, o nível de adoração a encheu com o desejo de provar que a fé de Farah estava bem posicionada e de ter o melhor desempenho possível. Geeta imaginou que aquela devia ser a sensação de ter um filho.

— Eu sei.

— Então, err, foi assim que você fez?

Geeta enrijeceu. Endireitou os ombros para tornar a própria altura mais imponente.

— Se quer a minha ajuda, pare de encher minha cabeça com suas perguntas. O que fiz não é da sua conta.

Farah pareceu repreendida. Puxou o ar pelos dentes, reclamando.

— *Bey yaar*, tudo bem. O que vou falar às pessoas? Digo, depois?

— Ataque cardíaco, ele bebeu até morrer, o que quiser. Só não deixe fazerem uma autópsia.

— Ceeerto — Farah prolongou a palavra, devagar. — Mas se você sufocou Ramesh, por que simplesmente não usou um travesseiro? Uma sacola plástica parece dar muito mais trabalho, não acha?

Geeta piscou. Merda. Aquela ideia não tinha lhe ocorrido. Ela encobriu a ignorância com raiva.

— Eu não disse que sufoquei Ramesh.

Farah atirou as mãos para o alto.

— O quê? Então por que estamos aqui? Por que não fazer apenas o que sabemos que funciona?

— Ei! "Mesmo para copiar, é preciso de um pouco de inteligência." Quer minha ajuda ou não?

— O que eu quero — Farah falou, amuada — é a sua *experiência*, não seus *experimentos*.

— Esqueça. Por que eu deveria quebrar a cabeça com o seu drama?

— Não! Desculpa, tá bom? — Farah beliscou os lóbulos, em um pedido de desculpas sincero. — Vamos continuar procurando, certo?

As duas caminharam por áreas de maior tráfego, onde as fileiras de adubo e lixo engrossavam. Com a ponta de um pé, Geeta jogou para o lado pacotes de *mukhwa*s e wafers. A metros de distância ficavam os banheiros públicos que o governo tinha instalado nos últimos tempos. Havia dois deles, identificados por ilustrações úteis, em amarelo e azul, com um rei e uma rainha de um baralho. Apesar de utilizar os banheiros diariamente, Geeta nunca antes tinha pensado em como aqueles desenhos eram bobos.

A casa de Geeta não possuía uma latrina de fossa, como muitas outras, mas ela ainda via homens optando pelos campos. Apesar de todos os protestos recentes a respeito da defecação em espaços abertos e problemas sanitários, não era algo que a incomodava; ela havia crescido fazendo o mesmo, assim como todos ali. Mesmo pessoas que tinham fossas se recusavam a usá-las — afinal, em determinado momento, seria necessário esvaziá-las, e indianos pertencentes a castas superiores eram bem sensíveis a ideia de contaminarem a si mesmos ao lidar com os próprios dejetos. Alguns tentavam empurrar tal tarefa para cima dos Dálites locais, uma opressão que, tecnicamente, era ilegal, embora as autoridades raramente aparecessem nessas regiões para impor a lei.

Para as mulheres, no entanto, as novas instalações, tanto públicas como privadas, eram muito bem-vindas. Enquanto homens podiam usar os campos o quanto quisessem (Geeta ouviu dizer que, no oeste, onde havia instalações limpas aos montes, homens ainda faziam *su-su* em qualquer lugar, simplesmente porque sim; a natureza da fera e tudo o mais), as mulheres e garotas só podiam fazer os próprios depósitos ao nascer ou ao pôr do sol; do contrário, era um convite para o assédio. Então, seguravam. Era melhor enfrentar um escorpião do que um fazendeiro tarado.

Ao redor de Geeta e Farah, a canção dos grilos aumentou. Ficava difícil ouvir Farah, que perambulava por mais uma fileira de lixo, suas tentativas pouco entusiasmadas. Tendo coletado e imediatamente descartado um saco de batatinhas com formigas carpinteiras dentro, ela perguntou, a voz cuidadosamente despreocupada:

— Como é que o corpo de Ramesh nunca foi encontrado?

Uma fumaça acre enchia o ar noturno; o calor ampliava o cheiro. Por todo o vilarejo, lixo estava sendo queimado.

— Você está começando a parecer uma daquelas vagabundas fofoqueiras do grupo de empréstimos.

Farah encolheu-se, porém não mais por causa do fedor.

— Por que você pragueja tanto?

— Porque você fala demais.

— Não é certo uma mulher usar esse palavreado. E não combina com você. — Depois de alguns momentos, Farah perguntou: — Você e Ramesh... Foi um casamento por amor ou arranjado?

— Por que quer saber?

— Não precisa ser tão desconfiada. Estamos do mesmo lado. — Farah suspirou. — Você não quer falar do final, então pensei que talvez o início lhe fosse menos doloroso. Samir e eu nos casamos por amor. Meus pais não aceitaram, mas nós fugimos e eu me mudei para cá. — O sorriso dela era sonhador.

— Talvez você devesse ter dado ouvidos aos seus pais.

O sorriso de Farah murchou.

Lembranças indesejadas de Ramesh colidiram com Geeta: o calor do braço dele contra a lateral de seu corpo quando ela queimou o *papadam*. A maneira gentil com que a deslocou para o lado a fim de consertar o erro dela.

— O meu foi arranjado.

— Ah. — Farah fungou. Ela esfregou o nariz com o dorso da mão. O gesto puxou suas narinas para cima, e Geeta enxergou o fecho de sua argola do nariz. — Sinto muito.

— Não sinta. Eu, pelo menos, posso culpar meus pais. A sua situação é culpa sua.

— Acho que é verdade. — Farah ergueu uma sacola cor-de-rosa. Letras vermelhas cobriam um dos lados. — Que tal esta aqui? — Ela a colocou sobre a cabeça. Um rasgo na junção deixou que seu nariz se projetasse direto para fora.

Geeta rosnou de desgosto, dando um tapa na própria testa.

— Eu juro, não se pode contar nem com o lixo na Índia.

Outra pessoa falou:

— O que está havendo?

Geeta reconheceu imediatamente a voz de Saloni. É claro que ela apareceria ali, seu radar para fofocas — e, consequentemente, seu poder — estava sempre primorosamente afinado. Geeta virou-se, inspirando profundamente e dando as costas para Farah, que se pôs a arrancar a sacola da cabeça.

— Ah, *olá* — Geeta cumprimentou, com falsa simpatia. — *Ram Ram*.

A respiração de Farah agitou-se. Geeta quase soltou um grunhido ao ouvir um "*Kabaddi, kabaddi, kabaddi*" choroso.

— *Ram Ram*. — Saloni parou a metros de distância, a própria lamparina em mãos. — E então?

— *Kabaddi, kabaddi, kabaddi...*

— Agora não, Farah! — Geeta esbravejou.

Saloni estreitou os olhos na noite.

— O que... É *kabaddi* que ela está dizendo? Vocês estão *jogando*?

— Err... — Geeta começou, mas toda e qualquer desculpa concebível desprendeu-se dela, como cabelo cortado.

O mantra aparentemente havia funcionado, pois Farah estava calma quando disse:

— Estávamos só procurando a sacola de Geeta. Ela achou que a tinha derrubado por aqui.

Saloni indicou com a cabeça a sacola cor-de-rosa e rasgada ainda na mão de Farah.

— Essa coisa aí?

Geeta pigarreou. Ela puxou a sacola de Farah e apertou-a contra o peito.

— Sim. Tem, err, valor sentimental.

Saloni revirou os olhos.

— Vejo que continua esquisita como sempre. Sabe, não é porque seu nome está misturado à sujeira que você precisa, bem, *literalmente* se misturar à sujeira.

O coração de Geeta acelerou com a raiva; ser chamada de esquisita aos trinta e cinco anos de idade não deveria incomodá-la, mas era de esperar que Saloni não deixasse uma oportunidade passar, não quando podia girar a faca. Ela prosperava na base da maldade, sempre fora assim. A voz de Geeta soou acusatória quando demandou:

— O que *você* está fazendo fora de casa tão tarde assim?

Saloni trocou o peso para o outro pé.

— Não que seja da sua conta, mas meu filho esqueceu o caderno de exercícios na escola, então é claro que sou eu que estou andando no escuro para buscá-lo. — Ela piscou. — Mas fico feliz em fazer isso. É um preço pequeno a se pagar.

— Afinal, é tão gratificante — Farah disse, balançando a cabeça.

— Alegrias da maternidade — Saloni acrescentou automaticamente, os olhos indo na direção dos céus. — Sou abençoada. Mas é exaustivo. Às vezes, penso: "Saloni, como você consegue criar essas crianças e manter um comércio?".

— Pois é, você é praticamente uma divindade — Farah bajulou, ávida.

— Meu Deus — Geeta murmurou.

— Deixe disso. — Saloni dispensou o elogio, mas concordou solenemente em seguida. — Sim, acho que sou, mesmo. Mas vale a pena. Sempre digo: "Até termos gerado a dádiva da vida, não somos completas".

Geeta gargalhou.

Quando Saloni abriu a boca de víbora, Geeta preparou-se para uma mordida, mas, em vez disso, ela estreitou os olhos para Farah.

— Não sabia que vocês duas eram amigas.

— Quase irmãs — Geeta disse. — É por isso que a chamo de *ben*.
O cenho de Saloni franziu-se como um acordeão.

— Você chama todas as mulheres de *ben*.

— Nem todas as mulheres, Saloni.

O rosto de Saloni ficou furioso com a ausência acentuada do sufixo. O vento carregou uma pequena embalagem de biscoitos até os pés dela, que a chutou.

— Se eu fosse você, Farah, passaria menos tempo apalpando lixo e mais tempo descobrindo como vai pagar o empréstimo desta semana. E como vai pagar Geetaben, é claro.

Farah abaixou a cabeça, e Saloni, evidentemente sentindo que seu trabalho ali estava feito, se foi. Até então, Geeta estava ocupada demais com o próprio status de pária para notar o de Farah. Ela amassou a sacola plástica, imaginando que era a cabeça gorda de Saloni.

Farah se virou, uma mão sobre o coração, os olhos e a voz cheios de esperança.

— Você me considera uma irmã?

Geeta grunhiu.

— Deveríamos simplesmente matar *Saloni*, na verdade — murmurou. — Cadela intrometida. "Saloni, como você consegue criar essas crianças *e* manter um comércio?" Não sei, não, talvez seja seu marido rico?

— Qual é o esquema entre vocês, afinal?

— Do que está falando?

— Vocês duas se odeiam.

— E daí? Ninguém gosta da Saloni de verdade, só fingem gostar porque têm medo dela.

— Eu não tenho medo dela.

— Bom, você tem alguém mais intimidador com quem lidar.

— Ah, você não é tão ruim depois de...

— *Eu*, não — Geeta retorquiu. — Seu marido.

— Ah. Certo, certo. — Farah pigarreou. — Mas o que eu quis dizer é que, assim, existe ódio normal, não é? Que, na verdade, é só desgostar de alguém. Tipo como você não gosta de... bom, de qualquer um. Mas esse desgosto desaparece quando você não está olhando para as pessoas, porque tem outras coisas com que se preocupar. Mas você e Saloni se odeiam mesmo, pra valer.

— Aonde você quer chegar?

— Bom, pelo que sei, esse tipo de ódio vem acompanhado de uma boa história.

— E?

— E... eu gosto de boas histórias?

— Não estou aqui para entretê-la, Farah. Estamos aqui por uma única razão.

Farah suspirou.

— Não sou sua inimiga, Geetaben, não precisa me tratar como se eu o fosse. Está me fazendo um imenso favor, o maior favor do mundo, e só estou tentando facilitar as coisas. Amizades podem facilitar as coisas, sabe?

— Saloni e eu éramos amigas — Geeta admitiu. — Há muito tempo.

A expressão de Farah tornou-se solidária, encorajando Geeta a se aprofundar.

— O que aconteceu? Foi por causa de um garoto? Geralmente é por causa de algum garoto.

— Não lhe falei isso para podermos fofocar, Farah. Falei para corrigir você: amizades não necessariamente facilitam coisa alguma.

— Eu disse que elas *podem*. Não funcionou com Saloni, eu entendo. Mas e daí? Você simplesmente nunca mais vai ter nenhuma amiga? Isso é besteira.

— Ah, vá se foder, tá bom? Quando é que você esteve interessada em amizade antes de precisar de mim?

— Eu...

— Depois do Ramesh, nenhuma de vocês se deu ao trabalho de olhar para mim, muito menos de falar comigo. E tudo bem. Mas não fica aí cantando um *bhajan* sobre a importância da irmandade. — Geeta deixou que a sacola caísse no chão. — Esqueça isso. Vamos embora.

Farah não se mexeu.

— Mas e quanto ao plano?

— Saloni nos viu. Vai ser suspeito demais se ele morrer hoje à noite. Ela é uma cadela intrometida, mas não é uma cadela burra.

Farah soltou um barulho de reprimenda de uma nota só.

— O palavreado!

— Vai me dizer que ela *não é* uma cadela intrometida? — Quando Farah abriu a boca, Geeta acrescentou: — E lembre-se de que mentir é um pecado pior do que praguejar.

O maxilar de Farah se fechou com um clique.

QUATRO

Foi por causa de um garoto? Geralmente é por causa de algum garoto.
A perspicácia de Farah e a mediocridade de Geeta não foram percepções bem-vindas.

Sim, foi por causa de um garoto. Se fosse possível chamar Ramesh — que já tinha bigode aos quinze, quando sua família se mudou, vinda de um vilarejo vizinho, e uma barba cheia aos vinte e dois — de garoto. Ramesh, assim como Geeta, não era particularmente bonito nem sociável. Se ele fosse, sua atenção lhe teria despertado suspeitas. Se fosse, provavelmente teria se encantado por Saloni, e não por ela.

Mas enquanto todos os garotos perdiam a cabeça com o conteúdo das roupas íntimas de Saloni, os pais deles só se importavam com o conteúdo do dote da garota, que era de zero rupias e zero paisas. (Em uma aula, no início da vida escolar, o professor de economia doméstica explicou o costume do dote. Saloni tentou corrigi-lo: a família do noivo paga para levar a noiva, afinal ganhará uma pessoa inteirinha para ajudar em casa. O professor riu: não, o noivo é *pago* para levar a noiva, porque ela é um inconveniente, uma boca a mais para alimentar. E, é claro, não se pode comprar uma pessoa, isso seria escravidão. Mas Saloni retorquiu: E vender uma pessoa é tradição? Ela foi obrigada a sentar na posição do galo pelo restante da aula de economia.)

Saloni havia crescido em meio a um tipo grave de pobreza. A família de Geeta era de uma pobreza comum: vegetais com arroz ou *chapatis*. Na família de Saloni, faziam rodízios dos dias em que metade não comeria, sempre favorecendo os garotos. Ela só foi colocada na escola graças ao Projeto Refeição do Meio-dia, do Estado, que oferecia um almoço gratuito. Em grande parte das tardes, as duas ficavam na casa de Geeta. Certa vez, o pai de Geeta trouxe do trabalho maçãs rejeitadas, que apodreceriam em breve; já estavam acometidas por manchas escuras que a mãe de Geeta planejava cortar fora. Quando voltou da cozinha com uma faca, no entanto, Saloni já tinha comido a própria maçã, com miolo, sementes, talo e tudo.

Os pais de Geeta não disseram nada, mas, quando terminaram de comer e Saloni viu os pedaços descartados, evidentemente intragáveis, sua pele clara corou. Naquela noite, os pais de Geeta insistiram que Saloni ficasse para o jantar. Nas quase duas décadas de amizade das duas, Saloni nunca convidou Geeta para ir à própria casa, e Geeta nunca lhe pediu para ir até lá.

Em outras partes do mundo, o limiar de pobreza de Saloni teria feito dela um alvo de bullying. Mas praticamente todos no vilarejo eram praticantes moderados do ascetismo: a maioria possuía roupas simples e dois pares de sapatos. Chocolates e bolos eram raridades; no festival de Diwali, eram distribuídos doces caseiros. Além disso, embora tivesse os bolsos vazios, seus outros cofres estavam cheios: ela era esperta, divertida e de casta alta e, acima de tudo, era linda. Muito, mas muito linda, com olhos de um tom ouro-esverdeado que haviam desnorteado seus pais, além de maçãs do rosto altas e uma boca em formato de coração acima de um queixo delicadamente definido. Uma linda criança que se tornou uma linda adolescente, Saloni não perdeu tempo com acne nem com acanhamento. Como ondas sob o luar, os colegas de classe dobravam-se às vontades dela. Este era o poder de seu valor social; todos queriam estar perto dela, sentiam-se impulsionados por sua presença.

No entanto, a combinação de sua insolência com o fato de não ter um tostão, naturalmente, não levava a muitas propostas de casamento. As irmãs mais velhas de Saloni se casaram com homens de vilarejos distantes, homens mais velhos que tinham perdido as primeiras esposas e não exigiam dotes — bem como Phoolan, antes de passar pela menarca, fora entregue àquele pervertido de trinta e três anos.

Não era segredo nem surpresa que o maior anseio da vida de Saloni era o dinheiro. Não dinheiro de nível bangalô-carro-cidade--grande. Saloni era ambiciosa, mas não gananciosa; ela imbuía seus sonhos em viabilidade. Queria a pobreza normal-não-deplorável que o restante do vilarejo não pensava em apreciar. Suspiravam acerca do encarecimento do arroz, mas ainda conseguiam comprar e comer o maldito arroz. A garota queria o dinheiro que permitisse recusar um alimento com base em gostos pessoais ou humor; o conforto com o qual não precisasse pensar em perguntar o preço de um item básico.

Todas as manhãs, o pai dela caminhava até os caminhões, onde ele e mais sete homens passavam o dia todo enchendo um dos veículos com pedras, em troca de vinte rupias. Seu futuro marido — ela dizia em noites quentes, quando dormiam no terraço de Geeta, com as estrelas salpicadas acima — não precisaria possuir riquezas de nível Ambani, com bilhões de rupias, mas deveria ter (ou ter acesso imediato a) alguma vantagem. Saloni percebeu, na época em que Geeta ainda passava sufoco com somas básicas na terceira fileira da carteira escolar que compartilhavam, que um bom começo fazia toda a diferença. A pessoa podia ser inteligente, como o pai dela, como ela mesma e, ainda assim, não ter meios de avançar nem sequer meio passo na vida. A pessoa podia ser inteligente e, ainda assim, dar seu sangue por moedas que desapareciam, diretamente para as barrigas de seus filhos, que raspavam os pratos.

E, assim, Saloni dedicou o início de sua adolescência a maqui-nações. Os presentes que os garotos lhe davam — as bugigangas baratas que se desintegravam em sua mochila ou as borrachas em formato de frutas que não apagavam coisa alguma, incluindo sua fome — eram inúteis. Não, o que ela precisava era de uma quantia de dinheiro que garantisse um dote e, como consequência, um garoto. É preciso gastar dinheiro para fazer dinheiro, ela disse a Geeta, cuja opinião era diferente.

— Todos os garotos a amam, mas você vai saber quem é "a pessoa certa" quando ele estiver disposto a dizer aos pais que não peçam o dote. Pelo menos *um* vai lutar por você. Tenho certeza. Você só precisa pedir.

Saloni riu e empurrou o ombro de Geeta com o próprio.

— Não seja ingênua, Geeta.

— Não acha que algum deles quer você mais do que quer um punhado de dinheiro?

— Talvez — Saloni replicou. — Mas não o suficiente para confrontar a mamãe e o papai deles.

Geeta girou a tarraxa de seu brinco dentro do furo.

— Não consigo acreditar nisso.

— Porque você me ama — Saloni disse. — Você me enxerga de um jeito que ninguém mais enxerga. — Ela estirou a língua. — E porque você é uma tonta.

As tentativas de Saloni para curar a própria miséria quase sempre envolviam uma Geeta relutante. Como da vez em que tentaram vender gabaritos de provas escolares e descobriram que respostas corretas eram necessárias para garantir que os clientes voltassem. Ou quando Saloni fez um acordo com um vendedor de quinquilharias para tornar moda os produtos horrorosos dele e, quando foram posar para a fotografia da classe, seria cabível presumir que as presilhas de borboleta fajutas coladas nas cabeças de todas as garotas faziam parte do uniforme.

Presilhas de cabelo evoluíram para joias para impressionar outras garotas, que evoluíram para batom e ruge para impressionar os garotos e, com a virada da maré hormonal, Saloni se deu conta de que havia desconsiderado metade do mercado disponível: garotos. Foi quando teve início a curta era como casamenteira, que

AS RAINHAS BANDIDAS • 45

terminou com Saloni batendo na nuca de garotos, gritando "sou uma casamenteira, imbecil, não uma *puta*".

Também houve a rifa falsa, o delineador que vinha com conjuntivite como brinde, o serviço de telefone público, que nada mais era do que o celular barato de Saloni, e que deu a todos a ideia de comprar os próprios celulares baratos, e a degustação comunal de marmitas que, surpreendentemente, fez sucesso entre as mulheres mais velhas. Isto é, até que se deram conta de que podiam organizar tudo por conta própria e eliminaram Saloni.

Geeta não conseguia montar a linearidade dos esquemas: em qual idade, em qual ano (naquela época, o tempo não era parte de suas preocupações). Mas sabia que deviam ter em torno de dezenove anos quando os pais de Geeta a informaram que um garoto e os pais dele fariam uma visita para conhecê-la. Iria se casar, disse a Saloni, e sua empolgação e pavor se misturaram em uma sopa de náusea. Se o indivíduo fosse realmente repulsivo, ou se fosse uma relíquia de trinta e três anos, ela teria a possibilidade de dizer não; sabia disso porque conhecia seus pais, gentis e indulgentes. Era a única filha deles, que lhe davam tudo que podiam, inclusive educação.

Quando reconheceu Ramesh cruzando a porta da casa de seus pais (primeiro com o pé direito, já que o rapaz era, como Geeta logo descobriria, didaticamente supersticioso), sua surpresa não foi agradável nem desagradável. Foi apenas uma surpresa. Já o havia visto nas redondezas; ele trabalhava com cadeiras de vime e consertava outros itens quebrados. Mas ali estava ele, em sua sala de estar, pegando um biscoito da bandeja que ela oferecia e tentando fazer contato visual. Era uma tentativa de reconfortar ou tranquilizá-la. Mas tradição e valores — *sanskaar* — não eram coisas que se podia ignorar. Ela se recusou a fitá-lo, porque os pais dele estavam olhando para *ela*. Da mesma forma que a observaram servir o chá e, dentro de meia hora, inspecionariam seu preparo do *papadam*.

No caso dos pais de Geeta, os dois ficaram noivos depois de sua mãe não ter queimado o *papadam*. Seus avós paternos ouviram rumores de uma garota de casta e cor adequadas, e visitaram a casa da mãe de Geeta para verificar tais qualificações. Uma vez que tinham se sentado, partilharam do chá e biscoitos de praxe, mas a verdadeira razão da visita era, é claro, o desempenho com o *papadam*.

Enquanto o pai de Geeta se sentava à mesa, o prato cheio e uma almofada de apoio acomodada desconfortavelmente acima da lombar, a mãe dela estava do lado de fora, não compartilhando do *chai* que havia preparado nem dos biscoitos que selecionara naquela manhã. Os pais dele ficaram em pé e observaram a mãe de Geeta equilibrada em dois tijolos, girando e virando o disco sobre o fogão de argila tipo *chulha*, tratando de sacrificar as pontas dos dedos em prol do *papadam*. As extremidades dele curvaram-se e amarelaram-se, como uma carta de amor à qual se ateou fogo. Assim que viram que ela não tinha chamuscado uma única semente ou grão, o assunto estava resolvido. Acenaram, afirmativamente, sobre sua cabeça curvada: ela era paciente o bastante para servir como nora.

Décadas mais tarde, foi a vez de Geeta. Ela recebeu um *papadam* cru e foi conduzida até o fogão de aço tipo *sigri*. Ramesh entrou na cozinha, em busca de mais biscoitos, seus pais já tendo comido um pacote inteiro. O rapaz encontrou Geeta lá, a trança longa pesada como a corda de um sino. Ela estava usando o sári mais bonito da mãe, sua lombar à mostra para ele, como um segredo. A moça sentiu o olhar dele, é claro, e, embora não a tenha deixado exatamente louca de desejo, inquietou-a o bastante para que o *papadam* acabasse queimado. Antes que Geeta pudesse jogá-lo fora, ele estava ao seu lado. Depois de descartar o disco arruinado, ele puxou um outro da lata e começou a assá-lo, os pais ainda no outro cômodo.

Ramesh fez o trabalho metodicamente, da mesma forma que ela teria feito se aqueles olhos não tivessem arruinado a tentativa anterior. Mas agora que o olhar dele estava focado e que estavam a sós, a jovem podia observar à vontade, descobrir se o rosto à sua frente era atraente, assustador, ou se, ainda pior, não provocava reação alguma. Ele virou e girou, os cantos se enrugando e borbulhando, mas nunca queimando. Então, ele depositou o *papadam* no prato, desligou a chama e saiu da cozinha.

Assim, Geeta ficou noiva, depois que o *papadam* não queimou.

A bondade de Ramesh a empolgou. A história que os dois criaram naquela cozinha era diferente, e isso também a empolgou. Até aquele momento, Geeta não tinha se dado conta de que compartilhava um desejo universal e impossível com todas as outras mulheres: o de ser única. Ramesh vira a trança dela, a espiral densa afunilando-se caprichosamente até um pedacinho proibido de pele, e soube, simplesmente soube, com a humildade resoluta e obstinada que fazia mulheres modernas suspirarem por trás de livros de romance clandestinos, que a queria.

Geeta nunca havia imaginado que Ramesh e Saloni poderiam não se dar bem. No entanto, conforme a data do casamento se aproximava, ela se tornou um território a ser disputado e reivindicado pelas bandeiras inimigas dos dois.

Se Saloni achava que vermelho combinava com ela, Ramesh preferia laranja. Se Saloni sugeria cravos, Ramesh insistia em rosas. Saloni achava que um *nath* nupcial era essencial; Ramesh o considerava provinciano demais.

— Em toda a minha vida, nunca vi um homem com tantas opiniões sobre casamento — Saloni resmungava.

— Mas é fofo que ele esteja tão envolvido, não é? Ele, tipo, *se importa.*

Geeta era uma noiva, enquanto Saloni ainda estava tramando para garantir o próprio futuro. Um fato que Geeta se esqueceu, mas Ramesh, não.

— Este não é o seu casamento, *Saloni* — Ramesh disse.

— Sei disso, *Ramesh*. Mas também sei quem Geeta é. Laranja não combina com ela. Ela tem a pele escura, então o vermelho funciona melhor.

— Está vendo só? — Ramesh exigiu de Geeta, que observou com temor os olhos verdes de Saloni se estreitarem; com isso, ela soube que os dois discutiam a seu respeito em particular. — Vê como ela fala com você? Pare de depreciá-la, Saloni.

— Ela nem sequer *gosta* de laranja!

— *Eu* gosto de laranja! Além do mais, ela não deveria criar o próprio vestido. Traz azar!

— Ninguém liga pra isso, Ramesh! Assim como ninguém liga pra gatos pretos ou se alguém corta as unhas depois do pôr do sol. Tudo isso é besteira retrógrada.

— Vê como ela fala comigo?

— Que tal este aqui? — Geeta sugeriu, erguendo uma seda aleatória. — É vermelho *e* laranja, mais ou menos, dependendo da luz.

Eles a ignoraram.

Quando ficaram a sós, Geeta perguntou a Ramesh:

— Aconteceu alguma coisa entre vocês dois?

— Ela falou que aconteceu algo?

— Não, eu só... Por que não gosta dela?

— Só odeio a forma como ela fala com você. Como se você fosse inferior. Você não é, Geeta. Sem você como amiga, Saloni não seria nada. E tem a audácia de dizer que você fica feia usando laranja.

— Ela disse isso? Achei que...

— Ela disse. Lembra? Ela disse que você é escura demais para ficar bem em uma cor tão linda. Ela me deixa enojado, de verdade.

— Eu... É só como a Saloni é; é o jeito dela. Ela é direta, sim. Mas tem boas intenções.

— Vê como você cria desculpas para ela? Aquela garota não merece que você a defenda o tempo todo, é só o que eu digo. Suas amigas deveriam ser gentis com você.

— Ela passou por muita coisa.

— E você, não?

— Não como ela, Ramesh. Você não sabe. Não cresceu aqui.

O rapaz se eriçou.

— Desculpe por querer mais para você. Desculpe por não conseguir ficar calado enquanto alguém a maltrata e você não reage.

— Me maltratar? — Geeta riu. — A Saloni não me *maltrata*!

— Só porque ela não bate em você, não quer dizer que não seja uma agressão. É possível maltratar alguém com as coisas que se diz, ou que não se diz, ou... — Ramesh balançou a mão, desacelerando.

— Ela não...

— Ela faz isso, sim. Porque tem inveja. — E, nesse instante, Ramesh desviou o olhar no momento exato, assumindo uma expressão humilde e honesta, fazendo parecer que lamentava de coração dizer aquilo, como se sua confissão iminente não fosse autoengrandecedora, presunçosa e ridícula. — Eu a percebo olhando para mim. Ela... ela me *quer*, Geeta.

É claro que Geeta não acreditou. Saloni era dela. As duas não estavam apenas no mesmo time, elas eram a mesma jogadora. As vitórias delas eram dobradas, e as derrotas, reduzidas ao meio; a lealdade era tão óbvia quanto a gravidade. Mesmo deixando de lado a amizade de ambas, havia a verdade inegável de que Saloni era deslumbrante. Estrelas de cinema teriam rasgado o rosto dela se soubessem que Saloni estava perambulando por aí, como uma concorrente em potencial. Como pessoas, se Geeta e Ramesh fossem mangas comuns, Saloni seria uma fruta-do-conde.

Geeta, no entanto, não cometeu o erro de zombar dele. Tampouco falou em voz alta o provérbio cômico que lhe veio à mente, a respeito de um cara feio surrupiando uma garota maravilhosa: *Uvas na mão de um macaco*. Tudo que ela fez, sua diplomacia e amabilidade no comando, foi dizer a Ramesh:

— Saloni não faria isso comigo.

Ainda assim, Geeta podia pressentir como a vida seria se não desenterrasse e destruísse a raiz da hostilidade entre os dois. Dividida entre a melhor amiga e o marido, ela jamais teria paz. Precisava que ambos estivessem felizes. Um deles lhe daria filhos, mas a outra ajudaria a criá-los. Um a faria chorar, a outra a consolaria. Então, Geeta perguntou a Saloni:

— Aconteceu alguma coisa entre vocês dois?

— Ele falou que aconteceu algo?

Talvez o instinto de preservação tivesse cegado Geeta. Ela nem sequer cogitou investigar as respostas espelhadas. Fazê-lo colocaria em perigo os planos que ela tinha feito, o sonho que havia fabricado na cozinha, quando Ramesh assou o *papadam*. Em vez disso, Geeta desempenhou seu papel e perguntou à amiga exatamente o que havia perguntado ao noivo:

— Por que não gosta dele?

— Eu não disse que não gosto... — A mentira era tão fraca que Geeta nem precisou fazer pressão para que desmoronasse. Ela encarou Saloni até que a garota suspirou. — Só não gosto, tá bom? Ele monopoliza todo o seu tempo e praticamente não deixa você me ver.

— Bom, o que você preferiria? Que eu não me casasse, para poder passar o tempo todo com você?

— O quê? Não, é claro que não. Pode se casar. Só não com ele.

— Por quê? — Quando não houve resposta, Geeta teve a sensação terrível e pegajosa de que, talvez, Ramesh estivesse certo. — Por quê? Você... está com inveja?

— O quê?! Fala sério, olha pra mim. É claro que não estou com inveja.

Aquilo doeu. *Como se você fosse inferior. Como se você fosse feia. Amigas deveriam ser gentis.* Geeta continuou:

— Saloni. Você... *quer* o Ramesh?

Saloni não demonstrou nem um pouco da diplomacia e amabilidade que Geeta havia reservado a Ramesh. Ela riu. E Geeta sentiu a si mesma sendo puxada do time de Saloni para o de Ramesh. Embora tivesse tido a mesma reação anteriormente — Saloni era uma deusa e Ramesh, um mero mortal —, ver Saloni ressaltar o fato, reconhecidamente verdadeiro, com sua risada linda e cruel trouxe à tona, de repente, outra pergunta: como é que Saloni enxergava *Geeta*?

— Legal — Geeta disse. — Muito legal.

Saloni tossiu.

— Não, Geeta, deixa disso. Eu só não o vejo *dessa* maneira.

— Porque ele não é bom o bastante.

Saloni deu de ombros.

— Não é mesmo.

A mágoa de Geeta logo se disfarçou de raiva.

— Por quê, afinal? Porque você é linda? Isso vai sumir, sabia? Um dia, você vai ser velha, grisalha e enrugada. Talvez careca! Talvez gorda! E, de qualquer jeito, nada vai mudar o fato de que não tem dinheiro para se casar. Então, não faz diferença que ele não seja bom o bastante para você, porque ele não ia te querer. Ele quer *a mim*.

Saloni piscou.

— Eu quis dizer — Saloni falou, a voz baixa — que ele não é bom o bastante para *você*.

Talvez fosse a verdade, talvez não. Mas era tarde demais. Ela já tinha gargalhado. Tudo que aconteceu depois, aos olhos de Geeta, foi uma tentativa deliberada de voltar atrás, esculpida e construída, falsa.

— Você estava certo — Geeta chorou mais tarde, enquanto Ramesh fazia carinho em seu braço. — Ela não é minha amiga. Talvez nunca tenha sido.

— Você estava errada a respeito dela.

— Sim.

A mão dele parou.

— Diga.

Geeta olhou para Ramesh através dos cílios cheios de lágrimas.

— Acabei de dizer.

— Diga de novo. Você me deve um pedido de desculpas. Me fez sentir como se eu estivesse maluco, quando, por todo esse tempo, Saloni era o problema entre nós dois.

— Me desculpe, eu não deveria ter feito você sentir que estava maluco.

Os dedos do rapaz eram macios em sua pele, que se arrepiou apesar do calor dele e do sol.

— Me diga. Fale: "Você está certo, eu estou errada, sinto muito".

Porque eram apenas palavras, porque era mais fácil do que brigar, porque ela já tinha perdido o bastante naquele dia, Geeta disse:

— Você está certo. Eu estou errada. Sinto muito.

CINCO

Na noite seguinte, Farah subiu aos pulos os dois degraus de cimento até a porta de Geeta com um sorriso orgulhoso no rosto. Os templos do vilarejo estavam tocando seus *bhajans* da noite, a canção nasal do *shehnai* flutuando sobre o som surdo dos tambores. Farah passou deslizando por Geeta antes dela ter sequer terminado de abrir a porta.

— Resolvi tudo — ela disse, sentando-se na cama de Geeta em vez de optar pelo chão.

Geeta ergueu as sobrancelhas diante de tal liberdade, mas a curiosidade desbancou a afronta.

— Como?

— Coloquei todos os comprimidos para insônia dele na última garrafa de *daru*. — Farah bateu as mãos, como se limpasse a poeira. O olho roxo em seu rosto havia escurecido e se tornado violeta. Acima dele, seu *bindi*, pequeno e marrom, estava descentralizado. — Deve morrer a qualquer momento.

O alívio aqueceu o corpo de Geeta.

— Estou impressionada. Que tipo de remédio para insônia se consegue por aqui, afinal? Você está com o pacote?

Farah lhe entregou um quadrado destruído do tamanho de uma carta de baralho, cada uma das bolhas amassada e vazia. Geeta apertou os olhos ao ler os dizeres que cobriam o papel-alumínio rasgado. Ela abaixou o olhar para Farah, que estava recostada na cama dobrável de Geeta como uma *maharani* em um divã.

— Isso é Fincar, é para fazer cabelo crescer. Ele não vai morrer, mas talvez fique mais bonito.

Farah ficou de pé com um salto.

— O quê? — A mulher agarrou o pacote e o encarou. — Ele me disse que o médico receitava isto! Que precisava do remédio! Estou pagando dez rupias por dia pelo *cabelo* dele? — Ela esmagou o pacote em seu punho. — Ya'Allah, eu seria capaz de *matá-lo*!

— Não me diga. — Geeta sacudiu a cabeça. — Como é que você não soube? Não conferiu?

O rosto de Farah se contorceu de desespero, descentralizando ainda mais o *bindi*. Não estava nítido se ela parecia à beira das lágrimas ou de uma explosão de ódio.

Por fim, ela lamentou:

— Eu não sei ler! — Farah arremessou a cartela com toda a força. Apesar de seu esforço, o pacote vazio não tinha peso e esvoaçou até o chão da casa de Geeta com uma tranquilidade débil que reiniciou a melancolia de Farah. Ela socou o travesseiro de Geeta como se a culpa fosse do objeto. — Agora ele vai querer saber para onde foram todos os comprimidos!

— Por que se deu ao trabalho de fazer isso, então? — Geeta gritou. — Por que simplesmente não esperou?

— Esperar o quê? A sacola plástica mais perfeita da Índia? Enquanto isso, ele rouba mais do meu dinheiro. Só estamos peneirando poeira, Geetaben. E toda vez que pergunto o que você fez com Rameshbhai, você grita comigo — Farah diz, fazendo um gesto de garra com a mão. — Isto aqui é algum tipo de momento de aprendizado da mentoria de assassinato ou algo assim? Porque não acho que eu tenha aprendido coisa alguma.

— Certo, já chega — Geeta declarou. — Vamos pensar em uma alternativa.

— Como o quê?

— Bom, o veneno era uma boa ideia. Fácil. Limpo.

— Minha ideia foi boa? — Os lábios de Farah se esticaram num sorriso. O corte tornou a sangrar. — Ai. — Geeta entregou um lenço a ela. Farah deu uma batidinha antes de lamber o lábio inferior para testar a ferida.

— Foi — Geeta disse, em um raro momento de generosidade. Então, percebeu o que estava fazendo e apontou para o remédio no chão. — Apesar de sua execução exigir aperfeiçoamento.

— E agora?

Geeta refletiu sobre a situação por um instante.

— O que ele gosta de beber?

Farah encarou Geeta como se ela fosse estúpida.

— *Daru* — ela falou, devagar. — Esse é meio que o problema todo.

— Não, idiota, quero dizer o que mais ele bebe. Leite?

— Odeia.

— Suco?

Farah chacoalhou a cabeça, em um sinal negativo.

— Diz que é açucarado demais. Diabetes é uma epidemia em ascensão, sabia?

— O fígado está prestes a cair pela bunda e ele está preocupado com diabetes. — Geeta caminhou de um lado para o outro à medida que refletia. — Acho que não tem outro jeito: vamos ter que comprar mais goró para ele.

Farah soltou um grito abafado.

— De que lado você está?

Geeta continuou, como se falasse consigo mesma:

— Seria mais barato envenenar a comida, acredito, mas, mesmo assim, é melhor se ele estiver bêbado. Assim, não vai notar o gosto, nem se importar.

— Bem pensado. Então... — Farah falou, a voz inocente — ... isso funcionou antes? Com Ramesh?

— Boa tentativa. Vamos até a loja de Karem.

— Aaaaah — Farah disse. — Você consegue dar conta disso sozinha, certo? Tipo, você não *precisa* de mim lá.

A insinuação de que ela precisaria de alguém a enfureceu.

— É claro que não, mas...

— É que... não posso ser vista comprando *daru*. O que vão pensar?

Geeta olhou feio para a outra.

— Mas eu posso?

— É que eu sou *mãe* e *muçulmana* e, bom, as pessoas... digo, fala sério, Geetaben. As pessoas já pensam coisas, *você sabe*, a seu respeito e, além do mais, você nem se importa com as fofocas, o que sempre achei incrível da sua parte, a propósito. Então, qual é o problema?

— Está bem — Geeta cedeu. Era bobo de sua parte presumir que teria companhia. Não tinha sido ela mesma a insistir que não existia um "nós" na história e que foi a necessidade, não a amizade, que uniu, apenas temporariamente, os pescoços das duas em uma amarra? Além do mais, Geeta raciocinou, não seria nada bom ser vista em público com Farah mais uma vez na véspera da morte de Samir. Poderia levantar suspeitas. — Vou lá comprar e encontro você aqui.

— Humm — Farah disse. — Na verdade, você conseguiria levar na minha casa? Seria mais fácil para mim, com as crianças e tudo o mais.

Geeta ouviu o ranger dos próprios dentes. Essa mulher era uma perita em forçar a barra.

— Geetaben, você é a melhor! Ah, mas com *o que* nós vamos envená-lo?

Para essa pergunta Geeta estava preparada.

— Algo fácil e barato, como veneno de rato.

— Certo, vou comprar!

Geeta suspirou.

— Não podemos comprar o veneno *aqui*. Uma ou duas perguntas e você seria descoberta. Precisamos conseguir na cidade.

Farah inclinou a cabeça em apreciação lenta. Ela cutucou a têmpora.

— Você é inteligente, Geetaben. Tipo, inteligente de verdade.

— Eu sei.

— Então... não quero te apressar, mas você deveria ir logo, né? Antes que Karem encerre o expediente?

Geeta a encarou.

— Como é que o *seu* marido está acabando com a *minha* vida?

Farah se foi, flutuando com tamanha satisfação que Geeta teve uma sensação ardente de que fora afinada tal qual um instrumento musical resistente. Era possível que a maluquice da mulher fosse um fingimento conveniente.

— Deixa isso pra lá — Geeta aconselhou a si mesma ao calçar as sandálias. — Só pegue o goró e acabe com esse absurdo todo.

Ela percorreu o mesmo trajeto da noite anterior. Crianças brincavam de críquete no pátio da escola, uma pilha de pedras servindo como baliza improvisada. Sem sinal da tirana Saloni em miniatura dessa vez.

A tenda de *chai* próxima à esquina só tinha três clientes. A essa hora do dia, dado que o período no templo já tinha acabado, a maior parte dos homens estava fumando narguilé e jogando cartas perto do escritório do *panchayat*. Dois estavam sentados em cadeiras de plástico, lendo jornais enquanto bebiam em copinhos de vidro. O terceiro era um homem Dálite descalço, as sandálias enfiadas na cinta, acocorando-se a uma distância preventiva dos outros dois. Ele assoprava o chá, que lhe fora servido, assim como se fazia com todos os clientes Dálites, em um copo de plástico descartável.

Quando Geeta se aproximou da loja de Karem, tomou um longo fôlego antes de entrar. Em vez de se mostrar chocado, Karem pareceu feliz em vê-la, o que Geeta achou estranho. Ninguém nunca ficava feliz em vê-la, nem mesmo suas clientes, que consideravam as mercadorias dela uma fonte de sorte.

— Geetaben! O que posso fazer por você?

Caixas plásticas de bijuterias se enfileiravam no expositor, formando um arco-íris empoeirado. Era evidente que não se mexia nelas há muitos anos. Mesmo através do vidro, Geeta conseguia identificar o acabamento assimétrico e desleixado. Ela ponderou a respeito do processo adequado de fazer pedidos clandestinos, imaginando se uma senha ou frase clandestina era necessária.

Geeta ergueu um dedo.

— Um álcool, por favor.

Karem ficou boquiaberto. A dúvida turvou seu rosto.

— *Você* quer birita?

— Sim.

— Vai receber algum convidado ou coisa assim?

— Não — Geeta se apressou em responder. — É só para mim. Eu gosto da... inebriação.

Ele sorriu.

— Tudo bem, então. De que tipo?

— Tipo? Err...

— Tenho *desi daru* e o meu *tharra*.

— Hã... como está o *tharra* nos dias de hoje?

— "Como está nos dias de hoje"? — ele ecoou, confusão e divertimento repuxando suas sobrancelhas. — Do mesmo jeito de sempre, acho. Bruto, mas funciona.

— Entendo. — A mulher assentiu, esperando passar a impressão de autoridade casual. — E o *desi daru*?

De trás do balcão, Karem puxou uma garrafa arredondada de líquido transparente. Uma mistura de palavras em hindi e inglês se amontoava no rótulo. As únicas imagens que Geeta reconheceu à primeira vista foram um desenho de uma palmeira e o símbolo universal garantindo aos indianos que alguma coisa era puramente vegetariana: um pontinho verde contido em um quadrado verde. Conforme seu foco se apurava, ela viu que o produto era feito em Bareli, cidade de um estado no norte de Utar Pradexe, famoso pelo Taj Mahal, pelo artesanato e pelo crescente abuso de drogas. UP também fora a terra natal da Rainha Bandida.

— É rum de origem local — Karem explicou, apresentando a garrafa como se fosse um *sommelier*. — Nada de inglesismo. Tudo feito na Índia.

— Onde você consegue isso?

— Kohra.

— Ah — ela disse. — Vou para lá amanhã. Quanto é?

— Sessenta e cinco. Mas talvez seja mais barato lá.

— E quanto é o *tharra*?

— Vinte. — Karem sorriu. — É de origem ainda mais local.

— *Tharra*, então.

— Certo, mas vá com calma, Geetaben. Esse troço consegue deixar um cavalo vesgo. — Karem riu da própria piada reciclada, que ele não teria como saber, mas Geeta já tinha entreouvido de Samir. Vendo que não havia evocado um riso na mesma linha da parte dela, o homem ficou constrangido, convertendo o som em uma tossida. Com a ternura zero que reservara para a garrafa, soltou um saquinho plástico de líquido cristalino no balcão. Menor do que um saco de leite, com o topo torcido em um nó. Era difícil acreditar que uma coisinha tão pequena pudesse ser tão poderosa.

— É só isso?

— É mais do que o suficiente para te fazer chegar lá. — O vendedor jogou a embalagem de uma mão para a outra. O destilado ondulava de um jeito agradável. — Duas vezes, até.

— Dois pacotes.

— Quê? Por quê?

— Quer meu dinheiro ou não? — Geeta falou, ríspida. — Se você tivesse advertido Ramesh dessa maneira, eu ainda sentiria esses dois dedos. — Ela ergueu a mão esquerda, aquela que ele havia quebrado no quarto verão que passaram juntos, a mão que ainda não tinha se recuperado por completo. A lesão ampliara seu alcance, mas como não era um talento que Geeta considerava muito útil ao se trabalhar com contas (talvez se ela fosse uma pianista), sua gratidão era limitada.

Karem não se pronunciou por um instante.

— Eu não sabia. Não até depois, digo.

Geeta soltou um som zombeteiro de descrença.

— Eu juro — ele disse, beliscando a pele que cobria seu pomo de adão, símbolo semiótico de uma promessa. — Não sabia. Como eu poderia saber? Eu nunca a via; e você, obviamente, nunca vinha aqui.

— Todos sabiam.

— Todas as mulheres! Mas eu não soube até que Ramesh se foi e *todos* estivessem falando a respeito. Juro isso a você, Geetaben.

Ela já não queria discutir o assunto. Estava arrependida de ter jogado as próprias mazelas na cara de Karem. Não para poupá-lo, mas porque não era uma vítima e Karem não era ninguém que ela precisasse satisfazer. De súbito, estava furiosa com a própria tolice.

— Fique com suas juras e me dê dois pacotes.

Karem obedeceu a uma de suas diretrizes e puxou mais um pacote.

— Sinto muito, de verdade.

— Vá se foder.

— Pelo menos ele teve o que mereceu. Cegueira é um carma bem óbvio.

Ela ficou paralisada.

— O quê?

Karem fitou-a de esguelha. Exibia a fisionomia cautelosa e congelada de alguém que pisou em um galhinho na toca de um leão.

— O quê?

— O que você disse sobre cegueira?

— Nada. O quê? Você disse "cegueira".

— Não — Geeta respondeu. — Você disse. Agora mesmo.

— Foi um elogio. Tipo, ele devia ser cego. Óbvio. Para largar uma mulher como você.

O contrabandista estava mentindo. Muito mal, inclusive, o que era encantador, de certa forma: um criminoso incapaz de contar lorotas. Como um bebê usando um traje formal. Mas Geeta já conseguira o que havia ido buscar, além de problemas muito maiores do que as charadas meias-bocas de Karem. No dia seguinte, teria que andar as três horas até Kohra a fim de encontrar veneno barato. Ela colocou quatro notas de dez rupias no balcão.

Karem balançou a cabeça.

— Não, não precisa.

Geeta o encarou por tanto tempo que ele não teve escolha a não ser retribuir, com relutância, o olhar hostil.

— Não — a mulher lhe disse. — Não quero que você pense que está livre da responsabilidade. Nunca.

SEIS

Quando Geeta voltou para casa, deixou as sandálias ao lado da porta e enxaguou os pés empoeirados no cubículo compacto que usava para tomar banho. Seus baldes d'água estavam com o nível baixo, mas ela os reabasteceria no dia seguinte. De pés úmidos e inquieta, ela andou de um lado para o outro, sentindo um tédio fora do comum. Normalmente, ficava bastante contente em casa; havia aprendido que era uma mulher que ficava bem sozinha. Mas naquele instante ela vagueava de sua mesa de trabalho até o nicho da cozinha, onde tinha deixado os dois pacotes de *tharra*. Brincou com o nó de um deles, mas não abriu o saquinho. Do outro lado da porta dos fundos, ficava um velho fogão de argila, que ela ainda usava com frequência, sendo o esterco bovino um combustível muito mais barato do que o gás.

Na parede à direita, o lagarto de presença assídua agora descansava, a garganta resfolegante: era onde ela queria que sua geladeira ficasse. Geeta estava economizando para comprar uma desde que se juntara ao grupo de empréstimos. Seria tão conveniente cozinhar de uma vez só refeições que durassem alguns dias e armazená-las. Com frequência ela se via em tal situação em que erguia os olhos do trabalho e era tragada por uma onda de fome tão forte que a deixava zonza. Àquela altura, cozinhar não era uma possibilidade, apenas devorar biscoitos até deixar de sentir fraqueza.

E, finalmente, ela poderia comprar e guardar alimentos perecíveis, os sucos e as conservas que famílias conseguem consumir de uma só vez, mas uma mulher sozinha, não. Seu pão não emboloraria com tanta rapidez; seu leite sobreviveria, independentemente da estação; ela talvez pudesse até tentar comprar ovos. Uma geladeira mudaria tudo — incluindo o modo como os outros a viam. Sua mãe costumava afirmar com frequência: *Quando o elefante vai ao bazar, mil cachorros latem.* Apesar de Geeta estar acostumada ao desdém estagnado do vilarejo, a atenção renovada a preocupava, a inveja, o despeito e os sussurros renovados. Mesmo dizendo a si mesma que não se importava, que daria conta da situação, imaginar os sorrisos de escárnio enchia seu estômago de pedras.

Bom. Não haveria escárnio nem geladeira a não ser que voltasse ao trabalho. Geeta saiu da cozinha e ficou em pé diante de sua mesa de trabalho. Jarras de miçangas negras se enfileiravam ali, como soldados à espera de ordens. Uma mesa organizada era fonte de conforto para ela. Deveria colocar uma música e começar o rascunho de um *mangalsutra* de casamento. Se não estivesse a fim daquele projeto, poderia começar a converter mais um colar em bracelete. Era essa a moda entre as noivas modernas: um bracelete matrimonial era muito mais fácil de combinar com jeans do que um colar tradicional com várias voltas. Isso vinha a calhar para Geeta, já que dobrava seu trabalho e seu lucro: ela fazia um colar antes da cerimônia e um bracelete depois.

Geeta destrancou seu armário de metal. Na prateleira superior, ficavam uma caixa de joias marrom e um pequeno cofre onde ela mantinha fio e contas de ouro para os colares. Ignorando o cofre de combinação, ela puxou a caixa de joias. O passar do tempo havia enegrecido os cantos, mas o feltro continuava macio. Quando Geeta abriu a tampa, o aroma suave de açafrão se ergueu. Dentro, estava o próprio colar de casamento e, em um fundo falso embaixo dele, suas economias: dezenove mil e doze rupias.

No segundo ano de seu casamento, os pais de Geeta faleceram, a mãe primeiro, o pai meses mais tarde. A bondade esparsa do destino fez com que a vissem feliz, não acuada. Seu pai, apesar de suas muitas qualidades (engraçado, bondoso, amoroso), não fora dono de muita habilidade com dinheiro, um segredo que só veio à tona com sua morte, quando ele já não podia esconder o verdadeiro estado de suas finanças. Aparentemente, os pais haviam perdido a casa da família de Geeta para o banco há muito tempo. Novos empréstimos foram tomados para pagar velhos empréstimos, tomados também para pagar outros empréstimos; Ramesh havia sacudido a cabeça diante da situação — *um desastre completo, Geeta* —, a crítica impiedosa a seu pai morto mal penetrando o luto de Geeta. Eles tiveram sorte, Ramesh lhe disse, por sua própria família ter se abstido de dotes, considerando-os arcaicos, mas naquele momento os dois teriam que vender as joias matrimoniais de Geeta (era, afinal de contas, uma dívida do lado *dela*). Ela imaginou que era justo, mas preferia que Ramesh tivesse mantido o assunto em particular. O marido criticou os erros do pai dela pelo vilarejo, reclamando que não havia recebido agradecimento algum por não exigir dote. O sobrenome de solteira de Geeta morreu com o pai, e talvez tenha sido melhor assim, pois Ramesh garantiu que este virasse sinônimo de vergonha.

Então, Ramesh desapareceu, transmitindo a ela ainda mais dívidas, e o *mangalsutra* de Geeta fora o único item a sobreviver a seus esforços para se manter estável. Em muitas ocasiões, fora tentada a vendê-lo. Provavelmente, valia vinte mil rupias, e ela poderia comprar uma geladeira na mesma hora, e ficaria com alguns fundos sobrando. Mas não queria a geladeira daquela maneira, para sempre conectada a Ramesh. Não comeria o sal de ninguém além do próprio.

Geeta brincou com o colar matrimonial, escolhido por Ramesh, testando sua força elástica.

Talvez fosse patético tê-lo guardado e, por consequência, ter perdido qualquer minuto que fosse sentindo falta de Ramesh, mas, durante um período, o marido foi tudo que ela teve. A princípio, a nova solidão a havia assustado. Amizades poderiam ter facilitado a transição, mas, bem como uma geladeira, eram um privilégio que faltava a Geeta, então ela deu outro jeito.

Em certo ponto, por meio da descoberta de seus talentos para fazer joias, verdades salientes emergiram: existia uma Geeta antes das mãos de Ramesh a encontrarem, e aquela Geeta continuava viva e, mesmo que mais ninguém tivesse interesse em conhecê-la, Geeta tinha. Descobriu que colocar sal a mais agradava seu paladar. Fez questão de não se desculpar. Gostava de música e dançava ao som de seu rádio velho para pegar no tranco durante as manhãs (embora, depois de ter esbarrado por acidente em um trecho interessante a respeito de orcas, estivesse sintonizando nos últimos tempos o programa sobre natureza da estação Gyan Vani). Biscoitos e Lay's sabor tomate eram um jantar perfeitamente aceitável em determinadas noites. E (o que pode ter sido causado pela magia de transformar uma impossibilidade na ilusão da escolha) ela não teria se dado bem com bebês, sobretudo porque simplesmente não gostava muito deles. Suas uvas, fossem doces ou azedas, eram *suas* uvas. Foi o condicionamento, e não o desejo verdadeiro, que lhe dissera que ela queria filhos; e Ramesh — mesmo cruel como havia sido sobre tal assunto — havia, pelo menos, libertado-a desta restrição.

Geeta largou o colar de volta na caixa. Ela se identificava com a revelação desanimadora da Rainha Bandida a respeito do casamento: o colar que os homens amarravam nelas não era mais bonito do que a corda que amarrava uma cabra a uma árvore, privando-a da liberdade.

Mas a liberdade, Geeta havia ouvido ou lido em algum lugar, é o que uma pessoa faz com o que foi feito com ela. Geeta usou a própria liberdade para começar um negócio. Nunca seria um grande negócio, isso era óbvio, mas existia unicamente por conta de seu talento e visão, o que fazia dela, de acordo com o agente financeiro, uma *empreendedora*.

Só que nenhuma palavra elegante no mundo curaria o fato de que seu sucesso ia apenas até onde os homens ao seu redor permitiam que fosse. Como Samir estava comprovando, um homem nem sequer precisava ser o homem *dela* para oprimi-la. Os microfinanciadores estavam determinados a transformar *abla naris* — como eram chamadas as mulheres submissas — em *nari shaktis* — como eram conhecidas as mulheres empoderadas. Era um objetivo admirável, mas também era meio que em vão, porque os microfinanciadores iam e vinham, e as mulheres eram deixadas com o que sempre tinham feito: conformar-se. Quer se chamasse uma *nari* de "indefesa" ou "poderosa", ela continuava sendo uma mulher.

Geeta voltou aos pacotes de *tharra*. Nem mesmo uma única gota de álcool havia cruzado seus lábios antes. Mas era verdade que ela se perguntava qual era o grande apelo do negócio. Ramesh havia escolhido aquilo em detrimento da esposa. Pelas alegrias contidas naquele saco plástico, Samir estava disposto a machucá-la.

Ao ameaçar sua carteira e seu orgulho, Samir havia relembrado Geeta da própria vulnerabilidade. Então, quando um punho esmurrou sua porta, Geeta deu um pulo e deixou que o *tharra* caísse no balcão com um barulho inofensivo.

Não era Farah nem Samir, e sim Karem, que estava na terra diante dos degraus da frente da casa dela. O homem havia voltado para o chão depois de bater, em vez de permanecer na escada. Era um reconhecimento do espaço dela, o que Geeta valorizou. Não que ela tenha demonstrado:

— O que foi?

— Eu... eu preciso ir a Kohra amanhã de manhã para, err, resolver assuntos de inventário.

— E isso significa goró.

O vendedor suspirou.

— Sim. Quer vir junto?

— Por que eu faria isso?

— Porque você comentou que ia pra lá, e o trajeto é de graça; vou pegar carona em um caminhão.

Geeta reprimiu o instinto de rejeitá-lo e avaliou a oferta por si só. Estava nítido que Karem tentava fazer as pazes, o que não interessava a ela, mas uma carona economizaria seu tempo, talvez o suficiente para dar uma olhada em geladeiras.

Ela ainda não tinha respondido, e o sorriso dele se tornou nervoso e torto.

— Vai ser legal.

— Legal?

— Certo, Geetaben, não vai ser legal. Vai ser puramente profissional. Só aceite, tudo bem? Poupe-se de um dia inteiro andando debaixo do sol. Até mesmo uma *adarsh nari* precisa descansar.

— Estou longe de ser uma "mulher ideal".

Karem olhou para a porta, que ela havia aberto somente o suficiente para acomodar o próprio corpo.

— Você está sozinha?

Ele deve ter percebido de imediato que aquelas palavras — independentemente da intenção e do tom de voz — eram ameaçadoras por natureza quando ditas por um homem para uma mulher. Ele se atrapalhou e deu um passo para trás.

— Não... não quis dizer... Só perguntei caso você estivesse acompanhada, sabe, porque isso explicaria a bebida.

— Já te disse que é para mim.

Ele estreitou os olhos e, por um momento, Geeta pensou que faria pressão. Então, seu rosto relaxou e ele disse:

— Você já experimentou?

— Não.

— Bom, me conte o que achou depois. Fica melhor gelado, é claro. — Ele colocou as mãos nos bolsos da calça marrom. — Vamos sair às oito e meia, então não exagere.

— Não vou.

— Boa noite, Geetaben.

— Tá, tá.

...

Ela foi ao encontro de Karem na loja dele, porque o local ficava mais perto da rodovia do que a própria casa. Ao caminharem na direção da estrada, Geeta se surpreendeu ao perceber que era ela mesma, não Karem, que não suportava o silêncio entre ambos. Ela perguntou:

— Seus filhos ficam bem sem você aqui?

— Eles estão na escola — o homem respondeu. — Deus sabe que eles não aprendem nada, mas, pelo menos, lá cuidam deles de graça.

— Com quantos anos estão?

— Onze, nove, seis e cinco. Não, espera... *sete* e cinco.

Geeta estava atordoada demais para fazer uma piada a respeito da clara atenção dele como pai.

— Caramba.

— Eu sei, eu sei, "planejamento familiar" e coisa e tal. "Nós dois, nossos dois."[1] Mas Sarita e eu queríamos uma menina, então continuamos tentando. Por fim, conseguimos uma.

Geeta fez algumas contas.

— Eu me lembro que sua esposa faleceu em...

— Cinco anos atrás. Mais ou menos na época que Ramesh...

— Desapareceu.

— Isso.

— Deve ser difícil. Fazer tudo sozinho.

Karem deu de ombros.

— É difícil com outra pessoa, também. É assim que o casamento é.

Um caminhão Tata exuberante com um guarda-lama em que havia os dizeres BUZINE OK POR FAVOR desacelerou ao se aproximar dos dois. A parte da frente achatada do veículo era vermelha em grande parte, com punhados de amarelo, azul e todas as cores no entremeio amontoando-se em cima. Era berrante, mas também bonito. Tendo cumprimentado o amigo, Karem subiu com um pulo na traseira, que estava orlada com fardos de feno. Ofereceu uma das mãos a Geeta, que a ignorou e, juntando as saias do sári em um punho, arrastou-se para cima do feno, endireitando-se com muita satisfação, mas apenas metade da dignidade.

---

[1] Iniciativa criada pelo governo da Índia na década de 1950 para refrear a super-população, incentivando que cada família tivesse no máximo dois filhos. (N. T.)

Um búfalo amarrado resmungou diante da chegada deles, antes de enterrar a cabeça em um balde de aço cheio de aparas de grama. Os dois se sentaram com as costas apoiadas em lados opostos do veículo, encarando-se. Os pulsos de Karem repousavam nos joelhos dobrados, e Geeta se acomodou de pernas cruzadas, seu joelho direito estalando, a bolsa de juta em seu quadril.

Karem fez um gesto, indicando a cabeça dela.

— Você está com...

— O quê?

— Palha.

— Ah. — Ela deu tapinhas no topo da cabeça até encontrar o infrator.

Dirigiram-se para o sul, além da periferia do vilarejo, onde os Dálites locais viviam em espaços apertados. Os telhados de palha das choupanas eram atarracados demais para serem vistos além das árvores que cercavam a área, mas algumas casas mais altas, de lama e cimento, eram visíveis. Geeta reconheceu a árvore da forca. Embora aquele não fosse o nome verdadeiro, ela tinha ouvido a história quando criança e, desde então, sempre pensou nela como tal — mesmo que nunca em voz alta.

Em certa manhã bem cedo, muito antes de Geeta ter nascido, duas garotas de casta inferior — com treze e doze anos — foram encontradas penduradas por seus *dupatta*s, as calças abaixadas até os tornozelos, orvalho pingando de seus dedos. Os policiais apareceram e os pais, analfabetos, assinaram um informe autorizando a polícia a investigar o estupro e assassinato. Mas o que eles realmente assinaram, foi o que os policiais haviam sido instruídos a redigir antecipadamente, uma falsa confissão afirmando que os pais haviam descoberto que as filhas eram promíscuas e, portanto, enforcaram-nas para preservar a honra da família. Lá se foram para a cadeia, a família inteira arruinada antes de o sol ter nascido de fato.

Geeta desviou os olhos da árvore da forca. Quer fosse uma história verdadeira ou um mito, ela sabia que o *panchayat* do vilarejo estivera recentemente ouvindo queixas acerca de um homem desconhecido que, usando uma balaclava, atacava garotas Dálites ao amanhecer, quando elas se levantavam da cama para se aliviarem nos campos; primeiro, ele as sufoca, depois, as apalpava. Os cinco membros do *panchayat* foram eleitos pelos aldeões em democracia direta, com o objetivo de permitir que o vilarejo se autogovernasse. No entanto, tudo que o *panchayat* podia fazer era oferecer sua solidariedade às famílias; a justiça era elusiva, porque não havia maneira de identificar ou capturar o culpado.

Campos, alguns verdes, alguns marrons, alguns dourados, passavam desfocados em cada um dos lados da estrada. Em certo ponto, o caminhão freou com força para deixar passar uma massa de búfalos, aparentemente infinita. Karem se segurou firme, balançando para um lado antes de se endireitar. Geeta não conseguiu se firmar a tempo e caiu em cima da palha. Karem teve a decência de fingir não notar. Haviam parado ao lado de um canteiro de obras ativo, com uma pilha grande de tijolos. Uma fila de garotas caminhava, cada uma carregando um tijolo ou dois na cabeça para adicionar ao monte. Ao redor delas, rebanhos de cabras e vacas pastavam, seus pastores usando turbantes vermelhos e brandindo longos cajados. Havia vezes em que Geeta esquecia como aquela terra era verdejante.

Depois do que pareceram quarenta minutos, só que provavelmente foram vinte, pararam em um vilarejo vizinho. O amigo de Karem veio até a traseira a fim de jogar pilhas de cana-de-açúcar ao redor dos dois e do búfalo imperturbável. O motor roncou e partiram novamente. Karem retirou uma cana comprida de uma pilha e ofereceu a Geeta. Quando a mulher balançou a cabeça em recusa, ele roeu uma das pontas, extraiu o suco e cuspiu as fibras ressequidas na estrada.

Inconscientemente, Geeta tentou imaginá-lo bêbado: risonho, balbuciante, violento ou amoroso. O último item da lista a alarmou, e ela desviou o rosto, semicerrando os olhos na direção do sol, porque não conseguia encará-lo tirando da língua um filamento de cana perdido. E era o sol, obviamente, que estava deixando as bochechas dela quentes. Sua pele não era do tipo que corava, à diferença da de Saloni, e foi talvez a única ocasião nos anais da história indiana em que uma mulher se sentiu grata por seu rosto escuro.

Quando chegaram a Kohra, Geeta se voltou para Karem, pretendendo escolher um ponto para se encontrarem dentro de algumas horas. Mas ele tinha outros planos.

— Vamos lá.

— O quê? Não. Tenho meus próprios afazeres.

— Vai ser rápido. Faremos seus afazeres logo em seguida.

— Vai ser uma economia de tempo se eu for sozinha.

— E que tempo precisa ser economizado? Aquele cara só vai voltar para nos buscar às cinco e meia.

Quando ela abriu a boca para protestar, Karem suspirou.

— Geetaben, se quiser ficar sozinha, tudo bem. Mas, antes, me deixe mostrar algo a você. Depois, pode ir fazer o que quiser. — Ele beliscou a pele da garganta. — Prometo.

Com um suspiro, ela cedeu.

— Está bem. Vamos logo com isso.

Os dois caminharam na direção residencial em vez de ir até o bazar próximo, o que inquietou Geeta, e pararam em frente a uma ampla casa de dois andares, com um parapeito intrincado delineando o terraço. Crianças brincavam ao lado de uma cerca baixa, que obstruía uma trilha curta e ladeada de flores que seguia até portas duplas de um azul vivo. Geeta ouviu cães latindo, mas não viu nenhum.

Quando abriram o trinco da cerca, um homem que aparentava uns quarenta anos apareceu do lado de fora para cumprimentar Karem com braços abertos. Um balanço com dobradiças enferrujadas, mas correntes polidas, estava na varanda, flanqueado por plantas altas.

— Karembhai!

Os dois se abraçaram, enquanto Geeta se demorava logo atrás. Por cima do ombro de Karem, ela enxergou a ilha pálida e vazia no topo da cabeça do homem. Eles tinham aproximadamente a mesma altura, mas o homem mais velho carregava uma barriga que testava os limites de sua camisa polo.

— Geetaben, este é Bada-Bhai.

Bada-Bhai juntou as mãos em um cumprimento namastê, o qual Geeta retribuiu.

— É sua irmã mais velha?

— Não, só uma amiga — Karem explicou, ao passo que Geeta sentia cada uma de suas rugas e cabelos brancos. — Ela veio a Kohra apenas a negócios.

— Ela também tem uma receita secreta de *tharra* de primeira linha? — Bada-Bhai brincou, guiando-os para dentro da casa. Ao tirarem os sapatos, ela reparou nas pimentas amarelas e verdes penduradas próximo à entrada. Ramesh a fizera usar uma decoração parecida debaixo da cama para afastar o *buri nazar*; o mau-olhado. Como se ele não fosse a própria encarnação do mesmo. — Se for tão bom quanto o seu, Karembhai, é possível que eu precise trocar de fornecedor.

— Não, não. — Karem riu enquanto Bada-Bhai os levava até uma sala de estar com três sofás e uma televisão. Uma mulher vestindo mangas longas e chinelos para se usar dentro de casa se aproximou, trazendo uma bandeja de copos d'água. Depois de Geeta ter esvaziado e devolvido o próprio copo à bandeja, notou as tatuagens tribais dos Rabaris decorando as mãos da mulher. Geeta tentou fazer contato visual para poder comentar que seu vilarejo abrigava pastores Rabaris todos os invernos; será que a mulher era do Rajastão ou de Kutch? Mas o olhar dela estava fixo no chão e Geeta percebeu, com inquietação crescente, que algo estava errado. Era peculiar que qualquer membro de uma tribo nômade, quanto mais uma mulher, tivesse um trabalho na cidade como ajudante.

Karem pegou um copo d'água.

— Geetaben faz joias.

— Ah, como Sarita-*bhabhi*.

Geeta sentiu uma comichão no escalpo diante do menosprezo, combinado com o de há pouco sobre sua idade. Dizer que suas joias eram como as de Sarita era uma confluência de arte e carpintaria. Mas a pobre esposa de Karem estava morta, aquele tolo era um estranho, e corrigi-lo seria um desperdício pedante de fôlego e ego.

Karem balançou a cabeça em um sinal negativo.

— Estou falando de joias de ponta, não de um hobby. Ela tem o próprio negócio: Designs da Geeta. Queria mostrar sua loja a ela. Dependendo de como os microempréstimos se saírem, ela está pensando em expandir o Designs da Geeta para além do vilarejo.

E isso era uma novidade para o Designs da Geeta.

— *Shabash!* Se Kohra não se cuidar, sua cidadezinha logo vai ultrapassar a nossa.

Era um elogio, certamente, apesar de um elogio condescendente, mas suas beiradas eram delineadas por uma ressalva firme, e Geeta sentiu que haviam sido mais alertados do que adulados. Bada-Bhai bateu palmas.

— Karem tem o melhor *tharra* que já provei na vida. Não sei dizer o que ele faz com aquelas canas-de-açúcar, mas a bebida dele podia passar por rum.

— Ah — Karem disse, dispensando o elogio com um aceno. — Não é bem assim. O Bada-Bhai aqui apostou em mim há alguns anos, depois que Sarita faleceu. Eu não tinha contato algum nem capital de giro. Mas ele disse que havia um mercado para a minha receita de *tharra* e, de repente, fizemos sucesso!

Bada-Bhai deu um tapinha nas costas de Karem.

— Do jeito que ele fala, parece que vendi *gobar* para um vaqueiro. Tente *não* vender álcool neste estado! É impossível. Falando nisso, trouxe algo para mim?

Karem confirmou, acenando a cabeça.

— *Ji.*

Ele ofereceu a bolsa de juta para Bada-Bhai, que examinou o conteúdo antes de convocar um homem à espera no canto, o qual Geeta não tinha notado. O homem pegou a bolsa de Karem e entregou a Bada-Bhai um envelope antes de deixar o cômodo.

— Não posso esquecer — Bada-Bhai disse, procurando no bolso uma moeda de uma rupia, que ele deslizou para o envelope. — Para dar sorte.

Era considerado auspicioso adicionar uma rupia a qualquer quantia oferecida de dinheiro, embora Geeta nunca tivesse atribuído a prática a negócios, apenas a aniversários e casamentos.

— Conte.

Karem, em vez disso, colocou o envelope no bolso.

— Confio em você.

— Onde há negócios, sempre há espaço para dúvida.

Karem sorriu.

— Mas onde há amizade, não.

Geeta, ainda curiosa a respeito da mulher Rabari, pediu para usar o toalete. Indicaram-lhe uma direção próxima da abertura que levava à cozinha, de onde ela entreouviu fragmentos de uma discussão.

— ... completamente, *completamente* inadequado, Lakha, que o filho de um criado coma a...

— Mas ele não é filho de um criado, é?

Quando Geeta passou, apressada, viu uma mulher bem-vestida, da mesma idade que ela, estapear a mulher Rabari.

Queimando de indignação indireta por Lakha, Geeta se distraiu e foi parar fora da casa. Uma cerca de arame isolava um canteiro terroso de nada. Era tão feio quanto a entrada era bonita. Não havia qualquer anexo, então Geeta se virou em busca de voltar para dentro. Tinha se esquecido de onde estava; em lugares maiores como Kohra, os encanamentos internos eram onipresentes. Cães latiram, a cacofonia tão próxima que Geeta se assustou.

Ela não tinha notado os quatro cães acorrentados à cerca. Suas coleiras eram curtas o suficiente para garantir que as patas não tocassem a terra com conforto. Em vez de presos sob a árvore no canto oposto, estavam aglomerados sob o sol, e Geeta não via nenhum vasilhame de água no quintal deserto. Estava prestes a entrar e lembrar Bada-Bhai de que era previsto que a temperatura disparasse até quarenta e um graus naquela tarde, quando notou o menor dos cães se curvando e endireitando a coluna em uma dança estranha, que lembrava as poses de *marjariasana* e *bitilasana* do ioga. Ela pensou que, talvez, ele estivesse só se alongando, mas então a mandíbula do cão se abriu para soltar sons de engasgo que pareciam mais humanos do que caninos. Ele ia vomitar, ela se deu conta um instante antes de o líquido jorrar sobre a terra. Os conterrâneos tentaram evitar a sujeira, mas estavam todos presos ao mesmo elo da cerca, e era impossível.

Geeta deu um passo na direção da casa e, então, parou. A Rainha Bandida não esperava por ajuda, ela *era* a ajuda. Geeta se aproximou dos cães com cuidado; a última coisa de que precisava era contrair raiva. Embora não tivesse medo de animais por si só, como Saloni, Geeta também não babava por eles, como se via nos filmes, nos quais gente rica em mansões tinha cãezinhos felpudos chamados Tufinho que eram mais bem alimentados do que os criados. No entanto, estava evidente que aqueles quatro cachorros haviam sido retirados das ruas, e Geeta não sabia se sairiam mordendo e atacando. Sua respiração estava acelerada demais e ela se sentia zonza sob o sol. Com certa relutância, sussurrou baixinho enquanto analisava as contenções dos cães:

— *Kabaddi, kabaddi, kabaddi.*

As coleiras estavam presas à cerca por um mosquetão simples. Ela apertou a parte com a mola e correu, no caso de os cães perseguirem-na.

— *Kabaddi, kabaddi, kabaddi.*

O pior é que o efeito foi imediato. Ao entoar, ela se forçava a expelir mais ar do que faria normalmente antes da inspiração seguinte, deixando, dessa forma, suas respirações mais profundas.

Se ficasse sabendo daquilo, Farah nunca mais calaria a boca.

A cabeça de Geeta se desanuviou e ela voltou o olhar para testemunhar as reações dos cachorros. Apesar de o aperto em torno de suas gargantas ter afrouxado, permitindo que ficassem devidamente em pé no chão, eles não saíram andando e explorando a nova liberdade. Ficaram imóveis, examinando-a. Então, um deles deu alguns passos na direção da sombra, a coleira se arrastando, e outro seguiu o exemplo. O cão doente caiu de lado, o dorso marrom subindo e descendo, sua cauda, uma corda flácida e suja. Ele precisava de água, se não de ajuda médica.

Geeta caminhou ao longo do perímetro da cerca até encontrar um portão. Não estava trancado. Os cães a observaram testar o trinco, virando-o duas vezes para cima antes de devolvê-lo ao lugar original. Então, ela refez os passos para dentro da casa, as necessidades de *su-su* esquecidas, mas a sala estava vazia. Seguiu as vozes até um quarto que fora adaptado para se tornar um posto de trabalho. Geeta se demorou, sem cruzar a porta, esticando o pescoço para espiar. Tubos e panelas, tanto de argila como de aço, repousavam sobre diversas superfícies enquanto homens se moviam entre as mesas. Karem e Bada-Bhai estavam próximos à parede do lado oposto. Eles observavam um homem derramar metade do *tharra* de Karem em uma panela de argila. A outra metade foi deixada de lado.

— Qual é a necessidade de tudo isso, Bada-Bhai? Achei que você gostasse da minha receita como ela é.

Bada-Bhai riu. Karem não o acompanhou.

— É claro que gosto da sua receita. Se tenho alguma queixa, é que ela é boa demais.

— Não entendo.

— Precisamos diluir com alguma coisa. É um bom negócio, nada mais. Dobramos nosso lucro. — Bada-Bhai deu um tapinha no ombro de Karem. — É por isso que conseguimos pagá-lo tão bem.

— O que é isso? — Karem apontou um líquido cristalino que um empregado derramou dentro da panela — Outro *tharra*?

Bada-Bhai ficou em silêncio.

— Etanol? — Depois de um instante, Karem não perguntou, mas afirmou, a voz sem emoção: — Metanol.

— É um bom negócio. Não esquente a cabeça.

— Você poderia matar alguém.

Bada-Bhai estreitou os olhos. O sorriso estava retesado por baixo de seu bigode.

— Parece que você deu um jeito de criar espaço para a dúvida, no fim das contas. — Ele ergueu os ombros. — Ninguém morreu. Nós fazemos testes.

Geeta se colocou no espaço da porta aberta e perguntou:

— Nos cachorros?

Karem girou na direção dela, questionamento em seus olhos. Geeta inclinou a cabeça.

— Tem cachorros presos nos fundos.

Bada-Bhai suspirou, como se estivesse muito magoado.

— Os cães provam o destilado e, depois de dois dias, sabemos que pode ser vendido.

— Se eles sobreviverem — Geeta retorquiu.

Ele deu de ombros.

— A maioria sobrevive.

Pela expressão de Karem, parecia que havia acabado de saber que seu pai era eunuco.

— I-isso é cruel.

— Qual é a alternativa? *Você* vai se oferecer para experimentar? — Bada-Bhai deu um sorriso afetado para Geeta, como faria a um aliado, e informou a ela: — Ele não bebe. Irônico, não?

Karem fez uma careta.

— É uma reação natural, eu acredito, considerando o ramo em que trabalho.

— *Você* bebe? — Geeta perguntou.

Bada-Bhai fungou e puxou a barra de sua camisa marrom.

— Permito-me de vez em quando. Não é um crime. — Ele fez uma pausa. — Bom, talvez seja, mas não é pecado.

— Então talvez *você* devesse beber o veneno que está enfiando nas goelas daqueles pobres cachorros. — Geeta mostrou os dentes em um sorriso. — Já que gosta de se permitir.

— Escute aqui, *budi* — Bada-Bhai disse, um dedo em riste na direção dela. — Fique com o seu sermão. São só cachorros de rua. Se eu estivesse fazendo crianças provarem a bebida, então, claro, você poderia me chamar de monstro.

Não havia tempo para se doer com o insulto — "mulher velha".

— Essa é sua melhor defesa? Que não amarra crianças e as envenena? E pensar que indicaram Gandhi para um Nobel em vez de você.

— Ei! Eu abriguei aqueles cachorros. Eles não tinham casa e estavam doentes ainda. Eu os vacinei e paguei para que fossem vermifugados e desespermizados ou o que seja. Ganham comida e água...

— E veneno.

— Ei! Não preciso que uma dona de casa velha e entediada, que faz joias *do kaudi ka,* me encha o saco. Karem, pode controlar essa mulher?

— Elas não são malfeitas — Geeta retorquiu.

— E ela não é nenhuma dona de casa entediada.

Geeta tentou não deixar que a incomodasse o fato de ele não ter discordado da parte do "velha". Bada-Bhai soltou um grunhido de irritação. Ao avançar na direção de Karem, que instintivamente se afastou, ele os guiou para fora do cômodo.

— Este é meu negócio e, enquanto quiser continuar sendo pago, não meta o nariz onde não foi chamado.

— Solte os cachorros — Geeta disse.

— Não.

— Solte-os ou eu chamo a polícia.

— Geetaben. — A advertência veio de Karem, cuja súbita mudança na lealdade a desanimou.

— O quê?

Ele indicou o laboratório improvisado com um gesto.

— Não podemos chamar a polícia. Eu seria preso. Talvez você também.

— Ah.

— Dê ouvidos ao homem — Bada-Bhai disse, presunçoso. — Ele, pelo menos, tem um cérebro.

— Não vamos chamar a polícia — Karem disse. — Mas acabamos por aqui. Aquele foi o último lote que lhe vendi.

Bada-Bhai deu de ombros.

— Tudo bem. Mas não espere conseguir vender para mais ninguém em Kohra. Vou garantir que todos saibam que seu produto é letal. Foi por isso que, de coração partido, precisei encerrar os negócios com você... — Bada-Bhai colocou a mão sobre o peito e olhou para o teto. — Porque não poderia, com a consciência tranquila, arriscar as vidas de meus clientes leais com algo sórdido feito metanol. Mas, para a sorte deles, eu encontrei *tharra* novo e limpo.

— No qual você vai continuar colocando metanol.

— Naturalmente. Mas em quem eles vão acreditar? Em um fazendeiro *ghogha* da roça, destruidor de cana-de-açúcar, ou em um homem de negócios de verdade? — Bada-Bhai olhou para o maxilar cerrado de Karem e balançou a cabeça. — É um grande erro, Karem. Como você vai dar comida para aquelas crianças agora? Não se esqueça de dizer a elas que o motivo de estarem passando fome é que o papai idiota escolheu um bando de cachorros em vez delas.

— Ele não é idiota — Geeta interveio.

— Ele é, se pensa que qualquer outra pessoa teria feito algo diferente. Isto são negócios, Karem. Um assunto do qual você e a Madre Teresa aí não entendem nada.

Geeta piscou. Quantos anos aquele *chutiya* achava que ela tinha?

— Não — Karem disse. — O negócio era suprir uma demanda. Não envenenar pessoas a troco de umas rupias.

— Umas rupias! — Bada-Bhai riu. — É assim que eu sei que você é um aldeão; simplesmente não faz ideia, faz, garoto?

— Vamos, Geetaben — Karem disse. — Vamos embora.

— Tudo bem — ela concordou. — Mas... — Ela ergueu o dedo mindinho, o gesto que indicava *su-su*, ou um "número um" no banheiro.

— *De novo?* — Karem perguntou.

— Não, não — Bada-Bhai disse. — Minha mãe tem problemas desse tipo. — Ele falou a Karem: — É típico da idade.

Geeta apertou os dentes.

— Encontro você lá fora.

Bada-Bhai ficou grudado em seus calcanhares durante todo o trajeto. No corredor, Geeta reconheceu a mulher que havia estapeado Lakha.

— Chintu — ela chamou Bada-Bhai. — Não consigo suportá-la por muito mais tempo, *não vou* fazer isso.

A voz dele era desdenhosa quando disse:

— Você vai precisar, e sabe o porquê. Não posso conversar, estou ocupado no momento.

Quando chegaram ao banheiro, Geeta virou-se e quase esbarrou na barriga dele.

— Vai se juntar a mim? — ela perguntou, sarcástica.

Ele pareceu horrorizado, o que era duplamente insultante.

— É claro que não.

— Um pouquinho de privacidade, então?

Ele recusou.

— O que acha que vou aprontar? — Geeta gesticulou para si mesma: inofensiva, aparentemente velha, armada apenas com um sári e uma bolsa de juta.

O homem hesitou, mas então pareceu concordar com a autodepreciação dela, revirando os olhos.

— Senhor? — um garoto novo chamou.

Bada-Bhai cruzou o corredor para colocar as mãos no ombro do garoto.

— Papai — ele corrigiu, a voz gentil, conduzindo o filho na direção da cozinha.

Geeta fechou a porta do banheiro e refez os passos até o quintal dos fundos, onde correu direto até o trinco. Abrindo o portão, sussurrou para os cachorros:

— Vão! Pega! *Xispa!*

AS RAINHAS BANDIDAS • 79

Três deles deram ouvidos, saindo em disparada. O doente mancou, ávido por agradar, e conseguiu andar em um círculo desleixado.

— Por aqui — ela sibilou para ele. — Siga minha voz.

O cão deu uma guinada na direção dela, em uma reviravolta promissora, mas então seu nariz bateu de leve na cerca, e ele prontamente caiu de lado.

— Ah, puta merda. — Ela não tinha tempo para isso. Mesmo se jogasse o filhote para fora das fronteiras da cerca, ele não chegaria longe. Encontrariam-no na mesma hora.

Geeta afagou o cão duas vezes, deixando que ele farejasse sua mão com o nariz preto. Então, ergueu o corpo marrom e magro. Ele tinha um torso comprido, mas as pernas eram atarracadas. Sua melhor característica eram as orelhas, parecidas com a de uma raposa, com a parte interna cor-de-rosa e grandes demais para o rosto minúsculo. Seu pelo estava sujo; a cauda, uma corda nojenta. Ela sentia a pele morna cedendo entre cada costela. Quando o colocou dentro da bolsa vazia, ele choramingou, a língua pendendo para fora. O cão não resistiu ao toque desconhecido dela, enrolando o corpo com tal derrota que provocou a compaixão e a raiva de Geeta ao mesmo tempo.

Voltando para a casa, ela analisou o corredor e, silenciosamente, trancou-se no banheiro.

— *Kabaddi, kabaddi, kabaddi.*

Seu coração mal teve tempo para se assentar antes que Bada--Bhai aparecesse, dando pancadas na porta.

— *Ben?* — ele chamou. — Ei, *ben*! O que aconteceu? Você caiu?

Ela ferveu de raiva diante do espelho que ficava acima da pia cor-de-rosa. Deus do céu, será que sua aparência era realmente frágil o suficiente para que estivesse na lista de vigilância de fratura no quadril? Claro, havia algumas rugas reunindo-se na região dos olhos, não era assim com todos que desperdiçaram a juventude sorrindo? Ela já estava nos trinta e tantos, então conquistara as poucas mechas de cabelos brancos, mas sua cabeça ainda era esmagadoramente escura. Além disso, pensou com despeito e satisfação, pelo menos ela ainda *tinha* cabelo.

A casa de Geeta tinha apenas um espelho, e ela raramente se ocupava com a superfície distorcida dele; não havia muita necessidade de ser vaidosa. Ela já não usava *bindi*s nem joias. Sabia a impressão que suas roupas passavam: funcionais. Conseguia até arrumar o cabelo às cegas. Penteia, penteia, penteia, enrola em um coque, amarra. Tornara-se aparente que o visual não a valorizava em nada, puxando para trás o cabelo da testa e das têmporas com tal severidade que imitava caricaturas de professoras, mas quem diabos se importava com a aparência dela, afinal? Não era como se *quisesse* que alguém a olhasse; ser invisível era muito mais seguro. E ainda assim... quantos anos Karem pensava que ela tinha?

Diante de tal curiosidade intrusa, Geeta acionou a descarga e abriu a porta, esperando que Bada-Bhai não reparasse no novo volume na bolsa anteriormente vazia.

— Até que enfim — ele resmungou. — Importaria-se em partir agora?

O cão, cujo calor atravessava a bolsa até o diafragma de Geeta, soltou um ganido. Não foi um barulho especialmente alto, mas a casa estava em silêncio.

— O que foi isso?

Ela espalmou a mão contra o abdômen.

— Indigestão — explicou. — É típico da idade.

SETE

Karem a esperava do lado externo do portão, a postura abatida enquanto mexia em uma pedra com o pé.

— Tudo certo, Geetaben?

— Sim — Geeta falou. — Mas é melhor irmos.

— Sim, você tinha afazeres, certo? Para onde vamos?

Ela olhou para trás. Quanto tempo demoraria para Bada-Bhai ou os homens dele irem até o quintal dos fundos? Ela puxou o braço de Karem. Seu toque pareceu deixá-lo surpreso; ele baixou os olhos para a pele dos dois.

— Hum... acho que é melhor corrermos.

— O quê?

Um berro de revolta se ergueu da casa.

— Tipo, agora. Corre.

Apressaram-se até o final da rua os dois nada ágeis, e viraram uma esquina para adentrar o bazar lotado. Geeta serpenteou através, em vez de ao redor dos trechos mais lotados, esperando despistar qualquer um que pudesse estar perseguindo-os. Ela se preocupou se os empurrões estariam machucando o cachorro ainda mais, mas não ousou desacelerar. Karem manteve o ritmo logo atrás, provavelmente achando-a maluca. Vendedores apáticos sentavam-se de pernas cruzadas em lonas, acertando mosquitos com golpes aleatórios de lenços atados em varetas. Os ambulantes mais agressivos estavam em pé, empurrando todo tipo de coisa, de sapatos a buquês de sementes de erva-doce, nos rostos que passavam. O final do bazar os deixou em uma rua ladeada por estabelecimentos de tijolos e argamassa. Por meio de concordância implícita, os dois pararam de correr.

— O quê...? — Karem arfou antes de dobrar o corpo ao meio, as mãos segurando os joelhos. — Só... que história foi essa?

— Libertei os cachorros. Precisei fazer isso.

— Você *o quê*? — Mas ele não estava bravo. Geeta conhecia a raiva; Karem estava surpreso.

Eles recuaram quando um caminhão com o para-brisa lotado de guirlandas de cravos, fez zigue-zague pelo mercado, na direção do templo do outro lado. Posicionados no teto do veículo, estavam dois chifres e alguns cartazes políticos. As buzinas guincharam, mas o coração de Geeta batia alto demais para que ela conseguisse ouvir.

Depois de um instante, Karem se endireitou e disse:

— Bem, ótimo.

— Você não está bravo? E se Bada-Bhai for atrás de você?

Karem deu de ombros.

— Ele já tirou o negócio de mim. Está de bom tamanho. É um belo de um soco no meu estômago.

Geeta engoliu em seco. Deu-se conta de que ela e Farah planejavam deixar que a conta de Samir morresse junto dele. Tinham planejado, em essência, roubar Karem e, até aquele momento, parecera um crime sem vítimas.

— Você vai encontrar outro.

— Não, não aqui.

Seu medo de retaliação retornou. A partir de então, ela teria dois homens querendo seu sangue.

— O Bada-Bhai é um chefão tão importante assim?

Karem soltou uma risada pelo nariz.

— Ele não é chefão nenhum, só quer ser. Escolheu aquele nome para parecer durão, mas, em boa parte do tempo, fica enfiado entre a esposa e... — Ele pigarreou e ficou quieto.

— Lakha? A mulher Rabari?

Karem concordou com a cabeça.

— Você é observadora. Demorou algumas viagens para eu entender que ela é mãe do filho dele.

— Bastardo?

— É, mas o único filho homem, então Bada-Bhai jamais renunciaria a ele. Além do mais, ele... eu não chamaria de amor, mas ele é um pouco, não sei, *obcecado* por ela. Difícil dizer qual das duas coisas emputece mais a esposa.

Geeta tinha várias outras perguntas, mas optou por questionar:

— Se ele não é perigoso, por que você não acharia outro vendedor por aqui?

— Este lugar é pequeno demais. Ele é o único em Kohra que entra nessa. Vou precisar começar do zero em algum outro lugar. Fazer contatos, deixar que experimentem o *tharra*, construir uma reputação. Até lá... — Ele ergueu os ombros.

— Nós podemos conseguir ajuda. O agente financeiro pode...

— Geetaben — ele disse —, você sabe que os empréstimos são apenas para mulheres. Além disso, duvido que haverá muitos interessados em financiar um comércio de bebidas alcoólicas em um estado onde se aplica a lei seca.

— Você só está fazendo o que também fazem em outros estados. Uma linha aleatória em um mapa define se você é ou não um criminoso? Não faz sentido. — Quando Karem estreitou os olhos, Geeta perguntou: — O que foi?

— Nada — ele disse. — É só que seu apoio é uma surpresa. Considerando o que aconteceu com Ramesh.

— Bom. — Geeta fez uma pausa. Depois do que tinha dito a ele na loja na noite anterior, precisava ter muita certeza de que qualquer retratação seria sincera. Ela decidiu que não sabia quem Karem havia sido antes, mas o homem com quem ela estava no momento, o que se recusou a envenenar pessoas em prol do lucro, merecia uma segunda chance. — Ramesh fez suas escolhas.

— Sim — Karem concordou. — Isso é verdade.

O contato visual entre os dois a aturdiu. Geeta beliscou o lóbulo da orelha, o braço roçando na bolsa. O cachorro choramingou lá de dentro. Karem piscou.

— Isso aí é...

— Ah! — Ela tinha esquecido. A culpa suavizou seu toque ao retirar o cão. As orelhas de raposa eram a única parte alegre dele. Sua cauda malhada jazia caída; ele tinha o próprio vômito seco no pelo. — Este aqui estava doente. Não conseguia correr. Acho que ele nem sequer enxerga.

Karem fez carinho no cachorro.

— Vamos arranjar um pouco de água para ele.

— E quanto a um médico?

— Para cachorros? Kohra não é Bombaim.

Encontraram uma torneira pública. O cão farejou antes de beber, suas narinas pretas inquietas. Ele bebeu por uns bons dois minutos antes de parar para arfar.

— Ele parece um pouquinho melhor — Karem constatou.

Geeta avaliou o cachorro em seus braços com desconfiança; ele tremia do esforço de lamber. O pelo ao redor de suas patas era branco, mas estava sujo. O restante dele era marrom-claro, exceto por uma faixa escura envolvendo como um cinto o seu torso comprido, e uma orelha preta.

— Você acha?

— Na verdade, não.

— Acha que ele pode morrer?

— Se conseguir manter a água e um pouco de comida na barriga, acho que vai ser um bom sinal.

— O que cachorros comem? — O programa de rádio da Gyan Vani falava sobre a vida silvestre; não ofereciam dicas para domesticar animais de rua. Geeta o colocou no chão, mas ele soltou um berro, então ela o pegou nos braços de novo. O calor e peso do animal, mesmo mínimos como eram, traziam uma sensação de conforto, apoiados em seu tronco. Geeta sentiu-se maternal e querida; o sentimento não era de todo repugnante.

AS RAINHAS BANDIDAS • 85

— Cães de rua? Qualquer coisa que não esteja amarrada.

Depois de terem saído de um quiosque de variedades com um pacote farto de biscoitos Parle-G, Karem perguntou:

— Quais são seus afazeres?

Geeta pigarreou. Ela viera até ali em busca de envenenar um homem, mas acabou punindo outro por fazer o mesmo com um cão. Era diferente, e no fundo ela sabia disso, mas não conseguia articular como ou por quê.

— Preciso de contas e fios. E umas argolas e terminais, ah, e fechos.

— Vou só fingir que sei o que é tudo isso. Mostre o caminho.

Os dois formavam uma cena peculiar ao caminharem, e as pessoas encararam o cão imundo que Geeta carregava feito um bebê. Quis lhes informar que não era um daqueles idiotas dos filmes que têm mais dinheiro do que bom senso, e que obviamente aquele não era um Tufinho mimado qualquer, com patas imaculadas demais para tocarem a terra.

O estabelecimento onde ela sempre comprava suprimentos ficava enfiado entre uma loja de fotos para passaportes e uma fileira de alfaiates muçulmanos. Uma escada espiralada de ferro levava até o segundo piso, onde os lojistas moravam. Na sarjeta desnivelada, dois homens bebiam chá, as sandálias de lado. Um deles discutia a respeito de encontrar um pretendente para a filha:

— E aquele imbecil me disse: "Meu filho é diplomado, você vai precisar dar um carro e dez laques de rupias". Falei pra ele: "Você já viu seu filho? Vinte e três anos e mais careca do que uma noz! Até algo de duas rodas e um laque já é demais".

Os homens riram enquanto Geeta e Karem passaram por eles para entrar.

— Dotes — ela comentou. — Que coisa barbárica. — Quando o homem ficou em silêncio, limitando-se a balançar a cabeça em concordância, ela perguntou: — Você pegou um dote? Por Sarita?

— Tecnicamente, talvez? Os pais dela nos deram a loja como presente de casamento. Estava no nome dela, mas era para nós.

— Isso não...

— Namastê, Geetaben — o dono cumprimentou, antes de seu rosto ser tomado por aversão. — O que é essa coisa?

— Um filhote.

— Acho que não gostaria de um cachorro aqui dentro.

— Olhe para ele: está fraco demais para andar, que dirá quebrar qualquer coisa.

Quando o dono não disse nada, Geeta soube que tinha vencido. Ele era um homem magro, de mãos delicadas e um bigode que a lembrava de um suricato. Ela listou a quantidade de fios e contas pretas e douradas de que precisava.

— É o dobro da última vez, não é? As coisas devem estar indo bem!

Normalmente, ela teria papeado com ele.

Em Kohra, não era uma bruxa nem uma viúva, apenas uma mulher de negócios. Mas, naquele momento, apenas soltou um murmúrio evasivo. Não parecia correto se gabar de seu sucesso quando, nem uma hora mais cedo, havia custado a Karem toda a subsistência do homem.

— Vai conseguir aquela geladeira rapidinho.

Geeta quis encher com miçangas a boca de suricato do lojista. Mas a culpa era somente dela, por lhe fazer confidências. Apesar de seu pânico, Karem não pareceu interessado, em vez disso ficou vagando pela loja estreita com interesse educado. Ainda assim, quando já tinham saído, ela ofereceu um contexto.

— Estou pensando em comprar uma geladeira... se conseguir economizar o suficiente. — Geeta ergueu os ombros. — É algo idiota.

— Não é, não. É ótimo. Você tem que se orgulhar das suas conquistas. Não foi fácil consegui-las.

— Não foi — ela repetiu. Então, mais uma vez, com mais firmeza: — Realmente não foi.

— Geetaben...

Ela o interrompeu com mais agressividade do que pretendera.

— Por que você me chama de *ben*?

— Eu... err... não sei, nunca pensei direito nisso. Por que fazem isso? Por respeito, acredito. Por quê?

— Quantos anos você acha que eu tenho?

— Err... — Ele estreitou os olhos na direção dela. — A minha idade? — Diante da expressão estrondosa dela, ele corrigiu: — Mais nova, muito mais nova! Digo, não é como se você fizesse o tipo de titia ou algo assim.

Mas, considerando os pares de Geeta e suas respectivas ninhadas, era exatamente o que ela era. Falou isso a ele.

— Certo — ele retificou. — Bom, você não é *minha* titia. — Ele assumiu um semblante fingido de revolta, na tentativa de desanuviar a tensão que Geeta tinha criado. — E, a propósito, eu só tenho trinta e nove.

— Não é sua culpa — ela o tranquilizou. — Você tem, bom, um laque de crianças. Elas fazem você envelhecer, sabia?

— Ah, sim, obrigado. No entanto, se você acha que quatro equivale a um laque, talvez não seja uma mulher de negócios tão incrível, Geeta... — ele sorriu — ... *ben*.

Ela fez uma cara feia, divertida.

— Besta.

Os dois passaram pela frente de um templo, sandálias e tênis despidos amontoando-se nos degraus da entrada. A tinta dourada nas estátuas cintilava para ela.

Karem perguntou:

— Você e Ramesh não quiseram filhos?

Era extremamente gentil da parte dele, Geeta pensou, não simplesmente presumir (como o restante fazia) que ela era incapaz de tê-los. Ainda assim, era mais fácil discutir assuntos do tipo com as mãos ocupadas. Então, Geeta ofereceu mais um biscoito ao cachorro e respondeu:

— Pensei que queria, mas não aconteceu.

Apesar da diplomacia anterior de Karem, Geeta se preparou: as pessoas pensavam que não havia nada mais triste do que uma mulher sem filhos. Qualquer um poderia se compadecer daquele cenário; uma mulher que, em suas visões, não era capaz de ser mulher. Era mais fácil sentir pena do que colocarem na cabeça a ideia de uma mulher que preferia as coisas daquela maneira. Mas para Geeta, o mais triste, o verdadeiro desperdício, era uma mulher com filhos que ela não queria.

— Pensou? Isso significa que você não quer?

Geeta hesitou; uma mulher sem filhos era lamentável, uma mulher sem filhos e feliz era anormal. Finalmente, ela disse:

— Não acho que eu queira.

— Bom para você, então. Fez o que agrada *você*, e não o restante das pessoas.

— Mas ainda assim — Geeta falou. — "Ter filhos é um privilégio", não é? Com todas as "alegrias e recompensas"?

Karem soltou uma risada pelo nariz.

— O quê? Não. Digo, tá bem, bom, às vezes sim, mas também é um trabalho ingrato. Amo meus filhos, não consigo me imaginar sem eles, mas, ao mesmo tempo, consigo *muito* me imaginar sem eles. — Ele riu. — É estranho. Mas você precisa ter muita certeza de que quer isso, para que valha a pena. Se não for assim, deixe para lá.

— Bom, de qualquer forma, é uma questão irrelevante.

— Não sei, não. — Ele ergueu os ombros. — Fui o mais novo de doze. Minha mãe, até os quarenta e muitos, ainda estava tendo filhos.

— Seu pai não a deixava em paz, é?

— Bom, não tinham televisão naquela época, certo?

Geeta riu.

— Não tenho esse problema.

— Você poderia — Karem disse. — Se quisesse esse problema.

E Geeta, ridiculamente, sentiu o rosto esquentar.

— E quanto a você? Tem irmãos ou irmãs? — ele continuou.

— Não — a mulher respondeu, agarrando a mudança prosaica na conversa. — Somente eu. — Embora Saloni tivesse sido como uma irmã. — Acho que minha mãe ficou grávida quando eu tinha seis anos, mas então, deixou de ficar. — Geeta ergueu os ombros. — Não falávamos direito sobre o assunto.

Naquele momento, mais uma vez compartilhando além da conta com Karem, ocorreu-lhe que a mãe provavelmente tinha enfrentado abortos antes de Geeta também, mas fora a história do *papadam*, nunca lhe havia ocorrido imaginar a vida da mãe antes da maternidade. Mesmo depois que ela faleceu, os pensamentos de Geeta a seu respeito eram restritos pela duração da própria vida. Extrapolando essas regras, toda a vida sem filhos de Geeta evaporaria depois de sua morte sem filhos. Talvez *esse* fosse um motivo para se ter filhos: ser lembrado.

Ainda assim, a Rainha Bandida não teve filhos, e ela era lembrada. Enquanto cumpria sua pena na prisão por matar vinte e dois homens em um dia, fora levada às pressas para o hospital para uma histerectomia de emergência, durante a qual o médico aparentemente havia brincado: "Nós não queremos que Phoolan Devi dê cria a mais Phoolan Devis". Não passava despercebido por Geeta o fato de que o "nós" não queria dizer "civis", nem "policiais", mas, sim, "homens".

Karem balançava a cabeça, em concordância.

— Ninguém fala. Sarita também passou por isso. Acho que a maioria das pessoas não quer arriscar dizer a coisa errada, então não fala nada. Não acho que seja muito melhor.

— Sinto muito — ela lhe disse. Parecia, ao menos aos seus olhos, que Karem nunca falava a coisa errada. Ou talvez o fizesse, de vez em quando, mas sua sinceridade salvava as coisas, salvava-o de ser banal, insensível ou, ainda pior, apaziguador.

— Também sinto.

Seria ofensivo deixar que o homem acreditasse que os dois compartilhavam deste luto em particular.

— Eu não... digo, não tive. Não passei por isso, quero dizer.

O aceno de cabeça dele foi lento e gentil.

— Que bom. Isso é bom.

Geeta se concentrou no filhote em seus braços. Eles estavam perambulando pelas ruas, nenhum dos dois seguindo, nenhum conduzindo.

— Ele não vomitou os biscoitos. Isso significa que está bem?

— Acho que significa que ele vai para casa com você.

— Como é?

— Bom — Karem disse, acariciando o pelo emaranhado atrás das orelhas do cachorro —, ele confia em você. Depois de um pouco de descanso e comida, vai ser um bom bicho de estimação.

— Não preciso de um bicho de estimação.

Karem estava animado.

— Ah, é claro que precisa. Você mora sozinha.

— E é assim que eu gosto.

— De qualquer forma, ele é a companhia perfeita para você.

— O que o faz pensar isso? — Geeta não estava curiosa, só falou aquilo porque havia um arremate cheio de orgulho à espera por trás do sorriso presunçoso de Karem, e ela estava se sentindo generosa.

— Bonitão, mas mudo.

O rosto dela permaneceu estoico.

— Hilário.

— Qual nome vai dar para ele?

— Nenhum.

— "Nenhum, ne-nhum" — Karem experimentou, como se fosse uma comida nova. — *Kuch nahin, kuch-nay*. — Ele balançou a cabeça, pesaroso. — Não acho que combine com ele. Além do mais, o pobrezinho já deve sofrer de autoestima baixa.

Geeta olhou feio para ele.

— Seus filhos falam que você é engraçado? É por isso que você é assim?

Karem mexeu os ombros de um jeito bobo.

— Eu *sou* engraçado.

— Escuta, não vou ficar com ele. Não queria que ele morresse, isso não significa que vou abrigá-lo.

Karem deu de ombros.

— Veremos. — Ele ergueu o rosto para o céu, semicerrando os olhos. — Temos mais ou menos uma hora antes de a nossa carona chegar. Quais eram seus outros afazeres?

AS RAINHAS BANDIDAS • 91

Ela tinha esquecido completamente o veneno de rato.

— Err... ah... vou rapidinho e encontro você depois?

— Vou com você.

— Ah, não, por favor. É... coisa de mulher.

Em vez de recuar, a expressão dele ficou séria.

— Se precisa comprar absorventes, Geeta, não há vergonha nisso. Tem uma farmácia à esquerda.

Geeta embromou. Ela não comprava absorventes, ninguém no vilarejo deles comprava; o preço era proibitivamente exorbitante. Mesmo Geeta, que tinha poucos outros gastos, não conseguia conciliar o pagamento de seis rupias por absorvente. Ela, como todas as outras mulheres que conhecia, usava e lavava pedaços de pano e lenços velhos. Será que agora precisaria comprar absorventes na frente de Karem só para justificar o comportamento esquisito?

Não. Ainda que seu orgulho pudesse aguentar, o bolso não conseguia.

— A loja é...

— Não!

— Eles embrulham para ninguém poder ver, se é com isso que você está preocupada.

— Está tudo b...

— Mas...

Ela gritou:

— Eu não preciso de absorventes!

Ele deu um passo para trás, piscando, surpreso.

— Certo. Ahhh... — Ele alongou o som como uma sirene, e Geeta temeu a epifania falsificada que a aguardava. — É por *isso* que você disse que a questão era irrelevante agora? Porque as... *luas* pararam de vir?

Ela protegeu a barriga do olhar dele com o cachorro. Com a voz gélida, disse:

— As luas estão muito bem, obrigada.

Geeta lhe entregou o cachorro, que rosnou até Karem começar a coçar atrás das orelhas dele. Somente quando o filhote se acomodou com Karem, ela entrou na loja. Mas a farmácia não vendia veneno de rato; ela comprou comprimidos Pudin Hara de que não precisava e saiu.

— Ahhh — Karem falou da mesma maneira enfurecedora quando viu a compra. — Mas diarreia não é um problema de mulher, é um problema de todos.

— Eu — Geeta fervilhou — não estou com diarreia.

— Então...

— É só por precaução, tá bem? Você é o quê, um policial?

— Não — ele replicou, ainda de muito bom humor, para a fúria dela. — Só um intrometido.

Passaram por uma loja de eletrodomésticos, com uma estrela de cinema imóvel e dentuça exibindo um vasto sorriso de aprovação pela loja que os clientes haviam escolhido.

— Nós precisamos — Karem comentou, agarrando a mão dela. De repente, Geeta era uma passageira, arrastada pela entrada até o silêncio climatizado.

Diferentemente da loja de contas, ali Karem não saiu olhando nem vagando. Ele marchou na direção da parede oposta, na qual modelos de geladeira se agigantavam ao lado das máquinas de lavar e trempes de fogão. Um vendedor, usando camisa de manga curta com colarinho, alcançou-os ao lado de um refrigerador LG robusto. Flores roxas pintadas floresciam pela porta. O jovem vendedor pareceu nervoso, mas não comentou a respeito do cachorro.

— Boa tarde, senhor — ele cumprimentou. As duas canetas no bolso azul de sua camisa estavam sem tampa. — Posso ajudar?

— Estamos só olhando — Geeta avisou. Pela maneira triste como o vendedor os avaliou (Karem de calças empoeiradas, ela com um sári desgastado), ela deduziu que o sujeito trabalhava com comissões.

— Vocês fazem entregas? — Karem perguntou.

— Sim, senhor.

Karem informou a distância aproximada e a área do vilarejo deles.

— Sim, também podemos entregar lá.

Geeta perguntou:

— De graça?

— Dependendo de qual das geladeiras, senhora.

— Esta. — Ela tocou uma porta de aço.

O vendedor tentou sorrir, mas provavelmente era novo na função, porque pareceu mais próximo do riso. As sobrancelhas dele se elevaram.

— Ah, sua esposa tem bom gosto, senhor...

— Ah, ele não...

— Mas essa é uma Samsung nova, cinquenta e cinco mil rupias — Geeta puxou a própria mão de volta, como se a porta tivesse se transformado em um homem —, então, sim, ela se qualifica para a entrega gratuita, mas... — Ele fez um gesto na direção deles, então se deu conta de sua indelicadeza e deixou o braço cair.

— Pois é — Geeta falou.

— Mas! Os modelos domésticos são, ah, claro, menos custosos.

— Claro — Karem disse.

— Tipo este aqui? — Geeta perguntou, apontando para as flores roxas horrendas.

Karem riu e se dirigiu ao vendedor:

— Ainda acha que ela tem bom gosto?

De um momento para o outro, tudo em Karem a enfurecia: sua tranquilidade, sua confiança, seus gracejos. Geeta sentiu-se uma desleixada; evidentemente, Karem pensava que sentir atração por ela era tão absurdo que não havia risco algum de ela entender mal suas intenções. Era ofensivo o fato de o homem pensar que era uma piada — flertar, fingir serem casados e felizes, uma depreciação jovial da vida doméstica compartilhada, para completar. Era uma zombaria, mas Geeta não se sentia cúmplice. O alvo da pegadinha era *ela*, não aquele vendedor novato cujas canetas começavam a vazar na costura de seu bolso. Os pontinhos azuis distintos ainda eram pequenos, mas cresceriam.

Então ela retorquiu:

— É claro que não tenho. Afinal, olha só com quem me "casei".

Para a surpresa de Karem, a mulher mostrou os dentes em um sorriso. A testa dele se franziu. Ver sua confiança falhar foi satisfatório da mesma maneira que devorar quatro sorvetes *kulfi bars:* maravilhoso, até que a náusea pelo açúcar surgia. O vendedor dividia o olhar entre os dois, incerto de onde colocar sua lealdade. Ele preencheu a atmosfera matraqueando:

— Talvez, ah, um frigobar seria melhor? Se não precisam de muito espaço? Vocês têm filhos, senhor?

Em suas fantasias, a geladeira era mais alta do que ela, como a da porta de aço. A roxa e florida era feia e mais baixa, mas pelo menos ainda era claramente uma geladeira, ao contrário da caixa atarracada da qual o vendedor estava se aproximando. Ele precisou se agachar para abrir a porta. O item parecia uma concessão em vez de uma vitória.

— Esta é uma Samsung, nove mil e quinhentas rupias, senhor. Mas esta outra sai por apenas sete mil rupias, modelo doméstico, senhor.

Karem falou, a voz baixa:

— Deixe-me esclarecer. Ela não é minha esposa, sou só um amigo. Ela vai comprar a geladeira que escolher, com dinheiro que ganhou por conta própria.

O vendedor balançou a cabeça, concordando, como se a situação fosse interessante em vez de intensamente constrangedora. Ele os deixou a sós, indo atrás de uma ligação telefônica fantasma, e Geeta viu-se desejando poder fazer o mesmo. Ela saiu da loja com Karem em seu encalço e, uma vez que estavam do lado de fora, o calor suavizou os arrepios em seus braços.

— Me desculpe — ele falou, as mãos voltando aos bolsos depois de passar o cachorro para Geeta. — Foi divertido fingir, e me deixei levar. Não foi minha intenção deixar o vendedor pensar que eu tinha condições de comprar.

Na vida de toda pessoa existem momentos, Geeta sabia, em que se é confrontado com a própria canalhice. Depois do dia terrível de Karem, causado largamente pelas ações dela, Geeta nem sequer havia sido capaz de lhe permitir uma pequena brincadeira. Às vezes, conseguia ser a versão mais merda possível de si mesma. Em geral, não havia ninguém por perto para sofrer as consequências e o fato passava despercebido. Mas quando era autorizada a se aproximar das pessoas... bom, ela era capaz de sabotar como se fosse um trabalho bem remunerado.

— Não, não — ela interveio, com intensidade tão atípica que sentiu Karem acreditando. — *Eu* é que peço desculpas. Não tinha me dado conta de quanto seria caro — ela mentiu. — Descontei minha decepção em você.

O homem sorriu, em uma tentativa de paz, e ela ofereceu um sorriso de volta.

— Certo, então talvez leve um pouco mais de tempo, mas ainda vai dar certo.

Com a trégua implementada, ambos continuaram a andar. Karem, não Geeta, se deu conta de que estava na hora de voltar para encontrar o caminhão. Enquanto esperavam, perto da rodovia, o peso fantástico de seu próprio fracasso a encontrou e estabeleceu-se. Aquele dia — Karem, o cachorro, ir às compras — fora uma completa distração da vida e dos deveres que a aguardavam, especificamente uma solução para o problema chamado Samir. Como Karem havia dito: *Foi divertido fingir, e me deixei levar.* Apesar de apreciar o anonimato de Kohra, Geeta não era feita para a cidade e geralmente passava por certa ansiedade até estar próxima de casa. Mas, naquele dia, descobriu que era o oposto. Era como matar aula; as consequências ficavam suspensas até que chegasse a hora de voltar para casa e encarar o martelo do juiz.

Talvez Karem se sentisse de maneira parecida, porque ele soltou um suspiro.

— Foi um dia bom.

Ela o observou do outro lado da traseira do caminhão. O sol os deixava, manchando o céu de um rosa adocicado.

— Mesmo com Bada-Bhai?

E com o meu comportamento de pirralha mimada?, ela ponderou.

Diante da dúvida, o homem deu de ombros.

— Não sei. Só sinto que tudo vai acabar bem, não sei lhe dizer como ou por quê, mas gosto da sensação. Não vai durar, então vou só aproveitar.

— Por que não duraria?

— A maioria dos sentimentos não dura.

— Que triste.

O meio-sorriso dele era intrigado.

— Será? Sempre pensei que era reconfortante. Digo, saber que é tudo temporário diminui os riscos. Você pode se permitir ir até os limites de tudo, porque vai passar.

— Então o amor não dura? E quanto aos seus filhos?

— O amor dura. Mas é porque não é um sentimento.

Ela já discordava dele, mas perguntou de qualquer forma:

— O que ele é, então?

— Um compromisso.

— Tipo uma obrigação?

— Não, não de uma maneira ruim. Só quero dizer que é uma escolha que você renova todos os dias.

Geeta pensou nas orcas em seu programa de rádio. E em Lakha, presa na casa horrível de Bada-Bhai pelo bem de seu filho ilegítimo.

— Não sei. Não acho que você *escolhe* amar seus filhos. Acho que você só meio que... ama? Digo, não tem como evitar. É biologia, natureza ou algo que o valha.

— É, claro, o amor dos pais é primitivo, mas o amor que se compromete com os sacrifícios, que coloca as felicidades e necessidades deles acima das minhas, que faz isso diariamente, sem parar... é uma escolha. — Karem estreitou os olhos, do jeito que Geeta descobrira que ele fazia enquanto refletia. As palavras vinham mais depressa à sua mente quando ele fechava os olhos. — É uma escolha que faço. É importante, ao menos para mim, reconhecer isso, porque quando não se reconhece, o ressentimento surge aos poucos.

AS RAINHAS BANDIDAS • 97

— Você se sente sozinho? — Era uma pergunta idiota que realçava seu próprio estado.

Mas, com os olhos ainda fechados, Karem respondeu apenas:

— Em certos momentos, muito.

— É mais difícil para você do que para os outros, não é? Tudo depende de você. Não existe ajuda.

— Ah, eles cuidam uns dos outros. O meu mais velho é como um segundo pai. Ele até me lembra de comer.

— Isso é bom.

— Não muito — Karem disse. — Não é uma infância.

Geeta, mais uma vez, sentiu-se incompetente; ela não era boa em oferecer conforto aos outros, aquele era um músculo que havia deixado atrofiar há muito tempo. Antigamente, com Saloni, ela costumava ser boa nisso. *Porque você me ama. Você me enxerga de um jeito que ninguém mais enxerga. E porque você é uma tonta.*

Se o que Karem dizia era verdade, ela e Saloni haviam escolhido uma à outra, escolhido amar uma à outra — até o momento em que deixaram de escolher. (Era estranho como ultimamente os seus pensamentos voltavam para Saloni feito um pombo-correio.)

Será que Geeta escolhera amar Ramesh? Ela imaginava que sim. E se ele não tivesse ido embora? Teria continuado a escolher amá-lo? Teria perdoado Ramesh pelos punhos e pelos insultos, e renovado seu compromisso de sacrificar lascas de si mesma pelas necessidades dele: comida, sexo, desabafos, validação?

Não era um caminho que valia a pena tomar. Ela e Karem desceram do caminhão, o pôr do sol com cor de sorvete tornando-se cinzas, e se despediram.

Karem indicou o cachorro com um gesto.

— Pense em um bom nome para ele.

— Um nome? — Ela baixou os olhos para os próprios braços. Tinha se acostumado tanto ao peso e calor dele que se esquecera de o estar carregando. — Não sou bem uma amante de animais.

— Não tem problema. Eles é que ficam responsáveis por quase todo o amor.

Geeta ainda não tinha decidido o que dizer a Farah, como explicaria seu fracasso; presumiu que tinha algum tempo. Mas quando Geeta chegou em casa, lá estava Farah, sentada no degrau, curvada sobre si mesma, o queixo apoiado nos braços, que estavam apoiados nos joelhos. Quando viu Geeta, ela se pôs de pé, desdobrando-se como uma nuvem lenta. A luz teimosa se demorava através do crepúsculo. E, ao registrar os machucados novos de Farah, o lábio inchado e a maçã do rosto cortada, Geeta percebeu que sua deserção, seu dia de matar aula, tinham consequências que iam muito além de si própria.

OITO

— *Onde* você esteve?

Geeta colocou o cachorro perto da cama e voltou-se para Farah. A luz nua no alto era cruel com as duas. Farah estava destroçada, e Geeta, desgrenhada, seu cabelo frisado, o rosto oleoso. Tanto ela como o cachorro teriam se beneficiado imensamente de um banho. Farah segurava mais uma cabaça. Geeta a aceitou.

— O que diabos aconteceu com o seu rosto?

— Onde você *esteve*? É feno no seu cabelo?

— Foi Samir que fez isso? — Era uma pergunta tola, mas ela precisava de tempo.

— Onde você esteve durante o dia inteiro? E por que está com um vira-lata?

— Eu estava em Kohra.

Os ombros de Farah relaxaram.

— Ah, certo. É claro. Desculpa. Então, você conseguiu as coisas!

— Parcialmente.

— E isso significa que...?

— O *daru* está na cozinha, pode pegar. Mas não consegui o veneno de rato.

— Geetaben! Essa é, tipo, a parte mais importante!

Diante da ira de Farah, o cachorro ergueu a cabeça para mostrar descontentamento com um grunhido, os lábios repuxados e as orelhas de acento circunflexo inclinadas para trás. Ele farejou o ar acima de si, o nariz escuro agitado. Farah assustou-se com o barulho. Geeta viu o corpo da mulher ficar tenso; ela parecia tão desconfortável perto de cães quanto Saloni quando criança. O cão se colocou em pé, o que Geeta teria levado como um sinal de progresso, não fosse por seu focinho ter colidido diretamente com uma das pernas da cama dobrável e desabado, farejando o chão. A cauda suja se curvou em torno dele, como uma cerca frágil.

A careta de Farah era desconfiada.

— Qual é o problema dele?

— Ele é cego.

— Ah. Então, por que você não comprou o veneno?

— Aquele idiota do Karem não me deixava em paz, e eu não podia simplesmente comprar na frente dele.

— Karembhai? Por que você estava com ele?

— Ele tinha uma carona para a cidade.

— Não podia ter dado um perdido nele por, tipo, dois minutos para conseguir comprar?

Geeta sentiu uma pontada na coluna. Estava na defensiva porque se sentia culpada, desfilando pela cidade com Karem como uma adolescente despreocupada, ao passo que Samir esmagava a espinha dorsal e as costelas de Farah. Os próximos alvos seriam ela e seu dinheiro, Geeta lembrou a si mesma.

— Não acha que eu teria feito isso se pudesse? Acha que eu, o quê? *Gostei* de ficar passeando o dia todo com ele me seguindo por todos os lados feito um cachorro? Não, foi... irritante.

— Certo, certo.

— Estou falando sério — Geeta insistiu, tagarelando mesmo sabendo que era mais crível deixar as coisas como estavam. Até mesmo garotas do quinto ano sabiam que protestar mais só intensificava os problemas. — Foi muito irritante.

— Geetaben — Farah pontuou, revirando os olhos. — Você não precisa me provar nada, está bem? Posso ser analfabeta, mas não sou imbecil. Sei que não tem *chakkar* algum rolando entre você e... — E, a essa altura, Farah começou a rir, e Geeta descobriu que se sentia insultada, incrivelmente insultada, da mesma forma que na loja de eletrodomésticos — ... Karembhai.

— E por que diabos não, afinal?

— Aquele homem não é santo. Digo, ele é bem bonito, um grande apreciador de rameiras.

— O quê?

— Sabe — Farah disse, com uma virada maliciosa da mão. — As cocotinhas. E ele tem belos cabelos. Samir fala sobre isso o tempo todo, tem tanta inveja que é patético, e eu fico, tipo: "O que você esperava? Seu pai é careca feito uma bola de gude, não é?". Não que eu *diga* isso de verdade, dá pra imaginar? Desculpe, *caham*, certo. De toda forma, Karembhai vai à cidade para lidar com suas... necessidades. Mas você... você não é desse tipo, Geetaben, você é dos negócios, não de se misturar à sujeira. Honesta, entende? *Sidhi-sadhi.* — Diante do desagrado evidente de Geeta, Farah suspirou. — Estou *elogiando* você.

— Está bem — Geeta disse abruptamente, mais para si mesma do que para Farah. A pontada de mágoa que havia sentido ao saber dos feitos de Karem se devia apenas a ela, acima de tudo, odiar sentir-se idiota. Decidiu não se importar se a fábrica de rumores a considerasse uma perspectiva viável para Karem, porque de fato não fazia diferença. Embalar o próprio ego, ela disse a si mesma, era tão inútil como jogar água no oceano. — Não podemos esperar mais. Precisamos improvisar o veneno.

— Como?

— Me dê um minuto. — Geeta ficou sentada no colchão, brincando com o lóbulo da orelha enquanto pensava. Deixou que o cachorro lambesse os dedos de sua mão livre enquanto Farah andava de um lado para o outro. A cada vez que o cão sentia Farah passando, sua boca se curvava, seu rosnado reverberando.

— Isso aí não deveria estar lá fora?

— Ele não enxerga.

— Então, vai simplesmente morar com você?

— Eu não disse isso. Mas ele vai dormir aqui hoje.

— Acho que essa coisa não gosta de mim.

— Ele só é protetor. Pode ajudar se você fizer carinho nele.

A repulsa de Farah ficou evidente.

— É seguro, pra começo de conversa? O bicho pode ter pulgas. Ou raiva. — Ela estreitou os olhos para o cachorro. — Ei, talvez isso funcione! Ele pode, não sei, *morder* o Samir e daí...

— É isso! — Geeta estalou os dedos e avançou na direção da porta. — Vamos.

— Espere, não precisamos do bicho? — Farah perguntou, apontando para o cachorro.

— Ele não tem raiva, Farah. E olhe para ele, não consegue nem encontrar a própria cara, quanto mais morder alguém. Venha.

— Aonde vamos?

— À escola.

— O quê? Por quê? Ouça, não acho que agora seja a melhor hora para me ensinar a ler.

Quando Geeta não respondeu, Farah desistiu e as duas andaram em silêncio: Farah arrastando os pés a fim de manter o ritmo e Geeta brandindo sua lanterna. Minutos mais tarde, estavam em frente ao portão outrora branco que delimitava a escola. A tinta havia descascado em algumas das barras mais do que em outras, revelando o ferro escuro que havia por baixo, e o resultado lembrava uma zebra. Além do portão, jazia um prédio longo e térreo, com feixes de luz finos e brancos emoldurando cada porta marrom. Um painel acima dizia ESCOLA MODERNA, com (LÍNGUA INGLESA) escrito embaixo, mas Geeta se lembrava de todas as aulas ali dentro serem conduzidas em guzerate, até mesmo a de inglês.

Farah esfregou as mãos.

— Deixa que eu lido com isso.

Com o pé em um degrau, ergueu-se com um grunhido e ficou com uma perna de cada lado do portão. Conforme ela manobrava o sári ao redor dos joelhos para chegar ao outro lado, Geeta abriu o portão destrancado com um empurrão.

— Aah — Farah disse ao girar em um arco junto da porta, as dobras do sári amontoadas entre as pernas.

As duas passaram pela fileira de salas de aula. Vários quadros de avisos estavam nas paredes, publicando as notas dos estudantes.

A lanterna de Geeta lançou uma poça de luz à frente delas. Como uma lua brilhante, era mais forte no centro, cercada por um anel fraco e pálido. Lembrava Geeta de *su-su*, mas a comparação talvez se devesse ao cheiro úrico.

À medida que andavam de porta em porta, Farah perguntou:

— O que estamos procurando?

— Fique quieta — Geeta sibilou.

Farah espiou por cima dos dois ombros e falou mais baixo.

— Ah, certo, porque não queremos ser flagradas.

— Não. Porque você é irritante.

— Ah. Desculpe. — Os olhos de Farah estavam fundos e feridos sob a luz tépida. Ela parecia um bebê panda.

Encontraram uma porta com o ferrolho destrancado. Abrindo-a, Geeta traçou a lanterna pelos cantos úmidos e desagradáveis da sala de aula. Manchas marrons de água, universais e inofensivas à luz do dia, pairavam com nova ameaça. A mulher fez um sinal para Farah, e as duas foram até uma bobina repelente de mosquitos apagada. A espiral cinza de incenso fora reduzida a um coto, cinzas caídas rodeando o suporte.

— O quê?

— Precisamos de outra bobina.

— Por quê? — Farah encarou Geeta. — Acho que você está exausta. Vamos embora.

— Elas são venenosas se ingeridos.

— Ceeer-to. — Farah piscou. — Ceeeeerto! — Ela bateu palmas. O sorriso em seu rosto não era obstinado, era quase doce, mas com seu rosto machucado e a luz amarelada, Farah parecia contraditória, um zigoto à beira da monstruosidade. Seus novos ferimentos haviam distraído Geeta dos outros, que já saravam. O antigo olho roxo havia desbotado para a cor de cúrcuma diluída, contornando o olho como um copo não lavado. — É uma ótima ideia! — Farah parou de aplaudir, as mãos nos quadris. — Foi *assim* que você fez?

— Já não falei que isso não é da sua conta?

— Estou perguntando porque quero saber se funciona. Para não perdermos mais um dia.

— Estou ciente dos riscos, Farah. É a porra do *meu* dinheiro. Se está tão ansiosa, por que não costura a boca do Samir que nem um dos seus vestidos chiques? Assim, ele não vai mais beber até deixá-la pobre.

Farah não se ofendeu. Ela deu de ombros.

— Somos pobres de qualquer forma, Geetaben.

O suspiro de Geeta encheu a sala de aula.

— Eu sei. — Fechando os olhos, ela pediu: — Só me ajude a achar uma bobina nova.

As mulheres encontraram uma série de gavetas sob as janelas. Grande parte continha réguas, lápis e cadernos de exercícios com lombadas frágeis. Farah se agachou e deu um puxão em uma gaveta emperrada, os dentes à mostra com o esforço. Seus bíceps de noz endureceram sob a pele enquanto ela puxava. Quando nada saiu do lugar, Geeta lhe estendeu uma régua de madeira. Farah balançou a cabeça, negando.

— Faça você.

— Por quê?

Farah massageou a carne das palmas com os polegares.

— Isso dói. Minhas mãos são minha subsistência!

— E como acha que eu ganho meu dinheiro? — Geeta retorquiu. — Dançando na discoteca?

— Você coloca miçangas num cordão. Até um macaco consegue fazer isso. Eu pratico artesanato refinado — Farah disse.

Geeta revirou os olhos.

— Você é uma *alfaiate*.

Farah ergueu as palmas das mãos, como se em uma oração islâmica.

— Arte, Geetaben — ela disse, em inglês. — *Arte*.

Geeta olhou feio para ela.

— Nunca entendi Samir tanto quanto agora.

— Ele pode me bater, mas jamais tocaria nas minhas mãos. *Ele* sabe o valor delas.

Teria sido satisfatório abandoná-la naquele mesmo momento. Rebater tal ingratidão direto em sua cara já esculachada. Mas as duas estavam presas uma à outra, como páginas molhadas de um livro que Farah nem sequer era capaz de ler. Então, em vez disso, Geeta falou com rispidez, a voz tão desagradável quanto conseguia:

— Acho uma pena que você não seja tão boa mãe como é *artista*. — O rosto de Farah se fechou, mas Geeta não queria parar. — Ah, todo mundo sabe que ele também bate nas crianças. Sabe, quando precisa poupar suas mãos, já que elas são tão "valiosas".

— Eu *sou* uma boa mãe. Estou fazendo tudo isso para protegê-los.

Geeta forçou um erguer de ombros indiferente.

— A meu ver, uma boa mãe nunca teria deixado que as circunstâncias chegassem a esse ponto.

— E o que você sabe de ser mãe? Hum?

— Muita coisa, graças a você! Um bebê indefeso. — Ela indicou Farah com um gesto e contou um dedo. — Confere. Uma mulher exausta que precisa limpar a bunda do bebê o tempo todo. Confere.

— Não é a mesma coisa, nem de longe. Não que você soubesse.

— E fico feliz por não saber. Muito trabalho para pouca coisa em troca.

Farah arfou.

— Não é verdade. As alegrias são...

— Gratificantes. É, tá bom. Só saia do caminho.

Geeta empurrou Farah para o lado com o quadril. Tendo forçado uma régua na fresta, ela investiu a própria fúria em um puxão forte para baixo. A madeira se estilhaçou, tanto da régua como da gaveta. Ali dentro havia fósforos e uma pilha de bobinas verdes.

Geeta devolveu a régua para outra gaveta enquanto Farah escolhia uma espiral. As duas não se pronunciaram à medida que saíam da escola, mas, depois que passaram dos portões, Farah fez uma tentativa de trégua.

Ela beliscou as duas orelhas, no gesto semiótico de desculpas.

— Geetaben...

— Não — Geeta declarou. — Não quero ouvir. Não somos amigas. Nunca fomos amigas. Tenho muito a dizer sobre Saloni, mas pelo menos ela é uma cobra honesta. Você tem mel na língua e uma faca no bolso.

— Não! Eu...

— Não preciso defender o meu trabalho para você. Eu não como o sal de ninguém além do meu. E até o seu *chut* de marido bêbado começar a me atormentar, eu estava bem. Você me implorou para salvá-la porque é incapaz de salvar a si mesma. Parece que é incapaz de bastante coisa.

Farah caiu no choro, mas em silêncio e com sinceridade, em vez das lágrimas de costume, exageradas e de crocodilo.

— Por favor, me perdoe. — Ela fungou. — Não quis dizer nada daquilo. Você é minha amiga, Geetaben.

Ela se atirou em Geeta, o impacto forçando-a a recuar um passo. O abraço foi feroz, os braços juncosos de Farah surpreendentemente fortes, e Geeta sentia o cheiro do óleo de coco nos cabelos da mulher, o arrependimento e o medo emanando de sua pele. Geeta não estava acostumada a abraços; não retribuiu o gesto, mas também não se afastou. Ela deu dois tapinhas no ombro de Farah antes de se libertar.

Farah reuniu a pele do pescoço com o polegar e dedo indicador, em uma jura.

— Juro, não vou estragar tudo desta vez. Prometo, Geetaben. Pode contar comigo.

NOVE

O cão, obviamente, não passava de uma artimanha. Até mesmo ele parecia saber disso, farejando lixo e trepando com pneus no caminho até a porta de Karem, como se farejasse a intenção dela e estivesse determinado a procrastinar. Se fosse o caso, a perspicácia impressionava Geeta, porque ela mesma não tinha certeza do que buscava. Exasperada, chamou-o para perto e o carregou pelo restante do caminho. O cão cheirava a pés sujos e suor estagnado. O odor havia piorado desde o trajeto de caminhão vindo de Kohra.

— Amanhã é dia de banho, Bandido. — O nome havia sido mais uma inevitabilidade do que uma decisão. Ele se contorceu quando chegaram, escalando pelo peito de Geeta, na tentativa de fazer contato visual. O nariz frio encontrou o queixo da mulher. Ela manobrou em torno de seu rosto fedido para bater à porta. Talvez Bandido soubesse o que ela se recusava a admitir, que estava indo atrás de problemas.

Depois da discussão com Farah, Geeta não quis estar sozinha. Quando dera o primeiro empurrão para abrir a porta de casa, Bandido pulou na direção dela, a língua cor-de-rosa pendurada. Diante da visão aparentemente recuperada do cão, ela o elogiou, afagando suas orelhas de raposa. Tinha se esquecido dele, e era agradável ter uma companhia sem o ônus de precisar falar.

Na cozinha, ela preparou lentilhas e arroz em um *khichdi* no qual nenhum dos dois tocou. Aquela fora sua comida reconfortante preferida quando criança. Sempre que tinha dores de barriga, sua mãe fazia o prato, mas Geeta sempre acrescentava bocados de picles de manga picante, o que, a mãe ralhava, ia contra o propósito do prato. Mas seus pais armazenavam montes de *achaar* na despensa — de cenoura, groselha, pimenta-verde — para ela e Saloni, um gesto de amor tão sutil que a ausência dele não deveria ter causado uma pontada em seus olhos, mas o fez mesmo assim.

O corpo de Bandido, quente e pulsante, provou-se uma panaceia para a crueldade indiferente de Farah. Geeta havia se blindado contra as bobagens de sempre: ser capaz de deixar crianças vesgas e homens mancos. Mas Farah havia atingido o que Geeta negligenciara proteger: seu orgulho com relação ao trabalho.

Geeta esfregou a barriga de Bandido, as pernas traseiras do cão esticando-se em hedonismo imoral, até que ele adormeceu em seu colo. Ao que parecia, sua afeição era viciante; ele acordava a cada vez que a mão parava de se mexer. Até que voltasse a afagá-lo, ele olhava feio, com tamanho foco que era de admirar que estivesse cego apenas horas antes. Geeta murmurou que o cão já estava mimado, mas acariciou seu pelo obedientemente, desembaraçando-o durante o processo.

Era satisfatório o amor despudorado que o animal lhe mostrara com tanta rapidez, por tão pouco em troca, mas, depois de alguns minutos, sua inquietude se mostrou não ser páreo para Bandido. O espelho da casa revelou pelos de cachorro salpicando generosamente seu sári. Tentar limpá-lo seria inútil, então ela se trocou, vestindo um preto. Apesar de ser bastante simples, o bordado azul de bijuteria fazia parecer que ela estava exagerando no empenho. Então, trocou-se de novo, vestindo uma peça marrom que fazia parecer que ela possuía o senso estético da cabaça em sua bancada. Tendo sacudido o sári original tão bem quanto conseguia, ela tornou a vesti-lo. Enquanto domava suas sobrancelhas e o cabelo, Bandido observou o embelezamento astutamente.

— Eu gostava mais de você cego — Geeta informou-lhe.

Então, Karem, e felizmente não um de seus filhos, abriu a porta.

— Geeta! Está tudo bem?

— Sim, foi mal, mas é o Bandido. Tome. — Ela empurrou a cabaça de Farah para cima dele. — Pra você.

— Err... obrigado. "Bandido"? — Geeta ergueu os braços para indicar o cachorro fedorento. — Belo nome. Foi rápida.

A mulher fez uma careta diante do sorriso dele.

— Não quero saber.

— Qual o problema?

— Bom, eu cozinhei *khichdi* para o cachorro, mas ele não quer comer.

— Tem certeza de que o problema não é você cozinhar mal? — Karem riu. — Estou brincando. Entre.

Ela olhou para dentro da casa, mas não cruzou a porta.

— Não quero incomodar.

— De maneira alguma. Meus dois mais novos estão dormindo, mas podemos conversar nos fundos?

Ela deixou as sandálias do lado de fora.

— Tudo bem.

Karem acariciou o espaço macio entre os olhos de Bandido, que se fecharam com prazer.

— Ei! Ele está conseguindo me enxergar!

Quando é que ele tinha tirado o brinco pequeno? Assim como ela, Karem não usava joias, e ela viu o sulco em seu lóbulo.

Pouco depois, ocupava-se examinando a casa dele, tentando não dar a impressão de que estava fazendo isso. Na realidade, era possível ver de uma única vez tudo o que a casa era. O espaço próximo da porta da frente era também a área comum, onde brinquedos improvisados enchiam o tapete fino e o chão de cimento. Uma pilha de pratos e utensílios de metal estavam guardados em um canto do outro lado. À sua direita e à esquerda, ficavam duas portas de quartos, no momento fechadas. Ela imaginou que os mais novos dormiam em um dos cômodos, enquanto os garotos mais velhos tinham o próprio quarto.

Então Geeta notou a *charpai* apoiada na parede da sala comunal, as pernas projetando-se como as de um inseto. Como muitas pessoas, Karem provavelmente dormia em seu terraço, sob as estrelas.

Pensar em Karem na cama não era a melhor das ideias. Mas, na verdade, uma aparição noturna surpresa na casa dele também não.

— Papai? — Um garoto usando bermudas e uma camiseta vermelha rasgada da "NIKE" surgiu de um dos quartos.

— Shh, está tudo bem. Volte a dormir.

O garoto esfregou um olho.

— Estou com sede.

— Não está, não. — Karem voltou-se para Geeta. — Este é o Raees.

— Ei, você é a moça do parquinho.

Ela o identificou depois de um momento.

— Menino do *kabaddi*?

— Isso.

— Você ganhou?

O sorriso dele ficou alerta. Dois dentes inferiores faltavam.

— Ganhei. Ela disse que não tinha medo de você, mas era mentira, porque todo mundo sabe que você consegue fazer doce ter gosto de *gobar* se fica brava com alguém.

— Eu... err... quantos anos você tem, Raees?

— Sete. Foi meu aniversário na semana passada.

Por isso, Geeta se deu conta, Karem havia corrigido as idades de seus filhos no caminho para Kohra.

— Muitos anos de vida, atrasado.

— Obrigado. Quer ver meus balões?

— Não vamos incomodar a Geeta com isso. Ela pode ver os balões outra hora. E você precisa dormir.

— O que é isso?

— Este é o Bandido.

— Ele morde?

— Não que eu saiba. Ele é bem bonzinho. Só deixe que ele cheire você primeiro. — Ela colocou Bandido no chão e Raees juntou-se a ele, jogando-se de pernas cruzadas no chão. Bandido se virou de barriga para cima, as patas da frente dobradas, a barriga exposta, tanto um convite quanto uma exigência.

— Que tipo de cachorro ele é?

— É uma boa pergunta. Não sei. Acho que ele é várias coisas diferentes. Aposto que é por isso que ele é tão bonitinho.

— Foi ele que comeu o seu marido?

— Raees! — A voz de Karem estava horrorizada. — Peça desculpas agora mesmo. Eu sinto muito, Geeta.

— Está tudo bem — ela disse. Aquele comentário doeu mais do que o dos doces. Geeta tinha se esquecido de quem era. Esquecido de que as crianças tinham medo dela. Esquecido de que ela preferia assim. — Ele não tem culpa por escutar coisas.

— Bom, não foi aqui que ele escutou isso. — Karem não ergueu os olhos do filho. — Peça desculpas.

— Me desculpe, tia Geeta.

— Tudo bem, Raees. Não, o Bandido não comeu meu marido.

— Então o que aconteceu com ele?

— Outra boa pergunta. Consegue guardar segredo?

Quando Raees emitiu um aceno de cabeça sombrio, ela se curvou na altura da cintura e balançou um dedo. O garoto se aproximou.

— Não sei o que aconteceu com meu marido.

— Isso não é um segredo!

— Não?

— Não, segredo é tipo quando você quebra o relógio do seu pai, mas diz que foi sua irmã, porque ela nunca se mete em encrenca. — Raees tapou a boca com a mão. — Desculpe, papai.

Karem balançou a cabeça. Farah tinha razão; os cabelos dele eram muito densos. Fios grisalhos decoravam o topo de sua cabeça e as têmporas.

— Vou esquecer que ouvi isso, mas é hora de ir dormir.

Mas Raees era ágil na arte de procrastinar. Ele deu toda a atenção à convidada, evitando por completo os olhos descontentes do pai.

— Tia Geeta, *por favor*, posso mostrar meus balões de aniversário pra você? O papai trouxe eles lá de Kohra.

Geeta também ignorou Karem.

— Eu adoraria vê-los.

Raees desapareceu para dentro do quarto. Karem deu um sussurro alto:

— Não acorde sua irmã.

— Ele é um bom garoto.

Karem sorriu.

— Um garoto com uma paixonite.

Ela deu um tapinha no coque, modestamente.

— Ah, bom, eu não chamaria de...

— Ele gostou mesmo do Bandido.

— Sim. — A mão dela caiu. — O cachorro.

Raees voltou segurando cinco cordinhas. Os balões salpicados ainda pairavam próximos ao teto baixo, mas estavam começando a murchar. A superfície de cores pastel estava enrugada, não mais firme. Por alguma razão medonha, horrível e inoportuna, Geeta pensou nos próprios seios e em como era aquilo que a esperava.

Ela ofereceu seu aplauso suave ao garoto orgulhoso.

— São lindos!

— Para a cama — Karem determinou.

Raees suplicou sem sucesso por água e, então, voltou em silêncio para o quarto, a cabeça comicamente baixa, os balões a reboque.

Ela seguiu Karem pela casa e para o lado de fora, até a pequena área aberta de terra que era o quintal dos fundos. Uma bicicleta com o descanso quebrado jazia no chão. No canto oposto, dormia um búfalo, amarrado próximo ao fogão de argila e um amontoado de latas e jarros.

— Desculpe pela coisa toda.

— Não precisa. — Por um breve período, ela não havia pensado nos próprios problemas nenhuma vez. Nem em Farah. A desavença delas, de repente, importava pouco. Quando Farah fizesse mais uma asneira naquela noite, ela aterrissaria na porta de Geeta,

AS RAINHAS BANDIDAS • 113

que lhe concederia tanto seu perdão quanto um novo plano para eliminar Samir.

— Então, você o envenenou ou o quê?

Geeta travou.

— O quê?

— O Bandido? Sua comida, lembra? Foi uma piada.

— Ah, sim. — Ela forçou uma risada que saiu como um arquejo. — Digo, não. Não, ele não quis comer o *khichdi*.

Era uma verdade bastante precisa. Ela deduzira que Bandido tinha comido tantos biscoitos Parle-G que o arroz com lentilhas não inspirava muito interesse. Geeta o colocou no chão e Karem se agachou para inspecionar o filhote. De braços vazios, Geeta não sabia o que fazer. Ela puxou a própria orelha e encarou a parte de trás da cabeça escura de Karem.

— Ele parece bem feliz. Eu não me preocuparia. Ele já fez *tutti*?

— O quê? — ela se engasgou.

Não foi a pergunta que a escandalizou, foi o fato de ele ter usado a palavra inofensiva, mas infantil.

Ele suspirou com autodepreciação. Bandido saltava próximo de seus tornozelos, exigindo atenção.

— Desculpe. É o hábito. Nesta casa, esqueço como falar com adultos. Da próxima, posso acabar lembrando-a de ir fazer *su-su*.

Bandido pulava nas canelas de Karem, cada vez mais alto.

— Bandido! Não! Sai! — Geeta deu um tapinha no focinho dele. Ele choramingou, mas se aquietou e, como recompensa, Geeta deu uma coçadinha no traseiro dele, o que já havia notado que o agradava. — Caramba. Ele machucou você?

Karem riu.

— Não, ele é do tamanho da sua cabeça. Coisinha feia — ele disse, estreitando os olhos. — Tão feio que é bonitinho.

— Ei! Cadê o respeito? Este cachorro é um herói. É sobrevivente de maus-tratos.

Karem continuou a dar risadinhas.

— Bom, você também é, e ainda assim está ótima.

Geeta soltou um som de zombaria, antes de conseguir se conter. Não porque não acreditava nele — e ela não acreditava, que ficasse claro —, mas porque a atitude fora radicalmente audaciosa: oferecer uma cantada lisonjeira ao mesmo tempo que abordava a história marcada dela. Era preferível, ela percebeu, mencionar Ramesh como uma nota de rodapé em vez de como o assunto principal. Mais uma vez, ela admirou como Karem conseguia aquilo — sempre dizendo coisas que ela gostava de ouvir, raramente ofendendo mesmo alguém tão irritadiço como ela.

Em retribuição, ela lhe ofereceu um presente raro: a verdade.

— Isso foi legal. Obrigada.

— De nada.

Então ele a tocou, a palma de sua mão na bochecha dela.

Fazia eras desde a última vez que alguém a tinha tocado com propósito, e não por acaso. Mesmo antes de ela e Ramesh, mais pelo tempo do que intencionalmente, tornarem-se estranhos, ela não se sentia tocada. Os dois degeneraram até o ponto de uma dança mecânica, superficial. Tendo se passado tempo suficiente, o toque tornou-se uma paródia oca de si próprio. Era, no entanto, uma necessidade básica humana. No momento, Geeta descobria que não suportava ser tocada, ao mesmo tempo que ansiava por isso com um desespero dipsomaníaco que levava alcoólatras a comer o próprio vômito ou viciados a cheirar ou fumar escorpiões mortos. O cérebro em carne viva de Geeta ganiu enquanto, ainda assim, ela se aproximou da mão de Karem como um heliotrópio na direção do sol.

E não foi o caso de ter se sentido maluca de desejo ou de a excitação ter espetado seu abdômen. Foi pior do que simplesmente se confrontar com a própria sexualidade depois de cinco anos de dormência. Geeta descobriu algumas coisas terríveis sob a palma leve e inocente de Karem. Descobriu que passara anos presumindo que já não era uma criatura de desejos. Descobriu que, apesar deste primeiro fato, estivera sofrendo com a privação do toque durante todo esse tempo. Descobriu que, apesar dos primeiros dois fatos, não havia absolutamente nada que pudesse ser feito, não em um vilarejo minúsculo onde o nome dela era misturado à sujeira.

Foi por isso que ela surpreendeu a si mesma mais do que a qualquer um quando desgrudou a mão dele de seu rosto e o beijou.

Ele estava com gosto de tabaco, mas era fresco o bastante para não ser desagradável. Seu beijo era com a boca aberta e íntimo, mas metódico. Nada em sua técnica era tão vacilante quanto a dela, sua boca não era uma que havia tirado longas férias do ato de beijar. Geeta ficou surpresa com a rapidez com que se ajustou e emulou o estilo dele.

Karem esfregou o rosto no espaço entre o pescoço e a orelha dela.

— Ele é um tolo. Um tolo cego.

O beijo estava excelente, mas Geeta não estava arrebatada o bastante para não pensar em perguntar:

— Quem?

— Ramesh.

Ela inclinou-se para trás.

— Por que você está pensando em Ramesh?

— Não estou. Bom, antes, mas não ago...

Ela estava sendo irascível mais uma vez, estragando as coisas para si mesma antes de elas sequer começarem. Haviam mencionado Ramesh há pouco, em abstrato, e agora Karem a elogiava de novo. Era o que pessoas normais faziam, ela repreendeu a si mesma, pessoas que não se ocupavam sufocando a própria libido.

— Deixa pra lá. Tudo bem — Geeta disse, e voltou à boca dele.

Ela não se importava que a empolgação que sentia era resultado direto da experiência dele, dos casinhos com as cocotinhas que Farah mencionara mais cedo naquela noite. Era precisamente o motivo para ela ter ido até lá. Imaginou que podia admitir aquilo àquela altura, com a língua de Karem apertada contra a sua. Não era possessiva com coisa alguma além do próprio prazer.

Geeta costumava se perguntar muito como Phoolan Mallah tinha conseguido tolerar ter amantes depois de ter passado por tamanho abuso sexual sistêmico. Ela fugiu de uma infância ruim e de um marido ainda pior para se unir a uma gangue cujo líder, um homem de casta superior, imediatamente planejou estuprá-la. Vikram Mallah, um homem da mesma casta dela, assassinou o líder e se tornou o amante e marido de Phoolan. Ela juntou-se aos *dacoits* dele, todos homens de castas mistas. Mas, mesmo entre ladrões, a polarização de castas existia. As castas superiores se voltaram contra Vikram, massacrando-o. Então, prenderam Phoolan em seu vilarejo, aos dezessete anos, alternando entre espancá-la, estuprá-la e exibi-la, nua e presa com uma coleira, por vilarejos vizinhos, onde encorajavam os moradores a usá-la.

Depois de três semanas, ela escapou com a ajuda de homens de sua própria casta, um dos quais tornou-se seu amante. Eles criaram uma nova gangue — composta unicamente pela própria casta Mallah — e, no Dia de São Valentim, Phoolan retornou àquele vilarejo e o manchou de vermelho com o sangue de vinte e dois homens de casta superior. Depois que sua vingança resultou em um encarceramento interminável, Ummed Singh ajudou a garantir sua soltura, e ela se casou com ele.

Geeta presumira que cada embarque de Phoolan em um novo relacionamento fora uma jogada puramente estratégica, buscando proteção mais do que amor. Cada novo homem a defendia das consequências dos anteriores. Tais circunstâncias dificilmente estariam atreladas a uma escolha. Em um mundo onde sua vagina era uma desvantagem, havia sequer espaço para coisas insignificantes como o amor? Mas talvez Phoolan tivesse sido capaz de separar Vikram daqueles que vieram antes dele, e de exercitar a confiança. Talvez, no fim das contas, o foco não fosse o poder, mas o companheirismo.

Geeta pensou que tinha congelado a si mesma, mas, durante todo esse período, o tempo a desbastou. Ela não era mais o que havia sido, contudo restava o suficiente para o degelo. O suficiente para ela entender por que e como Phoolan havia conseguido.

Ainda assim, a discrição era essencial para sua sobrevivência. Enquanto seria esperado do viúvo Karem que atendesse às próprias necessidades fora do vilarejo, Geeta não tinha o luxo de tal proximidade da humanidade. Se descobrissem que ela era uma mulher e não uma *virago*, choveria merda em sua cabeça. As fofocas das mulheres se intensificariam, e os homens expediriam convites lascivos. À procura da compreensão dele, Geeta deu um jeito de expressar seu pedido entre beijos inebriantes:

— Ninguém pode ficar sabendo.

A boca dele parou.

— O quê?

— Quero dizer... é só que, você sabe, o vilarejo é tão pequeno, e você...

Com as mãos gentis, mas firmes, ele a removeu de sua órbita.

— Eu o quê?

Era difícil encará-lo em vista do que tinham compartilhado. Geeta desejou voltar aos beijos para que não precisassem suportar a intimidade do contato visual. Ela avançou para seu abraço novamente, mas Karem a evitou.

— Escuta, ninguém se importa com suas indiscrições, é natural, porque você é homem, mas para mim...

— Minhas indiscrições?

— Sabe, o que você faz em Kohra... — Ela abanou a mão de forma vaga. — E onde quer que seja.

— O que é que eu faço em Kohra?

— Você sabe.

— Trabalho?

— Claro. E *chakkar chal* e coisas do tipo. — Ela acrescentou: — Olha, eu não estou te julgando. É isso que estou dizendo. Você e eu entendemos. *Eles* não entendem. É por isso que...

— Ninguém pode ficar sabendo.

O corpo dela amoleceu de alívio.

— Sim.

O homem acenou, esfregando o queixo com a barba por fazer. Seu olhar desviou-se para um ponto atrás dela.

— Você não sabe o quanto é insultante, Geetaben, ou só não se importa?

A distância da formalidade foi esmagadora. Geeta lutou para encontrar compreensão, para que pudesse retomar o controle. Se soubesse onde estava pisando, poderia se proteger. Ela piscou, tentando se adaptar, mas não fazia ideia de como havia aterrissado ali.

— É melhor eu ir — falou, esperando que ele a contradissesse.

— Sim.

Foi uma caminhada longa e humilhante pela casa de Karem até sua porta da frente. Geeta queimava de vergonha enquanto Bandido a acompanhava, um pouco atrás, tão contente e alheio que ela quis gritar de inveja. Apesar de Karem tê-la acusado de ser insultante, Geeta se sentia terrivelmente insultada. E rejeitada. Sem falar em estúpida. Jamais poderia encará-lo de novo. E isso era viável, ela concluiu, quando a porta se fechou às suas costas, porque, antes de todo o clube de assassinatos com Farah começar, praticamente não o via pelo vilarejo.

Talvez não fosse Farah, Geeta pensou, levando Bandido no colo para conseguir algum conforto. Talvez fosse ela. Era incapaz de manter e sustentar qualquer relacionamento. Era impossível de se ter por perto, de se dar bem com alguém. Sua toxicidade era tamanha que ela era horrível mesmo quando pensava estar sendo aprazível. Havia afastado todos, de Saloni até Ramesh, apenas para ficar de braços cruzados em sua casa vazia, intrigada com a própria solidão. Até mesmo Karem — paciente e tolerante como era —, cujo bom humor inabalável era capaz de suportar quatro crianças exaustivas, tinha um limite diante de seu fel.

Ela deveria ter tido um filho, no fim das contas, pelo menos assim alguém seria forçado a ficar. Bandido acordaria para a vida um dia desses e fugiria; ela lhe dava permissão implícita ao mantê-lo solto. O cão era livre, nunca uma cabra amarrada a uma árvore, nunca uma noiva com um *mangalsutra*. Estava tão absorta em autopiedade que não percebeu que estava chorando até Bandido lamber seu rosto.

— Bom — Geeta disse, esfregando o rosto no corpo azedo do cão. — Merda.

DEZ

Na manhã seguinte, enquanto embalava a ressaca da humilhação, *bhajans* dos templos guinchavam do lado de fora e Bandido enfim comeu o *khichdi* amanhecido. Geeta o observou com cautela, temendo que a comida lhe fizesse mal, mas ele perseguia o lagarto com alegria sadia, as patas derrapando em torno da mesa intocada. Em adição a todos os seus outros fracassos, ela também estava negligenciando seu negócio.

As coisas, ela avaliou ao se jogar de volta na cama, não estavam ideais.

Tinha acordado com uma dorzinha de cabeça por ter chorado até dormir, como uma adolescente sedenta por amor, mas, pelo menos, sua vergonha era privada. Não conseguia encarar o próprio reflexo, os olhos e lábios inchados resumindo à perfeição a dualidade da noite anterior. Ela examinou os eventos sob a luz nova do dia: haviam compartilhado um beijo e uma discussão. Não era nada para se morrer de vergonha. Havia passado por humilhações piores do que a rejeição. Teria sido muito pior se tivesse se atirado em Karem e ele a tivesse afastado de imediato. Ainda assim, a simples perspectiva de encará-lo a fazia querer se esconder debaixo da cama com Bandido, que farreava com uma alegria tão impenitente que Geeta achou um pouco rude.

— Você — ela disse ao cachorro — precisa de um banho.

Do lado de fora, Bandido esquivou-se dela como se pressentisse suas intenções. No fim do processo, os dois estavam ensopados e Geeta tinha usado água o suficiente para dois dias de banho. Todas as suas vasilhas estavam desguarnecidas, mas as patas encardidas de Bandido tinham voltado a ser brancas, e seu cheiro era inofensivo. O cão jogou em Geeta uma chuva de gotículas enquanto ela torcia a camisola. Ainda não eram dez horas, mas já fazia muito calor. Geeta não enxergava uma única nuvem. Bandido resfolegava, a cauda limpa abanando e se curvando em uma bela interrogação, o pelo já se afofando.

— Ora, olhe só. Quem diria que você é bonitão assim?

Ela se trocou e pendurou a roupa no varal. Quando, ainda assim, não havia Farah lamentando algum novo passo em falso, Geeta ficou ansiosa. Ou Farah tinha mudado de ideia a respeito do plano todo, ou tinha mesmo conseguido. Cada uma das teorias proporcionava um pouco de alívio e um pouco de pavor. A não ser, Geeta pensou com um susto, que Samir houvesse pegado Farah no meio da tentativa e a tivesse punido.

Bandido sucumbiu a um cochilo alegre em um canto aquecido pelo sol, o nariz enterrado sob as patas limpas, sua cauda suntuosa caída ao seu lado. Geeta não conseguia se concentrar à mesa, então decidiu investigar sob o pretexto de buscar mais água; todos os assuntos importantes eram discutidos ao redor da bomba d'água. Saloni tinha uma bomba manual particular em seu quintal, mas até mesmo ela usava regularmente o poço comunal, para evitar perder qualquer boato de valor.

Como garantia, Geeta tomou uma rota tortuosa que passava pela casa de Farah. Um balde em cada mão, ela viu os enlutados a metros de distância. Alguns já usavam branco, alguns choravam, outros ofereciam consolo, alguns compartilhavam sussurros urgentes. Ao aproximar-se, ela não viu Farah, mas viu os filhos dela, encolhidos em um núcleo de luto. A filha mais velha de Farah carregava o irmão bebê, seu quadril inexistente se salientando para criar um suporte para o corpo pequeno. Suas duas irmãs mais novas

AS RAINHAS BANDIDAS • 121

choravam, mas ela continuava de olhos secos, seu rosto uma página em branco, e foi assim que Geeta a reconheceu do parquinho. Ela usava a mesma expressão vazia que estampava seu rosto quando empurrou o filho de Karem.

Depois de ter absorvido a cena, a ilha de recém-órfãos deles, Geeta apressou-se a se afastar. Os baldes vazios retiniam contra seus tornozelos, e ela os derrubou. Mal conseguiu chegar a tempo até uma amargosa, vomitando sobre as raízes secas, uma palma contra o tronco. Com o corpo dobrado ao meio, ela encarou o próprio vômito, a respiração irregular. Vinagre e bile revestiam sua boca.

Quando se endireitou, Geeta tinha aceitado duas verdades salientes: elas eram assassinas e, se ela própria se sentia tão chocada, Farah provavelmente estaria enlouquecida. De maneira alguma Geeta conseguiria se juntar àqueles enlutados, fingir horror diante das notícias, encarar as crianças de quem tinha roubado um pai.

Recolheu seus baldes com mãos desajeitadas e voltou aos tropeços para casa, a garganta e a parte interna dos ouvidos queimando.

Bandido imediatamente sentiu sua angústia e lambeu seu rosto, oferecendo conforto. Ela o deixou continuar por um instante, mas então o afastou para começar a andar de um lado para o outro, tentando em vão respirar do jeito certo — *"Kabaddi, kabaddi, kabaddi"* —, até que se sentiu zonza de tanto girar dentro dos limites de sua cela. Deveria se acostumar ao tamanho, Geeta pensou com histeria crescente, esse era seu futuro. Estava tão preocupada em encontrar um jeito para Farah retirar a argola do nariz que não tinha percebido quanto de seu futuro tinha colocado nas mãos ineptas da mulher. Farah não era meticulosa nem cuidadosa; provavelmente tinha deixado uma centena de pistas que apontariam para as duas.

O dia se arrastou, consumindo Geeta em um bucho de ansiedade. Seu estado era contagioso; Bandido perambulava pelo chão, carente e insatisfeito. Ela ligou o rádio, tentou escutar o programa da Gyan Vani sobre hienas, mas estava distraída demais. Só havia uma pessoa no mundo que Geeta queria ver, apenas uma que poderia entender seu apuro. A ironia não passou batida; ela tinha enxotado a mulher como um mosquito incômodo e agora ansiava por ela como por uma bebida gelada.

Farah apareceu naquela noite, trazendo a cabaça de costume. Ela usava um *salwar-kameez* branco e nenhuma joia. Um lenço branco cobria o topo de sua cabeça, mas os cabelos escuros estavam visíveis através do tecido diáfano. Ela sorria. Quando estava do lado de dentro, baixou o lenço até os ombros e deu uma voltinha.

— O visual de viúva enlutada fica bem em mim, né não? — Ela dançou, remexendo-se e cantando uma música improvisada: — Não tenho argola no nariz, não tenho argola no nariz.

Seu humor estava bom o bastante para tolerar Bandido. Ela se inclinou para coçar o pescoço dele.

— Oi, cachorrinho pretinho. — Bandido não grunhiu, mas também não se atirou no toque dela com sua típica angariação desavergonhada. — Ei, ele está enxergando!

Quando Farah percebeu o rosto aflito de Geeta, sua atitude displicente mudou.

— O que foi? Está com dor de barriga? Sente-se, Geetaben.

Farah pegou a mão de Geeta e a levou até a cama.

— Estamos fodidas — Geeta disse. — Estamos muito fodidas.

Ela deixou a cabeça cair nas próprias mãos, a palma de cada uma apertada contra as têmporas. Com todos pensando nela como assassina por tanto tempo, ela mesma tinha se esquecido de que não era verdade. Não havia como se safarem daquilo; duas aldeãs não se equiparavam a autoridades de verdade, que detinham recursos.

Farah se ajoelhou, seus dedos frios puxando os pulsos de Geeta, os afastando do rosto. Geeta resistiu, mas Farah venceu. Encontrou o olhar de Geeta e a encarou diretamente. Os cortes em sua bochecha e lábio ainda tinham marcas de sangue seco, mas seu olho estava agora esverdeado. Farah estava se recuperando.

— Não, não estamos. Tudo correu perfeitamente. Acabou.

Farah ficou de pé, as roupas de luto farfalhando. Pôs-se a andar de um lado para o outro, bem como Geeta fizera por grande parte daquele dia horrível, mas sua mente havia flutuado até assuntos mais prosaicos.

— Eles levaram o corpo hoje.

— Quem?

Ela balançou uma mão.

— Algum Dom. Parece só uma intoxicação alcoólica, já que Samir vomitou antes de morrer, mas vou cremá-lo assim que possível, só por desencargo.

Geeta piscou. O fato não tinha lhe ocorrido antes, mas naquele momento ela disse:

— Mas vocês são muçulmanos.

Farah deu de ombros.

— E daí? Você acha que aquele beberrão era um muçulmano rigoroso? Acredite em mim: se ele não entrar no Jannah, não vai ser por esse detalhe técnico. Além do mais, ele merece queimar.

A própria Geeta não era uma entusiasta religiosa. Ela visitava templos nos feriados e nos festivais de grande porte, mas não havia cantinho algum de *puja* em sua casa e, o mais importante, nenhum convidado para julgá-la por não ter o tal cantinho. Sua mãe, no entanto, havia acreditado. Ou talvez fosse apenas o hábito que a levava a acender o algodão embebido em manteiga todos os dias e recitar a miríade de nomes de deus em seu *japamala*, um nome para cada conta.

Mas naquele momento a preocupação alfinetava Geeta. Não a preocupação de irritar qualquer poder maior que estivesse esperando para castigá-la, mas sim o medo de exceder-se. De pensar que era mais do que de fato era. Não apenas haviam brincado de Deus, agora estavam mexendo com sacramentos finais? A segunda parte parecia, de alguma forma, pior do que a primeira, que, fazendo uso de uma leve ginástica moral, era justificável, dadas as ameaças, vícios e agressões de Samir.

— Mas o que as pessoas vão pens...

— Não podemos arriscar que o corpo seja desenterrado se ficarem desconfiados depois. — Farah arrancou fiapos soltos da parte de cima da roupa. — Aparece o tempo todo naquele seriado policial, C.I.D., quando percebem que o cônjuge está aprontando algum *dhokhebaazi* e ficam todos "Ah, não, a evidência foi destruída!". Mas tem uma reviravolta! A vítima é muçulmana, então eles conseguem pegar o cônjuge, no fim das contas, ao desenterrar...

— Exumar — Geeta corrigiu automaticamente.

— É, isso. Que seja. E, de qualquer forma, ele não tem mais família alguma e existem, tipo, três muçulmanos neste vilarejo? Duvido que Karem vá gritar comigo por estragar o enterro de Samir... Ah! — Ela estalou os dedos. — Sempre posso dizer que aconteceu uma confusão na papelada, ou que foi culpa do Dom. Viu? Essa é a parte fácil, Geetaben. Você já fez a parte difícil.

— Não deveríamos ter feito isso.

Geeta notou cabelos grisalhos perto da testa de Farah, e percebeu que a mulher talvez não fosse tão jovem quanto presumira.

— Nós precisávamos. — As sobrancelhas de Farah se aproximaram. — Ouça, está feito agora. "Qual o sentido de chorar depois que os pássaros já comeram toda a plantação da fazenda?"

— Mas seus filhos — Geeta falou. — Eles estão...

— Tristes agora, mas vão ser mais felizes por causa disso. Todos nós seremos. — Ela deu um tapinha na cabeça de Geeta. — Não se esqueça: agora que ele se foi, nós duas vamos poder ficar com nosso dinheiro.

— O dinheiro não é a questão — Geeta interveio. Sua nuca se franziu quando ela ergueu os olhos para Farah, ardendo em branco, como uma divindade. Geeta não estava chorando, mas seus olhos se encheram de água. — De que serve o dinheiro se passarmos a vida na cadeia?

Elevando-se acima de Geeta, Farah lhe lançou um olhar esquisito. Estranho e curioso.

— É claro que a questão é o dinheiro, Geetaben; a questão sempre foi o dinheiro. Descanse um pouco e você vai entender isso.

Ela foi embora por conta própria, pulando por cima de Bandido, enquanto Geeta continuou congelada na cama.

...

As autoridades não demoraram a aparecer, com mais agilidade do que Geeta previra, com mais vagarosidade do que esperara. A expectativa era irritante e persistente, como centenas de mosquitos depois de uma chuva de monções. Farah, ela ouviu por meio da fofoca na bomba d'água, havia recusado um laudo médico, mas solicitado que Samir fosse "devolvido" dentro de vinte e quatro horas para seu enterro, conforme o costume islâmico. No entanto, o Dálite encarregado do cadáver, de alguma forma tanto sem casta como de casta inferior e, portanto, o único que se aproximaria da contaminação de um cadáver, aparentemente tinha confundido Samir com um homem hindu (apesar da circuncisão), e Samir acabou enterrado em uma urna sob três torrões de terra que uma corajosa Farah, sem a argola do nariz, amorosamente havia jogado.

O policial chegou na metade do encontro semanal de empréstimo, sua presença criando uma fagulha na curiosidade risonha das mulheres. Ele esperou, respeitosamente, do lado externo da casa lotada de Saloni, onde agora eram conduzidas as reuniões. Antes da morte da pobre Runi, ela as recebia em sua varanda. Mesmo com o balanço no centro, o alpendre de Saloni era espaçoso e com acústica boa, favorável para grandes encontros.

O agente financeiro, Varun, estava acomodado no parapeito espesso que delimitava a varanda de Saloni, a caixa de coleta ao seu lado, enquanto as mulheres se sentavam de pernas cruzadas em um círculo relaxado. Varun iniciou a reunião e todos se aquietaram.

Geeta esmagou o dinheiro de seu grupo nas mãos, então colocou a cabeça no lugar e alinhou as notas. Tentou não olhar para Farah, ainda trajando suas roupas brancas de luto, nem para o policial, mas seus olhos os buscavam repetidas vezes. O medo a prendia, como um jugo atrelado a uma carroça. Decerto o policial conseguia sentir o cheiro da culpa só por meio de seu suor profuso.

O fato de todos os seis grupos de empréstimos menores estarem reunidos novamente indicava uma semana, apenas uma semana desde que Farah havia implorado, com o arrastar tímido dos pés e o olho inchado. Para Geeta, mais pareciam meses. Naquele momento, a súplica de Farah fora mórbida, mas doce, de alguma forma. Geeta não via ultimamente aquela Farah. A Farah de agora, sentada no círculo, calada, mas confiante, tinha um rosto em processo de cura e um *bindi* perfeitamente centralizado. Geeta olhou para baixo; estava retorcendo o dinheiro de novo. Como é que Farah — a mais culpada entre as duas, podia se afirmar — não mostrava qualquer medo de represálias?

Depois de fazer a chamada, Varun convocou cada uma das líderes para que se aproximassem com o pagamento semanal de seu grupo. A sra. Amin foi primeiro, como sempre fazia, pedindo a Varun, de brincadeira, que oferecesse empréstimos maiores.

— Isso está além da minha alçada. — Ele riu. As mulheres o chamavam de Varunbhai por respeito, apesar de ele ser mais novo do que a maioria delas. O rapaz era de Deli, e se atrapalhava com frequência buscando as palavras corretas em guzerate. Tinha um bom senso de humor, juntando-se às caçoadas quando as mulheres davam risadinhas de sua pronúncia. Saloni, em particular, tinha se afeiçoado a ele, seus cílios piscando como uma turbina sempre que o homem se aproximava. O que Geeta mais notava eram seus sapatos da cidade. Enquanto praticamente todas ali usavam sandálias abertas ou tênis, Varun usava sapatos sociais pretos, que chegavam engraxados e iam embora empoeirados.

A maioria das mulheres estava sentada com os próprios grupos, os joelhos empilhados uns sobre os outros para acomodar todas as trinta delas. O grupo de Geeta estava disperso: Farah sentava-se do lado oposto ao dela, enquanto Saloni (previsivelmente) tinha surrupiado o lugar mais próximo de Varun. As gêmeas Preity e Priya estavam perto de Saloni. Quando as irmãs tinham dezesseis anos, o pretendente rejeitado de Priya atirou ácido na irmã errada. O rosto de Preity havia se curado com a ajuda de uma ONG dedicada a tais ataques, mas as queimaduras criaram ilhas escuras e enrugadas por seu rosto e pescoço, e uma orelha foi danificada o suficiente para impedir o uso de brincos. Dois anos mais tarde, o homem se casou com Preity, com o consentimento dos pais delas. Quem mais iria querê-la?

Geeta não fazia ideia de como (ou mesmo por quê) todos moravam na mesma casa: Preity, seu marido e agressor, sua irmã de rosto intacto e seu cunhado. Surpreendentemente, parecia que Darshan era um marido dedicado; segundo o que diziam, Preity tinha controle completo das bolas e da carteira dele.

Metade das mulheres tinha trazido os filhos, cada um subornado com uma bugiganga diferente para ficar em silêncio. Geeta observou um garotinho chacoalhar um sino de bronze em miniatura com um esforço tremendo. O sino quebrado o ignorava, seu badalo desaparecido há tempos, sua superfície enferrujando. As covinhas nos nós dos dedos dele eram bonitinhas. Fizeram Geeta lembrar-se das de Raees. O pensamento foi tão brando e indesejado que Geeta não ouviu seu nome ser chamado.

Ela piscou e olhou para Saloni, que a encarava feio, de olhos arregalados e boca aberta.

— O restante de nós tem mais o que fazer hoje, Geetaben. Dê o dinheiro ao pobre Varunbhai.

As gêmeas deram risadinhas e Geeta entregou a ele o dinheiro maltratado de seu grupo enquanto o policial observava. As mãos dela estavam muito molhadas; ela as enxugou no sári, mas suor fresco brotou de imediato.

— Desculpe — ela sussurrou para Varun. Ouviu atrás de si Saloni rir pelo nariz.

Varun, cortês como sempre, a agradeceu. Ele contou as notas úmidas com firme parcimônia antes de organizá-las em sua latinha e fazer anotações no livrinho de contabilidade. Geeta já havia sentido orgulho de ser alguém eficiente assim. No momento, graças a Farah e ao policial intrometido, ela era um desastre suado e caótico.

Quando Varun estava com todos os seis pagamentos, conduziu-as no mesmo compromisso que repetiam toda semana. Quando os microempréstimos começaram, ele distribuía pedacinhos de papel com o juramento escrito em guzerate, mas a essa altura as mulheres tinham-no memorizado. Quando começaram, um pensamento descabido atingiu Geeta: Farah não conseguira ler o dela.

— "Estamos aqui para ajudar nossas irmãs e companheiras."

Durante o segundo verso — "Pagaremos as prestações de nossos empréstimos nos prazos corretos" —, Saloni fez questão de fitar Farah. Geeta a observou encarar a censura de Saloni com um sorriso sereno.

Saloni desviou os olhos no juramento seguinte: "Ajudaremos as irmãs de nosso círculo em momentos de crise". O suor de Geeta atravessava sua blusa de sári. Era um dia quente e sem brisa alguma, e todas as mulheres exibiam manchas escuras debaixo dos braços; até mesmo a camisa bem passada de Varun estava murchando.

A reunião acabou. Geeta estava ansiosa para ir para casa e se esconder. As mulheres lotaram a entrada estreita, centenas de dedos entrando em sandálias. Todas encararam o policial em seu uniforme cáqui, uma cena curiosa no vilarejo insípido. Foram embora em pares e em grupos, especulando sem rodeios sobre o policial, apesar de ele estar próximo o bastante para ouvir tudo. Geeta se escondeu atrás de Preity e Priya, andando bem perto, como se fosse parte da panelinha delas.

Preity deu um sussurro alto:

— Sunil Shetty.

— Não, não — Priya disse. — Ele parece o Ajay Devgn.

— Bom, aí é só ofensivo mesmo.

A risada de Geeta foi alta demais.

— É mesmo, não é? Então, onde vamos fazer compras?

Preity se virou para observar Geeta, confusa.

— Hã? O que voc...

O policial entrou entre Geeta e as gêmeas.

— Você — ele mandou. — Pare.

AS RAINHAS BANDIDAS • 129

ONZE

Geeta parou. Assim como seu coração.

— Farahben? — ele perguntou, e Geeta ofegou sem qualquer elegância.

O sol desapareceu atrás da cabeça do policial. As gêmeas foram embora.

— Sou eu — Farah disse da varanda. Ela não se apressou a encontrar e calçar as sandálias. Nesse meio-tempo, Geeta envelheceu uma década. O policial cumprimentou Farah, seu caderno encaixado entre as mãos apertadas.

— *Namaskar*.

Farah trouxe uma mão em concha para perto da testa.

— *Salaam*.

Ele olhou para Geeta e, então, para o caderno.

— E você é?

— Geeta. — As palmas úmidas de suas mãos encontraram-se em um cumprimento. — *Ram Ram*.

— *Jai Shree Krishna* — ele disse. — Você emprestou dinheiro para Farahben e para o marido dela, certo?

— Bom, só para Farah — Geeta corrigiu, enquanto brincava com os contornos da própria orelha. — Para nosso empréstimo, o do grupo.

O policial balançou a cabeça.

— Entendo. — Ele fez uma anotação que Geeta sabia que ditaria sua ruína. Em seguida, ignorou-a. — Tenho algumas perguntas para você, Farahben. Podemos conversar em particular?

Os dois se afastaram, deixando para trás Geeta e seus pulmões flácidos. Ela olhou ao redor, o coração agitado e sozinho. Crianças brincavam; pessoas que já tinham finalizado os afazeres bebiam chá e liam jornais, jogavam cartas e fumavam narguilés. Apesar de estar inquieta, ela andou devagar, enrolando. Passou por uma mulher quebrando gravetos de nim para limpeza de dentes em um cesto.

Perto da casa dela, dois garotos estavam parados ao lado de um cachorro morto. Eles eram novos, mas era a proximidade, não a curiosidade deles, que deve ter parecido estranha a Geeta, já que ninguém ali tocaria uma carcaça; costumavam convocar um Dom — uma subcasta dos Dálites — da parte sul do vilarejo para retirar animais para curtume, ou carregar humanos para suas piras funerárias. Mas os pensamentos dela não estavam tão organizados assim. O cachorro morto capturou sua atenção que, até então, estava obcecada com o que o policial perguntaria a Farah. Por um momento terrível, Geeta pensou que o corpo pertencia a Bandido. Mas então o malandro apareceu aos pulos, todo alegre, o rabo balançando ao latir. Alívio derrubou os ombros dela. Seu cérebro voltou a funcionar. Geeta percebeu então que os garotos descalços não estavam inspecionando o cachorro, mas sim preparando-se para levar a carcaça, o que significava que *eram* Doms, de fato. Mas eram bem novos para estarem trabalhando.

Bandido correu até os pés de Geeta, ganindo e pulando. Antes que ela conseguisse lhe dar um afago, uma mulher se aproximou para espantá-lo. Ela bateu as sandálias uma na outra.

— *Xispa! Xispa!*

Ela usava um sári, a extremidade livre da peça cobrindo sua cabeça. Bandido não deu ouvidos, e ela mais uma vez bateu suas *chappals*. Apesar da argola que usava no nariz, os pulsos da mulher estavam nus.

— Está tudo bem! — Geeta falou. — É o meu cachorro.

A mulher balançou a cabeça, lentamente, enquanto analisava Bandido. A confusão dela era compreensível; as pessoas não adotavam bocas adicionais para alimentar por vontade própria. Animais recebiam comida em troca de sua utilidade.

— Melhor este do que aquele ali, imagino — a mulher disse, apontando para o cão de rua deitado de lado. Moscas aglomeravam-se.

— Está procurando alguém? — Geeta perguntou. — Moro bem ali, então conheço todo mundo.

— Não, só estou aqui a negócios. — Ela ainda segurava as sandálias.

— Ah, você trabalha por aqui?

Ela pareceu se divertir.

— Não o tempo todo, mas venho quando me chamam.

Bandido foi inspecionar o compatriota morto, serpenteando em torno das pernas dos garotos e atrapalhando o trabalho deles. Geeta chamou:

— Bandido! Deixe-os em paz!

O menino mais novo fez carinho no cachorro.

— Ei! — a mulher repreendeu bruscamente o garoto. — Não!

— Está tudo bem. Ele não morde.

— Não. Eles são meus filhos. — E isso significava que ela também era uma Dom, o que significava que não queria contaminar as coisas de Geeta, incluindo seu cão. — Yadav, eu disse não!

Na época que Geeta estava na escola, os professores sempre colocavam os estudantes Dálites no fundo, e eles faziam a Refeição do Meio-Dia separadamente. Muitos pais se irritavam com a determinação do *panchayat* a respeito da integração Dálite, mas o conselho insistiu em obedecer à lei. Tecnicamente, também era ilegal banir Dálites de poços e templos, mas tal segregação, por outro lado, era seguida estritamente pelo conselho. Houvera uma garota no terceiro ano, uma garota quieta com duas tranças, que Geeta teria considerado parte de seu grupo de amigos; todos brincavam juntos depois de seus almoços separados e, sempre que ela queria água, uma das garotas lhe servia, já que todos sabiam que ela não tinha permissão de tocar a bomba d'água.

Nunca ocorreu a qualquer um deles que ela fosse inteligente.

Um dia, a garota — Geeta não se lembrava do nome dela no momento, o que aumentava a própria culpa — recebeu a nota mais alta da turma em uma prova de matemática. Isso enfureceu tanto um garoto de uma casta superior que ele insistiu que a garota teria trapaceado, uma teoria que o professor investigou prontamente, visto que todos sabiam que "harijans" não eram capazes de inteligência (era da natureza deles). O único problema é que não havia evidência alguma de trapaça, ou mesmo da possibilidade dela, já que a escola tinha poucos livros didáticos em estoque e a garota, junto de dois outros estudantes Dálites, não tinha ganhado nenhum. Mas isto não desencorajou o garoto, que puxou um coro infernizante que todos eles — inclusive Geeta — ecoaram. Provavelmente era algo dizendo que a garota fedia, porque Geeta se lembrava de todos apertando os narizes.

A conquista não importava; o sucesso da garota — assim como a própria Geeta viria a sentir mais tarde — chegou apenas até onde aqueles ao seu redor permitiram. Durante o recreio, estava evidente que qualquer um que desse água para a *chuhra* desonesta seria o próximo a virar alvo da fúria do garoto. Então, ela esperava perto da bomba d'água no calor, as crianças passando despreocupadamente para beber o quanto quisessem, até que as aulas recomeçassem. As coisas voltaram ao normal depois de alguns dias, mas, quando chegaram ao quinto ano, a garota havia abandonado a escola.

Anos mais tarde, Geeta sabia que não tinha se juntado ao coro motivada por um grande ódio, mas também não tivera compaixão o bastante para se abster. Espectadores carregam a própria culpa, e Geeta agora se via vergonhosamente perplexa quanto ao motivo de um ato de coragem minúsculo ter estado tão além de seu alcance.

— Eles podem brincar — Geeta informou à mulher, a culpa rasgando seu peito como quando Bandido cavava a terra. Para ser honesta, ela sentia mais remorso pelo modo como tinham tratado a garota inteligente do que pelo fato de ter ajudado a matar Samir; um dos dois não tinha merecido o que recebeu. — Ele gosta muito de crianças.

A mulher olhou para Geeta enquanto dizia ao filho:

— Tudo bem, Yadav.

Ela provavelmente era mais ou menos uma década mais velha do que Geeta, mas seus olhos já carregavam os anéis azuis que anunciavam uma catarata. Embora não fosse gorda, era uma mulher curvilínea, algo que seu sári não conseguia esconder.

— Então você... — A voz de Geeta morreu, olhando dos garotos para a mãe. — Eu só presumi. Nunca vi uma mulher... sabe?

O ramo de cadáveres — coletar, preparar, queimar — era reservado para homens Dálites, especificamente Doms. Os habitantes do vilarejo não encontravam muitas mulheres Dom, porque elas geralmente ficavam confinadas em suas casas. Muitas famílias Dálites confinavam suas filhas em *purdah*, de forma que era mais fácil defendê-las das luxúrias de homens de castas superiores. Mais fácil, talvez, mas não completamente eficaz; Geeta se lembrou dos casos recentes que foram trazidos para o *panchayat* do vilarejo — as pobres garotas violadas ao amanhecer enquanto se aliviavam. Historicamente, mulheres Dom eram responsáveis por coletar excrementos dos outros durante a noite, mas ali os aldeões ou se aliviavam nos campos ou usavam seus encanamentos novos, então havia pouca razão para mulheres cruzarem a linha implícita. Áreas maiores, como cidades, ainda exigiam a presença de catadores manuais, algo em que Geeta não pensava muito. Mas, naquele momento, ao falar com aquela mulher, ela sentiu vergonha de desejar algo como uma geladeira.

— É, sou a única que já vi, também. — A mulher não pareceu ofendida. — Depois que meu marido morreu, assumi os negócios. Não tive escolha. Eles vão assumir depois de mim — ela disse, indicando as crianças com a cabeça. — Yadav, *ay-ya*, o que está fazendo? É um cachorro, não seu primogênito, só pegue o bicho pelo tornozelo, certo?

Geeta não se deu ao trabalho de esconder a admiração.

— Qual o seu nome?

— Khushi.

— Geeta.

— Geetaben, aquela ali é sua casa? — Quando Geeta confirmou, o rosto enrugado de Khushi abriu-se em um grande sorriso. Seus dentes eram alinhados, exceto por um pré-molar faltando, mas manchados de vermelho; era evidente que ela gostava de mastigar um *paan*.

— Até minha casa é maior do que *aquilo*! Quando você disse que tinha um cachorro de estimação, pensei, sabe, madame com uma casa *bada-bada*.

Geeta não se importava em ser o motivo da piada.

— Bom, sou só eu. Então, qual a necessidade de um lugar imenso?

— Nenhum bebê?

— Nenhum bebê.

Khushi calculou a ausência de joias de Geeta, seu furo vazio no nariz.

— Viúva?

— Algo assim.

— Como aconteceu?

— Ele apenas... se foi.

Khushi balançou a cabeça.

— O meu morreu no terremoto.

— Que terrível.

Ela deu de ombros.

— Não muito. A vida de viúva é mais pacífica do que a vida de casada. E fiquei com a empresa e a fornalha, não que os pais dele não tenham feito chover merda na minha cabeça por isso, *ay-ya*. Você trabalha?

Uma parte obstinada do ego de Geeta estava ansiosa para mostrar a si mesma como um espírito irmão, que também era engajada com Trabalho.

— Sim. Tenho um pequeno comércio de joalheria, faço *mangal-sutra*s. Então, lembre-se de mim quando seus filhos se casarem.

AS RAINHAS BANDIDAS • 135

Era uma piada, mas Khushi apenas balançou a cabeça, assentindo. Ela olhou para os filhos, que tinham terminado de brincar com Bandido; no momento, cada um segurava duas das patas do cachorro. Eles esperavam pacientemente as instruções da mãe. Geeta viu que tinham enfiado as sandálias na cintura de suas bermudas. Quando saíssem daquela parte do vilarejo e entrassem novamente no sul, onde não havia castas superiores presentes, poderiam usar os sapatos de novo.

— Estamos indo.

Apesar de Geeta não conseguir determinar como, estava preocupada que tivesse ofendido Khushi de alguma forma. Será que, involuntariamente, tinha salientado a disparidade social entre ambas?

— Ah. Certo. Foi um prazer conhecê-la. Vejo você por aí?

— Espero que não. — Khushi sorriu de novo. Ela meneou o queixo na direção de Bandido, que pulava. — Seria uma pena perder esse aí.

— É um argumento excelente. — Geeta deu um aceno final antes de destrancar a porta.

Do lado de dentro, ela tornou a encher a tigela de água de Bandido. O cão tentou manter os olhos fixos em Geeta, mas tinha o hábito de piscar a cada vez que dava uma lambida, e o resultado era mais galanteador do que atento. Ele queria tanto estar por perto de Geeta que ela não conseguiu conter um sorriso.

— Não se cansou de mim ainda, é? Bom, pelo menos alguém não se cansou.

Certo, então Karem a odiava. Uma semana antes, era ela quem o odiava. Agora, o equilíbrio estava recuperado. Ela não tinha perdido nada. Se queria angustiar-se com alguma coisa, deveria ser pelo fato de ter matado um homem. Ou pelo fato de que morreria de fome se não voltasse a trabalhar.

Destrancou seu armário com uma chave e, então, alinhou a combinação do cofre (era bobo, mas ela usava a mesma senha desde os dez anos: 2809, o aniversário de Saloni) para retirar um pouco de fio de ouro. A parte mais cara de qualquer colar de casamento — o pingente dourado *thali* —, felizmente, nunca ficava sob seus cuidados. Ao entregar a corrente para a família, ela a conectava ao *thali* de escolha deles. Mesmo com as muitas trancas, manter aquela quantia de ouro sólido na própria casa seria estressante demais.

Geeta se forçou a seguir um projeto que tinha rascunhado antes, mas sua mente vagueou até o interrogatório pelo qual Farah passava no momento. E se, Geeta pensou, Farah colocasse toda a culpa nela? A ansiedade a mantinha prisioneira, seus dedos trêmulos incapazes de unir as contas e o fio. Ela ergueu os olhos das mãos, impaciente consigo mesma, e se deparou com a fotografia pendurada de Phoolan.

— Você — ela disse — matou um monte de homens merda e não desmoronou. — Virou-se para repreender o próprio reflexo taciturno. — Então, controle-se.

Uma conta de cada vez. Geeta esperou se perder no trabalho, como sempre acontecia. Erguer os olhos e descobrir que estava escuro, que ela tinha pulado uma refeição ou que precisava desesperadamente fazer *su-su*. Em vez disso, esperou pelo retorno de Farah, embora as duas não tivessem planejado se encontrar. Enquanto trabalhava, cada farfalho vindo de Bandido a fazia saltar na direção da porta. Então, deslizava de volta para a mesa, envergonhada. Quando é que Farah tinha se tornado alguém que ela *queria* ver?

Geeta ligou o rádio. O programa sobre natureza no canal da Gyan Vani falava sobre bonobos na África. As fêmeas bonobos precisavam sair de suas casas antes da puberdade e encontrar outra facção para se juntarem. Nesse ínterim, os machos continuavam sob a égide das mães pela vida toda, contando com elas para obter comida e acasalamentos. Geeta soltou uma risada pelo nariz, mirando o rádio; ao que parecia, a evolução tinha seus limites. Mas, à diferença dos macacos, que eram o parente mais próximo dos humanos, as fêmeas bonobos, apesar de não serem de uma mesma família, formavam alianças para obter comida e defenderem-se de machos agressores. Duas fêmeas no cio já haviam lutado contra um macho agressivo demais e, no processo, arrancado metade do pênis dele com mordidas.

Aquilo fez Geeta se lembrar da história da Rainha Bandida certa vez ter castrado um homem. Foi depois do assassinato de

Vikram e de suas três semanas de cativeiro e tortura. Vestida como um homem policial, ela fazia reconhecimento em um vilarejo enquanto planejava como se vingaria dos estupradores. O homem que ela estava espiando, sempre um bom anfitrião, lhe "ofereceu" uma das muitas jovens garotas Dálites que já tinha violado. Depois do corte, ela supostamente pendurou a coisa no pescoço dele. E deixou-o viver — a Rainha Bandida dizia que nunca havia matado sem motivo. Geeta tentou racionalizar: ela e Farah não tinham, também, ampla justificativa?

Quando Farah enfim chegou, o arroubo de alívio de Geeta machucou seu orgulho.

— O que o policial queria? — ela perguntou.

— Só fazer umas perguntas sobre o corpo de Samir. — Farah sorriu. Ainda estava vestida toda de branco. — Perguntou se eu queria processar o encarregado do cadáver! Dá pra imaginar? Juro, o jeito que esse país se agarra às castas... é uma desgraça. Aqueles coitados não têm um minuto de sossego. Sabe, lá no meu vilarejo, nossa mesquita fez toda uma campanha de conversão para Dálites: "Convertam-se para o Islã, não existem castas no Alcorão!". E os Bhangis disseram: "Certo, não temos permissão de entrar nos templos, então, por que não?". E, depois que se converteram, os muçulmanos tiveram a pachorra de dizer: "Não, não, vocês não podem contaminar nossa mesquita, vamos construir outra para vocês, que são Bhanghis". Dá pra imaginar um pecado maior?

O maxilar de Geeta se afrouxou diante da ironia obtusa de Farah, mas nenhuma palavra saiu. Sim, ela queria dizer, na verdade, conseguia imaginar um pecado maior.

— Allah vai pegá-los, isso é certo.

— E a nós também, possivelmente — Geeta retorquiu. — Você tem certeza de que não entregou o jogo? Ele não está ficando desconfiado?

Farah foi pegar água e descobriu que não tinha nada sobrando. Ela se sentou à mesa de Geeta. Era uma transgressão que Geeta não se deu ao trabalho de corrigir.

— Você precisa se acalmar, Geetaben. Estava muito apreensiva com aquele policial. Se não tiver cuidado, vai acabar parecendo culpada.

— Nós *somos* culpadas! — A voz de Geeta se ergueu. — E é por isso que nós, *você*, precisa ter cuidado. — Ela balançou a cabeça, dando as costas para Farah. — Não vou ser presa por sua causa.

— Ninguém vai ser preso — Farah rebateu, a voz endurecendo. — Está tudo bem. O policial não suspeita de nada.

— Que você saiba. Você não deixou nenhuma evidência para trás, deixou?

— Não, eu cuidei de todos os rastros. Dá pra parar de ficar tão agitada?

— Eu tenho culpa, por acaso? Você não é a pessoa mais competente, Farah. Você tentou envená-lo com pílulas para crescimento de cabelo, se lembra?

A boca de Farah se torceu, ofendida.

— Dei conta do recado, não dei? Então me deixe em paz.

Mas Geeta estava estressada demais para escutar.

— Tem certeza de que nada pode ser ligado a você? — ela pressionou. — Porque não vou pagar o pato por isto. Foi você que *realmente* o assassinou, então se a polícia por acaso viesse farejando, estariam muito mais interessados em você do que em mim, certo? Você tem muito mais motivos do que eu.

— Você enlouqueceu? — Farah exigiu. — Ou isto é alguma piada de mau gosto? A ideia foi *sua*.

— Certo — Geeta disse. Bizarramente, ela tranquilizara a si mesma com suas divagações reflexivas, mas então era Farah que parecia agitada. — Não, eu sei disso. Só quero dizer que, *se nós* fôssemos pegas, *hipoteticamente*, você seria mais culpada, já que, *tecnicamente*, você fez a... sabe... parte de matar.

Farah arrastou a mão pela lateral do rosto, distorcendo temporariamente os próprios traços. Então, conforme Geeta observava com um espanto sombrio, Farah visivelmente se acalmou, inspirando e meneando a cabeça. Ela massageou as têmporas por certo tempo, entoando baixo: "*Kabaddi, kabaddi, kabaddi*". Quando falou novamente, sua voz era agradável.

— Não vou me lascar sozinha por isso. Não vou apodrecer na cadeia enquanto minhas crianças órfãs passam fome nas ruas. Então, não ouse me ameaçar.

Geeta piscou.

— Espere. Eu não sou...

— O quê? Culpada? Nem eu. — Farah atravessou o quarto até seu rosto pairar próximo do de Geeta. — Samir não era nada além de um resto de aborto de uma porca. Ele não era digno nem desta conversa. Morreu a morte de um cão, coberto com o próprio vômito, merda e mijo, e isso é mais dignidade do que aquele *chutiya* merecia. Eles não têm o direito de fazer todas as escolhas, Geeta. Nós podemos fazer algumas, também. E cheguei longe demais para deixar que você estrague tudo. — Ela segurou os braços de Geeta e deu um chacoalhão forte. — Entendeu?

O medo, escuro e gorduroso, adormeceu as pontas dos dedos de Geeta. Os epítetos de Farah ferroaram suas bochechas como vento. De trás de um véu de pavor atordoado, Geeta conjecturou se era assim que ela ficava quando praguejava.

Farah a chacoalhou de novo.

— Nós fizemos isso juntas. Enfie esse fato na sua cabeça. E se formos pegas, *hipoteticamente*, se você tentar qualquer *dhokhebaazi*, vai para a cadeia por mais tempo do que eu. Você é uma assassina em série. Ramesh, lembra?

Ela apertou a pele de Geeta, que cedeu facilmente sob a pressão, e Geeta pôde sentir as pontas dos dedos de Farah contra seus ossos. A dor irrompeu. De repente, ela voltou oito anos no tempo, tinha queimado um *chapati* e Ramesh se agigantava ao seu lado, a respiração quente no pescoço dela.

Farah pressionou:

— Entende por que me trair seria uma ideia muito ruim, Geeta?

E então, por fim e estupidamente, Geeta entendeu que estava sendo ameaçada. Apesar de a conversa ter sido um mal-entendido, ela passara a entender mais do que nunca que Farah só era uma idiota simplória quando lhe convinha. Para garantir a própria segurança, ela tinha se aproveitado do ego de Geeta com perfeição e a puxado para dentro dessa confusão.

Farah esperou uma resposta, as sobrancelhas erguidas. O instinto de autopreservação fez o cérebro desconexo de Geeta pegar no tranco. A crença de Farah de que Geeta era uma assassina experiente era a única munição restante em seu arsenal exaurido. Não faria bem algum admitir a verdade a respeito de Ramesh, porque aquela mulher não era sua aliada.

Não havia nada a ser feito além de apertar os dentes e dizer:

— Sim.

A fisionomia e o aperto de Farah imediatamente relaxaram. Os braços de Geeta estavam doloridos onde os dedos da mulher haviam se enterrado.

— Que bom.

Quando as sobrancelhas dela relaxaram, o centro amarelo do machucado circundando seu olho se expandiu, uma juba leonina. Logo, teria desaparecido por completo. Geeta não conseguia se lembrar do rosto de Farah antes daquela semana, antes dos ferimentos e cortes.

Quando Farah a soltou e voltou até a mesa, Geeta sacudiu as mãos dormentes, balançando-as como se para retirar o excesso de água. O ventilador resmungava acima delas.

— Está bonito. — Farah brincava com a corrente do *mangalsutra* inacabado enquanto olhava a foto de Phoolan Devi. — Também sei uma ou duas coisas sobre a Rainha Bandida — Farah disse, casualmente. — Sabe o que o primeiro amante dela falou? Vikram alguma coisa. Ele disse: "Se for matar, mate vinte, não apenas um. Pois, se matar vinte, sua fama vai se espalhar; se matar só um, vão enforcá-la como assassina".

Raiva tardia repuxou o estômago de Geeta: era risível o fato de aquela cadela ingrata e desmiolada pensar que podia superá-la e assumir o domínio. Ainda assim, ela precisava de tempo para pensar em seu próximo movimento; precisava que Farah fosse embora, então Geeta apenas esperou. Farah sorriu e ergueu um ombro como se dissesse "fazer o quê?", como se tivesse derramado um gole de leite.

— Sei que você a admira, Geetaben. Como não? Uma mulher agredida e traída, destroçada e humilhada, estuprada e descartada, não é nada de novo aqui. Mas ela se vingou todas as vezes. Cada uma das vezes. Nenhum deles sabia do que ela era capaz. Sabe por quê? Digo, é só minha teoria, é claro; o que é que eu sei? Sou uma viúva analfabeta. Mas *eu* acho que ela era capaz de qualquer coisa porque tudo já tinha acontecido a ela. Phoolan foi espancada e estuprada e traída tantas vezes, e por tantas pessoas. Ela não tinha medo porque já tinha sofrido aquilo que o restante de nós vive temendo. Eu consigo entender, acho. Em uma escala menor, é claro. Mas esta parte é a que pode machucar um pouquinho, Geetaben: você não é a Rainha Bandida. Não é Phoolan Devi. Você é Phoolan Mallah. Antes de ela fugir de casa, antes de ter Vikram, a gangue e o nome. Você é ela antes de ela ter poder. Um cão que só ladra. E não tem problema; nem todas podem ser uma Devi. Nós precisamos de assistentes também, não é?

Quando Farah foi na direção da porta, os ombros de Geeta relaxaram. Então, ela se virou.

— Somos amigas. Certo, Geetaben? E você nunca trairia uma *amiga*, não é? — A voz dela, de repente, ficou suplicante e tímida. Geeta experimentou um breve clarão de medo.

Ela balançou a cabeça.

— Claro.

O sorriso de Farah era beatífico.

— Imaginei. — Uma expressão de preocupação fez as sobrancelhas dela se juntarem. — Coma alguma coisa. Você anda definhando nos últimos dias.

DOZE

Na semana seguinte, Farah pagou sua parte do empréstimo. Era terça-feira de novo, e as mulheres se reuniram na casa de Saloni. Bandido foi banido para o lado de fora depois de tanto Saloni como Farah expressarem seu desagrado. Preity, no entanto, tinha afagado as orelhas do cão com entusiasmo, rindo quando ele lambeu suas cicatrizes. Depois da arrecadação, Farah presenteou as outras quatro mulheres com samosas, feitas naquela mesma manhã, como um agradecimento por sua paciência.

— Achei que seria um agradinho legal antes de todas jejuarmos amanhã. — Farah baixou o olhar e tocou o nariz sem o enfeite. — Digo... — ela corrigiu-se, com tristeza. — Antes de *vocês* todas jejuarem.

Geeta observou a performance com uma ironia autodepreciativa — como é que ela tinha sido enganada por *aquilo*? —, mas as gêmeas se apressaram a rodeá-la com solidariedade. Apesar de Farah ser muçulmana e o Karva Chauth, um festival hindu, todas as mulheres casadas jejuavam juntas, do nascer do sol até que a lua cheia surgisse no céu, em prol da vida longa de seus maridos.

— Estou bem, estou bem — Farah disse, abanando os olhos que brilhavam — Não se preocupem comigo!

O recente status de viúva de Farah havia aprofundado o poço de compreensão de todas. Subitamente, nunca houve uma questão de Farah estar parasitando-as ou dando o calote; *todas* as mulheres atestariam o caráter *esplêndido* de Farah, *sempre* souberam que podiam contar com ela. Na verdade, *todas* tinham se voluntariado para cobrir a parte de Farah no pagamento do empréstimo, não é? Tinham, por fim, concedido a honra a Geeta, já que ela era a líder do grupo, mas qualquer uma delas teria ficado *encantada* em fazer o mesmo.

— Batatas com ervilhas extra para você — Farah disse a Geeta, entregando-lhe um pote plástico. As marmitinhas que ela distribuiu às outras mulheres eram de metal. — O seu preferido. Você tem perdido muito peso, Geetaben — ela proclamou em voz alta. Saloni fez um som oclusivo de chacota. — Espero que não esteja adoecendo.

Preity usou a mão livre como prato ao morder uma samosa.

— Que gostoso!

— Ai, muito gostoso — Priya adulou. — Mas *nós* é que deveríamos estar lhe trazendo comida. Depois do que você passou...

Saloni não abriu a marmita.

Farah assumiu uma feição acanhada.

— Ah — ela disse. — Tem sido difícil, é claro, mas estamos dando um jeito. Não gosto de falar mal dos mortos, mas...

As mulheres se inclinaram na direção dela, o cheiro de fofocas promissoras superando o da fritura.

Farah suspirou, como se estivesse renunciando a um tesouro com relutância.

— Samir bebia.

— Não! — Preity arfou.

— Oh, Ram — Priya gemeu.

— Sim, é verdade. Ele bebia, e isso não é tudo. — Farah fez uma pausa e fechou os olhos, reunindo coragem. — Ele me batia. Com frequência.

— Não!

— Oh, Ram!

— Com licença — Geeta falou. — Vamos todas só fingir que isso é novidade? Que não vimos o rosto arrebentado dela na semana passada? Tenho berinjelas menos pretas do que aquele olho.

144 • PARINI SHROFF

Exceto por Saloni, que olhou para Geeta com mais espanto do que irritação, as mulheres a ignoraram. Depois de tomar um fôlego corajoso, Farah acrescentou:

— E me envergonha contar que ele batia nas crianças, também.

— Não!

— Oh, Ram!

— Ah, caramba — Geeta murmurou.

Talvez devesse ter sido um alívio saber que ela não era a única trouxa no grupo. Ramesh a havia manipulado em abundância, mantido-a em um estado suspenso de crença de que não o merecia. Seu orgulho era capaz de admitir aquilo, porque ela era muito jovem e estava muito apaixonada. Mas ser enganada por uma aparente pateta como Farah doía, e Geeta precisava de um plano para relembrar a mulher da hierarquia existente entre elas.

A suavidade da semana anterior fora esquisita. Geeta tinha se levantado e trabalhado com a diligência habitual. Tinha comido com o apetite habitual. Aparentemente, acostumar-se a alguma coisa era tudo que se precisava fazer, e então seria como se a coisa não pudesse ter acontecido de nenhuma outra maneira. Era verdade que a capacidade de adaptação dos humanos era impressionante, mas Geeta sentia que deveria ter levado mais tempo para se acostumar a ser uma assassina. Até mesmo três semanas teria sido um período mais respeitável. Mas — e isto era vergonhoso de admitir, embora mais pela imaturidade do que pela repugnância moral — o que realmente a perturbava a respeito da semana anterior era como as coisas tinham ficado com Karem.

A humilhação inicial, que a fez prometer nunca pousar os olhos nele novamente, se dissipou, substituída pela necessidade de fazer as pazes. Geeta precisava de um amigo naquele momento mais do que nunca e, embora não fosse confessar coisa alguma a Karem, sua companhia teria sido um bálsamo.

Então, mais cedo naquele dia, antes da reunião, ela tinha cedido. Tendo guardado o orgulho no fundo de seu armário e pegado a cabaça que começava a murchar, foi até a loja dele. Música tocava nos

AS RAINHAS BANDIDAS • 145

estabelecimentos, todos ostentando promoções que não eram bem promoções. A maior parte das famílias se preparava para o festival do dia seguinte, comprando cones de hena, vasos de argila, peneiras decoradas, novos pratos *thali*. As celebrações do Karva Chauth eram uma moda recente, e as mulheres estavam dedicadas a garantir que tudo estivesse no lugar certo em seus pratos de oração: o arroz, o vermelhão, o copo d'água, a lamparina *diya* e o incenso. Por que alguém adicionaria voluntariamente outro jejum à lista já infinita de jejuns, Geeta não entendia. Mas, ao que parece, os filmes conseguem tornar qualquer coisa popular e romântica.

As participantes também completavam toda a lista dos dezesseis adornos de mulheres casadas: o *solah shringar*. De *bindi*s a tornozeleiras, braceletes e delineados em kohl. Ouro envolto em seus pescoços, braços, cinturas, tornozelos e pés, pulsos e dedos, orelhas e, é claro, nariz. Para o dia do próprio casamento, Geeta tinha escolhido um *haathful* com quatro anéis ligados a um bracelete por correntes de ouro delicadas. Saloni fora inflexível na questão de que o *aarsi*, um anel de polegar robusto com um espelho (para que uma noiva pudesse vislumbrar seu noivo mesmo usando véu), combinava mais com Geeta. Ramesh havia ficado do lado de Geeta, apesar de sua lealdade não ter soado nem um pouco dessa maneira (*Não é algo feito para o seu físico; seus dedos são atarracados demais*). Em todo caso, depois que o pai dela morreu, Ramesh vendeu seu *solah shringar* inteiro, exceto o colar matrimonial, a corda firme que a mantinha amarrada à árvore.

A loja de Karem estava vazia, as caixas plásticas das atrocidades de sua esposa empoeiradas como sempre.

— Mais *tharra*? — Karem perguntou, sem erguer os olhos de seu caderno de contabilidade.

— Ah, não.

— Então o quê?

— Eu... eu queria saber como você estava depois...

— Depois de você entrar em minha casa sem ser convidada, para me desonrar e me insultar?

Ela tinha feito aquilo? Geeta sentia-se atordoada. Tropeçou nas palavras.

— Não, quis dizer depois de Bada-Bhai e a coisa dos negócios.

— Estou bem.

— Verdade?

— Não, Geeta, não é verdade. Tenho crianças que dependem de mim e não tenho nada para lhes dar. Elas são minha prioridade. Não tenho tempo para fazer você se sentir melhor pelo jeito desagradável com que trata as pessoas.

Ela se sentiu tão envergonhada que gaguejou um pedido de desculpas e fugiu, ainda carregando a cabaça.

Agora, durante a ridícula reunião do empréstimo, estava pensando em suas economias no armário. Era o auge da tolice, mas estava tentada a dá-las a Karem. Não para comprar o seu perdão, e sim o do universo. Era preciso corrigir as coisas. Ela tinha roubado uma vida, mas podia ajudar cinco outras. Karem nunca aceitaria se ela oferecesse, mas ele não precisava saber a origem do dinheiro. A geladeira podia esperar mais um pouco; afinal de contas, ela tinha chegado até ali. Tamanha gentileza não compraria uma entrada para o paraíso no qual ela mal acreditava, mas talvez trouxesse alívio para suas noites. Uma expressão que a mãe dizia com frequência lhe veio à mente: *Depois de comer novecentos ratos, o gato vai a Hajj.*

Farah ainda estava falando.

— ... tentando ser forte por eles. Não quero focar no lado negativo, sabem, só quero me lembrar dos bons momentos com Samir...

— Como quando ele estava dormindo? — Geeta murmurou.

— ... e seguir em frente e sustentar meus filhos. E isso é um privilégio.

— Sim, é tão gratificante.

— Alegrias da maternidade.

— Você é corajosa — Preity elogiou, sacudindo a cabeça. O movimento fez seu cabelo balançar, revelando a minúscula protuberância que restava de sua orelha.

Priya disse:

— Ai, *tão* corajosa.

Geeta tinha notado há um tempo que Priya, talvez por solidariedade, também tinha parado de usar brincos.

— *Ela* é corajosa? — Geeta embasbacou-se, gesticulando com selvageria na direção de Preity. — E quanto a *você*?

Preity piscou.

— Quanto a mim, o quê?

— Sério? Está todo mundo maluco?

Farah tossiu.

— Geetaben, você não vai comer?

— Perdi o apetite.

— Mas eu fiz especialmente para você! — Farah pareceu desalentada. — Queria agradecê-la por toda a sua ajuda.

Preity envolveu os ombros curvados de Farah com um braço.

— Que indelicada.

Priya olhou feio.

— Nossa, *muito* indelicada.

— Puta merda — Geeta falou, ríspida. — Pronto. — Ela arrancou a tampa de plástico e escolheu uma pirâmide frita. Fazendo um contato visual elaborado com as gêmeas, mordeu uma ponta. Apesar de a massa estar seca, Geeta soltou barulhos altos de apreciação. Ao se concentrar em engolir, ela baixou os olhos para a samosa, que se abrira. Cúrcuma e masala tingiam as batatas de amarelo, mas as ervilhas mantinham as cascas em um tom vivo de verde. Uma ervilha em particular, no entanto, parecia desbotada, uma irmã maltrapilha das outras. Geeta estreitou os olhos e reconheceu a pequena joia de uma bobina de mosquito aninhada em sua samosa, com a concentração amorosa das mãos de uma costureira.

Ela se engasgou e imediatamente olhou para Farah. A mulher estava pronta, o sorriso travesso, os olhos castanhos límpidos, curados e aguardando. Ela deu uma piscadinha com tanta rapidez que Geeta não soube ao certo se não tinha só imaginado. Geeta tossiu e Saloni bateu em suas costas, continuando, Geeta notou, muito depois de ela ter parado de tossir.

— Já pode... — ela arquejou. — Já pode parar de me bater.

— Tudo bem — Saloni a tranquilizou, agradavelmente. — Não me importo.

...

Depois da reunião, Geeta abriu as outras samosas e achou pedacinhos de bobinas de mosquito em todas as quatro. Primeiro Samir, agora Farah. Isso é que significava "pular da panela para cair no fogo". Geeta ficou parada na alcova de sua cozinha, encarando as samosas desmontadas, tentando digerir a nova reviravolta. Ela já tinha ouvido falar ou lido em algum lugar que, em emergências, as pessoas não entram em pânico, mas congelam, seus cérebros incapazes de se basear em uma experiência anterior comparável, então elas ficavam simplesmente grudadas em um momento terrível, suas rodas girando em âmbar.

O desejo dela era retornar para a raiva. Raiva era combustível, mesmo que temporário, antes de o desespero afugentá-lo. Descobriu, no entanto, que não conseguia invocar sentimento algum. A exaustão a mantinha imóvel. Não sentiu cada um de seus anos, mas sentiu cada um deles que passou em solidão. *Faça algo*, ela instruiu a si mesma, *faça alguma coisa produtiva e torça para que ela leve a outra.*

Então Geeta queimou o lixo, para o caso de Bandido acabar vasculhando e comendo os restos de samosa. Enquanto a fumaça subia, Geeta observou o cão, que investigava a carcaça de uma bola de críquete arrebentada. Suas ancas gorduchas se sacudiram no ar quando a empolgação dele o fez tropeçar na própria pata. A cauda era uma estola extravagante, um desperdício para um cão do tamanho dele, mas bonita, mesmo assim. Ele era um filhote inofensivo, mais obcecado em mendigar afeto físico do que em servir qualquer mestre. Ainda assim, Farah tinha receio dele e de sua mordida. Bandido era a única fraqueza de Farah que Geeta conhecia. A julgar pelo fato de que estava, no momento, queimando o veneno destinado a si, talvez fosse conveniente fazer uso dela.

— Bandido! — ela chamou. O cão respondeu de imediato, a cauda balançando como um espanador de pó conforme ele trotava. Geeta tinha descoberto, bem no início, que ele fora treinado com comandos em inglês. Qualquer que fosse seu nome anterior, Bandido sabia vir, parar, sentar e ficar no lugar.

Dentro de casa, Geeta despiu seu travesseiro e envolveu o próprio braço com a fronha. Ela bateu no rosto de Bandido; ele se afastou, mas voltou. As orelhas dele se inclinaram para trás quando ela golpeou seu focinho de novo, mas seu humor permaneceu animado. Com as patas da frente, o cão tentou parar o braço de Geeta e lamber seu nariz. Ela o evitou para bater de novo em seu rosto. Finalmente irritado, ele se distanciou, emburrado, a cauda tristonha arrastando-se pelo chão.

— Bandido! Venha.

Quando o cão obedeceu, Geeta lhe bateu de novo. Antes que pudesse piscar, a mandíbula dele estava em torno de seu pulso envolto pela fronha. As pontas dos dentes pequenos a cutucavam através do tecido fino, mas ele teve o cuidado de apenas alertar, não machucar.

— Bom garoto! Isso é ataque, Bandido. Ataque. Entendeu? *Ataque.* — Ela livrou-se dele e repetiu o exercício até o crepúsculo começar escurecer sua janela. Como recompensa, ofereceu biscoitos Parle-G e afagos na barriga. Por fim, retirou a fronha maltratada e a deixou no chão da cozinha. Colocou-se do outro lado da casa, ao lado da mesa.

— Ataque! — ela disse, apontando. — Bandido, ataque!

Bandido veio até ela, as pernas robustas bamboleando.

— Não, Bandido — ela disse. — Ali. Vê para onde estou apontando? *Ali.* Lamber não é atacar, Bandido. Ataque! — Ele farejou a mão de Geeta, à procura de um biscoito imerecido. — Não, sem recompensa. Cachorro mau. Muito mau!

Depois de muitas tentativas fracassadas, Bandido por fim obedeceu, lançando-se na direção da fronha. As orelhas dele inclinaram-se, agressivas. Ele rosnou. Geeta bateu palmas de aprovação.

Assim que Bandido sacudiu a fronha, ele encontrou sua abertura e serpenteou para dentro, entrando na cama improvisada. E então, dormiu.

Ela o olhou, ninado por conta própria e contente.

— Eu vou morrer.

TREZE

Geeta olhou para a porta familiar, os membros do corpo pesados de medo ao dar um passo relutante em frente. Suas mãos se apertaram, punindo a cabaça macia trazida como oferta de paz. A ironia pesava em seu crânio. Depois de anos passados isolada voluntariamente, pela segunda vez em um dia ela distribuía batidas em portas, implorando por migalhas de companhia em troca de cabaças indesejadas. Havia trazido Bandido junto, embora ele provavelmente não fosse mais bem-vindo do que ela. Geeta esperou não parecer tão patética quanto se sentia. Provavelmente seria rejeitada, e com mais palavras ofensivas às costas, ainda por cima, mas não lhe restavam muitas opções. Seu orgulho era importante para ela, é verdade, mas não mais do que seus batimentos cardíacos. Geeta estava na desvantagem; precisava de ajuda.

— Fique — Geeta instruiu a Bandido, que obedeceu, a cauda balançando. Ela se aproximou da porta e tocou a campainha, que ribombou com oito notas musicais metálicas.

A porta se abriu. Geeta ouviu crianças brincando dentro da casa.

— O que está fazendo aqui?

— Preciso de você — Geeta falou, sem pensar, estendendo a cabaça à frente como se fosse um buquê.

— Acho que nos encontrarmos duas vezes em um único dia é o nosso limite, Geetaben.

— Acredite em mim — Geeta continuou. — Eu não viria até aqui se não fosse uma emergência.

Saloni suspirou.

— Tudo bem, mas seja rápida. — Ela avaliou a cabaça e revirou os olhos. — Eu juro, provavelmente existe uma única cabaça no vilarejo inteiro, e ela só fica passando de mão em mão.

Saloni saiu, uma lamparina pendurada no pulso. Depois de fechar a porta dupla, acomodou-se no balanço, os olhos se arregalando quando Geeta se sentou ao lado dela, em vez de no parapeito. Saloni fez todo um show ao se afastar para acomodar Geeta. O balanço deu pulinhos, ajustando-se ao peso das duas.

Saloni usava um vestido longo de ficar em casa, floral com mangas curtas. As partes de cima de seus braços eram rechonchudas e claras. Ela se depilava regularmente, e sua pele era lisa.

— E então? — ela instigou, quando Geeta se pôs a puxar o lóbulo da orelha em vez de falar.

— Farah está tentando me matar. — Por que ela tinha queimado as evidências? Com elas, poderia simplesmente ter mostrado as samosas a Saloni em vez de parecer uma lunática. Apressou-se em dizer: — Sei que parece maluco e completamente inacreditável, mas, se ouvir o que tenho a dizer, voc...

— Prossiga — Saloni disse, a voz tão calma que agitou Geeta ainda mais.

— V-você não acha que parece, sabe, *gando*?

— Ah, é cem por cento insano. Mas Farah também é. Então, continue.

Mas esta informação a distraiu demais. Geeta balançou a cabeça, como se para desanuviá-la.

— Espera. Você acha que Farah é...? — Ela girou um dedo próximo à cabeça.

Saloni riu pelo nariz.

— Aquela mulher tem uns olhos de cobra. Que nem a Dipti, da escola? Lembra que ela ficava dizendo a todo mundo que seu pai de verdade era o ator Anil Kapoor?

— É, mas éramos só crianças.

— Não, olha só, é *por isso* que você sempre atrai os *gando*s, Geeta, porque faz uso da razão quando não há razão alguma. O que tornava Dipti alguém insana não era o fato de ela mentir, era que ela realmente acreditava naquilo.

— Ela acreditava?

— *Sim*. Então, vai terminar a história ou o quê? Não tenho a noite toda. O Karva Chauth é amanhã, sabia?

Geeta começou, empenhando-se para ser honesta com relação à sua parte de culpa no fim de Samir, mas omitindo as partes que envolviam Karem.

— E então, hoje, ela colocou bobinas de mosquito nas minhas samosas.

Sob a luz da varanda, ela olhou para o rosto impassível de Saloni.

— É meio preguiçoso, não é? Fazer com você do mesmo jeito que fez com ele?

— Acho que foi mais um tipo de *mensagem*, sabe?

— Uma mensagem? Estamos falando de Farah. Ela pode ser maluca, mas também é uma imbecil. Não consegue juntar duas frases sem tropeçar nos próprios pés. Não é bem uma chefona da máfia lhe mandando uma "mensagem".

— Por que você não está mais surpresa?

— Eu estou. Digo, não consigo acreditar que você é uma assassina de verdade. — A voz de Saloni não levava censura, apenas espanto. Pelo tom, ela poderia bem ter trocado a palavra "assassina" por "primeira-ministra".

Ainda assim, Geeta eriçou-se. Era a verdade, mas ouvi-la da boca arrogante de Saloni não foi bem-vindo.

— Bom, você também.

As sobrancelhas dela se arquearam.

— Como é?

— Ah, caramba. Já se esqueceu de Runi?

Raiva e culpa competiram no rosto de Saloni. Os lábios dela se retraíram, amargando sua beleza de uma maneira que Geeta reconheceu de imediato. Era estranho perceber que, dezesseis anos depois, elas eram as mesmas pessoas que sempre foram. Os olhos verdes de Saloni escureceram, mas poderia ter sido uma ilusão da lâmpada tênue colocada perto do dintel.

Era incomum o fato de a energia elétrica ainda estar disponível tão tarde.

Saloni apertou os lábios.

— *Eu* não assassinei ninguém. Runi se enforcou.

— E *por que* Runi se enforcou?

— Porque não conseguia pagar os empréstimos.

— Saloni, diga a si mesma o que precisar. Mas eu me lembro das coisas que você disse a ela. Como se não bastasse humilhá-la, você até trouxe outras pessoas junto. E no exato dia seguinte? Encontramos o corpo de Runi.

— Eu não sabia que ela faria aquilo — Saloni rebateu, os olhos furiosos. — Como poderia saber? O *panchayat* só queria que ela parasse de emprestar de todo banco que oferecia! Ela estava se *arruinando*. Nós estávamos preocupados.

— Preocupados? — Geeta sacudiu a cabeça, enojada. — Você nem sequer se importa com os empréstimos! Sua cerâmica é um *hobby*. O sei-lá-quem ganha rios de dinheir...

Saloni fechou os punhos.

— Saurabh. Você não sabe nada a respeito. O conselho disse que eu *precisava* levar pessoas comigo para meter algum juízo na cabeça dela. Eu não sabia que Runi decidiria...

— Ah, muito legal. Ela "decidiu". Bela escolha você deu a ela. Você foi cruel a título de crueldade, porque você gosta de intimidar as pessoas. Sempre gostou.

— *Eu* gosto de intimidar as pessoas?

— Obviamente. Por que mais eu estaria aqui? Preciso de uma valentona para me salvar de uma valentona. Preciso que você acabe com a Farah como fez com a Runi, antes que ela me mate.

— Eu não "acabei" com a Runi! Você não sabe do que está falando, então só cale a boca.

— Talvez você não tenha chutado a cadeira debaixo dela, mas eu também não envenenei Samir com minhas próprias mãos. Não podemos nos lavar com esses detalhes técnicos.

— Que detetive terrível você seria. Runi se suicidou porque o filho dela roubou todo o dinheiro dos empréstimos para comprar heroína, idiota; então, pode descer dos céus e se juntar a nós, mortais.

Geeta ficou boquiaberta.

— O quê?

— Runi pensou que ele estava indo à escola, mas era mentira. Então *ele* pegou dinheiro emprestado, mas não de um banco, se é que me entende. Iam matar Runi e o garoto se ela não pagasse. Então, me desculpe por tentar colocar algum bom senso na cabeça dela na base do susto. Aquele garoto se aproveitou dela de todo jeito, mas Runi deu a ele cada pedacinho de si, até que isso a matou. — A cabeça de Saloni pendeu para trás. Ela estava mirando o teto, onde as correntes do balanço estavam presas.

A postura de Geeta se envergou, incerta de quaisquer novos argumentos ou até mesmo do motivo pelo qual teria começado a atirar acusações, para começo de conversa, quando estava ali buscando ajuda. Algo em Saloni era capaz de arrancar veneno dela de maneira pavloviana. E se Saloni era capaz de despir a própria culpa, por que Geeta não seria? Runi fora muito mais inocente do que Samir.

— Eu não sabia — Geeta disse. — Sinto muito.

Saloni balançou a cabeça em uma negativa, a voz apertada quando disse:

— Deixa pra lá.

Mosquitos formavam auréolas em cima das duas. Depois do abafamento do verão, as noites de outubro estavam confortáveis, e ainda faltavam muitas semanas até que as noites de inverno obrigassem o uso de xales e balaclavas. Com um pé, Geeta empurrou o chão, fazendo o balanço se mexer. Saloni ergueu os pés, para não impedir o movimento. Era uma trégua experimental, Geeta reconheceu. As duas balançaram em silêncio. A brisa artificial agitou os mosquitos e os cabelos grisalhos próximos às têmporas das duas.

A casa dos pais de Geeta tinha um balanço, ou, pelo menos, costumava ter. Ela sentia saudades demais do lugar para visitá-lo, e tomava rotas mais longas para evitar a fachada.

— Ei — ela perguntou de repente. — Sabe se alguém está morando na antiga casa dos meus pais?

Saloni acenou com a cabeça.

— Os irmãos Handa a compraram.

O nariz de Geeta se franziu.

— Os irmãos Handa? Eles não comiam a meleca de nariz um do outro?

— Acho que ainda comem.

Geeta riu.

— Alguma ideia a respeito de Farah?

Saloni deu uma batidinha no queixo macio.

— Se você apresentar o Ramesh, seria prova de que não o matou. E, se não é uma assassina, ninguém acreditaria que você ajudou Farah.

Geeta olhou feio para ela enquanto deslizavam para a frente.

— É o melhor que você tem? "Apresentar o Ramesh"? Ninguém vê o cara há cinco anos, e simplesmente vou "apresentá-lo"? Claro. Depois disso, vou só "apresentar" cinco laques de rupias. Ou vou "apresentar" a cura do câncer. Ou um Mercedes. Ou... — Ela interrompeu a si mesma. — Espera. Como sabe que ele está vivo? Digo, *eu* presumo que ele esteja. Sempre presumi isso, mas você e a cidade inteira falam que eu o dei...

— Para os cachorros comerem? — O sorriso de Saloni estava animado. — Também ouvi falar que você não matou Ramesh, só sugou a vida dele e, agora, ele é o velho senil do vilarejo vizinho, que deixa os pombos comerem da boca dele.

Geeta ainda não estava achando graça.

— E?

— Geeta, você não consegue matar nem um lagarto. Só um idiota pensaria que você é capaz de matar um homem. — Ela inclinou a cabeça. — Entretanto, agora, acho que você *realmente* matou um...

— Então por que todos os rumores?

Saloni deu de ombros.

— Ah, é um vilarejo pequeno. Nem todo mundo tem uma TV, as pessoas criam a própria diversão.

— Então as pessoas não acham que o matei?

— Ah, não, a maioria delas com certeza acha que você é uma *churel* assassina. É só que eu conheço você.

— Bom, agradeço muito por ficar do meu lado.

Todo o humor evaporou da expressão de Saloni.

— O fato de você conseguir me dizer isso de cara lavada prova como não tem a menor noção. A respeito de Runi, de Ramesh, de tudo.

O pacto instável delas estava prestes a se quebrar. Mesmo dizendo a si mesma para deixar para lá, Geeta falou:

— Já faz não sei quantos anos e você continua tão maldosa comigo agora quanto foi quando eu o consegui e você não.

— Ah, meus deuses, você realmente ainda pensa que a questão era eu querer o *Ramesh*? Trabalho de detetive de primeira classe, mais uma vez.

— Não era? Fala sério, Saloni. Foi só eu me casar com ele, e você me cortou completamente da sua vida.

— *Eu* cortei *você*? — Saloni falou, em tom de escárnio. — Você fez todas as escolhas, não eu. Um *menino* idiota apareceu e você acreditou nele em vez de em mim. — Saloni sacudiu a cabeça e parou o balanço ao colocar os pés no chão. As laterais deram um solavanco antes de ficarem imóveis, as correntes retinindo. — Eu sabia que ele ia causar problema desde o início, simplesmente sabia.

— Por que você não disse nada?

A risada de Saloni foi zombeteira.

— Eu disse! Mas você era idiota demais pra escutar. Deuses, devia ter se ouvido falando dele e daquela história imbecil do *papad*. Um momento não faz uma pessoa, Geeta. Ele foi gentil com você em um momento ruim, e isso não fez dele alguém gentil, fez? Talvez eu tenha sido horrível com Runi por um momento, mas isso não faz de mim uma pessoa horrível.

— Você tem sido horrível comigo em vários momentos.

— Você mereceu. É uma traidora. — Acima delas, a luz se apagou. Saloni colocou a lamparina entre elas.

— *Eu* sou a traidora? — Geeta engasgou-se com as palavras. — Quando ele... mudou... quando começou a me bater, onde você estava? Meus pais estavam mortos; meu pai me deixou todas aquelas dívidas. Eu estava humilhada e aterrorizada e não tinha lugar algum para onde ir. Estava tão sozinha, porque você não queria falar comigo. Nem olhava para mim. Foi indesculpável.

Saloni endireitou as costas. Os ombros para trás, o queixo estendido. Geeta teria reconhecido a posição de batalha mesmo se não conhecesse Saloni por toda a vida das duas.

— Indesculpável? Quem disse que preciso de desculpas? Eu...

— Você devia ter vindo falar comigo, Saloni. Você tinha uma família, um marido, amigos. Eu não tinha ninguém. Estava completamente sozinha. *Ainda estou* completamente sozinha.

— Como alguém poderia saber que você não queria estar assim? Agindo como se fosse melhor do que todo mundo, o tempo todo!

— Ei! Acho que você está confundindo nós duas.

— Como se fosse possível — a outra rebateu, com uma fungada desdenhosa.

— É mesmo. Porque você tem o dobro do meu tamanho.

Saloni pareceu capaz de arrancar a pele de Geeta. Em vez disso, apontou um dedo soberbo na direção da noite.

— Dê o fora da minha casa.

— Não estou na porcaria da sua casa. Você nem sequer teve a educação de me convidar para entrar.

Um gorgolejo de repulsa saiu da garganta de Saloni.

— Você sempre foi tão pedante. Saia daqui!

— Ah, estou indo. — Geeta não tinha tirado os sapatos, então transpôs rapidamente os quatro passos até a terra. Bandido latiu, assustado com as vozes alteradas.

— Você trouxe essa coisa imunda para minha casa? — Saloni guinchou.

— Ah, me poupe. Seus filhos são mais sujos.

Saloni colocou as mãos nos quadris largos. Ela lançou um sorriso adocicado para Geeta.

— Um par perfeito, duas cadelas.

— Idiota. É um cachorro *macho*.

— Por que ainda está aqui?

— Pena que não temos Karva Chauth todos os dias; assim, você conseguiria perder um pouco de peso!

— Ei, *gadhedi*! Tente ter dois filhos e continuar magra. — Saloni fechou os olhos e colocou uma mão sobre o peito. — Não que as alegrias da maternidade não sejam...

— Gratificantes. Todo mundo sabe.

— Você, não.

Os olhos de Geeta se estreitaram até que virassem fendas. O ódio delas tinha tornado o ar sulfúrico.

— Caramba, eu te odeio.

— Eu te odeio de volta e em dobro. E espero muito, mas muito, que Farah acabe com você hoje.

— Eu também! Prefiro estar morta do que ter que olhar para a sua cara gorda de novo.

— Digo o mesmo!

Geeta rosnou.

— Bandido! — Ela apontou. — Ataque!

Saloni arfou, mas não havia o que temer. Bandido estava ocupado mordiscando as próprias partes íntimas.

Geeta fez todo o percurso para casa enfurecida. Primeiro Karem, e então Saloni. Fantástico. Mais uma interação de sucesso de sua parte. Que tipo de insanidade temporária a fizera pensar que poderia contar com *Saloni*, de todas as pessoas no mundo? O medo a tinha tornado fraca e ela saiu a galope desesperadamente até Saloni, como um cão abandonado à procura da própria casa.

O pobre Bandido estava despreparado para a tempestade encarnada pisando duro pela casa enquanto Geeta xingava Saloni de injúrias proibidas que mesmo ela nunca tinha ousado pronunciar antes: trepadora de porco, cu de cebola, bola de pentelhos frita, cria vil de sêmen ainda mais vil, pinto de lagarto, pentelho de lagarto, suor de bunda de lagarto. Foi só quando as partes de lagarto acabaram que ela se deixou cair sobre o colchão, esgotada.

Bandido, sempre um aprendiz ágil, recusou-se a sair de debaixo da cama.

— Tudo bem — ela bufou. — Por que eu me importaria? Você é tão inútil quanto ela.

CATORZE

Na tarde seguinte, Saloni mandou o filho até a casa de Geeta para buscá-la. Apesar de nunca terem se conhecido, Geeta já o tinha visto brincando pelo vilarejo e reconhecera os olhos dele. Eram cor de mel em vez do verde de Saloni, mas tinham o mesmo formato, com cílios densos que poderiam facilmente ter sido confundidos com kohl. Eram um desperdício em uma criança, como a cauda glamorosa de Bandido era um desperdício em um cão de rua. Geeta encarou o garoto; era estranho, a prole de Saloni andando neste mundo, um estranho para Geeta.

Em um universo alternativo, ele teria crescido chamando-a de Geetamasi. Naquele mesmo universo alternativo, ela teria participado da criação do garoto. Mas, neste universo, eles não eram ninguém um para o outro.

Ela havia perdido boa parte do fim da manhã observando o queixo por vários ângulos diante do espelho do armário, tentando encontrar a máxima luz do dia para caçar e arrancar os pelos grossos que tinham brotado de repente, mais ou menos no último ano. A mão pinçante dela se movia com ferocidade enquanto Geeta fazia um monólogo enfurecido de todas as críticas que deveria ter cuspido em Saloni: que Saloni poderia ter usado seu prestígio social para o bem, como defender Geeta e Runi, que, em vez disso, ela usou seus poderes para o mal; que era egoísta e cruel; que não era uma amiga para mulheres. Geeta estava corrigindo essa parte para "não era uma *aliada*", enquanto desenraizava um pelo escuro com um movimento vitorioso, quando ouviu a batida à porta.

— O quê? — ela se dirigiu rispidamente ao garoto depois de abrir.

Cauteloso, o garoto deu um passo para trás.

— Não faça minhas entranhas ferverem e caírem pela minha bunda, por favor!

Geeta teria revirado os olhos, mas aquilo era algo que não tinha ouvido ainda. Conseguia apreciar a imaginação.

— Tudo bem. Suas entranhas vão ficar como estão.

— Obrigado. — Ele fechou os olhos em um breve alívio. — Mamãe pediu para você vir rápido.

— Não me importa o que sua mamãe diz.

— Por que você tá tão mal-humorada?

Bandido latiu, e o rosto redondo do garoto se alegrou.

— Ei, é um cachorrinho? Eu amo cachorrinhos, mas a gente não pode ter em casa, porque a mamãe é alérgica.

Geeta soltou um riso zombeteiro.

— A única coisa a que sua mãe é alérgica é a um cérebro.

O garoto esticou o pescoço para espiar a casa dela.

— Cê tem algum petisco?

Que espantoso. Se ao menos ela *tivesse*, de fato, ajudado a criar aquele selvagem de bermudas...

— Não, não tenho petisco nenhum, garoto grosseiro. Você tem a mesma educação de sua mãe. Vá pra casa. — Ela fechou a porta com um estrondo.

Ele bateu de novo.

— Venha, por favor, tia. Ela vai ficar brava se eu não voltar com você.

Geeta pausou o movimento de fechar a porta de novo.

— Ela vai bater em você?

O garoto deu um olhar estranho a ela.

— Não.

— Que pena.

— Ela disse que se você se recusasse, eu devia te dizer... — Enquanto ele se esforçava para lembrar, os olhos e boca do garoto juntaram-se na direção de seu nariz, como se tentasse superar uma constipação prolongada. O corpo dele relaxou, derrotado. — Não sei. Alguma coisa a ver com a tia Farah e samosas e...

— Vamos lá.

Os dois compartilharam cerca de três passos pacíficos antes de o garoto começar de novo, a voz aguda de esperança:

— A tia Farah fez samosas? Amo samosas.

Geeta murmurou:

— Bom, se eu fosse você, ficaria longe das samosas dela.

— Por quê? — Mas o menino não parou nem para esperar uma resposta, nem para respirar. — Minha mãe nunca tem petiscos em casa. Ela tá sempre fazendo alguma dieta. Meu pai diz que por isso ela é tão mal-humorada. Ei! Que nem você. Você faz dieta, também?

— Não.

— Então qual é a sua desculpa?

— Vamos brincar de um jogo.

— Certo! — Ele parou perto da casa dos Amin. — *Ram Ram*! — ele cumprimentou a sra. Amin. Do lado externo da choupana deles, havia um lençol com pimentas secas, as cascas de cor viva, mas murchas. A sra. Amin balançou a cabeça, depois se agachou para peneirar. — Não é o jogo do quieto, é? Os adultos sempre querem brincar de jogo do quieto comigo.

— Nem imagino o motivo.

— Eu gosto de todos os petiscos, mas gosto mais de doces.

— Que incomum.

O filho de Saloni lançou a Geeta um olhar peculiar de soslaio.

— Não muito. Você não deve conhecer muitas crianças.

— Não mesmo.

— Não tem problema — ele disse, educadamente.

O agito da cidade tinha um timbre diferente naquele dia devido ao festival. Muitas mulheres estavam jejuando e, portanto, liberadas das tarefas de costume, então as garotas mais novas e solteiras estavam nas ruas. Geeta e seu tutelado viraram em uma rua e uma garota passou por eles, duas panelas de aço equilibradas na cabeça, acolchoadas por uma almofadinha redonda com lantejoulas. Atrás dela, duas adolescentes carregavam as extremidades opostas de um galho grosso, com baldes de água pendurados na madeira.

Os homens decoravam as casas para as festividades da noite, alguns em escadas de bambu para alcançar varandas do segundo andar. Guirlandas de cravos e decorações douradas emolduravam portas e janelas. Praticamente todas as casas tinham uma suástica hindu auspiciosa, pintada com quatro pontos vermelhos. Carroças de vegetais avançavam ao lado de vendedores de petiscos, que anunciavam valores em voz alta.

— Ooh! Ooh! Vamos comprar *pakora*s! — O filho de Saloni olhou para as roupas simples dela. — Você não tá jejuando hoje, né? Porque não tem marido; ou *tinha*, mas aí ficou toda maluca e fez ele de comida pra dar para os...

— Cachorros?

O cenho dele se franziu.

— Ouvi dizer que era para os leopardos. Você deu ele para o seu *cachorro* comer? Aquele na sua casa?

Geeta suspirou.

— Ei, como foi que você virou *churel*? Acho que seria legal fazer as pessoas virarem baratas, ou encher elas de furúnculos, ou fazer comerem minhocas.

— Seria bem legal.

— O que ele fez pra deixar você tão brava, afinal?

— Fez perguntas irritantes demais.

O aceno de cabeça dele foi solidário.

— Entendo totalmente; eu tenho uma irmã. Então, você não tá fazendo jejum?

— Não.

— Ótimo! A mamãe não vai deixar a gente levar os *pakora*s pra casa, mas é só a gente comer rapidinho.

— Você tem dinheiro?

A testa dele se franziu.

— Bom, não exatamente.

— E então?

— *Você* não pode me dar dinheiro?

Geeta estava ficando bem cansada de ouvir essa pergunta dos outros.

— Vejo que está progredindo muito bem para se tornar um homem.

Ele deslocou o peso de um pé para o outro.

— Então... *pakoras*?

Geeta pensou por um momento.

— Eu compro os *pakoras* se você der um banho no meu cachorro.

— Feito.

Eles apertaram as mãos e Geeta comprou as frituras. O garoto não perdeu tempo e se pôs a devorar a comida quente, soprando enquanto mordia. Vapor flutuava ao redor de seu rosto.

— Você tem o apetite da sua mãe, hein?

— É — ele falou, a boca inteiramente lotada, agraciando Geeta com uma visão desimpedida de *pakora* meio mastigado. — Mas nunca vou ficar gordo como ela.

— As coisas mudam. Você não se lembra, mas, antes de sua irmã nascer, sua mãe era magra. — Diante da expressão chocada dele, Geeta disse: — É verdade. Na época da escola, se ela virasse de lado, desaparecia.

— Você conhecia minha mãe? Quando ela era criança?

— É claro. Nós nascemos e crescemos aqui. Assim como você.

— Espera — ele disse, detendo os passos. — Então *você* já foi criança? Você já era uma *churel*? Uma *churel* em miniatura?

— Sim, não e não.

— Como era a mamãe naquela época?

— Mandona.

Ele revirou os olhos.

— Era igual, então. Ei, e como é que você nunca veio na nossa casa?

— Já estive lá. Vou para os encontros de empréstimos toda semana.

— Quero dizer para visitar a mamãe.

— Nós não temos esse tipo de relação.

— Talvez tivessem, se você visitasse.

Eles se aproximavam da casa dele, onde Saloni estava organizando uma roda de hena. As mulheres conversavam, esperando a vez com as duas artistas que Saloni contratara. Preity estava no balanço, uma artista pintando sua mão, que repousava em uma almofada. Ela acenou com o braço livre para Geeta e cumprimentou: *"Ram Ram!"*, o que Geeta achou estranho, já que as duas não eram amigas. Farah não estava presente; não teria sido auspicioso ter uma viúva entristecendo mulheres que estavam jejuando para prevenir aquele exato infortúnio.

Mas ninguém pareceu achar estranho que Geeta estivesse se juntando às festividades pela primeira vez. Embora tivesse sido expressamente convocada, parte sua tinha esperado ser banida; assim como a sra. Amin, que já estivera enviuvada quando a filha se casou e fora banida pelos outros convidados (*Não é auspicioso, certo? Por que convidar o mau-olhado?*). A mulher tinha o próprio negócio, alimentava sozinha as crianças e pagou pelo dote e pelo casamento da filha, ao qual fora proibida de entrar. Era só mais um exemplo, Geeta sentia, de mulheres vivendo nos espaços definidos por outros. Lembrou-se das palavras de Farah: *Eles não têm o direito de fazer todas as escolhas. Nós podemos fazer algumas, também.*

Eram palavras comoventes, mas simplesmente não eram verdadeiras.

— Vá buscar sua mamãe. — O garoto se moveu para obedecer, mas Geeta o parou. — Qual é o seu nome?

— Arhaan.

— Arhaan, tem uns farelos no seu rosto. Bem aqui. — Ela apontou para o próprio lábio inferior.

A língua dele disparou.

— Obrigado, tia Geeta.

Talvez o selvagenzinho não fosse um caso totalmente perdido.

Saloni apareceu na entrada de portas duplas. Agora banhado em sol e cheio de mulheres falantes, era difícil acreditar que aquele era o mesmo alpendre no qual as duas tinham discutido horas antes. E ficou ainda mais difícil pelo fato de Saloni parecer muito satisfeita em ver Geeta.

— Finalmente! — ela gralhou, agarrando a parte de cima do braço de Geeta e a conduzindo para dentro. A empolgação transformava o rosto dela, e Geeta notou que a ex-amiga ainda era muito bonita. — Estive pensando na noite passada.

— Eu também — Geeta disse, vendo uma brecha para si. — Você — ela proclamou, com o que esperava ser censura desdenhosa, mas engrandecida — não é uma amig... digo, merda, não é uma *aliada* para mulheres. Você...

— Ah — Saloni disse, os olhos se estreitando —, se você quer *brigar*, nós vamos *brigar*. Também acordei com muita coisa a dizer. Mas não no meio da minha festa. E não quando estou tentando ajudar você, sua ingrata. Você não mudou nada. Segue regando suas ervas daninhas e arrancando as flores. E quer falar de *aliadas*. Tonta.

— Você me chamou aqui só para me maltratar?

— Não. Isso é um bônus. — Saloni sorriu. — Chamei você porque sei como podemos encontrar Ramesh.

Geeta sentiu um zumbido nos ouvidos, como se tivesse levado um soco. Seu "o quê?" saiu mais agressivo do que o planejado.

— Shh! — Saloni sibilou, confirmando que nenhuma de suas convidadas tinha entreouvido. — Não aqui!

— Onde ele está? — Geeta exigiu depois de ser levada até a cozinha, que seria, Saloni brincou, especificamente o lugar mais vazio da casa naquele dia. Apesar de sua preocupação, Geeta reparou na geladeira alta e azul no canto.

— Não sei onde, *tecnicamente*, mas... — Quando Geeta suspirou, Saloni continuou um pouco mais alto: — *Mas* eu sei como podemos encontrá-lo.

— Como?

— Certo, sabe que o marido de Preity costumava jogar *teen patti* em Kohra e, já que ele é um horror com cartas e não parava de perder dinheiro, Preity cortou as asinhas dele?

Geeta piscou.

— Não. Por que eu saberia de tudo isso?

Saloni bufou.

— Que seja. Ele jogava e ela cortou as asinhas. Juro, o homem está na palma da mão dela desde que ficou chapado no casamento dos Raval, com você-nunca-vai-adivinhar-quem.

— Ramesh?

Saloni lançou a Geeta um olhar incrível de desgosto.

— Não. Por que Ramesh apareceria aleatoriamente no casamento dos Raval para ficar chapado com Darshan? Use o cérebro um pouco. Não, ele ficou chapado com o *filho* de Priya, Sonny. Digo, tem como ser mais inapropriado do que isso? O menino tem dezesseis anos e é o *sobrinho* dele. Alucinou algo com relação ao *punditji* dizendo que ele passaria as próximas *mil* vidas como uma viúva-negra, mas não uma fêmea, um *macho*, que é exatamente a única ocasião em que não se quer ser uma...

— Sonny alucinou?

— *Não*, sua tonta. Darshan. Por conta do carma de merda por causa de, bom, sabe, todo aquele... — Saloni fez uma mímica, simulando jogar um líquido em seu rosto — ... fiasco com o ácido. Assim, desde então, Darshan tem expiado, feito o *prayashchit* e lambido os pés de Preity de um jeito que você *não* acredita. Em especial porque, depois que eles ficaram chapados, aconteceu um *chakkar* com uma das garotas dos Amin e as gêmeas ficaram *furiosas*. Mas não me surpreendi; ela sempre está dando em cima dele.

Geeta se encolheu.

— Dando em cima de *Darshan*?

— Não, Geeta! *Che!* Sonny, obviamente.

— Ah. Mas o que...

— Estou chegando lá. *Deuses*. Existe um desenvolvimento natural para contar essas coisas, Geeta. Você nunca soube apreciar uma boa história. Bom, de toda forma, Darshan teve toda a epifania de canibalismo-da-viúva-negra, ou como quer que você queira chamar, e está obedecendo a todos os caprichos de Preity. Então, Preity decidiu que gostaria muito de jogar *teen patti* ela mesma. Por que cartas? Não sei. Ela sempre foi fanática por apostas. Priya não sabe blefar nem em caso de vida ou morte, mas *Preity* consegue lhe dizer que o céu é verde e você olharia para cima para conferir.

— O que...

— Estou *chegando lá*. Deus. Então, o jogo em Kohra, *supostamente*, é só para homens, mas Darshan fez algum *hera pheri* e colocou Preity no meio e, resumindo...

— Sério? Este é o resumo?

Saloni olhou feio.

— *Resumindo*: você nunca vai acreditar quem sempre aparece lá para jogar!

— Ramesh!

— O quê? Não. Como isso... por que... apenas não, Geeta. Não. — O desgosto dela se dissolveu em um sorriso. — Varun!

— Quem diabos é Varun? — Geeta parou. — Espera. Nosso agente financeiro?

— O próprio. — Saloni suspirou. — Ele é um jovem muito bem-apessoado. Flerta comigo de vez em quando, com certeza você já percebeu. Não que eu corresponda, você sabe, mas é bom saber que ainda consigo...

— O que infernos tudo isso tem a ver com o Ramesh, cacete?

— Bom, essa parte não tem. É só interessante, não é? Mas, então, Preity ganhou um bom dinheiro; ela disse que fez uma piada engraçadinha com *tirar* dinheiro de Varun em vez de *dar* dinheiro, para variar. Certo, você não está rindo, mas ela conta a piada melhor do que eu. Vou pedir para ela lhe contar, e... *onde* ela está, afinal?

— Saloni, juro por Ram, essa história fajuta é mais comprida do que o sári de Dráupadi.

— Sim, sim. Eu *falei* que estava chegando lá. Não sei por que está tão impaciente, não é como se você tivesse alguma coisa para fazer. Onde eu estava? Então, Preity decidiu que queria esbanjar e gastar o que ganhou no jogo em uma fonte. Por que uma fonte? Não sei. Elas dão muito mais trabalho do que valeria a pena, o que eu *disse* a Preity umas cem vezes. Se quer saber minha opinião, ela nem sequer *deseja* mesmo o negócio. Só quer fazer o marido sofrer. E isso é justo. Então, Darshan concordou, por causa de todo o...

Dessa vez, elas fizeram o gesto de jogar líquido em uníssono, Geeta apressando Saloni.

— Fiasco — Geeta disse. — Já entendi.

— E quem é que eles veem na loja? Chute!

Por um terrível momento, Geeta pensou que ela e Karem tinham sido pegos, e seu coração golpeou as costelas. A perspectiva a empolgava e a deixava morrendo de vergonha ao mesmo tempo: faria com que o vilarejo pensasse que ela era mais do que uma bruxa desleixada. Mas, colocando a vaidade de lado, as notícias misturariam seu nome à sujeira ainda mais. Um homem muçulmano fazendo *chakkar* com uma mulher hindu: o vilarejo poderia puni-los por aquilo também. Então Geeta se deu conta de que, mesmo que alguém tivesse os visto juntos em Kohra, nada de adverso tinha acontecido até estarem no quintal de Karem; ela e seus segredos sórdidos estavam a salvo. Enquanto isso, Saloni ainda estava esperando a resposta.

— Sonny? — ela arriscou, hesitante.

Saloni piscou.

— *Este* é seu chute? Por que eu perderia tempo contando a você uma história sobre o *Sonny*, dentre todas as pessoas do mundo? Você é péssima nisso, Geeta.

Preity entrou apressada na cozinha. O lenço fino que tinha jogado sobre os dois ombros caiu de um deles. Com as mãos ainda úmidas de hena, ela ergueu o braço a fim de tentar arrumá-lo. Não conseguiu, e Saloni colocou o *dupatta* no lugar, amarrando as pontas atrás das costas da mulher.

Preity assoprou as palmas das mãos.

— Já perguntou a ela?

— Me perguntar o quê?

— Eu estava prestes a fazer isso.

— Me perguntar o quê?

— Achei que, a esta altura, já teria perguntado.

— *Arre, yaar*, eu estava *prestes* a fazer isso.

— Me perguntar *o quê*?!

— Ramesh — Saloni falou, sorrindo abertamente. — *Ramesh* estava na loja.

Era absurdo, mas, ainda assim, a maior questão de Geeta com a história foi:

— Mas por que Ramesh estava comprando uma fonte?

Saloni bateu na própria testa.

— Quem liga? É a sua escapatória!

Preity sorriu.

— Não é um alívio enorme, Geetaben? Você não o matou!

Geeta estreitou os olhos para ela.

— Você sabe que eu já sabia disso, certo?

Preity cutucou Saloni com o cotovelo.

— E quanto à outra parte?

Saloni expirou.

— Certo, então, Preity ficaria feliz em dizer que o viu e limpar seu nome...

— Incrível! Obrigada. Isso resolveria...

— *Contudo* — Saloni interrompeu —, ela requer um pequeno favor antes.

— Que seria...?

Preity, impaciente e de rosto corado, bombardeou Geeta:

— Me ajude como fez com Farahben. Ajude-me a tirar minha argola do nariz.

Geeta se afogou com o ar.

— O quê? — Ela ofegou. — *O quê?* Você *contou* a ela?

Saloni mexeu as mãos defensivamente.

— Eu precisei!

A filha de Preity correu até elas, uma de suas tranças se desmanchando.

— Cuidado com a *mehndi* da mamãe, Pihu.

— Mamãe, tô com fome.

— Fale com Arhaan. Ele sempre tem petiscos escondidos.

Saloni correu os olhos pela cozinha de sua casa, como se um culpado pudesse brotar de algum lugar.

— É mesmo?

— Coma também, mamãe.

— Mamãe não pode, Pihu. Mamãe está jejuando pela vida longa do papai, lembra? Vai lá. — Ela se voltou para Geeta. — E então? Você vai matá-lo ou não?

— Em primeiro lugar, isso não é um "pequeno favor". Em segundo lugar, vocês duas precisam melhorar as habilidades de extorsão, porque já me disseram onde encontrar Ramesh. Em Kohra. Por que eu precisaria que você atestasse minha inocência quando posso encontrá-lo eu mesma?

— Espera. Isto é extorsão? No C.I.D., chamam de chantagem.

— Não, acho que seria chantagem se eu, tipo, ameaçasse dizer que ela matou *mesmo* o Ramesh.

— Então isto é como chantagem reversa.

— Não seria suborno? Porque é, tipo, oferecer algo bom, não ameaçar fazer algo ruim.

— Hum. Certo. Extorsão, então. — Saloni virou-se para Geeta com um movimento cortês do pulso. — Você está certa.

— Obrigada?

— Mas também está errada — Preity interveio, sorrindo. Suas cicatrizes se enrugavam em torno dos lábios. — Porque nós o *vimos* em Kohra, mas não é lá que ele fica.

Geeta balançou as mãos.

— Vamos voltar do começo. Por que você sequer *quer* se livrar de Darshan? Saloni acabou de passar meia hora me contando que você o tem na palma da mão. Pelo que ouço falar, você tem o melhor marido entre todas. Fico surpresa por *ele* não estar jejuando por *você*.

— O melhor marido? — O sorriso de Preity morreu, seus olhos endurecendo. — Olhe para meu rosto, Geetaben.

Mas Geeta descobriu que não conseguia. Desconcertada, seus olhos se fixaram no chão imaculado de Saloni.

— Eu... É, sinto muito — ela balbuciou. — Eu pensei... sei lá, pensei que vocês tivessem meio que feito as pazes com o acontecido. Ou algo assim. De algum jeito.

— Não, Geetaben, eu não "fiz as pazes com o acontecido". Talvez na minha próxima vida, mas nesta aqui, quero ver aquele *chutiya* morrer. — Preity fez uma pausa. — E sofrer, se possível. Mas morrer, principalmente.

— Eu... Certo, olha, você tem todo o direito de sentir sua raiva. Mas eu ainda...

— A porra do meu nome é Preity. *Preity*, entre todos os nomes do mundo! Igual à palavra "linda" em inglês! Você tem ideia de como é me apresentar aos outros?

— *Você* tem ideia do que está pedindo? — Geeta sibilou. — Para eu provar que não matei ninguém, preciso matar alguém?

Priya juntou-se a elas.

— *Ram Ram*! Caramba, o que eu perdi? Ela aceitou? — A mulher olhou para as palmas das mãos da irmã. — Ooh, está muito linda, Preity.

— É sério? — Geeta berrou para Saloni. — *Ela?* Tem alguém para quem você *não* contou?

Os ombros de Saloni se encolheram na direção das orelhas.

— As duas meio que vêm em um pacote.

Preity implorou a Geeta:

— Todos os dias, vejo minha irmã e sei exatamente como eu seria se não fosse pelo desgraçado ao lado de quem preciso dormir todas as noites. — Priya engoliu em seco. Ela, também, encarou o chão da cozinha de Saloni. — Cujas crianças preciso criar. — Preity tossiu. — Não que não seja um privilégio — ela adicionou, tardiamente.

Saloni balançou a cabeça em concordância.

— Gratificante.

— Ai, *tão* gratificante.

— Mas eu o quero morto.

— E já pensou em como vai ser sua vida depois? Farah é muçulmana, ela pode se casar de novo. Você, não. Não vai poder nem usar cores. Vai precisar raspar a cabeça. Todos vão pensar que você traz má sorte. Nada de festas, nem casamentos, nem mesmo os dos seus próprios filhos!

Preity revirou os olhos.

— Quem é que ainda raspa a cabeça hoje em dia? Não estamos em 1921, Geetaben. Você está sendo dramática.

— Ai, *tão* dramática — Priya disse.

— Ah — Geeta falou. — Têm razão. Perdoem-me. Esqueci que moramos em Londres, que você vai simplesmente passar um batom e sair dançando duas semanas depois de retirar sua argola do nariz.

Saloni disse:

— Ela ficará de luto por um período apropriado e então retomará a vida. Exatamente como Farah.

Priya fez uma careta.

— Minha irmã consegue fingir melhor do que a *Farah*. Ela é ótima no blefe.

— Vocês não acreditaram que Farah estava de luto? — Geeta perguntou. Pânico renovado atravessou seu corpo. Se aquelas idiotas não acreditaram em Farah, será que alguém no vilarejo acreditava?

Saloni riu, zombeteira.

— Ah, faça-me o favor. Já vi aquela garota chorar de forma mais convincente por conta de uma sandália arrebentada. Mas depois que estiver feito, vamos continuar convidando Preity para eventos e cerimônias. As outras vão seguir a deixa e os homens nem vão notar. Qualquer um que fofocar ou importuná-la vai precisar se ver conosco. Além do mais, ela já sofreu o bastante; ninguém vai criticá-la por usar vermelho para o casamento da filha.

Preity fez bico para Geeta.

— Seja uma amiga, *yaar*.

— Não somos amigas! Vocês sempre são desagradáveis comigo.

— Não é verdade. Você que é sempre esnobe, recusando convites.

A incredulidade fez o tom de voz de Geeta subir.

— Que convites?

Preity ergueu uma mão pintada.

— Eu a convidei para o Navratri.

— E você não apareceu na nossa festa de Holi. — Priya deu de ombros. — Depois de um tempo, acabamos parando de tentar. Estava na cara que você não gostava de nós.

Geeta tinha presumido que os convites eram, na melhor das hipóteses, uma convenção social, uma mera formalidade, e, na pior delas, uma armadilha criada para humilhá-la. Lembranças de si mesma voltando da casa de tia Deepa, sozinha e coberta de lixo, mantiveram-na em seu esconderijo por muito tempo depois de Ramesh ter desaparecido. Era o mesmo motivo pelo qual tinha se recusado a acreditar em Arhaan quando ele insistiu que a mãe queria Geeta na festa. Será que ela tinha aprisionado a *si mesma*, enquanto nutria o tempo todo uma raiva triste e se forçava a acreditar que preferia as coisas assim?

Priya estalou a língua.

— *Arre*, só faça de uma vez, tá bom?

— "Só faça"? Ei, Nike, isto aqui não é uma coisinha qualquer. — Geeta olhou para o teto. — Eu só queria criar meus *mangalsutra*s em paz. Samir foi... foi um erro, não um novo rumo profissional.

Priya deu uma risadinha. Ela cutucou o ombro de Preity com o próprio, gracejando.

— Não é má ideia, na verdade. *Mangalsutra*s para a cerimônia; assassinato para o casamento.

Preity correspondeu com a própria risadinha infantil, cutucando a gêmea de volta.

— As clientes voltam querendo mais.

A piada interna das duas fez Saloni suspirar.

— Eu falei — ela sussurrou para Geeta. — Um pacote.

Geeta olhou feio para Priya.

— E quanto a você? Quer entrar nessa, também?

Priya ergueu as palmas das mãos para afastar Geeta.

— Estou bem. Digo, Zubin ronca, mas dá pra viver com isso.

QUINZE

Como, Geeta se perguntou no caminho para casa, essas coisas não paravam de se acumular? Além disso, em outra questão inquietante, será que *todo mundo* era uma Rainha Bandida melhor do que ela? Por que ela era a única palhaça carregando receios e remorsos com este novo passatempo do vilarejo? Suas sandálias puniam a terra, a raiva a impelindo em uma velocidade mais rápida do que ela gostaria.

Ao passo que nenhuma das mulheres parecia preocupada com a percepção pública de dois maridos mortos no mesmo número de semanas em um vilarejo, Geeta imaginava que a polícia pensaria de modo diferente. As mulheres, Geeta decidiu, eram megeras míopes. Além de criminosas sem-vergonha. Tentar argumentar com elas teria sido em vão, tentar explicar que era uma situação completamente diferente do desastre com Samir. Se Geeta não tivesse agido, quem sabe o que ele teria feito a ela? Embora a atitude de Darshan com Preity tenha sido imperdoável, ele não era uma ameaça iminente a Geeta nem a ninguém. Mas lá estava ela, coagida a participar de mais uma conspiração de assassinato precipitada.

— É só você não fazer do mesmo jeito — Priya a aconselhara na cozinha de Saloni. — E vai dar tudo certo.

Geeta a agradeceu pelo conselho.

As mulheres insistiram que ela ficasse e decorasse as mãos. Quando Geeta protestou, Saloni a sentou à força no balanço.

— Estou pagando a elas, de qualquer forma, por que não? Não é como se você fosse viúva.

As artistas de hena perguntaram as iniciais do marido de Geeta para poderem escondê-las no desenho. Enquanto ela gaguejava, a resposta de Saloni foi fluida: "G.P.K.". Eram as iniciais de solteira de Geeta.

E, por esse motivo, ela estava agora andando para casa com mãos pintadas e inúteis, tentando evitar manchar a pasta. Tinha se esquecido de quanto a *mehndi* molhada obrigava a pessoa a ficar imóvel. E que, no momento em que não se podia mais usar as mãos, o nariz coçava ou era preciso usar o banheiro.

Geeta fora embora assim que as artistas terminaram. Tinham-na aborrecido para esperar até que a tinta secasse, para poderem salpicar suas palmas com bolinhas de algodão embebidas em limão. "Quanto mais escura a hena, mais forte o amor."

Eca.

Para os indianos, superstições eram tão incrustadas em bênçãos e religião que era difícil separar as bobagens da tradição. Ramesh estivera cheio de expectativa — e, consequentemente, de decepções — para o dia do casamento deles. Não choveu, não havia faca para ser fincada na terra, as velas crepitaram e, em determinado momento, o leite tinha fervido e transbordado. Com o chilique que ele deu, alguém pensaria que tinham ateado fogo em seu cabelo.

Geeta nunca tinha jejuado por Ramesh; o festival Karva Chauth só ganhou popularidade depois que ele se foi. Era um costume principalmente do norte da Índia, mas ela conhecia pedacinhos dos rituais por meio de filmes. Era um rebuliço bobo, ela pensava com zombaria, desejar vidas mais longas a homens que encurtavam as delas.

Não era o caso, Geeta refletiu enquanto andava, de as mulheres amarem seus maridos e não conseguirem viver sem eles. Era que o mundo lá fora que tornava a vida sem eles uma completa merda; era preciso ter um homem em casa para ser deixada em paz. Os homens não faziam muita coisa, mas a simples presença deles era uma forma de proteção. Como cafetões. Talvez aquelas fêmeas bonobos estivessem na pista certa. Menores em estatura individual, mais poderosas em número, elas poderiam...

— ... porque você precisa. Senão, a *churel* vai te pegar.

— Mas eu não *quero*.

Geeta estava tão preocupada com seu monólogo interno que quase não viu as duas crianças discutindo. Ela estreitou os olhos. O crepúsculo disfarçava suas silhuetas pequenas, mas as vozes delas ressoavam.

— Qual o problema? Vá buscar uns braceletes para mim. A lua está quase nascendo.

— *Bey yaar!* — o garoto gemeu. — Mas nós não somos hindus! Nem casados.

A garota pousou um prato de aço que levava um *ladoo* e um cravo, que se deteriorava rapidamente. Ela bateu o pé no chão, frustrada com o garoto sentado em uma pilha de tijolos quebrados. Seus cotovelos estavam apoiados nos joelhos, a testa escondida nos braços, então Geeta não conseguia vê-lo, mas reconheceu a garota como a filha de Farah.

— Nós vamos ser. Somos os únicos muçulmanos aqui, então é óbvio que nossos pais vão fazer um *rishtaa*.

— Mas você é uns cem anos mais velha do que eu.

— *Cem anos?* Preste mais atenção às aulas de matemática. Vá buscar os braceletes.

— Onde vou conseguir braceletes?

— Na loja do seu pai.

— Não!

Ela, então, o empurrou. O garoto ainda estava com a cabeça abaixada e não a viu se aproximar. Incapaz de se precaver, ele rolou de cima dos tijolos para o chão.

— Ei! — Geeta exclamou. — Pare com isso. — Estava preparada para ser gentil com a garota, a garota que se tornara órfã de pai por cortesia sua. Mas, então, a malditinha falou:

— Cuide da sua vida. — Sem se virar para o garoto caído, ela acrescentou: — Viu? Eu disse que a *churel* ia te pegar.

AS RAINHAS BANDIDAS • 179

— Você não deve ter nenhuma foto de pessoas mais velhas em sua casa para ser tão grosseira assim. — Geeta retorquiu, a palma da mão coçando. Mas estapear a garota estragaria a hena, da qual ela começava a gostar no momento. — *Xispa!*

— Senão o quê? Vai me deixar infértil? Vá em frente, eu não quero ter filhos nunca, de qualquer jeito.

— Que tal eu te dar dez filhos, então?

Sua arrogância vacilou, mas ela fungou.

— Tanto faz.

— Eu... Meus pêsames por seu pai.

O rosto da garota se franziu e, então, se desmanchou. Geeta não pôde ter certeza se ela estava chorando. Abandonando o prato, ela saiu correndo pela viela, as pontas gêmeas de seu lenço voando atrás de si, como flâmulas.

— Err... tá tudo bem? — Geeta se voltou para o garoto. — Raees!

— Oi, tia Geeta. — A voz dele parecia tão cansada quanto a do pai.

— O que estava acontecendo? Venha, eu te acompanho até sua casa.

— Estávamos brincando de casinha. Ela queria fazer o negócio da lua.

— Mas você não fez?

— Não. Mas preciso.

— Por quê?

— Porque sim — Raees disse, triste. — Ela é minha namorada. E namorados precisam fazer o que as namoradas mandam. Esta é a regra.

— Ela não parece ser muito legal com você.

— Namoradas não precisam ser legais.

— Outra regra?

— Sim.

— Acho — ela disse, cuidadosamente — que talvez você esteja sendo legal *demais*.

— Isso é ruim?

Geeta ponderou a questão, pensando nos convites que tinha ignorado porque seria mais fácil se esconder do que arriscar uma censura em potencial. Talvez os homens e crianças continuassem a espalhar lorotas, mas, se ela tivesse usado o grupo de empréstimos como forma de se conectar, em vez de isolar a si mesma, talvez as histórias teriam enfraquecido. Todo esse tempo presumindo ser uma pária quando, talvez, fosse uma ermitã. Ela ouviu as palavras de Saloni, ditas com tanta confiança: *Qualquer um que fofocar ou importuná-la vai precisar se ver conosco.*

— Não — Geeta decidiu. — Não acho que seja. Mas você também não pode ser um capacho. Então, precisa exercitar a bondade *e também* o discernimento. Nem todo mundo vai merecer sua bondade. Quando lhe mostrarem que não são dignos dela, acredite.

— Mas ela tem razão. Nós somos, tipo, as únicas crianças muçulmanas aqui.

— Bom, quem disse que você precisa se casar com uma garota muçulmana? — Era necessário ter cautela nesse ponto. Mesmo duvidando que Karem fosse um fanático do comunalismo, aquela criança não era dela para estar doutrinando.

— Não preciso? — Raees a fitou com tal espanto súbito e desenfreado no rosto que deixou Geeta com um pouco de inveja. O fato de simples palavras vindas de um adulto em quem se confia abrirem a escuridão como se fosse uma noz... ela provavelmente nunca mais se sentiria daquela maneira. Era algo reservado à infância, ela imaginava.

— Não. E, de qualquer forma, se decidir que deseja se casar com uma garota muçulmana, tenho bastante certeza de que existe um monte delas fora do vilarejo. Algumas talvez até sejam legais com você.

— Acho que sim. Mas ela disse que é nosso "kismet", porque só tenho um pai e ela só tem uma mãe.

Geeta esperou que a escuridão tivesse escondido seu estremecimento.

— Ei, o Bandido está com você?

— Não, *beta*, ele está em casa.

— Podemos ir ver ele?

— Talvez em alguma outra hora. Seu pai deve estar muito preocupado.

— Nem. Eu não sou nenhum bebê.

Geeta pretendia deixar o garoto à porta, mas Karem a abriu imediatamente. Ele piscou olhando para o filho.

— Ei! Onde estão seus irmãos? Eles deveriam estar tomando conta de você!

— Sei não.

— Pensei que seria melhor acompanhá-lo até em casa — Geeta disse. Ela sorriu para Raees, porque era mais fácil do que encarar o pai dele. — Mesmo você não sendo nenhum bebê.

— Obrigado — Karem disse.

— Sem problemas. Boa noite. Ah, e *Eid Mubarak*. Esqueci de desejar a você mais cedo.

— Geetaben, espere. Raees, para dentro.

— Por que não posso ficar?

— Agora.

O filho entrou, amedrontado. Karem balançou a cabeça e saiu da casa.

— Nova paixonite, acredito.

A temperatura dela foi às alturas.

— Hã?

— Raees.

— Certo — ela disse. E então: — Hã?

— Ele gosta de você. É bonitinho.

Geeta riu para evitar responder. Conhecia-se o suficiente para saber que, mais tarde, se arrependeria da maioria das coisas que dissesse naquele momento, pensando que foram idiotas demais, inseguras demais, que não foram engraçadas ou casuais o suficiente.

— Ouça, eu lhe devo um pedido de desculpas. Você veio à loja no outro dia para ser gentil, e não fui gentil com você. Estava jejuando... sabe, o Ramadan... e estava mal-humorado. Eu lhe dei patadas e não deveria ter feito isso. Levou um tempo, mas acho que entendi o que você quis dizer... naquela noite. Você é mulher, e não é a mesma coisa. Não é justo que não seja, mas você só estava tentando se proteger. E você tinha todo o direito. Perdi a cabeça porque estava pensando nos meus sentimentos, não nos seus.

Geeta não estava acostumada a homens se desculpando. Seu pai nunca tinha pedido desculpas, nem a ela nem à sua mãe. Ele não fora um tirano; simplesmente não era algo esperado dele. "Sinto muito" eram palavras estrangeiras, invocadas para abarcar todos os tipos de pecados e, com o aumento do uso de inglês em filmes, "sinto muito" (assim como "obrigado") eram atirados sem pensar muito mais vezes. Era mais casual do que o equivalente literal, do qual os indianos só tiravam a poeira para descortesias realmente grandes, não trombar em alguém ou chegar atrasado. Ramesh, mesmo incitando tanto as desculpas de Geeta, certamente nunca tinha oferecido uma. Ela quis abraçar Karem, mas sufocou o impulso de envergonhar a si mesma ainda mais.

— Eu também. Você não acredita nos rumores a meu respeito, mas eu não retribuí a gentileza.

Ele estendeu a mão.

— Amigos?

Ela ergueu as palmas pintadas.

— Mas, sim, amigos.

— Ah, foi a uma festa hoje?

— Sim, a de Saloni.

— Que ótimo.

— Você acha?

— Claro. Ter mais amigos é sempre bom.

— Mas — ela disse — o problema com amigos é que eles pedem favores.

Karem ergueu os ombros.

— Sempre se deve ajudar um amigo, se for possível.

— Mesmo se o que eles pedem não é bom? Digo, não é certo?

Os lábios de Karem se retraíram enquanto ele pensava.

— Acredito que o que importa são as intenções. Às vezes, para se fazer a coisa certa, é preciso fazer a errada primeiro. — Ele ergueu um dedo. — "Se não consegue pegar a manteiga com um dedo reto..."

Geeta sorriu quando ele curvou o dedo indicador.

— "... então, use um dedo torto."

A trégua dos dois era algo novo e precioso. Geeta se despediu antes que envenenasse as coisas. Acima dela, a lua estava gorda e inchada, e o caminho para casa foi fácil. Ao andar, esfregou as palmas das mãos, deixando para trás um rastro de flocos de hena seca. Era verdade que ela tinha uma miríade de problemas alugando sua cabeça no momento: a morte de Samir, as ameaças de Farah e as exigências de Preity. Mas Karem não a odiava, e isso a deixou se sentindo um pouco mais leve.

Quando Geeta se aproximou de casa, Saloni estava andando de um lado para o outro em frente a ela. Não, não andando. Marchando. Cotovelos amplos nos ângulos corretos, empurrando-os enquanto os joelhos erguiam-se consideravelmente, mais do que Geeta presumia que o sári permitiria. Saloni notou Geeta, mas prosseguiu.

— Oi — ela cumprimentou, dando um giro. Estava um pouco sem fôlego. — Só me exercitando um pouco enquanto esperava. Só mais uns, espera aí.

Geeta tivera mais visitantes no último mês do que nos cinco anos anteriores.

— O que está fazendo aqui? E a sua festa?

— Ah, já acabou. Nós comemos, aí a energia foi cortada e todas ficaram com sono. Você esqueceu seu pote de presentes.

— Hã?

— Todas as minhas convidadas ganham um punhado de, sabe, presentinhos. Tipo braceletes, doces, coisas assim. Você esqueceu o seu.

Geeta viu então o pote de argila no batente de sua porta, ao lado da tigela de água vazia de Bandido. Saloni continuou a marchar.

— Tá bem, pare. Estou ficando tonta. Você quer entrar?

Saloni hesitou.

— Eu deveria voltar.

— Certo. — Geeta sentiu-se tola por se abrir para a rejeição certeira, para começo de conversa. Mas o pote de argila parecera um pretexto, e ela tinha respondido na mesma moeda. Ela o pegou. Saloni o tinha pintado de vermelho, com suásticas amarelas.

— Bom — Saloni soltou a respiração, tirando do lugar uma mecha perdida de cabelo —, um pouco de água não vai me matar.

Quando Geeta destrancou a porta, Bandido desceu a rua correndo na direção delas. Quando Arhaan veio chamá-la, ela tinha deixado o cão do lado de fora, uma decisão sábia, considerando o tempo que passou ausente. Apesar de um poste de luz ter sido instalado na viela deles, Geeta conseguiria reconhecer a silhueta das orelhas enormes do cão mesmo apenas com a abundante luz da lua. Ela se curvou para coçar a orelha listrada dele, e Bandido lambeu seu pulso.

— Se divertiu hoje?

O corpo se afastando, Saloni perguntou:

— Ele... err... ele vai entrar?

— O Bandido? Ele pode ficar do lado de fora, mas na verdade... vamos ver. — Ela abriu a porta para Saloni, que foi em frente. Bandido fez menção de segui-la, mas Geeta o parou. — Bandido — ela disse, apontando para Saloni. — Ataque!

— Geeta! Não! O que... ah, ele... ah, ele, err, faz isso bastante. — Saloni chegou a corar, demonstrando constrangimento com as autoassistências obscenas de Bandido.

— É, acho que ele pensa que "ataque" significa molestar a si mesmo.

— E *por que* você não para de tentar fazer seu cachorro me atacar?

— É treino. — Geeta tocou o interruptor, mas tudo continuou escuro. Ela usou a lanterna para pegar um copo de aço com água para Saloni, que a mulher bebeu de uma só vez. — Estou tentando adestrá-lo. Para proteção.

— Contra Farah?

— É.

As duas analisaram Bandido, as pernas traseiras abertas, completamente absorto com a própria genitália.

— Eu arranjaria um plano reserva se fosse você.

— *Você* era meu plano reserva, *gadhedi*! Só que, em vez de resolver meu problema, você me trouxe mais problemas! — Olhando feio, Geeta tornou a encher o copo, que foi engolido, bem como o primeiro. — Se posso perguntar... por que o exercício?

Saloni inclinou a cabeça e o quadril.

— Ah, fala sério. Não me faça dizer. Você estava bem feliz em falar o porquê na noite passada.

— Me desculpe por ter chamado você de gorda. Passei dos limites. — Geeta lhe trouxe um terceiro copo d'água. Dessa vez, Saloni deu um golinho.

Ela deu de ombros.

— Tudo bem. Não é nada que minha sogra não diga o tempo todo. "Saloni, você ficou mais larga, não?" E eu tenho vontade de dizer: "Mamãe*ji*, você ficou mais feia, não?". — Ela soltou um resmungo irritado. — Então, onde esteve?

— Humm?

— Você saiu da minha casa há eras e só está chegando em casa agora.

— Ah. Umas crianças estavam brigando, então eu separei a briga. Falei que contaria para as mães deles.

Saloni balançou a cabeça com aprovação.

— Titia das leis. E quem eram os pirralhos? — Ela endireitou as costas. — Não era meu Arhaan, era? Não, aquele garoto é obcecado demais em achar petiscos para brigar. — Ela estalou os dedos. — A garota de Farah? Juro que ela está sempre envolvida em encrenca. Pequena *mukkabaaz*. Provavelmente nasceu com os punhos erguidos.

— Não é uma surpresa. Considerando o pai.

— Bom, ele já não pode mais bater nela. *Você* fez isso, Geeta. Agora, aquela garota talvez pare de esbofetear as crianças o suficiente para fazer algum amigo. — Saloni tossiu. — E quanto à noite passada: você estava errada sobre muitas coisas, entende? Mas *acho*... que tinha razão quando disse que sou um pouco controladora.

— Um pouco? No sexto ano, você fez aquela garota Sonali mudar de nome, só porque era parecido demais com o seu.

— Ei, eu ajudei a Radha, tá bom? Ela encontrou aquele garoto Krishna e se mudou para um bangalô em Amedabade. *Eu* fiz aquilo. E nem sequer recebi um convite para o casamento, muito menos um agradecimento.

Geeta revirou os olhos.

— Você é uma guerrilheira emocional, sim, mas pelo menos não é como aquela *mukkabaaz*. Você nunca chegou a bater em alguém, certo?

— Não! Não consigo nem dar uma palmada no Arhaan quando ele é espertinho demais. Aquilo, sim, é um guerrilheiro emocional. Olhões de vaca.

— Nem imagino de quem ele puxou isso.

— Tá, tá bom. Mas o garoto poderia também ter herdado minha determinação, não é? E um pouco de ambição não o mataria também. Ele é mole.

— Pensei que as pessoas sempre quisessem o melhor para os filhos.

Saloni traçou a borda de seu copo com o dedo indicador.

— Não, você tem razão. Queremos. Mas também queremos que eles aprendam. E é sofrendo que se consegue a própria firmeza. Não quero que ele *sofra* pra valer, mas ele deveria conhecer... eu não sei... um pouco de escassez.

— Então, faça isso.

Ela soltou um som plosivo de escárnio.

— Com uma sogra do inferno nas minhas costas? Sem chance, o pequeno *yuvraj* dela ganha o que quiser, quando quiser. Sabia que ela contratou um palhaço para o aniversário dele? Enquanto isso, a pobre da Aparna mal teve uma festa. Bom, do que estávamos falando?

— De você e suas lacaias estarem me extorquindo para matar um homem.

— Ah, sim, correto. Na verdade, foi por isso que vim aqui.

— Não! — Geeta fingiu perplexidade. — Não era só para entregar um pote de argila cheio de porcaria?

— Ei! São braceletes de alta qualidade...

— Saloni!

— Sei que você está preocupada com a... situação de Darshan.

— Como é que você não está? Quando foi que todos nesse vilarejo ficaram tão tranquilos com relação a assassinatos?

— Eles fazem um milhão de coisas piores do que assassinato conosco, todos os dias, por todo o mundo, sem ninguém pestanejar.

— Não somos o *gram panchayat* para decidirmos destinos dessa maneira.

— Será que não somos? Não estamos sendo cruéis nem arbitrárias. É uma punição criteriosa, Geeta, com base nos crimes deles. Carma. — Saloni estendeu os braços majestosamente na direção dos céus, a cabeça pendendo para trás. — Somos facilitadoras do carma.

— O carma não serve para a próxima vida, em vez da atual?

As mãos de Saloni caíram.

— Você é sempre tão pedante.

Geeta estava imersa demais em pensamentos para revidar.

— Sabe, fêmeas bonobos se unem para se protegerem de machos. Mas isso não é o carma, é só a natureza, certo?

Saloni piscou.

— O quê? Geeta, deixe de besteira. Temos que ser rápidas se quisermos manter as gêmeas do nosso lado. Darshan não bebe como Samir fazia, então precisamos de um novo método.

— Você não entende? Seria próximo demais do que houve com Samir. Não podemos matá-lo com *nenhum* método sem parecer suspeito.

— O homem trata manteiga como um vegetal. Ele poderia facilmente ter um ataque do coração.

— Certo, então diga a Preity que o amanteigue até a morte.

— Sabe — Saloni disse, movendo-se pela casa de Geeta. Ela arrastou um dedo pela mesa, ajustou um jarro de contas pretas. — Em Querala, no ano passado, um grupo de garotas fez um pacto de suicídio. O professor de matemática delas as reprovou e elas ficaram envergonhadas demais para seguir em frente. Deixaram um bilhete e se envenenaram com a fruta da árvore do suicídio.

— Isso é horrível, mas...

Saloni tomou um gole de seu copo de aço.

— Algumas pessoas não engoliram a história. Algumas acham que as garotas foram assassinadas para não falarem que o professor de matemática as molestava. Acham que o bilhete foi forjado.

Geeta sentou-se na cama.

— Oh, Ram. Que horror.

— Não é? Digo, quatro meninas de catorze anos caindo mortas de ataques do coração. Foi isso o que pareceu, porque o veneno da árvore é indetectável, sabe, mesmo em uma autópsia. Um simples ataque do coração. Só era suspeito por causa do... bom, da quantidade. E do bilhete, é claro. De outra forma, apenas um ataque do coração comum, simples e entediante.

— Saloni, eu juro, suas histórias...

— Sabe, desde que me lembro, a casa de Farah pertenceu à família de Samir. Quando éramos crianças, o irmão dele me convidou uma vez para estudarmos. Bom, "estudar". O pervertido tentou fazer *chakkar*, não é o que todos queriam? De qualquer forma, dei-lhe uma sova e ele entendeu o recado. Então brincamos um pouco no quintal dos fundos, que era contornado por uma cerca viva bonita. Eu nunca tinha visto uma cerca viva, bom, nunca tinha visto um jardim ou quintal de verdade também, já que, sabe, minha família era muito pobre, mas aquela cerca viva tinha florezinhas brancas e bonitas, além de frutas que pareciam mangas. Bom — ela riu —, você se lembra que, naquela época, eu comia qualquer coisa. Estava sempre morrendo de fome. Mas ele me impediu, disse que elas eram venenosas. Ele as chamou de pong pong. Bonitinho, não é? Não tem muitas aqui, mas existem por toda parte em Querala, onde as pessoas as chamam de...

— Árvores do suicídio.

Saloni estalou a língua e encenou disparar uma arma com a mão apontada para Geeta.

— Sua lerda.

Geeta estava ocupada demais amaldiçoando a si mesma para continuar insistindo que elas não deviam matar um homem. Pensou em todo o empenho desnecessário para ajudar Farah com Samir. Remexer o lixo, pegar uma carona até Kohra, invadir uma escola. Quando o veneno perfeito estava na porra do quintal de Farah o tempo todo. Em geral era alguém que aprende rápido, mas realmente tinha trocado os pés pelas mãos daquela vez. Seu orgulho doía mais do que seus princípios.

— Não acredito que eu fiquei brincando com *tharra* e bobinas de mosquito quando estava *bem ali*. Inacreditável. *Maldição!*

Saloni examinou as cutículas.

— "Um único golpe de ferreiro equivale a cem golpes de ourives."

— Espera. — O cenho de Geeta se franziu. — Farah mora lá, ela deve saber do *pong pong*. Por que simplesmente não lidou sozinha com a questão? Por que se dar ao trabalho de vir até mim e se arriscar com mais uma pessoa sabendo?

— Sabe — Saloni disse. — Estive me perguntando exatamente a mesma coisa desde que você me contou. Tem algo estranho nessa sopa de lentilhas. Ou ela é incrivelmente burra ou mais esperta do que todas nós juntas. De qualquer forma, não podemos confiar nela.

— É, entendi essa parte quando ela tentou me envenenar. — A respiração de Geeta acelerou e ela se sentiu atordoada. — Não consigo fazer isso, Saloni. De verdade, não consigo. Não de novo. Você fala de facilitar o carma, mas e quanto ao meu carma se eu matar Darshan? Ele não é como Samir; ele não me ameaçou. Nem a ninguém! Não nos últimos tempos, digo. Vou precisar achar algum outro jeito de provar que Ramesh está vivo. — Ela abaixou a cabeça entre os joelhos. — *Kabaddi, kabaddi, kabaddi.*

— O que você tá fazendo?

— Isso me acalma.

— Ouça. — Saloni suspirou. — Vou te ajudar com Darshan. Seu carma não vai precisar aguentar o tranco sozinho, ok?

Geeta ergueu os olhos esperançosa.

— Mas por quê?

— Não estou dizendo que você tinha razão a respeito de Runi. Ram sabe que você está errada sobre praticamente tudo; seus instintos são de araque, sempre foram. E também está errada sobre o fato de eu não me sentir mal com o que aconteceu. Não foi minha culpa; ela fez uma escolha. Mas... Eu sou humana. Tenho arrependimentos. Então, vou ajudar você. Como as suas bonobos ou o que quer que seja.

— Como é que você não tem medo? E se a polícia descobrir? Podemos ser presas!

— Ninguém vai ser presa, Geeta. Eu, Preity, Priya, até mesmo Farah, não temos medo porque *sabemos* disso.

— *Como?*

— Porque somos donas de casa de meia-idade. Quem é mais invisível do que nós? Podemos fazer qualquer coisa, até cometer um assassinato e escapar impunes. Literalmente. Quando se der conta disso, vai parar de choramingar feito um filhote de coelho com incontinência.

Aquilo, Geeta sentiu, fora desnecessário.

— Láparo — ela disse, distraidamente.

— Hã? — Saloni vasculhou a cozinha e serviu-se de biscoitos.

— Filhotes de coelho são chamados de láparos.

— Ceeerto. Muito fascinantes os seus fatos curiosos sobre a natureza, mas você teria algo para beber?

— Tem água na jarra.

Saloni fez uma careta.

— Não, quero dizer algo mais... você sabe.

Surpresa Geeta ergueu as sobrancelhas.

— Você bebe?

— Você não?

— Não. Podemos nos concentrar? Qual é o seu plano?

— Precisamos entrar no quintal de Farah. Essa é a única parte complicada. Depois disso, já está tudo certo. Vou cozinhar algum prato com a semente para ele.

— Como vamos conseguir a semente?

AS RAINHAS BANDIDAS • 191

— Bom, acho que seria suspeito se eu a visitasse; nós, com certeza, *não somos* amigas. Mas vocês duas têm uma ligação esquisita agora, então amanhã você vai visitá-la, vai se fazer de boazinha, dizer que não tem planos de entregá-la, que seu chiliquezinho, ou o que quer que seja, já passou, e que vocês estão do mesmo lado. Seja convincente. Ela não é idiota, mas acho que está solitária. E, enquanto você estiver dentro da casa distraindo ela, eu pego a fruta do lado de fora.

— Que lixo de plano.

— Não precisa ser grossa, Geeta. — Saloni partiu um biscoito em dois com os dentes da frente. — Educação não custa nada, sabia?

A energia voltou. Ambas piscaram conforme seus olhos se ajustavam. Saloni ligou o rádio e abaixou o volume.

— A parte da fruta é excelente, com certeza. Mas a outra parte não parece... muito boa. Tipo, como você vai entrar escondida nos fundos sem a *mukkabaaz* notar?

— Os filhos vão estar na escola.

— Amanhã é domingo e, de qualquer forma, a *mukkabaaz* parou de ir à escola para poder ajudar Farah em casa.

Ao mesmo tempo que dizia isso, Geeta pensou em uma solução para distrair a filha de Farah, mas estava relutante em puxar Raees — e, por consequência, Karem — para o crime delas, mesmo que tangencialmente. No rádio, a música de um filme terminou e uma propaganda teve início. Geeta reconheceu de imediato o jingle do sabão de roupas Nirma.

— O menino com quem a *mukkabaaz* estava brigando hoje, ele é bonzinho. Podíamos fazer com que a tirasse da casa enquanto você pega o *pong pong*.

Saloni cantarolou baixinho.

— "Lava-roupas Nirma, lava-roupas Nirma." Quem?

Geeta se juntou à melodia enquanto pensava, distraída.

— "Deixa os brancos que nem leite." Raees. O filho de Karem.

— "Até as cores brilham!" Desde quando você faz amizade com crianças? Você odeia crianças.

— Não *odeio* crianças; só não entendo todo o alvoroço em torno delas. São meio chatas e burras. Mas Raees tem bom coração. Vai brincar com a *mukkabaaz* se eu pedir.

— Certo. Isso é bom. "Roupas mais brancas por preços mais baixos." — A cabeça de Saloni balançou, dançando. — Ah! Talvez eles possam brincar no quintal e *ele* poderia pegar uma frut...

— Não — Geeta disse, a voz cortante. — Absolutamente não. Não vamos arrastá-lo para dentro disso. "Uma pitada de pó, um monte de espuma." Digo, e se fosse o Arhaan?

— É — Saloni disse. — Você tem razão.

As duas cantaram juntas o fim da música:

— "Lava-roupas Nirma. Lava-roupas Nirma."

— Você se lembra de quando usamos a caixa inteira da sua mãe na sua calcinha? — Saloni perguntou.

Geeta riu.

— Eu não teria precisado fazer isso se ela tivesse me explicado sobre a menstruação. — Aos doze anos, Geeta ficara traumatizada. A ajuda de Saloni havia sido nula. Malnutrida e abaixo do peso, ela não ficou menstruada até os dezesseis anos e, portanto, ouvira soturnamente a história de Geeta sobre um massacre em suas roupas íntimas, e ambas concordaram que esfregar o sintoma curaria a enfermidade. A mãe de Geeta as encontrara com espuma até os pescoços, vários meses do seu estoque de sabão em pó desperdiçados, as bolhas escapando do cubículo de banho para o quarto.

— Ela ficou furiosa. — A nostalgia suavizou os traços de Saloni.

— Pois é — Geeta concordou. — Ela me dizia que minhas cólicas seriam mais ou menos intensas dependendo de como eu me comportava no mês.

— Ela me disse que dava pra engravidar usando o banheiro depois de um garoto.

— Não!

— É.

— Você acreditou nela?

— Só por um dia. — Saloni pausou, com um sorriso. — Ou dois anos.

Ambas riram. Saloni correu os olhos pelo cômodo.

— Você não tem mesmo nada para beber?

— Saloni!

— O que foi?! Me ajuda a relaxar. Você também faria bom uso, ao que parece. Vou passar na loja de Karembhai amanhã.

— Você compra de Karem? — A reação inicial dela foi de felicidade, porque Karem teria clientes e renda para a família. Mas seu uso do nome dele foi familiar demais, e Geeta tentou retificar adicionando o sufixo tardio: — ... bhai. — Mas Saloni já tinha ouvido, Geeta sabia pela maneira como ela inclinou a cabeça, arquivando a informação na memória, apesar de não ter dito nada.

— Sim, todos compram. Ele é o único na região. Não compro *tharra*, é claro; aquele negócio faz crescer cabelos no peito. Mas compro goró de qualidade. O que eu queria *mesmo* provar é aquele negócio classudo dos filmes, sabe? — Saloni fez um arco com a mão no ar, como um letreiro. — Vinho. — Só que, no alfabeto delas, as letras "v" e "u" se confundiam, então, na verdade, ela falou "Uinho". Deu de ombros. — Mas só se consegue *uinho* nas cidades grandes.

— Quando você começou? A beber, digo?

— Depois de me casar. Saurabh gosta de um uísque e eu o acompanho de vez em quando. Você *nunca* bebeu mesmo? Nem um golinho?

— Não. Ramesh mudava tanto quando bebia, que eu... — Geeta deu de ombros.

Saloni desviou os olhos.

— É, faz sentido. Homens.

— Eu gostei do Arhaan. Não acho que você precise se preocupar com ele. Parece um bom garoto. Tagarela e doido por petiscos, mas muito decente.

Saloni deu um sorriso torto, mas o orgulho se elevou em seu rosto.

— É mesmo?

— Ele ficou chocado quando descobriu que nos conhecíamos.

— Não falo muito sobre a minha infância para eles. Eu deveria, para perceberem como as coisas são boas para eles. Mas é só que... não gosto muito de pensar naquela época.

Mágoa alfinetou o peito de Geeta. Não era ela a questão, lembrou a si mesma, Saloni também tinha muita fome digna de ser esquecida. Ainda assim, ela se viu buscando algo.

— Havia partes boas, também.

Saloni concordou com a cabeça.

— Claro. Mas quando você preferiu Ramesh em vez de mim, meio que estragou as lembranças. Você só ficou do meu lado até que alguma coisa melhor apareceu.

— Você parou de ficar do *meu* lado.

O olhar de Saloni foi intenso o bastante para fazer Geeta desviar os olhos.

— Errado. De qualquer forma, eu me senti idiota. E odiei você por me fazer sentir idiota.

A dor piorou porque a voz de Saloni, para variar, não era acusatória. Era tão resignada e pragmática que Geeta quis reconfortá-la em vez de discutir.

— Você não é idiota, Saloni.

Saloni fungou, o queixo erguido.

— Estou ciente disso.

— Estou falando a verdade. Sua aparência não é o que você tem de mais interessante.

Saloni fez um gesto, mostrando o corpo rechonchudo.

— Especialmente agora. — Ela soltou um suspiro pesado. — O pobre Saurabh deve pensar que passei a perna nele. Entrei no casamento com nada, só com minha aparência, e agora...

Geeta inclinou a cabeça e estreitou os olhos.

— Foi a sua sogra que disse isso? Deixe ela pra lá. Você ainda dá um caldo.

Saloni riu alto, mas então caiu em si. Ela limpou os resíduos de biscoito das mãos.

— Ei. Só porque a estou ajudando, não significa que somos amigas nem que perdoei você, ok? Só não quero me sentir culpada se Farah matar você; não tenho tempo para essas bobagens.

Geeta assentiu com a cabeça.

— Entendo. Obrigada.

DEZESSEIS

Na manhã de domingo, Geeta estava a caminho de atrair Raees com Bandido quando Arhaan apareceu para dar banho no cachorro. Ela não precisava de mais atraso; Saloni tinha dito para estar na casa de Farah por volta das onze.

— Lembra? — Arhaan indagou, a voz alta para se fazer ouvir por cima dos *bhajan*s retumbantes. Ele se jogou no degrau de cimento a fim de afagar as orelhas compridas de Bandido. O cão rolou de costas, abriu as pernas e dobrou as patas da frente para garantir o melhor acesso possível à sua barriga. Desavergonhado. — Pelos *pakora*s?

— Ah — Geeta disse. — Certo. Olha, ele não está tão sujo ainda. Pode dar banho no Bandido em alguma outra hora.

— Ah. — Arhaan continuou a fazer carinho em Bandido, que se revirou de empolgação e derrubou a tigela de água. Arhaan a endireitou no degrau. — Tem certeza? Eu não me importo. De verdade.

— Prometi a outro garoto que ele poderia brincar com o Bandido hoje, então...

— Podemos brincar juntos! Onde?

— Você conhece o Raees?

— Raees? Conheço, mas ele é criancinha. — A mão de Arhaan parou. Bandido abriu os olhos com desagrado e bateu a pata no pulso do garoto, solicitando mais atenção. — Não posso brincar com criancinhas.

Geeta ergueu os ombros.

— Não brinque, então.

— Tá bom, tá bom.

Ela pegou uma cabaça esponjosa e trancou a porta. Os dois tomaram cuidado para evitar o canal de água a céu aberto que bifurcava a maioria das ruas do vilarejo. Era água limpa; os drenos de esgoto, em menor número e com rotas diferentes, reuniam-se na parte sul da cidade, onde Khushi e os outros Dálites viviam. Geeta e Arhaan tomaram o lado esquerdo da viela, acenando com as cabeças para pessoas que reconheciam.

— *Ram Ram* — eles cumprimentavam.

À direita, um pastor conduzia suas cabras, o cajado uma mera formalidade, já que todas sabiam o caminho até a lagoa.

Alguma divindade provavelmente estava olhando por ela, porque não tinham chegado nem à metade do caminho para a casa de Karem quando encontraram Raees, que chutava uma bola parcialmente murcha. Parecia ser de algum tom de vermelho-escuro, mas estava coberta com tanta poeira que era difícil ter certeza.

— Tia Geeta! Bandido!

— Oi, Raees. Você ainda quer brincar com o Bandido? O Arhaan aqui quer brincar com vocês dois.

Arhaan entregou um aceno relutante.

— Quero, sim!

— Ótimo, mas preciso de um favor de vocês. Ok?

Os dois se entreolharam.

— Certo!

A voz de Raees ficou pesada de desconfiança:

— Por que tá com uma cabaça na mão? Tá indo ver meu pai? Porque a gente teve que comer a última que você trouxe, e eu odeio cabaça.

— Eu também, na verdade. — Geeta sorriu. — Isto aqui é para Farahben. Eu preciso falar com ela. — Os garotos acenaram com a cabeça, ocupados afagando o pelo fulvo de Bandido. — E, enquanto falo com Farahben, vocês dois vão brincar fora de casa com a *muk...* err... com a filha dela.

Os dois se ergueram, alarmados.

— O quê?! — Bandido, desolado, colocou a pata na perna de Arhaan, mas o garoto estava aflito demais para prestar atenção. — A *Irem*, não!

Bandido mudou de tática, implorando para Raees, que também olhava para Geeta com um pavor que a fez afundar em culpa.

— Mas você disse que...

Arhaan falou consigo mesmo, furioso:

— Mas ela é tão... tão... *brava*!

— Eu sei, Raees-*beta*, e estava falando a verdade noite passada. É por isso que é um favor, porque sei que você não quer. Eu ficaria muito grata. E ficaria lhe devendo um favor em troca.

Isso melhorou o humor dele.

— Mesmo? Pra mim?

— Uhum. Aposto que ela vai ser mais legal com o Arhaan junto. E com o Bandido.

A reputação de Irem era tamanha que Arhaan não questionou por que Raees precisava ser protegido da garota. Em vez disso, voltou-se para a astúcia.

— Por quanto tempo precisamos brincar com ela?

— Uma hora. Fora de casa. Mas não no quintal.

Raees estava a ponto de concordar, mas Arhaan colocou-se na frente dele, os braços cruzados. Ele estreitou aqueles olhos de Saloni.

— Vinte minutos.

— Quarenta e cinco.

— Trinta. E nós *também* podemos brincar com o Bandido até a hora da janta. E *também* ficamos quites com as *pakora*s.

— Feito. — Ao apertarem as mãos, Geeta murmurou: — Ela tem razão, você é um guerrilheirozinho.

Todos caminharam na direção da casa de infância do falecido Samir. Já eram onze horas e Saloni estaria se perguntando sobre o atraso. Só Ram sabia o que ela pensaria ao se deparar com Arhaan como parte da equipe em constante expansão de crianças variadas, formada por Geeta. Ela se lembrou da época em que as crianças tinham medo dela, em vez de negociarem acordos com ela.

— Bandido! — gritou, a voz cortante quando o cão se afastou para farejar a comida de um homem sentado. O homem, irritado, virou o torso e o petisco para longe, ficando em pé quando Bandido continuou a implorar. — Saia daí.

Atrás dela, os garotos estavam conversando. Poucos assuntos estimulavam diálogos mais rapidamente do que um inimigo em comum.

— Então, qual é o esquema com a Irem?

Raees chutou uma garrafa de plástico, mas errou, com indiferença abatida.

— Ela é minha namorada.

Arhaan ficou igualmente impressionado e consternado.

— Você tem namorada? Já?

— É.

— E é a *Irem*?

— Mas espero que não por muito tempo.

— Ela é muito mais velha do que você.

— Eu sei! É isso que sempre digo pra ela. Ei, quantos anos cê tem?

— Onze.

— Cê quer uma namorada?

— Com certeza. Mas não a Irem.

— Sejam gentis, garotos. O pai da garota acabou de falecer.

— Qual era a desculpa dela antes? — Arhaan sussurrou para Raees, que deu uma risadinha. Geeta deixou passar. Parou de andar perto de uma casa de barro, os garotos quase trombando atrás dela, quando um trator entrou de ré na viela. As rodas imensas entraram no dreno, espirrando água antes de seguirem em frente.

Em frente à casa de Farah, Irem andava para lá e para cá sob o sol, balançando um bebê que chorava. Apesar de ser domingo, ela vestia o uniforme da escola, o *dupatta* de cor cerúlea presa no peito liso. Quando reconheceu Geeta, os olhos dela se esbugalharam.

— Ai, merda! Veio me dedurar? — ela exigiu saber. — Não tem nada melhor pra fazer? Tipo fazer os pelos do nariz de alguém crescerem até o cérebro?

As pessoas realmente precisavam de mais passatempos no vilarejo.

— Preciso falar com a sua mãe, mas não é sobre você. E os garotos vieram brincar.

— Não dá. Preciso tomar conta do meu irmão. — Irem indicou o bebê.

Já era tarde demais para encontrar outra maneira. Com relutância, Geeta esticou os braços.

— Eu fico com ele. Sua mãe está em casa?

— Aham, está vaporizando uns vestidos — Irem disse, entregando a criança.

O bebê era mais denso do que Geeta tinha esperado. Uma coisinha minúscula, provavelmente com menos de dez meses, mas parecia pesado em seus braços inexperientes.

— Cuidado com a cabeça dele. *Offo!* O que foi? Você nunca segurou um bebê na vida?

— Já entendi. Vão, se divirtam, crianças.

Arhaan deu uma batidinha no pulso nu e articulou com a boca, em silêncio: "Trinta". Geeta mordeu o lábio e ergueu uma mão, em falsa ameaça. Ela sentiu o bebê se mover e rapidamente o segurou com as duas mãos.

— Ah, Irem? — Geeta manteve a voz agradável e sorriu. — Sei que você acha que é uma briguenta durona, mas se sequer olhar do jeito errado para esse cachorro, vou fatiar você e dar de comer a ele, que nem fiz com meu marido, entendeu?

Irem abriu a boca para compartilhar veneno e, então, fechou-a. Deu um aceno contido de cabeça a Geeta. A adulta se apressou a entrar no pátio de Farah, chamando o nome da mulher. A casa de cimento seguia a configuração aberta da maioria delas no vilarejo.

Havia portas azuis ao redor de tudo ali. Roupas lavadas jaziam penduradas acima. A cozinha estava vazia, um saco de arroz caído em um canto.

— Irem! Você pegou os grãos no moinho? Espero que tenha dito a ele para não deixar tão áspero desta vez.

— Olá? — Geeta disse.

— Geetaben? É você? — Corada, Farah emergiu da alcova que servia de cozinha, uma banqueta e um fogão de argila *chulha* enfiados no triângulo sob a escada que conduzia ao terraço. O calor havia deixado os cabelos em torno da testa e das têmporas dela frisados. Suor salpicava seu buço. — Que surpresa boa!

— Tem uns minutos para conversar? Aqui. — Geeta ofereceu tanto o bebê como a cabaça a Farah, mas ela simplesmente deu um beijo na cabeça dele, como se Geeta tivesse pedido que o admirasse, e não o retirasse de seus braços. Pegando a cabaça oferecida por Geeta, Farah abanou as bochechas orvalhadas com as mãos. Atrás de si, as janelas da cozinha estavam abertas, revelando os fundos através das barras de ferro. Um búfalo preso mastigava com calma entediada. Margeando as cercas vivas verdes, havia uma parede de pedra com cimento exposto. Cacos de vidro decoravam o topo dela como forma de empecilho, mas Saloni estava passando o braço pelo portão para abrir a tranca.

— É claro. Gostaria de um chá ou de uma água? — Farah fez menção de se virar.

— Não! — Geeta exclamou, e então se forçou a se acalmar. — Nada de chá ou de água, estou bem. Venha se sentar, parece que uma pausa lhe faria bem.

— Faria mesmo, obrigada! Vamos para os fundos, é mais fresco lá fora. Belo *mehndi*, a propósito.

— Não! Ah, não, vamos só nos sentar aqui.

— Na verdade, é ótimo que você tenha vindo. Eu ia passar na sua casa mais tarde. — Farah se deixou cair em uma *charpai* com um longuíssimo suspiro e fez um gesto para que Geeta também se sentasse. Geeta escolheu uma cadeira de plástico, arrastando-a para poder enxergar parte do jardim através da janela da cozinha. Farah segurou duas nozes em uma mão e alinhou as ranhuras a fim de quebrá-las.

— É mesmo? — Foi uma pergunta distraída, enquanto ela assistia à ponta livre do sári de seda de Saloni esvoaçar e enroscar-se nos cacos de vidro. Saloni permaneceu alheia, bamboleando com confiança para dentro do jardim até ser puxada de volta para trás, como se estivesse usando uma coleira. Por reflexo, Geeta apertou com mais força o bebê, que chorou. Farah colocou os fragmentos de noz em um prato próximo e pegou o filho de volta.

— Ele está com cólicas — a viúva explicou. Então, sorriu. — Ou talvez só esteja sentindo falta do pai, não é?

Os olhos de Geeta se fecharam quando Saloni tentou se virar para ver o que a tinha prendido. Ela parecia Bandido tentando pegar o próprio rabo.

— Ouça, vim lhe dizer que pensei no que você disse, e você tem razão. Estamos juntas nessa. Só fiquei em choque a princípio, sabe, com os policiais aparecendo, mas agora já coloquei a cabeça no lugar.

Saloni deu um bom puxão e a seda rasgou-se, retornando até ela. Geeta observou a boca da mulher formar uma sequência de blasfêmias enquanto ela contemplava seu *pallu* destruído. Como se fosse um cúmplice prestativo, o bebê guinchou, escondendo os xingamentos de Saloni.

Farah balançou o filho no colo, uma expressão amigável no rosto.

— É maravilhoso ouvir isso. Eu sabia que mudaria de ideia; você é muito inteligente.

— Bom, as samosas me ajudaram a clarear as ideias.

O sorriso de Farah não expressou contrição.

— Aquilo foi engraçado demais, não foi?

Ela arrancou o interior da noz e ofereceu a Geeta uma das metades, mas a mulher recusou. Saloni acenou do quintal como se o fato de as duas estarem presentes fosse uma surpresa agradável.

Geeta balançou a cabeça.

AS RAINHAS BANDIDAS • 203

— Hilário — ela guinchou, enquanto Saloni inspecionava o arbusto alto de *pong pong*.

Farah rachou mais duas nozes e, mais uma vez, ofereceu-as a Geeta.

— Não tem veneno, Geetaben — ela provocou. — Prometo.

Geeta tentou sorrir.

— Sabe como é: "Quem se queimou com leite, até leitelho bebe com cuidado".

Farah riu alto.

— Você sempre tem os melhores provérbios.

— Eu tento. Então, estamos bem?

— Estamos ótimas. Só tenho um pequeno favor a pedir.

Geeta apertou os dentes. Qual era o problema com essas mulheres e os "pequenos favores" delas?

— Da última vez que você teve um pequeno favor a pedir, alguém morreu.

Farah deu uma risadinha de novo. No quintal, Saloni dobrou os joelhos e pulou na direção de um fruto verde. O búfalo a observou com um interesse moderado. Ela errou, incomodando dois corvos no lugar. Furiosos, eles mergulharam na direção do rosto dela, que se abaixou. Os grasnidos eram mais altos do que o bebê.

— Bom, não é nada do tipo. É um favor muito mais fácil.

Geeta estreitou os olhos para Farah.

— Tem certeza? "Quando alguém mente, um corvo crocita."

— Bom. — Farah suspirou. — Não posso dizer que sinto falta de Samir, mas sinto falta da renda dele. Só nos resta um salário. Digo, estou cozinhando com *gobar* em vez de gás.

— Assim como eu. Você tem um búfalo, pelo menos é de graça. Mas, Farah, você não pensou nisso antes?

— Ah, você me conhece. Sou tão espontânea. Todos os artistas são assim, não são? — Farah deu de ombros. — Pensei que conseguiríamos nos virar. Acontece que ele não tinha muito dinheiro guardado.

— O fato de ele roubar seu dinheiro para comprar *tharra* não ajudou você a adivinhar isso?

Farah balançou a cabeça em anuência.

— Então, pensei que você poderia nos ajudar.

Enquanto a mãe corvo cagava na cabeça de Saloni, Geeta sentiu o terror esfriar seus dedos dos pés, apesar do dia quente.

— Eu já ajudei você, Farah. Muito além da conta.

— Um pouco mais não machucaria. Digamos, duzentas rupias por semana?

— Outro empréstimo, então?

Farah soltou um "rá" curto e denso.

— Deus do céu, não. Um empréstimo se paga de volta. Isto seria mais um presente. E eu lhe daria um presente em troca, também.

— E o que seria esse presente?

— Meu silêncio. A respeito dos seus crimes.

— Sua aproveitadora. — Geeta ferveu de ódio. Ela ignorou os polegares para cima de Saloni vindos do quintal. O cabelo da mulher se assemelhava ao ninho que ela tinha acabado de incomodar, guano branco escorrendo do topo de sua cabeça, arranhões em seus braços e rosto. Suando, ela exibia para Geeta o fruto adquiridos como um troféu. — Você tem tanta culpa quanto eu. Mais do que eu; você deu a bobina para ele beber.

— Mas, do jeito que vejo, acho que é mais provável que acreditem que você agiu sozinha. Não fui uma aluna muito inteligente. E com certeza não sou versada. Duvido que a polícia pensaria que fui capaz de maquinar um plano tão complicado. Mas *você*, Geetaben... — Farah se inclinou para a frente e deixou o bebê engatinhar — ... é muito inteligente. Ninguém subestimaria você.

— Obrigada?

— Então, está resolvido? Duzentas rupias, começando na semana que vem? Ou, na verdade, começamos esta semana, por que não? Imagino que o jeito mais fácil é você simplesmente cobrir meu pagamento semanal do empréstimo com Varunbhai. Menos transtornos para nós duas.

Mancando, Saloni deixou o quintal. Geeta disse:

— Vou pensar no assunto.

— O que tem para se pensar? É uma escolha óbvia.

— Não exatamente.

— Geetaben, eu não fui clara? Ah, não. Espero mesmo que eu tenha sido clara. Estou chantageando você.

— Não, eu entendi essa parte.

— Certo, que bom. Às vezes, sou confusa quando falo. Samir sempre reclamava disso.

— Você foi bem clara.

Farah sorriu.

— Obrigada, *yaar*.

— Não acho que você possa me chamar de "amiga" enquanto está me chantageando, Farah.

— Não, não, você ainda é minha amiga mais próxima! Não vejo por que uma pequena questão de negócios atrapalharia isso.

Ela não estava sendo arrogante; Geeta podia perceber a seriedade na mulher. O fato a aturdiu. Será que aquilo sempre fora parte do plano de Farah, ou ela tinha apenas farejado uma oportunidade e a aproveitado?

— Vou indo, então.

— Tem certeza? Posso fazer um *chai*.

— Com ou sem veneno?

— Bom — Farah disse, esmagando mais duas nozes. — Isso realmente depende de você agora, não é, Geetaben?

DEZESSETE

— Não entendo.

— Bem-vinda ao clube.

— Por que Farah chantagearia você?

— Por que estamos indo à casa das gêmeas para um jantar envenenado? Porque este vilarejo virou um hospício de lunáticos.

— *Bey yaar,* estou lhe dizendo: só o de Darshan está envenenado, obviamente. — Ao andarem pelo vilarejo, Saloni ergueu o prato de curry de legumes picante que tinha preparado com a semente. Espirais de um tom intenso de vinho corriam pelas palmas de suas mãos; a hena dela tinha funcionado muito bem. A de Geeta era um laranja insosso. — Ela está nervosa, ok? Estaremos lá para dar suporte moral. — Saloni lançou um olhar aguçado para Geeta. — É o que as mulheres fazem. Cuidado, gobar.

Geeta desviou do esterco fresco de vaca no chão. Uma pilha seca deles estava apoiada na parede à direita delas, para ser usada como combustível.

— Priya não estará lá para dar suporte *i*moral?

— Olha, se parecer que todos comemos a mesma coisa, vamos despistar quaisquer suspeitas de veneno. Você nunca assistiu a um episódio de C.I.D.?

Era hora do jantar e as ruas estavam bastante vazias, apesar de alguns homens usando *dhoti*s estarem acocorados do lado externo das casas para enrolar e fumar *beedi*s pré-refeição. O cheiro de tabaco envolvia o ar. Involuntariamente, Geeta pensou em Karem e em seu gosto de fumaça, apesar de nunca o ter visto com um cigarro. *Foco*, ela repreendeu a si mesma. O curry de Saloni tinha um aroma delicioso, o bastante para arrancar dos homens que fumavam algumas piadas a respeito de compartilharem a comida.

— Ah, não vão querer isto aqui — Saloni gracejou. — É gorduroso demais. Vai acabar matando vocês. — Todos riram, exceto Geeta.

Saloni, ao que parecia, não tinha apreensão alguma com o que estava carregando. Acima das duas, fios de ouropel brilhante saíam de uma casa à outra, sobras das decorações do festival. Tinham sido pendurados em perpendicular com os fios elétricos, criando uma grade no céu.

Geeta sussurrou:

— Mas não quero estar lá quando ele... você sabe.

— Acha que *eu* quero? Não vamos estar lá para *isso*. Ele vai levar um ou dois dias pra *morrer* de verdade.

— Ah, certo — Geeta falou, inexpressiva. — Nesse caso, que alívio.

— Fazer planos pode ser tranquilo, Geeta, mas é difícil levar a cabo esse tipo de coisa sozinha.

— Farah conseguiu — Geeta resmungou.

— Ah, e Farah agora é o padrão de excelência, por acaso? Farah, que seguiu os passos do marido beberrão para arrancar seu dinheiro?

O suspiro de Geeta foi funesto.

— Uma mulher me chantageando para matar o marido e outra me chantageando *por* matar o marido. Só Deus sabe sob qual estrela do infortúnio eu nasci.

— Eu lhe disse que você atrai os doidos.

— Por que você não?

Saloni equilibrou o prato em uma mão para flexionar seu bíceps.

— "Se eles são doidos, eu sou doida e meio."

— Muito humilde. — Geeta soltou uma risada pelo nariz. — Vamos logo com isso. Tive um dia de merda.

— Você não foi a única. Aqueles corvos me *atacaram*. Cagaram em mim. E aquele sári era um dos meus favoritos, sabe? Farah disse que está totalmente irrecuperável. Mas ela o está transformando em *kurta*s combinando para as crianças.

— Você foi pedir a *Farah*? — Geeta ficou boquiaberta.

Saloni ergueu os ombros.

— O que tem? Ela é a melhor alfaiate do vilarejo.

Geeta esfregou a testa ao se aproximarem da porta de Preity e Priya. Saloni bateu. Ainda exibia as decorações do Karva Chauth, bandeirolas escarlates emoldurando a entrada. Duas *diya*s apagadas estavam no chão, ao lado de um amontoado de sandálias. As velas tinham o formato de lágrimas, os pavios apoiados nos picos. Como ela nunca tinha percebido que *diya*s tinham formato de vulvas? Geeta sacudiu a cabeça depravada. *Che*. Um beijo e, de repente, ela tinha virado uma despudorada e...

Preity atendeu a porta, com Priya logo atrás.

— Ele está cochilando, entrem sem fazer barulho!

Enquanto as gêmeas conduziam Saloni pelo hall de entrada escuro, Geeta ficou para trás, examinando a casa delas. Era muito espaçosa, mesmo que precisasse acomodar duas famílias, ela imaginou. Passou por uma sala de jantar e uma sala comunal para se juntar às outras na cozinha, onde estavam inspecionando a comida. As gêmeas tinham preparado uma quantia de tamanho considerável de curry de legumes picante. Saloni havia replicado a receita, mas adicionando castanhas-de-caju e, é claro, *pong pong*.

— Todas as crianças comeram com os pais de Zubin mais cedo, então seremos só nós seis para o jantar. — Preity estendeu as mãos pintadas de hena em um convite. Priya segurou uma, e Saloni, a outra. Cada uma delas pegou uma mão de Geeta para formarem um círculo. Ela não queria, mas suas mãos subiram por conta própria.

Preity expirou com seriedade.

— Só quero dizer que agradeço, irmãs. Vocês são minha força quando não me resta nenhuma.

Priya disse:

— "Estamos aqui para ajudar nossas irmãs e companheiras."

O restante delas se uniu ao juramento do empréstimo, até mesmo Geeta.

— "Ajudaremos as irmãs de nosso círculo em momentos de crise."

Quando Geeta se mexeu para soltar as mãos, Priya a segurou com força. Preity a encarou.

— Saloni acabou de nos contar que Farah a está chantageando, Geetaben. Isso é traiçoeiro.

— Ai, *tão* traiçoeiro.

— Não se preocupem. Assim que Darshan se for, Ramesh estará aqui e Farah não terá trunfo algum.

Priya apertou a mão úmida de Geeta.

— Agora estamos juntas nessa, Geetaben. Não se preocupe.

— Nenhuma de vocês está preocupada que Farah ligue os pontos quando Darshan também morrer? Ela pode chantagear todas nós!

Saloni balançou a cabeça.

— Tem mais de nós do que dela. Se ela forçar a barra, vamos colocá-la na linha. Mas uma coisa de cada vez.

Preity sorriu.

— Vamos arrancar o bigode daquele maldito!

Talvez o vilarejo não tivesse virado um hospício de lunáticos, no fim das contas, Geeta pensou, atordoada. Talvez todas fossem normais e era *ela* a única louca. Será que a sanidade, assim como a beleza, está nos olhos de quem vê?

Depois que Preity voltou, tendo acordado Darshan para que ele tomasse uma ducha, as mulheres arrumaram a mesa. Era uma experiência diferente para Geeta o ato de colocar copos d'água ao lado de cada prato idêntico de aço. Estava acostumada a comer sozinha na própria mesa de trabalho. Mas grande parte das famílias geralmente comia de pernas cruzadas no chão. Aquela casa, no entanto, tinha uma mesa de jantar respeitável e circular, com cadeiras desconformes. A de Saloni também, Geeta lembrou-se de quando a visitara, mas, pensando bem, Saloni também tinha uma geladeira. As mulheres se sentaram e esperaram os homens. Entre elas, uma bandeja giratória continha um jarro d'água, *papadam* e picles de pimenta-verde.

— Esperem, onde ele costuma sentar? — Geeta perguntou.

— Aqui. — Priya apontou para uma cadeira enquanto Preity apontou para outra, dizendo:

— Lá.

As mulheres se olharam entre si. Então, todas se levantaram e se reorganizaram.

— Aquele é o de castanhas?

— Sim, acho que estou vendo uns *kaju*s.

— Você *acha*?

O marido de Priya, Zubin, entrou, impedindo a conversa de continuar. Era mais alto do que a média, o tipo de homem que seria esguio a vida toda. Zubin fez menção de se sentar ao lado da esposa, mas ela o impediu, guiando-o até outro prato.

— Você não se cansou de mim ainda? — Priya brincou, a voz fina e alta demais. — Não podemos ficar longe um do outro nem por uma refeição? Fica agindo como se ainda estivéssemos em lua de mel!

O homem pareceu confuso, mas se sentou onde ela mandou, à esquerda de Geeta e diante de um prato sem veneno. Saloni estava à direita de Geeta.

Darshan se juntou a eles, secando as mãos lavadas na calça . Ele usava dois anéis em cada mão.

— Vocês estão com sorte, o curry de legumes da minha Preity é lendário. Não é verdade, *jaan*? — Apesar das visitas, ele não tinha ressalvas com a demonstração de afeto. Ele beijou a testa marcada de Preity.

— Fiz ainda mais picante hoje. — Ela afastou a cadeira dele da mesa. — Sente-se.

— Maravilha! É por isso que você é a melhor, *meri jaan*.

Ela tolerou o segundo beijo dele com um sorriso satisfatório. Darshan se sentou, Zubin resmungou um cumprimento para o concunhado. Preity não se sentou, em vez disso saiu e voltou da cozinha com uma série de *roti*s recém-saídos do forno, distribuindo-os onde era necessário.

— Os *roti*s da minha Preity são de primeira classe, não são? — Darshan perguntou, apesar de Zubin ser o único que já tinha começado a comer. — Os de Priya também são bons, mas ser alimentado por sua alma gêmea torna um homem mais forte.

Geeta olhou para Saloni.

— Ele está falando sério?

Saloni pisou no pé dela.

Geeta explorou o próprio *roti* com um dedo indicador.

— Sim, Preity, você precisa me ensinar como deixar eles tão... amanteigados.

Zubin a fitou.

— Com manteiga — ele sugeriu.

— É mesmo. — Ela riu. — Como não pensei nisso?

Ela baixou os olhos para o prato. O jantar estava com um aroma tentador — era em momentos como aquele que Geeta percebia que, mesmo sabendo preparar comida, ela não era uma cozinheira de verdade —, mas engolir uma refeição no momento parecia tão viável como fazer brotar asas e voar rumo à liberdade. Ela abriu o *roti* com uma das mãos e fisgou uma porção de curry. Ao abrir a boca, Geeta congelou. Com um choramingo, imediatamente colocou a comida de volta no prato. Ela chutou Saloni, que a chutou de volta, com mais força.

O tornozelo de Geeta doeu. Ela se inclinou para massageá-lo, debruçando-se desajeitadamente sobre o prato.

— *Kaju* — ela murmurou por trás da mão, apontando para o prato.

— O quê? — Saloni murmurou de volta.

— *Ka-ju* — Geeta sibilou, cutucando o prato duas vezes com o dedo indicador.

— O quê? — Saloni sibilou de volta.

— *Kaju!*

— Saúde, Geetaben — Darshan disse. — Use seu guardanapo, por favor, estamos comendo.

— Desculpe.

Quando Preity voltou com mais dois *roti*s fumegantes, Saloni fez um contato visual frenético. Então, enquanto Priya tagarelava sobre as eleições locais, Saloni olhou significativamente para o prato de Darshan e para o de Geeta. Duas. Três vezes. Preity inclinou a cabeça para o lado, confusa, e Geeta viu quando a compreensão súbita transformou suas feições. *Que lerdeza,* Geeta pensou.

— Darshan! — Preity ganiu.

— Sim, *jaan*?

— Preciso que você pegue o picles da prateleira de cima.

— Tem picles aqui, não?

— Mas eu quero picles de cenoura.

Darshan se pôs de pé.

— O que minha *jaan* deseja, ela terá. — Com uma reverência atenciosa, o homem saiu. Zubin mal ergueu o rosto da própria comida enquanto Priya e Saloni trocaram os pratos apressadamente por cima da bandeja giratória.

De mãos vazias e encabulado, Darshan voltou.

— Não encontro nenhum picles de cenoura, *jaan*.

Preity riu.

— Ah, é verdade, que boba eu sou. Não fiz picles de cenoura. Sente-se e coma logo.

Enquanto os outros comiam, Geeta ficou mastigando um *roti* vazio, até que subitamente perguntou:

— Posso usar a latrina?

— Ah, nós temos um banheiro — Preity disse. — Fizemos no ano passado!

Zubin bufou.

— O governo disse: "Vão em frente, Índia Limpa, nós vamos pagar". Papo-furado. Só ganhamos doze mil rupias. O negócio custou três vezes isso.

Priya olhou feio para ele.

— A dignidade das suas mulheres não vale meras trinta e seis mil rupias? Ou você não tem filha, esposa e mãe?

— *Arre*, ninguém está dizendo isso. O banheiro está aqui, não está? Ficam aí chorando por dignidade todos os dias e todas as noites.

— Ah, você quer um desfile e um agradecimento? Como se meu empréstimo não tivesse pago pela maior parte.

— Err... eu lhe mostro o caminho, Geeta. — Saloni se pôs de pé.

— Temos certeza quanto a isso? — Geeta sussurrou quando as duas estavam a sós. — Você viu? Ele adora ela. "Minha Preity isso, minha Preity aquilo." Músicas românticas usam menos a palavra "*jaan*" do que aquele homem.

— Geeta! — Saloni disse. — Controle-se. Preciso lhe dar um tapa?

— O quê? Não, por quê?

— Porque é isso que fazem nos filmes quando uma mulher está histérica.

— Não estou histérica! Não podemos matar um homem perfeitamente decente que ama a esposa!

As sobrancelhas de Saloni se ergueram.

— Preciso lembrá-la que aquele homem "perfeitamente decente" jogou ácido nela? E é tarde demais, de qualquer forma. Este trem já partiu. Ou o curry já partiu. Que seja, você entendeu; ele já está na metade do prato agora. O banheiro é lá, seja rápida. E trate de agir naturalmente quando voltar, não choramingando feito um...

— Não fale.

— ... filhote de coelho com incontinência — Saloni disse. — Digo... *láparo*.

Geeta fez uma careta, optando por não revelar a mentira a respeito de estar com o prato que tinha as castanhas. Darshan comeria a comida sem veneno e "milagrosamente sobreviveria", um claro sinal, ela as convenceria, de que Ram o queria neste mundo. Enquanto isso, ela esconderia, de alguma forma, sua comida contaminada, e a jogaria fora mais tarde. Já tinha feito aquilo algumas vezes quando criança, sempre que a mãe preparava cabaças, que Geeta odiava. Ela parou, no entanto, depois que a compreensão da fome de Saloni ficou mais nítida.

Geeta não precisava fazer *su-su*, então ignorou a retrete no chão do cubículo de cimento. Em vez disso, demorou-se no pátio e meteu a cabeça para dentro de um quarto. Precisava de um pano ou lenço para esconder seu curry envenenado antes de poder voltar ao jantar. Uma tapeçaria quadrada e colorida estava pendurada no canto de *puja* do quarto, lantejoulas brilhando sob a luz que ela tinha acendido, mas Geeta precisaria desprender a peça da parede e enfiá-la no saiote. Além do mais, deixaria na parede um evidente espaço vazio.

Sob a tapeçaria, havia um pedestal de mármore sustentando uma estátua de um Krishna que tocava flauta e uma Radha em adoração. O quarto tinha o cheiro do incenso que a mãe dela costumava queimar; Geeta notou os palitos familiares ao lado de uma caixa de fósforos. Sob os itens de oração, jazia um pano vermelho borleado. Sua ausência, Geeta imaginou, seria menos perceptível. Ainda assim, não importava quão agnóstica fosse, parecia desrespeitoso enfiar curry em um tecido sagrado. Que fosse. Ela estava salvando a vida de um homem; Ram ou qualquer divindade que fazia a contabilidade cármica precisaria ser razoável. Deixando de lado o fato de ela ter ajudado em um assassinato há algumas semanas, este novo registro a deixaria quite. Além disso, o de Samir fora legítima defesa antecipada. E, ela prometeu ao universo, quando tudo isso tivesse terminado, ela suaria a camisa com *prayashchit*.

— Desculpem, pessoal — ela sussurrou ao deslocar o Radha--Krishna de latão para retirar o pano. — Mas você entende, certo, Radha?

— Precisa de alguma coisa? — Darshan disse atrás dela. Geeta deu um pulo ao se virar. — Eu a assustei? — Ele sorriu. À diferença de grande parte dos homens indianos que Geeta conhecia, Darshan tinha dificuldades em cultivar pelos faciais cheios. A barba dele era farta o bastante, mas os pelos de seu bigode eram ralos.

— Está tudo bem — ela mentiu. — Eu... eu estava só admirando sua estátua, mas deveríamos voltar para o jantar.

— E aqui estava eu, admirando *você*.

— Hã?

— Deve ser solitário viver tão sozinha, Geetaben. Especial-mente — Darshan disse, tão próximo que ela conseguiu sentir o cheiro das cebolas que ele havia comido — à noite.

— Err, não é um problema — Geeta respondeu, afastando-se até que as pernas acertaram a beirada do canto de *puja*. — Algumas pessoas dormem melhor sozinhas.

— Eu não estava falando de dormir.

— É. — Ela suspirou. — Imaginei que não estivesse. — Geeta tentou se esquivar. Em vez disso, os braços dele encontraram sua cintura. — Ei, *gadheda*! Você é casado, Darshan. Olhe o que está fazendo!

— Um mero humano como eu deveria ser punido por admirar beleza física?

— Err... elas vão ficar se perguntando onde você está.

— Duvido — ele murmurou. — Eu disse que precisava usar o banheiro depois de comer tanto curry. E isso pareceu deixar todas felizes. Querem fazer uma festinha só de mulheres, acredito. E isso funciona bem para nós. — Darshan correu o nariz pelo pescoço dela. Geeta o empurrou, mas ele prendeu seus braços entre os corpos dos dois. As costas dela bateram contra a parede. — Você precisa admitir, é muito mais atraente do que minha esposa. — Ele ergueu a cabeça brevemente. — Mas, por outro lado, quase todas as mulheres são.

— De quem é a culpa por isso?

— Mas ela também é maluca. Isso é minha culpa?

Geeta tentou arranhar o rosto desagradável dele.

— Provavelmente. — Ele riu. — Me solte.

— Vamos lá. Seja uma boa menina.

Geeta se debateu.

— Eu não sou uma menina.

Darshan não a soltou.

— Exatamente. Isto é um elogio para uma mulher da sua idade. Tem recebido muitas propostas nos últimos tempos, Geeta? Sei que vocês, viúvas, têm suas necessidades.

Geeta deu um jeito de puxar uma mão para cima, empurrando a boca dele para longe da própria.

— A única *necessidade* que tenho é que você fique longe de mim agora. Estou falando sério. Juro por Ram que vou gritar.

— Isso seria vergonhoso para você, Geeta, porque assim eu teria que contar a Preity que você está tão desesperada para trepar que se convidou para vir à minha casa e entrou de fininho no meu quarto para se atirar em cima de mim. Você nem sequer é amiga de Preity. Você não é amiga de ninguém. — O homem empurrou a própria pélvis contra a dela; apesar de o movimento ter sido violento, o som do tecido grosso de suas calças contra o sári dela foi sutil. Àquela proximidade, Geeta conseguia ver os cravos pontilhando o nariz dele. Sua repulsa era tão completa quanto sua raiva. — Mas *eu* poderia ser seu amigo.

Houve, é claro, momentos na vida de casada de Geeta em que ela não queria sexo, mas Ramesh queria. Naqueles momentos, Ramesh em geral saía vencendo. Não por meio de força bruta, mas sim de censura — às vezes silenciosa, às vezes não —, como se, ao obstruir o acesso dele, ela estivesse fracassando. Mas aquilo era simplesmente parte do casamento — todos conheciam a lei: não era estupro quando era conjugal.

Nunca em sua vida, no entanto, Geeta tinha passado por aquilo que Darshan estava tentando no momento. Não eram dois, ele tinha seis braços, como um rascunho lascivo de uma divindade. E estavam por todos os lados, caçando qualquer trecho de pele que ela deixasse desprotegido. As investidas iniciais de Darshan foram tão desajeitadas e completamente desprovidas de charme que Geeta levou um longo e tolo momento para se dar conta de que era um ataque. Estava sendo atacada. Os dedos dele se enterraram no espaço sobre o umbigo dela, onde ela tinha enfiado as pontas de seu sári. O homem tentou tirar o tecido do caminho, suas unhas desniveladas arranhando a pele dela.

Ah, ela pensou, o som áspero do zíper dele a guiando da raiva para o medo. Foi assim que a Rainha Bandida se sentiu. Não, não a Rainha Bandida. Não uma divindade ou uma lenda. Foi assim que Phoolan se sentiu quando cada um de seus estupradores tinha forçado caminho pelos seus nãos.

Geeta abriu a boca para gritar, mas os dedos de Darshan se apertaram em sua traqueia e ela se engasgou. Ela socou os punhos no estômago dele, mas o homem apenas soltou um *uuuff* e persistiu.

— Eu já falei, você não quer fazer isso. Você quer ser uma boa menina.

Darshan não afrouxou o aperto, o rosto calmo enquanto aumentava a pressão. Era apenas desconfortável a princípio, mas a dor não tardou a aparecer. Geeta se debateu, tentando desalojar a mão dele, mas Darshan se ajustou com facilidade. E como o rosto dele mal se distorceu ou mostrou que sequer considerava isso — ela, Geeta — uma inconveniência, e porque as mãos experientes dele sabiam que era um esforço menor de sua parte apertar a garganta dela do que cobrir sua boca, Geeta se deu conta de que ele já tinha feito aquilo antes, e faria outra vez. Porque mulheres caídas em desgraça como ela, misturadas à sujeira, estavam pedindo por aquilo, assim como cada garota Dálite que acordava ao amanhecer, o desconforto as levando até a beirada dos campos, olhando para os dois lados ao desamarrarem o cordel das roupas, se despirem, se agacharem e se fazerem vulneráveis.

Ele ia matá-la, Geeta pensou quando a escuridão se espalhou, como uma lamparina se apagando. Ela, idiota e fraca, tinha poupado a vida dele, e este seria seu agradecimento.

DEZOITO

Na noite em que Ramesh quebrou os dedos de Geeta, ambos tinham compartilhado uma noite agradável. Ele tinha servido bastante *tharra* a si mesmo, mas não o suficiente para ter mudado de bem-humorado para cruel. Ela já tinha arquivado a ocasião como uma das "noites boas" deles. O jantar foi, nas palavras de Ramesh, um grande avanço, em especial levando em consideração as habilidades limitadas dela. O marido até cantou junto da música que tocava no rádio enquanto ela limpava, batendo palmas e balançando o corpo em uma dança exagerada. Geeta deu risadinhas ao secar as mãos. Parte do som era de prazer genuíno, a outra parte era em prol dele, produzida para lhe *mostrar* que ela desfrutava de sua companhia. Porque ela amava os momentos — e se esforçava para encorajá-los — em que Ramesh era bobo com ela, como se o prazer dela fosse uma prioridade para ele. Aquilo não era amor? Quando um homem estava disposto a ser um bobo por você?

O hindi dele era desajeitado, mas quem se importava? Ele cantou a palavra errada. Com frequência, Geeta desejava conseguir lembrar qual fora a palavra, qual fora o erro. Como se o contexto fizesse diferença.

Ela o tinha corrigido, rindo.

— O que foi? Você acha que é mais inteligente do que eu? — ele retorquira.

— O quê? Não, eu...

— Você terminou a escola, e daí? Não é como se tivesse feito algo com isso. Você não trabalha, não faz nada. Não consegue nem me dar filhos.

Ela tinha pensado que eles compartilhavam de um entendimento. Que tinham concordado em silêncio: já que simplesmente não estava acontecendo, e eles não tinham meios de investigar se o problema era um deles ou os dois, transformariam a circunstância em uma escolha mútua, isenta de recriminação. Mesmo na mais profunda embriaguez, quando Ramesh balbuciava que ela tinha engordado, que estava ficando grisalha ou que não se importava com ele, neste ponto ele não derrapava, e ela também não. Mas, naquela noite, com a trégua estilhaçada, ela o bombardeou, a dicção mordaz:

— Quem disse que a *kharabi* não é su...

E, então, seu dedo anelar e o mindinho estavam quebrados.

Sim, outras coisas aconteceram nesse ínterim. Com certeza, houve o momento em que ela se deu conta do que tinha dito (falha, culpa, *defeito*), o momento em que ele a agarrou, o momento em que seus nervos comunicaram a dor, o momento em que ela percebeu que a segurança era uma hipótese falsa, o momento em que se virou para um lado, e ele, para o outro. Mas nada daquilo sobreviveu ao filtro da memória. Geeta se lembrava de sentir frio. Sua mão estava tão gelada que o frio penetrou o restante de seu corpo.

— Meu Deus, Geeta, viu o que você me fez fazer? Viu como você vai longe demais?

A dor demorou, e então desabrochou. Em dado momento, Geeta parou de senti-la — a sensação retornava ciclicamente, com as monções —, mas os dedos dela nunca se recuperaram por completo. Como poderiam, quando ela tinha seus afazeres?

— É uma lição dolorosa, para nós dois — ele repetia quando a observava sofrer para cozinhar e limpar —, mas nós aprendemos.

Ele tinha razão.

Porque ferimentos de uma batalha a preparam para outra.

No quarto de Darshan, a mão dele contra a garganta dela, o braço de Geeta se debateu às suas costas e encontrou um fiozinho de salvação. Mais especificamente, um fiozinho de uma estátua de latão frio, talvez a flauta de Krishna. Ela disse a si mesma para se esticar, mas a obediência exigia oxigênio, o qual Darshan estava lhe roubando, no momento. Aquele dedo mindinho esquerdo, quebrado por Ramesh anos atrás, conseguia alcançar mais longe do que o colega da outra mão. Ela fez força. A estátua tombou de lado no peitoril, na direção dela. Geeta a agarrou e acertou a cabeça de Krishna contra a de Darshan.

Darshan a soltou de imediato, cambaleando. Ela ofegou, engoliu o ar rápido demais e tossiu. Ele levou a mão à cabeça.

— Sua cadela filha da puta!

Ele se lançou na direção dela, o punho em riste, e Geeta o recebeu, a estátua agora em sua mão dominante, com outro golpe. Ela a girou como teria feito com um taco de críquete. Radha foi a culpada dessa vez, seu cotovelo de latão cortando o queixo de Darshan. Ele não praguejou, mas se virou, confuso e desorientado, na direção da cama, que estava decorada com quatro travesseiros compridos e uma colcha combinando.

— Darshan — ela disse para impedi-lo, não porque se importava com o fato de ele estar sangrando profusamente, mas porque Preity talvez não quisesse que ele manchasse os travesseiros dela.

Como é que ninguém tinha vindo atrás de nenhum dos dois? Quanto tempo tinha se passado? Eles não tinham feito uma barulheira?

Às cegas, ela devolveu a estátua para o pedestal e deu um passo à frente.

— Ei. — A voz dela estava áspera, estranha aos próprios ouvidos.

Apesar de o sangue escorrer da testa para dentro dos olhos, Darshan pareceu notar a aproximação dela, porque se afastou, com pressa e descuido, repelindo-a com uma mão cheia de anéis. Geeta se deteve, mas o ímpeto o fez escorregar e arremessar-se para a frente, batendo a cabeça no canto da cômoda. O som foi alto e pesado. Ele caiu, atingindo o chão de lado.

— Puta merda! — Geeta gritou, as mãos cobrindo a boca.

O homem ficou inerte, lembrando algum roedor que falhara ao cronometrar direito a passagem pela rodovia.

— Darshan. Darshan? Merda, merda, merda.

Ela, então, ouviu as mãos batendo nas portas do quarto. Darshan tinha trancado o ferrolho quando entrou, sua intenção clara e premeditada.

Por um instante, Geeta ficou congelada. De um canto distante de sua mente, teve distanciamento o suficiente para se assombrar com a própria reação. Ela teria pensado que sentiria pânico, histeria, um frenesi palpitante, mas estava lenta e congestionada. Suas mãos instáveis se atrapalharam com o ferrolho comprido. Geeta precisou puxar algumas vezes para que ele se soltasse com um rangido. A porta se abriu. As mulheres praticamente passaram uma por cima da outra para entrar.

— O que...

— Ai, meu Deus.

— *Dhat teri ki!*

Preity se curvou, os punhos acertando as coxas com cada "Não, não, não, não!" que ela gritava, num acesso de ódio, ao ver o corpo do marido, uma coroa de sangue se expandindo em torno da cabeça.

— Eu posso explicar — Geeta disse, a voz ainda rouca. — Foi um acidente. Ele...

— Era para ser um ataque do coração! Causas naturais! — Preity fervia de raiva. A esposa manteve a voz baixa, e Geeta se deu conta de que as crianças estavam em algum lugar da casa. Saloni tornou a trancar a porta. — O que é que parece natural *nisso*, Geeta?

Geeta puxou o lóbulo da orelha enquanto tentava explicar.

— Ele... eu...

— Esperem, ele está mesmo morto? — Saloni perguntou. — Ele pode estar só... apagado.

— É melhor que esteja morto! — Priya disse. — Depois de todo esse trabalho.

— Mas deveríamos confirmar, certo?

Todas fizeram que sim com a cabeça. Ninguém se moveu.

Preity lançou um olhar raivoso para Geeta e apontou para o corpo de Darshan.

— E então? Confirme, caramba!

A perspectiva de tocar Darshan a fazia sentir muito mais repulsa do que a de tocar um cadáver.

— Por que eu? — ela guinchou.

Priya estalou os lábios com desgosto.

— É, tipo, o mínimo que você pode fazer, Geetaben. Considerando o nível com que escangalhou o plano.

Saloni ergueu as palmas das mãos, pedindo paz.

— Eu faço.

Para poupar o sári, ela subiu no lado oposto da cama e se inclinou, debruçada, para verificar o pulso do homem. Fechou os olhos e aguardou por um bom tempo. A respiração coletiva das mulheres estava pesada. O quarto ficou mais quente. Geeta sentiu que se afogava na própria adrenalina. Sua cabeça zumbia como se estivesse cheia de mosquitos. Como tinha deixado aquilo acontecer? *"Kabaddi, kabaddi, kabaddi"*, ela sussurrou para si mesma, esfregando as mãos para cima e para baixo nos braços.

Saloni rolou da cama.

— E então? — Priya perguntou.

— Definitivamente morto.

— Estamos fodidas — Preity falou.

— Ai, *tão* fodidas — Priya disse.

— Eu precisei fazer isso! Ele estava... ele tentou... — Geeta gesticulou para o próprio corpo, para seu pescoço machucado, para o cadáver de Darshan, mas as palavras não saíam da garganta e ela se sentia zonza e enjoada.

— Não foi este o nosso acordo — Preity guinchou baixinho. — Não foi este o nosso acordo!

— É. — Priya segurou os ombros da irmã. — Belo trabalho.

— Vamos deixar que Geeta nos conte o que aconteceu. — Saloni se colocou entre Geeta e as gêmeas. — Respire, Geeta. *Bolo.*

No chão, o sangue de Darshan aproximou-se das bainhas dos sáris delas enquanto Geeta contava a respeito das mãos dele em seu corpo.

— Peguei a estátua — ela relatou, apontando. — Eu o acertei, mas ele voltou. Eu o acertei de novo e, então, ele tropeçou. E caiu ali. Sinto muito. — Geeta não tinha notado quando começou a chorar. Era humilhante narrar o acontecido inteiro, como se proclamasse os próprios atrativos e a dimensão de sua arrogância. Abrir-se para o ridículo com a ideia de que ela, com a aparência que tinha, podia ser objeto de desejo. Não só se sentia violada, como também convencida. A vergonha corria por seu corpo e ela nem sequer conseguia olhar para as outras.

Saloni tocou seu ombro, e Geeta se atirou em um abraço que a mulher não tinha oferecido.

— Por favor. Vocês têm que acreditar em mim, eu...

Preity sacudiu a cabeça.

— É claro que acredito em você. Ele é um imundo de primeira classe. Era. — A mulher se afastou da irmã a fim de ficar ao lado do cadáver do marido. Chutou a lateral do corpo com o pé descalço. O anel em seu dedo brilhou sob a luz suspensa. — Escroto. *Ghelchoido*. É claro que não poderia facilitar as coisas para mim nem na hora de morrer. Não podia ficar com as calças fechadas por mais *um* dia e só deixar que o veneno fizesse o trabalho dele, seu *chutiya* nojento, pervertido. Deus o amaldiçoe. Espero que os vermes comam seu pinto pequeno de quiabo no inferno e... ah, que nojo. *Che!*

— O quê?

— Ele fez *su-su*!

Geeta fechou os olhos. Saloni cheirava a suor e talco em pó, mas não era desagradável, pelo contrário. O aroma de pele, sabão e vida era reconfortante. Mas logo a urina de que Preity reclamou alcançou as narinas de Geeta. Ela soltou um choramingo que Saloni compreendeu.

Saloni afagou a cabeça de Geeta.

— Geeta, ele tinha comido tudo. Ia morrer de qualquer forma.

Geeta não se pronunciou.

— Você não fez nada errado. Tente respirar, certo?

— *Kabaddi, kabaddi, kabaddi.*

— Isso é inconveniente.

— Ai, *tão* inconveniente.

— O que vamos dizer às pessoas? — perguntou Saloni.

Priya estalou os dedos.

— Podemos só dizer que é um mistério. Que o encontramos assim. As pessoas vão pensar que a bruxa o pegou. — Ela executou um *moonwalk* triste. — Podemos só pisar no sangue dele e andar de costas, para que pensem que foi a *churel.*

Todas olharam feio para ela, até mesmo sua gêmea.

— Isto aqui — Preity anunciou, mexendo os braços em um arco amplo ao seu redor — é o mundo real. Quer fazer o favor de se juntar a nós?

— Além disso, todo mundo acha que Geeta é a *churel*, de qualquer forma. — Saloni deu um tapinha na cabeça de Geeta novamente. — Desculpe, *dost*, mas é verdade.

Preity expirou.

— Que tal isso? Ele estava bêbado. Levantou-se para fazer *su-su* no meio da noite e caiu, bateu a cabeça e morreu?

Priya e Saloni balançaram as cabeças, mas por motivos diferentes:

— Zubin foi beber com os amigos depois do jantar, mas Darshan recusou. Zubin vai saber que tem algo de estranho nessa sopa de lentilhas.

— E como isso explica os outros dois ferimentos da estátua? E uma autópsia mostraria que ele estava sóbrio, não? — Saloni disse.

Geeta esfregou as bochechas molhadas. Sentiu a necessidade de contribuir.

— Podemos dizer a verdade, mas dizer que foi você que fez.

Preity ficou indignada.

— Não vou dizer que fui eu! A questão toda era me manter fora disso! Qual seria a minha defesa, Geeta? "Meu marido tentou ter relações comigo, então eu o matei"? Todo mundo sabe que não se pode... estuprar — a voz dela abaixou na palavra, como todos faziam quando diziam *"balatkara"* — sua esposa, a não ser que ela tenha menos de dezoito anos. *Você* não é casada com ele, Geeta, *você* teria argumentos melhores para... você sabe.

A ideia de contar a história às outras pessoas, estranhos, repetidamente, implorando a cada vez que acreditassem nela, que acreditassem que um homem queria *aquilo* dela... não. Era humilhante. A náusea de Geeta ficou mais forte.

Priya passou a língua nos lábios.

— Posso dizer que fui eu.

— Você?

— Pense bem. Nós moramos na mesma casa. Ele tentou comigo anos atrás, então as pessoas acreditariam, certo?

Saloni balançou a cabeça.

— Realmente, parece prováv...

— Não! Você, não. *Ela* é que deveria consertar as coisas pra gente. Não vou fazer você passar por essa situação.

— Deixe-me fazer isso. Por você. Por nós. — Priya agarrou as mãos da irmã com tanta força que Geeta viu as pontas de seus dedos empalidecerem. — Deveria ter sido eu. Fui eu que o rejeitei. Era eu que deveria ter ido à mercearia aquele dia. Darshan pensou que era eu, e então, sua vida inteira foi arruinada. Deixe-me fazer isso.

— Não foi sua culpa. Nunca a culpei. Somente ele.

— Escute. Esta é a melhor saída. Vou dizer que, depois do jantar, Zubin e todas vocês foram embora. Então entrei aqui para pegar palitos de incenso, ou o que quer que seja, e Darshan me prendeu. Tentou me estuprar e eu o acertei com a... — Priya olhou para Geeta, que apontou para a figura cintilante de Radha-Krishna.

— Estátua.

— Isso. Duas vezes. Então ele caiu e eu corri para o meu quarto.

— E quanto às impressões digitais? — Saloni disse. — As da Geeta estarão no negócio.

— *Impressões digitais?* — Preity bufou. — Não me diga que assistiu outra maratona de C.I.D. Estamos falando do departamento policial de Kohra. Estão há seis anos pedindo um computador, e você pensando em laboratórios.

— É como eu sempre digo para Arhaan: não faça nada noventa ou noventa e nove por cento. Faça o trabalho inteiro do jeito certo.

Preity revirou os olhos.

— Bom, tudo bem, então. Nós duas vamos encostar. Por desencargo.

— Mas não no sangue!

— Sim, sim, investigadora *saab*, não no sangue. Juro, uns dois episódios de C.I.D. e, de repente, você acha que é a Rajani Pandit.

As gêmeas tocaram toda a extensão da estátua com os dedos, em uma massagem vagarosa.

— É o suficiente? — Priya perguntou a Saloni, cuja boca se torceu em escrutínio zeloso.

— Um pouco mais.

— Bonobos.

Todas olharam para ela, as gêmeas ainda tocando a estátua. Geeta não tinha se dado conta de que falara em voz alta.

— O que ela disse?

— O que são bonobos?

— Acho que são aquelas bolinhas de tapioca.

Saloni explicou:

— São uns macacos da África. Ela tem uma obsessão com eles, por algum motivo.

Priya balançou a cabeça.

— Não, tenho certeza de que são bolinhas de tapioca.

O cenho de Saloni se franziu.

— O que são bolinhas de tapioca?

— Tipo *bubble tea*.

— Quando é que *você* já tomou *bubble tea*?

Priya fungou.

— *Meri mausi ka chota sala ki saheli* me levou quando a visitei em Amedabade.

Saloni não pareceu menos desconfiada.

— A amiga de faculdade do cunhado mais novo da sua tia materna?

— Sim. Somos muito próximas.

Preity bateu a estátua no suporte como se fosse a marreta de um juiz.

— Quem diabos se importa? Podemos ir logo com isso?

Saloni balançou a cabeça.

— Garotas, todas nós precisamos de álibis. Geeta e eu precisamos ser vistas em público e precisamos garantir que Zubin não volte para casa por mais um tempo.

Geeta estalou os dedos.

— Karem. Vamos comprar *tharra* dele. Damos para os caras. Dessa forma, somos vistas *e* eles ficam mais tempo fora bebendo.

Saloni deu batidinhas no queixo.

— Ok, isso é bom. Muito bom, na verdade. E quanto a Preity? Priya veio até o quarto a fim de pegar palitos de incenso, certo, mas por que Preity não viu o corpo quando veio para a cama?

— Porque fiquei com as crianças! — Preity respondeu. — Pihu teve um pesadelo e fiquei com ela. A noite toda. Faço isso, às vezes. Foi por isso que Darshan achou que era a chance dele, porque eu lhe disse que estaria com as crianças.

Geeta ergueu a mão.

— Mas por que Priya não acordou Preity depois que ele a atacou?

— Não sei — Priya disse, erguendo os ombros. — Honra. Vergonha. Constrangimento. Qualquer uma dessas coisas que eles sempre estão tentando nos fazer sentir. Ah! E, *além disso,* eu estava preocupada com minha irmã; não queria machucá-la ainda mais.

Preity balançou a cabeça.

— Você não se deu conta de que ele estava morto. Não viu o sangue, só correu e se trancou no seu quarto.

— Ok, acho que isso funciona, na verdade — Saloni concluiu. — Mas você precisa convencer Zubin pra valer, está bem? Quando ele chegar em casa, estará bêbado, e você vai dizer a ele na mesma hora. Você precisa estar...

— Histérica — Geeta completou.

— Ai, *tão* histérica — Saloni falou, inexpressiva, e Geeta soltou uma gargalhada, apesar da situação. Quando Priya pareceu confusa e um pouco desconfiada, Geeta pigarreou e estalou os dedos com eficiência renovada.

— Certo, vocês duas têm suas histórias, Saloni e eu vamos arranjar nossos álibis, não temos impressões digitais, precisamos...

Saloni mordeu o lábio.

— Esperem. Não seria mais fácil se o rosto de Priya vendesse a história mais do que as palavras?

Priya franziu a testa.

— Isso é alguma charada?

— Prestem atenção. Nós entramos aqui e começamos a gritar com Geeta porque ela parecia bem. Bem demais.

As gêmeas estavam céticas.

— Na verdade, não. Nem sei por onde começar. Esse cabelo...

— Esqueça o cabelo. Olhe para essa pele, *offo*. *Yahan* seco, *wahan* oleoso.

Geeta tocou o nariz.

— Ok, eu...

— Um batom não machucaria.

— Isso é um sári ou um pano de prato?

— Eu disse que já entendi!

— Sim, sim, tudo que vocês disseram é verdade. E mais um pouco — Saloni murmurou. — Mas a questão é que a aparência dela *sempre* está assim. Estou falando de algo *fora do normal*.

— Caramba — Geeta falou. — Caramba.

Saloni apertou a mão dela.

— Quando isso tudo acabar, vamos consertar você. Um desastre de cada vez, certo?

Antes que Geeta pudesse comentar, Preity falou. Ela se dirigiu a Saloni, mas estava inspecionando sua gêmea.

— Então... ela precisa de machucados?

Saloni balançou a cabeça.

— Acho de verdade que isso deixaria a história irrefutável, sabe?

Priya ergueu um dedo.

— Hã, espera um minuto...

Preity pensou no assunto.

— Então, nós só, tipo, batemos nela?

— Certo — Priya disse, dando um passo para trás. — Vamos nos *acalmar* um pouco.

Saloni continuou:

— Nada de absurdo, só, tipo, um lábio cortado ou um olho roxo.

— Com *licença*!

Geeta fez que sim.

— Como Farah ficava depois de Samir.

Saloni estalou os dedos.

— Exato! Sim. É exatamente o visual em que vamos nos inspirar.

— "O visual em que vamos nos inspirar"? Tá bom, Lakmé, todas vocês, fiquem longe de mim.

Saloni consultou o relógio no canto.

— Está ficando bem tarde, não? Precisamos dar umas bofetadas *fatafat* nela e ir embora.

— Nada disso. Nada de bofetadas.

— Escute, Priya — Saloni disse, as mãos nos quadris. — Se seu rosto estiver arrebentado, você não vai precisar atuar tanto. As pessoas não vão fazer tantas perguntas. Você é uma atriz tão boa, Amitabh Bachchan, a ponto de não precisar de figurino algum?

— Eu... err...

— Exato. Um ou dois *thappad*s agora vão economizar lágrimas suas mais tarde.

Saloni estava sendo tão persuasiva quanto fora na época da escola, convencendo garotas a comprar presilhas de cabelo feias e fajutas ou a gostar de garotos feios e fajutos. Era tão admirável quanto intimidador. Geeta se lembrou, então, de como era ter uma pessoa do seu lado, defendendo-a tão bem como faria por si mesma. Fazia tanto tempo, e ela tinha se acostumado demais a se curvar sob o fardo da solidão. O alívio foi imediato. Ela se sentiu mais alta, como se visse o mundo de uma altura maior.

Priya soltou o ar, rendendo-se.

— Certo, vamos lá.

Foi decidido que deveria ser Preity. Já que as gêmeas eram do mesmo sangue, haveria uma probabilidade menor de o ressentimento persistir. Preity fez menção de retirar os anéis.

Saloni a parou.

— O que está fazendo?

— Os anéis vão deixar marcas... Ah, certo, é claro.

Priya ficou parada, os olhos fechados, o corpo tenso. Ela manteve os braços apertados ao lado do corpo enquanto Preity puxou um braço para trás e lhe bateu. Foi um tapa suave, como os que as mulheres dão nos filhos por afrontas pequenas. A cabeça de Priya mal se mexeu.

— Isso... não foi muito bom, Preity.

— E não deveria ser um soco, em vez de um tapa?

— *Bey yaar*, pareço a filha de Farah para sair espancando os outros com tanta facilidade? É minha *irmã*.

— Aliás, qual é o nome daquela *mukkabaaz*?

— Miriam.

— Não, *yaar*, Imani.

— Irem — Geeta corrigiu.

— Aaaah — elas disseram em uníssono. — Verdade.

— Podemos focar? — Geeta perguntou.

— Fique furiosa! — Saloni sugeriu.

— *Como?*

Saloni puxou os ombros dela para trás e proclamou, como se estivesse em um comício de campanha eleitoral:

— Como é que você não sente raiva por ela ser a irmã bonita e você, a feia? Por você ter que fazer sexo há anos com um homem que está imaginando Priya?

As mulheres arfaram. Geeta acompanhou:

— Ou por vocês parecerem fotos de "antes e depois"?

— Bem, agora estou com vontade de bater em *vocês*.

Priya suspirou.

— Lembra quando éramos crianças e você amava muito, muito os *jhumka*s de ouro da mamãe?

Preity franziu o cenho.

— Sim, é claro. O que tem eles?

— Bom, o motivo de ela ter dado eles para mim, em vez de para você, é porque ela achou que tinha um *chakkar* rolando entre você e aquele garoto Sikh, e nunca superou isso por completo.

— Por que ela pensaria isso?

Priya deu um sorriso encabulado.

— Provavelmente porque tinha um *chakkar* rolando entre *eu* e aquele garoto Sikh e, quando viram a gente, eu disse a ela que era você?

— O quê?!

— Sinto muito! Mas você sempre foi a preferida dela, de todo jeito! Se fosse eu, ela *nunca* teria me perdoado.

Preity socou a irmã no olho com precisão impressionante. Priya cambaleou.

— Eu amava aqueles brincos! Sempre pensei que me casaria usando eles!

— Mas você não poderia, de qualquer forma, por causa do ácid... Ai!

Preity acertou outro golpe com facilidade. Uma gêmea se retraiu, a outra avançou. Ambas evitaram agilmente o corpo de Darshan, mas foi uma briga pouco elegante: Preity agarrou um dos pulsos da irmã para mantê-la em seu alcance enquanto usava a mão livre para atacar.

— Vou lhe devolver!

— Pra que diabos vou querer brincos agora?!

— Está bem — Saloni disse, depois de olhar o relógio. — O último, Preity. Ela já está sangrando.

— Não sei! Para Pihu, talvez? *Ai!*

Priya se esquivou, protegendo o rosto; Preity improvisou com primor, agarrando uma pequena área de pele disponível sob o braço da irmã e torcendo com força. Priya uivou.

— Shh! — Saloni disse. — As crianças!

— *Bahut ho gaya* — Geeta disse. E pensar que ela já tinha lamentado a própria falta de irmãos. — Chega. É o último.

Saloni virou-se para Geeta enquanto as gêmeas brigavam, os *pallu*s dos sáris esvoaçando de um lado para o outro.

— Bom — Saloni disse —, *de fato*, ela mentiu, ficou com os brincos e, sabe, arrastou o nome da irmã na sujeira e tudo mais.

— Ugh! Tudo faz sentido agora! A mamãe ficou sem falar comigo por *meses*, e pensei que fosse porque minhas notas estavam baixas! Além do mais, todos aqueles discursos de "ninguém quer se casar com meninas *dheeli*". Deus! Sua *randi*!

— *De verdade*, dessa vez. O último, Preity! — Saloni disse. Quando Preity as ignorou, Saloni e Geeta intervieram. Geeta afastou a gêmea que sangrava enquanto Saloni acalmava Preity. — Eu sei, eu sei, você nem sequer gostava daquele garoto Sikh. Se faz você se sentir melhor, todo mundo sabia que Priya era a *dheeli*, na verdade. Sempre foi.

Preity estava enfurecida.

— Eu amava aqueles brincos! E *também* minha mãe!

Priya estava chorando. Geeta tentou afastar as mãos dela para verificar se o estrago estava convincente. Ela aquietou a gêmea, instruindo que guardasse um pouco para quando o marido voltasse. As quatro mulheres se reuniram ao lado do pé da cama. De seu ponto de vista, Geeta conseguia enxergar a estátua atrás de Saloni. Ela fechou os olhos e viu o rosto irônico de Darshan, as mãos dele em seu corpo, como se não fosse apenas seu dono, mas também lhe estivesse fazendo um favor. *Sei que vocês, viúvas, têm suas necessidades.* As pálpebras dela se abriram de supetão quando a compreensão correu por sua espinha dorsal. A raiva e a adrenalina foram drenadas, deixando-a exausta. Tudo isso, agora ela sabia, fora por nada. Ela estava em uma situação ainda pior do que antes.

— Lembrem-se: Geeta e eu fomos embora logo depois de Zubin. Preity, vá para o quarto das crianças. Priya, vá para o seu quarto e espere por Zubin. Todas prontas?

As mulheres fizeram que sim. Saloni continuou, dirigindo-se a Geeta:

— Depois que as coisas com a polícia se acalmarem, vamos encontrar Ramesh.

Geeta suspirou. Suas pálpebras pareciam pesadas.

— Não, não vamos.

— Não entendi.

— Não podemos encontrá-lo, porque elas não sabem onde ele está. — Geeta olhou para Preity, que, de repente, passou a achar o chão fascinante. — Sabem?

Preity balançou a cabeça, sem erguer os olhos.

— Ainda não entendi.

— Darshan me chamou de viúva — Geeta explicou, apontando para o corpo do homem. — Quando me atacou, ele achava que eu era uma viúva. E isso significa que vocês não viram Ramesh.

O rosto de Preity se franziu, culpado.

— Eu precisava da sua ajuda — ela justificou, a voz baixa. — Quando Saloni comentou... pensei que era minha chance.

— Você não vai contar, vai? — Priya sussurrou. — Sobre Darshan?

— Como eu poderia? Eu o matei. Estamos todas presas na mesma rede.

DEZENOVE

— Eu não sabia — Saloni disse assim que saíram da casa das gêmeas, indo para a loja de Karem. No mesmo momento, outro corte de energia escureceu as fileiras de casas em ambos os lados. O luar estava intenso, e Geeta viu Saloni beliscar a garganta em um juramento. — Eu juro, que não sabia.

— Acredito em você.

— Geeta, de verdade, sério. Eu não...

— Eu disse que acredito em você e é verdade.

— Sabe, talvez seja melhor, na verdade, não conseguirmos achar Ramesh.

— Como?

— Porque estivemos na defensiva, quando deveríamos estar ampliando nosso ataque. Se continuarmos deixando que Farah pense que você matou Ramesh, pelo menos ela vai achar que está lidando com uma assassina de verdade. Se você a ameaçar, de um jeito convincente, é claro, ela vai deixar você em paz.

— Não vou ameaçar Farah. Ela também é uma assassina. — Geeta deu de ombros, resignada. Enquanto os eventos na casa das gêmeas pareceram ter passado em um turbilhão, o tempo agora era como melaço; ela se sentia como se estivesse assistindo a um filme com a velocidade reduzida ao meio. — Agora, o que quer que aconteça, aconteceu. De que adianta provar minha inocência com a *tamasha* de Ramesh, quando estou arrastando outros nove pecados?

— Que baboseira é essa que você está tagarelando?

Mas Geeta não estava tagarelando. Uma calma estranha a encobrira.

— Matei não um, mas dois homens. Se for parar na cadeia, não posso dizer que não mereci.

Saloni parou no meio da rua.

— Me escute. Darshan matou a si mesmo. Não, me *escute*. Estou falando sério. Claro, não se deve matar, mas também não se deve estuprar, tá bem? Ele quebrou o contrato primeiro. Gandhiji estava errado com relação a algumas coisas. Quando alguém ameaça seu corpo, você tem todo o direito de proteger a si mesma. *Satyagraha*, resistência passiva ou o que quer que seja pode ser legal em marchas da liberdade e do sal, mas não quando alguém está tentando estuprá-la. Você não precisa amar os escrotos que a estão tiranizando, e não deixe que ninguém lhe diga o contrário.

— Por que nunca somos *nós* as escrotas tiranas? Por que somos nós que estamos sempre reagindo?

— Porque sim — Saloni replicou. — As mulheres foram feitas para aguentar as regras que os homens criam.

— Mas não podemos fazer escolhas, também?

— Você fez, com Darshan. E vai se impor com Farah, está me ouvindo? Vai dizer a ela que, se não entrar na linha, vai acabar do mesmo jeito que Ramesh e Samir e, aí, quem é que vai alimentar as crianças malcriadas dela?

— Só quero que isso acabe.

— Logo. Você tem que usar loucura para enfrentar a loucura. "Pessoas assim não compreendem palavras, somente chutes." — Estavam na frente da loja de Karem. — Pronta?

— Geeta! — Karem sorriu, só dando-se conta de como falava quando avistou Saloni, que o observou com um interesse sagaz. — Saloniben. — Ele pigarreou. — Como está?

— Bem, bem. Gostaríamos de um *desi daru*. O negócio do bom.

As sobrancelhas de Karem se ergueram.

— Uma festinha de mulheres, hein?

— Não, não. — Saloni riu. — Vamos dar a bebida para os homens.

Karem balançou a cabeça. Ele exibiu duas das mesmas garrafas de vidro que Geeta tinha visto quando comprou *tharra* para Samir. Saloni lhe pediu que acrescentasse à conta de seu marido. Karem concordou, fazendo uma anotação em seu livro de contabilidade.

— Ainda estou esperando aquele "uinho", Karembhai.

Ele sorriu.

— Ei, madame, como vou mantê-lo sem que estrague? Nem todo mundo aqui tem uma geladeira. — Ele deu uma piscadela para Geeta, que desviou os olhos na mesma hora. Nenhuma parte passou batida por Saloni; Geeta sabia disso com tanta certeza como sabia o próprio nome.

— Como você está, Geetaben?

— Estou muito bem. — Foi tão artificial que soou suspeito. Ela tentou consertar com um "agradeço", o que deixou as coisas, é claro, ainda mais formais. O sorriso de Saloni era mais amplo do que a Índia. Ela colocou as garrafas em sua bolsa de juta, com um tilintar denunciador.

— Ai, meus deuses — Saloni disse quando elas saíram. — Você gosta de Karem.

— O quê?! Não... eu... isso é loucura. Não gosto.

— Gosta, sim! — Saloni bateu o ombro no de Geeta. — Você gosta dele *pra valer*! Está vermelha!

Geeta afastou Saloni.

— *Não estou*. Não fico vermelha. Sou marrom. E você está sendo imprópria.

— Tudo bem, mas você estaria, se pudesse. Porque você gosta dele *pra valer*.

— Mesmo se fosse verdade... — Geeta começou e, quando Saloni bateu palmas de deleite, ela ergueu a voz: — E não estou dizendo que é, mas, mesmo que fosse, qual seria o sentido? Não tem como dar em nada.

— Por que não? Um minuto, esqueci minhas chaves. — Ela entregou a bolsa para Geeta e voltou apressada até a loja. Quando retornou, prendendo o chaveiro ao próprio sári, perguntou: — Por que não? Seria um pouquinho de alegria. Ram sabe que você merece um pouco.

— Como é que isso funcionaria? Ele é um viúvo muçulmano com quatro filhos.

— E você é uma "viúva hindu" com nenhum. Poderíamos vender os direitos do filme.

— Coisas assim não acontecem no nosso vilarejos. As pessoas da cidade podem se misturar, não nós.

— Quem disse que você vai se casar com o cara? Divirta-se um pouco. *Chakkar chal.*

— Divertir? Todo mundo se mete na vida de todo mundo por aqui. Se você peida em um canto da cidade, sentem o cheiro do seu jantar no outro canto.

O nariz de Saloni se franziu.

— Deus, que metáfora elegante, Geeta. Vire à direita. Eles geralmente ficam perto da caixa d'água.

A caixa d'água do vilarejo era para homens embriagados aquilo que a bomba d'água era para mulheres. De tempos em tempos, eles se reuniam, tomavam umas doses e caçoavam uns dos outros pela baixa resistência ao goró. De vez em quando, subiam as escadas da torre aos tropeços, à espera de encontrar uma brisa ou uma vista bonita, mas nenhum dos itens era de fácil acesso no vilarejo. Havia poucas árvores na área, e a voz dos homens se propagava facilmente. Um rompante de riso rouquenho guiou Geeta e Saloni.

Os homens estavam sentados em uma manta coberta de petiscos e garrafas de álcool em estágios diversos de esgotamento. Alguém estava agachado ao lado de um fogo improvisado, assando *papadam*. Quando ele se ergueu, instável, Geeta reconheceu o marido de Saloni, Saurabh, e ele estava bêbado de verdade. Saurabh entregou o *papadam* crocante para Zubin, que salpicou cebola picada e suco de limão antes de devorar a massa. Farelinhos caíram em sua camisa.

— Ahhh — Saurabh cumprimentou a esposa. — Mãe de Arhaan, eu a saúdo. — Ele fez o gesto de namastê com as mãos perto da testa e uma reverência profunda e respeitosa. Inclinando-se demais, perdeu o equilíbrio.

Saloni riu.

— Pai de Arhaan, beba um pouco d'água.

— Pfff! — ele disse, abanando a mão. — Água. Como foi o jantar? — Saurabh perguntou, mas então se distraiu com o farfalhar de um pacote de petiscos Haldiram's sendo aberto.

— Entediante, *yaar*. — Saloni bocejou e disse, muito despreocupada: — Fomos embora logo depois que você saiu, Zubin. Uma das crianças teve um pesadelo e blá-blá-blá.

Um homem que Geeta não conhecia estava estirado na manta, apoiado em cotovelos bambos.

— Você convidou a *churel* para entrar na sua casa? Tome cuidado, Zubin, vai acordar como um velho murcho. — Ele gargalhou de si mesmo.

O rosto de Geeta queimou, mas ninguém mais se uniu ao riso. Saloni disse, com o cenho franzido:

— Fomos à loja de Karembhai e trouxemos presentes. Aqui está!

— Qual é a necessidade? — Saurabh perguntou à esposa, enquanto os homens pegavam as duas garrafas de Geeta com alegria. — Eu poderia me embriagar com seus olhos e nada mais.

— *Sai pra lá!* — Saloni disse, dando um tapinha afetuoso na bochecha dele.

Saurabh olhou para Geeta.

— *Arre!* Vocês duas são amigas de novo? *Shabash!* Sabe, Geetaben, minha esposa fala dos dias da infância de vocês o tempo todo. As travessuras que vocês aprontavam!

— É mesmo?

— Eu não faço isso, seu bêbado pateta. — Saloni disse a Geeta: — Não faço.

— Faz, sim. Depois de duas doses, você sempre diz que sente saudades dela e que Ramesh foi o tolo mais baixo que já nasceu.

— Também digo que quero estar casada com você por mil vidas. Vê como minto bem, *gadheda*? Pah! *Chal*, Geeta, vamos.

Ao deixarem a caixa d'água, as duas estavam em silêncio. Devido ao constrangimento óbvio de Saloni, Geeta não mencionou a revelação de Saurabh, que passara a ocupar sua mente mais do que Darshan. Em vez disso, ela disse:

— Como você está tão... *bem*? Digo, com tudo que acabou de acontecer?

O balançar de ombros de Saloni foi honesto.

— Realmente não sei. Apenas sei como é sentir culpa, e sei que não sinto culpa alguma agora. — Ela hesitou e, então, continuou: — Depois que Runi se matou, eu... eu fiquei péssima. — Uma fisgada de dor apareceu em seus olhos, e Geeta sentiu o próprio coração ceder. — Pensei o mesmo que você: que eu a tinha matado. Todos ouviram as coisas que eu disse a ela. Eu queria que ela acordasse, que visse o filho pela víbora que ele era e que parasse de ser uma boba tão ingênua. Mas, depois, voltei sozinha e disse que emprestaria o dinheiro a ela. Para os agiotas. Falei que, depois que nos livrássemos deles, ajeitaríamos as coisas. Deixaríamos o filho dela limpo. Trancaríamos o garoto em um quarto, se necessário. Repassei tudo isso dez mil vezes. Se ela sabia que havia uma solução com o dinheiro, então se matou porque estava envergonhada. Porque *eu* a envergonhei.

A educação ditava que Geeta discordasse, mas a integridade a manteve muda.

— Onde está o filho dela agora?

Saloni suspirou.

— Não faço ideia. Ele desapareceu. Nem sequer apareceu para acender a pira funerária de Runi, o *chut* egoísta. Antes ser infértil do que ter um filho como aquele. — Ela olhou para Geeta. — Desculpe.

Geeta não a corrigiu.

— Então, quem pagou pelos sacramentos finais dela? Você?

Saloni meneou a cabeça, concordando.

— Não consertou a situação, de maneira alguma, mas era a coisa certa a se fazer. — Ela quase sorriu. — O que é que a sua mãe sempre dizia? "Depois de comer novecentos ratos, o gato vai a Hajj."

Geeta não mencionou que o mesmo provérbio tinha ocorrido a ela alguns dias atrás.

— Isso.

— Sinto mesmo falta daquela mulher.

— Eu também. — A dor de ter perdido a mãe se aliviava um pouco ao compartilhar a memória dela. Geeta não era a única que se lembrava, e isso fez sua mãe parecer menos distante. Ela disse:

— Ela a amava muito. Teria ficado muito feliz em ver você e Saurabh tão felizes.

Saloni soltou uma risada pelo nariz.

— Claro, ele está feliz agora. Espere até que acorde amanhã. — Ela pigarreou. — Mas, sim. Estamos. Levando tudo em conta. Agradeço ao Altíssimo por ele não ser temperamental.

— Dá pra imaginar? Só tem espaço para um pavio curto por relacionamento.

— Cale a boca. Mas ele sempre foi moderno. Como com a bebida, ele gosta quando o acompanho. Quantos maridos permitiriam isso? E ele é bom em não tomar sempre o lado da mãe em vez do meu. Ele teve que convencer aquela gárgula a não exigir um dote dos meus pais. Pode imaginar? Digo, eles não tinham nada. Mas nós somos da mesma casta, e aparentemente isso era mais importante do que o dinheiro. Bom, isso e o fato de eu ter a pele clara. Ah, e meus olhos. Eu contei pra você? Quando as crianças nasceram, ela jejuou por duas semanas, rezando para os olhos deles ficarem verdes. Que vagabunda.

Geeta não falou que Saloni não tinha lhe contado porque elas não conversaram nos últimos dezesseis anos. Em vez disso, balançou a cabeça em um sinal de negativo.

— A geração anterior sempre é mais ligada ao *sanskaar* e tudo mais. Ramesh passou pela mesma batalha, mas convenceu a família a não exigir o dote. E sempre serei grata por isso, não importa o quanto ele tenha se mostrado um monstro depois. Meus pais não tinham um filho com quem morar, então precisavam muito das economias. — Ela fez uma pausa. — Não que tivessem alguma. Ainda não acredito que meu pai deixou tantas dívidas. Sei que ele não teve a intenção, mas é surpreendente, porque achei que o conhecia melhor.

— Certo. — Saloni tossiu. — Ouça, Geeta, eu...

— Ei, o que ele está fazendo aqui?!

— Ah! Eu esqueci.

— O que está havendo? — Geeta perguntou a Karem, que brincava de jogar coisas para Bandido pegar, perto da porta dela. Quando se aproximaram, Bandido farejou os tornozelos de Saloni e, então, agarrou-se em sua panturrilha. Saloni o sacudiu para longe e foi até o outro lado de Geeta. Bandido a seguiu.

— Saloniben me pediu para deixar mais uma com você. — Karem puxou uma garrafa de dentro de uma bolsa de tecido.

Saloni deu uma risadinha, ainda espantando Bandido.

— Ah, sim, meu presente para você, Geeta. Estou cansada de vir visitá-la e você só ter água em casa. Ei, pode, por favor, dizer ao seu cão que sou uma mulher casada?

— Quando foi que... — Ah. As chaves que ela supostamente esquecera. — Deixa pra lá. Tudo bem. Você quer entrar? Bandido! Já chega!

— Não — Saloni disse, ao mesmo tempo em que Karem disse "Sim". Ele começou a gaguejar.

— Eita, merda, eu... Erro meu.

O sorriso de Saloni foi mortificante.

— Karembhai, eu tinha prometido fazer um pouco de companhia para Geeta, mas agora preciso ir. Você poderia ficar e conversar um pouco com ela?

— Claro. — Quando Karem se curvou para fazer carinho em Bandido, Geeta beliscou o cotovelo de Saloni e sibilou:

— O que você está fazendo?

— O que *você* está fazendo? Você precisa de um álibi! Deixe-o ficar!

— Nós já definimos nossos álibis.

Antes de ir embora, Saloni ergueu as sobrancelhas de uma forma que Geeta só conseguiria descrever como obscena.

— Deixe que ele fique mesmo assim.

Geeta destrancou a porta, mas não entrou.

— Você não precisa fazer isso. Ela... ela só está brincando. Com certeza você tem que ficar com as crianças.

— Eles estão bem. Eu gostaria de conversar com você, se não tiver problema?

Geeta fez que sim.

— Traga o Bandido para dentro também. Ele deve estar com fome.

Karem inspecionou a casa, assim como Geeta fizera com a dele. Seu foco pousou na mesa de trabalho enquanto ela pegava a garrafa e ia até o fogão do lado de fora para ferver um pouco de água.

— Por que você não bebe? — ela perguntou. — Motivos religiosos?

Ele apertou um dedo de leve no rádio dela.

— Eu já tentei, mas nunca gostei muito. Sempre fui mais de tabaco. Mas minha filha me fez prometer que pararia, e eu diminuí para um *beedi* por noite.

— Saloni quer que eu experimente com ela.

— Eu não sabia que você e Saloniben eram tão próximas.

— Costumávamos ser. Talvez sejamos de novo. Não sei. É tudo bem novo.

— Novo pode ser bom.

— Karem, sinto que devo dizer: naquela noite, o que nós fizemos, eu...

— Sim?

— Eu gostei. — Neste ponto, ela tentou revirar os olhos para si mesma, indicando-lhe que ela era a idiota da história e sabia disso, mas sua tentativa fracassou terrivelmente. — Antes de eu estragar tudo, quero dizer.

— Você não estragou nada. — Diante da dúvida de Geeta, ele riu. — Nós dois estragamos. Foi um fracasso mútuo. E eu também gostei. Você é uma mulher direta, e eu respeito isso. — Geeta se retraiu, constrangida, mas Karem provavelmente estava preocupado demais com as próximas palavras para reparar, porque continuou: — Então, eu também serei direto. Eu disse que somos amigos, Geeta, o que é verdade, mas também somos adultos; e é óbvio que tenho motivos que vão além da amizade. Seria infantil negar, além de uma perda de tempo, e o tempo que eu tenho já é pouco. Mas nada *precisa* ir além da amizade. Simplesmente gosto da sua companhia.

Geeta engoliu em seco. As pessoas não faziam joguinhos com relação a esses assuntos porque era divertido, ela percebeu, mas porque a alternativa era abrir os braços diante da rejeição e dizer: *Faça comigo o que quiser*. A água começava a borbulhar. Conforme acrescentava uma tigela de lentilhas lavadas, ela disse:

— Eu também gosto da sua. Você está certo: somos adultos e meus... motivos também vão além da amizade.

— Sim, eu suspeitei.

Ela sorriu, uma autodepreciação que emergiu dessa nova segurança.

— O que me entregou? Foi quando eu quase engoli o seu rosto?

A risada dele foi penetrante, mas não indelicada.

— Foi uma das pistas, sim. Viu? Direta.

— Então tudo bem pra você... manter isto entre nós?

— Deveria ficar entre nós, de qualquer forma. Não é da conta de mais ninguém.

— É, certo, que bom. — Ela balançou a cabeça. E não parou mais de balançar. — Então, hum, o que isso significa, exatamente?

— Acho que significa que nós nos vemos quando quisermos e pudermos. E que podemos engolir o rosto um do outro também, se quisermos.

— E... o restante? As outras coisas?

— Ah. Hum. Vamos descobrindo no caminho? O que acha?

— Bom. Parece bom.

Ela hesitou entre o alívio por ser capaz de sorrir e a culpa pela mesma questão. Era um pêndulo nauseante.

— Vou dar comida para o Bandido. — Ela escorreu as lentilhas e as resfriou. Ambos foram até o lado de fora, onde Bandido imediatamente abandonou seu nêmesis, o lagarto, em prol da comida. Naquele momento, Geeta não conseguia se imaginar comendo nunca mais.

Toda uma gama de terror a aguardava nos dias seguintes. Um mês antes, uma vida pacata bocejava diante dela. Agora, Geeta se via atormentada pela percepção de que suas ações a maculariam durante todos os seus dias solitários. Mas naquela noite, naquela noite ela não conseguia muito bem reunir a ansiedade, o medo ou a culpa, dormência era o máximo que conseguia sentir. Quanto alívio! Ela sabia que não seria sustentável. O indulto foi uma bênção que ela não havia esperado. Até mesmo a gratidão que sentia por tal presente era distante e científica, tamanha a sua dormência. Ela deveria dizer a Karem que fosse embora — não era decente arrastá-lo para o meio de seu estrago —, mas a perspectiva de estar sozinha com as lembranças da noite ("trauma" era uma palavra que a fazia se sentir dramática, apesar da aplicabilidade) era o suficiente para fazê-la perguntar:

— Você poderia ficar comigo? Eu... eu não acho que estou pronta para avançar no momento, mas você se importaria de ficar comigo?

Se Karem se surpreendeu com o pedido, não demonstrou.

— É claro.

Ele trocou a cadeira de plástico pela cama dobrável dela. Segurou a mão de Geeta em seu colo. Era quente e seca. A pele deles arranhava uma à outra. O conforto percorreu o corpo de Geeta, relaxando o espaço dolorosamente retesado entre suas omoplatas. Ela sentiu, com o instinto inato, fruto de ter ocupado um corpo por décadas, que, caso se deitasse com o peso reconfortante da mão de Karem em sua testa, dormiria bem. Mas se percebeu isso em uma inspiração, soube com a expiração que veio em seguida, que aquilo não poderia acontecer.

— Me conte algo sobre ela.

— Quem? — Mas ele sabia. — Sarita?

— É. Eu a via na escola, mas ela era alguns anos mais velha, então não nos falávamos muito. — Quando ele ficou em silêncio, ela acrescentou: — Desculpe. É esquisito eu ter perguntado?

— Não, não é. Gosto de falar sobre ela, especialmente com as crianças. É doloroso relembrar, para mim, mas vai ser mais para eles doloroso esquecer. Vamos ver. — Karem pensou. — Ela era obcecada por política. Queria muito trabalhar com isso.

Geeta se arrastou até suas costas estarem contra a parede, as pernas pendendo da cama.

— Sério?

Karem também se mexeu.

— Sério. Ela detestava fazer joias; provavelmente é por isso que as bijuterias dela eram tão péssimas. Mas era fantástica com as pessoas, muito encantadora. Acho que ela teria conseguido, se o câncer não tivesse... você sabe.

— É uma pena. Ela poderia ter sido parte do conselho. Quando começaram a reservar os assentos para cotas.

— Bom, não tenho certeza do que o *panchayat* acharia de uma mulher muçulmana no conselho. Sem falar em uma mulher Dálite.

A cabeça dela se virou.

— O quê?

Karem pigarreou, limpando a garganta.

— Os pais de Sarita se converteram ao Islã antes de ela nascer, acharam que ajudaria no status deles. Mas não fez diferença alguma até que se mudaram para cá de um outro vilarejo e se passaram por muçulmanos de casta superior.

Ela relembrou as palavras de Farah.

— Mas o Islã não tem castas.

Karem riu.

— *Ji*. Mas a Índia tem.

Outra coisa ocorreu a Geeta.

— Mulheres ou se casam com alguém da mesma cidade ou se mudam. Mas você não apenas era um forasteiro como também veio para *cá* por ela. Você sabia de antemão? Sobre ela ser Dálite?

— Sim, eu sabia. E não importava para mim. Não, você está me olhando como se fosse alguma coisa nobre ou altruísta. Deixe-me ser claro. Eu não me importava porque não tinha nada, nenhuma família que restasse, nenhum emprego, nenhuma casa de verdade, e os pais dela me ofereceram tudo isso em troca de um pouco de segurança e credibilidade. Parece vulgar, mas foi um tipo de acordo. Acho que grande parte dos casamentos é assim. Depois que nos casamos, nossa amizade aconteceu bem rápido, depois a afeição, e então houve um momento em que não me lembrava de não a ter amado. — Geeta teve pouco tempo para refletir sobre isso antes de ele continuar: — Ela me fez prometer nunca contar para as crianças. Disse que lamentava que os pais tivessem dito a ela, que estava sempre olhando por cima do ombro, esperando que alguém a chamasse de impostora. Mas acho que devo dizer a eles. Não quero que tenham medo, mas também não quero que tenham vergonha ou que pensem que são melhores do que outras pessoas. Mas, ao mesmo tempo, não quero quebrar minha promessa a Sarita.

— É uma questão complicada. Mas você vai tomar a decisão certa. Está criando crianças incríveis. — Depois de um longo momento, Geeta perguntou: — O que a Sarita achava do seu negócio?

— Ela se preocupava. Nós dois nos preocupávamos. Eu ainda me preocupo. Mas ele nos sustentava, além do fato de eu conseguir ficar em casa com ela e com as crianças, então... — Karem ergueu os ombros.

— Você era feliz?

— Hum, que bela pergunta. — O homem esfregou a barba por fazer com a mão livre enquanto pensava. — Houve muito mais dias bons do que ruins. Talvez isso seja felicidade?

— Vocês brigavam?

— É claro. — Mas ele sabia o que se passava pela mente de Geeta, devia saber, porque acrescentou: — Mas nunca fisicamente.

— Vocês todos não dão uns tapas de vez em quando? Não chega a ser uma agressão de verdade.

Karem fez uma pausa.

— Chega, sim. Não me entenda mal, Sarita e eu... Não era perfeito, nada é. E houve vezes em que machucamos muito um ao outro com palavras, mas não, Geeta, não. Eu não bato em ninguém.

— Nem mesmo nos seus filhos?

— Não. Às vezes, penso sobre isso. Eu não apanhava feio quando era criança, mas levei palmadas, e acho que esse medo me ajudou a ser alguém decente. Eles... aqueles tiraninhos não têm medo de nada. Acho que é possível ser um bom pai que dá palmadas. Mas Sarita dizia que isso, nunca, então prometi, e foi pra valer.

— Eu me lembro de minha mãe me dando um tapa uma ou duas vezes quando eu desobedecia. Mas meu pai nunca fez isso. Bateu nela algumas vezes, no entanto. Só que isso não me fez amá-lo menos. Penso se devia ter feito.

Ultimamente, uma nova lembrança pousava em Geeta a cada noite. "Pousar" era a palavra errada. Não era uma recordação súbita, que a assustava com sua nova presença. Não. O desenterrar gentil de cada lembrança era respondido com reconhecimento ameno: a primeira e única vez em que ela provou carne de frango, com Ramesh, o gosto razoável, o segredo proibido os unindo mais. O nome elusivo da garota Dálite da escola, com as notas altas que eles todos haviam rotulado de trapaceira: Payal. Saloni e Geeta tentando tirar os pelos púbicos com creme Veet vencido que tinham encontrado, e lendo as instruções erroneamente para completar, quase queimando seus clitóris (além do mais, ela havia sentido coceiras horrorosas quando os pelos cresceram de volta). Seu pai lhe trazendo um chocolate de aniversário, massageando suas pernas quando ela estava doente, estapeando a mãe por uma besteira doméstica que tinha mais a ver com o humor dele do que com alguma falha dela. Será que era mesmo tão mais fácil ser um pai decente do que um marido decente?

Geeta fechou os olhos, exausta de repente. O que restava de sua adrenalina estava minguando. A voz de Karem soou próximo dela, como um bálsamo:

— Acho que, quando somos crianças, simplesmente aceitamos as coisas. Não pensamos em questionar até mais tarde; às vezes, nem mesmo assim.

A cabeça de Geeta se apoiava na parede, e ela a deixou pender para o lado até encontrar o ombro de Karem. Suas defesas estavam baixas na medida exata para que as imagens do rosto maldoso de Darshan lhe assomassem. *Você está tão desesperada para trepar que se convidou para vir à minha casa... para se atirar em cima de mim.* O corpo dela deu um solavanco, a cabeça se erguendo.

— Geeta — Karem começou, apertando a mão dela uma, duas vezes. Não continuou a falar até que Geeta o encarou. — Você está bem?

— Sim — ela mentiu.

— Certo. Mas você me diria se precisasse da minha ajuda, não é? Como com o que aconteceu com seu pescoço, por exemplo?

A mão livre de Geeta voou para perpassar sua clavícula. Do outro lado do quarto, no espelho do armário, ela viu a pele escurecendo.

— Se eu achasse que você poderia ajudar, sim, eu lhe diria.

— Então, não. — A risada dele não levava humor.

— Você está me ajudando agora — ela admitiu, deixando que a cabeça voltasse para o abrigo do ombro dele.

VINTE

Farah estava em pé, cabaça em mãos. Geeta a encarou, incerta se aquilo era apenas outro sonho febril. Depois de Karem ter ido embora tarde na noite anterior, Geeta dormiu de modo intermitente, acordando mais ou menos a cada uma hora e meia, as roupas úmidas, câimbras rastejando em sua barriga. Às vezes, ela caía de volta no sono, o cheiro de Karem nas roupas de cama ou invocado por seu cérebro agitado. Em outras ocasiões, ela se sentia como se fosse se afogar em bile caso permanecesse na horizontal, então passava por cima da silhueta adormecida de Bandido a fim de chegar à cozinha. Tirando água de seu pote de argila, ela analisava os próprios sonhos.

Em geral, começavam com Geeta e Karem na cama dela, ecoando o que tinham compartilhado antes de ele ir embora. Mas, invariavelmente, o rosto que ela beijava se transformava. Ou, então, Geeta olhava para baixo e era a cabeça de Darshan entre suas coxas. Quando tentava afastá-lo com chutes, ele apenas ria e lhe dizia para ser uma boa menina.

Os outros pesadelos começavam da maneira oposta: Darshan, as mãos repugnantes a arranhando. Ela agarrava a estátua, fria como unguento, e a espatifava na cabeça desprevenida de Karem. Geeta percebia seu erro uma fração de segundo tarde demais, e via a traição aturdida ocupar os olhos dele antes de a morte o fazer.

Suas mãos haviam executado uma ação que sua mente ainda não conseguia aceitar. Geeta contemplou-as, distorcidas com a hena laranja desbotando. Sob a luz da lua, os padrões pareciam a respiração fraca de um dragão.

Ela não lamentava as próprias ações, e sim as de Darshan. Ressentia-se por ter sido colocada em uma posição onde estas eram suas escolhas: violência ou violação. Não queria ser criada para suportar, para ser uma santa sofredora, jogada de um lado para o outro pelos caprichos de homens. Ela queria, só uma vez, não levar a pior dentro de um sistema que esperava gratidão em troca.

Bebendo água em sua cozinha inundada pela lua, silêncio absoluto, exceto pelos grilos, ela se entregou à lenta conclusão de que, pelo menos para seu futuro próximo, haveria uma diferença entre estar desperta e inconsciente. No primeiro caso, havia paredes, mantras que ela podia empilhar para se proteger de sua culpabilidade; como Saloni havia dito: *Darshan matou a si mesmo. Ele quebrou o contrato primeiro. Quando alguém ameaça seu corpo, você tem todo o direito de proteger a si mesma.* Ele a machucara, tinha machucado outras e teria machucado mais.

Contudo, quando Geeta dormia, sua culpa vagava livremente, sem carcereiros, os prisioneiros libertos determinados a causar destruição. Eles a aterrorizavam, mas Geeta sabia que não seria permanente. Tinha sobrevivido a outras coisas horríveis — isto, também, passaria. A manhã viria e, com ela, a segurança de seus mantras, todavia, por enquanto, Geeta se sentia pequena e nua, tremendo no recanto de sua cozinha, o estômago e o coração agitados. Estava banhada em uma luz que se sentia inapta a aceitar. Seus pulmões traidores prendiam o ar; ela agarrou a ponta de uma prateleira e se ajoelhou.

— *Kabaddi, kabaddi, kabaddi* — Geeta exalou até que o nó se desfez. Bandido estava acordado, lamuriando-se com a própria preocupação. Ela não conseguia soltar a borda para afagá-lo. Fitou-o enquanto respirava. — *Kabaddi, kabaddi, kabaddi.* — Sua angústia era também a dele; o cão perambulou, buscando um meio de ajudá-la, tão inquieto e impotente quanto a tutora.

Quando acordou novamente, foi por causa de Bandido. Ele gania, expressando sua necessidade, até que Geeta tropeçou rumo à porta nas primeiras horas da manhã, os olhos turvos, para deixá-lo sair e fazer *su-su*. Os dois templos tocavam *bhajans*, competindo para despertar os aldeões. O ar da manhã estava frio, intocado pelo inevitável calor molhado do dia. Pareceu delicioso em sua pele quente. Ela voltou a cair em um tipo de sono que era mais fuga do que descanso, até que Farah a perturbou batendo na porta, parecendo tão revigorada quanto Geeta se sentia confusa.

Da soleira, Farah absorveu os cabelos emaranhados e o roupão de ficar em casa de Geeta.

— Ainda está dormindo? São dez horas — ela disse, com a superioridade implícita que madrugadores sentem em relação a notívagos. — Ouviu falar do Darshan? O vilarejo inteiro está fervilhando.

— O quê? — A língua de Geeta estava espessa, a boca amarga. A luz do sol punitiva apunhalava seus olhos, e ela fez um gesto para Farah entrar, para que pudesse fechar a porta.

— Darshan morreu! A esposa dele o matou!

— Não — ela corrigiu automaticamente, antes de se dar conta do que dizia. — Isso é, err, inacreditável.

— A polícia veio. Levou todos para Kohra.

— Insano.

— Nem me diga. Ultimamente, estamos tendo mais emoções aqui do que em Deli... *Arre*, o que aconteceu com seu pescoço? — Farah apontou para o colar de machucados que tinham manchado ainda mais a pele de Geeta durante a noite.

— O quê? Nada. Não se preocupe com isso.

— Ceeerto — Farah disse, oferecendo a cabaça a Geeta. — Bom, na verdade, a questão é que... não posso te dar mais tempo, infelizmente. Preciso do dinheiro mais cedo do que imaginei.

Enquanto servia água para si mesma, Geeta ficou cada vez mais lívida. Ser tiranizada por homens era uma coisa, permitir que uma mulher também se sentasse em cima de seu peito era outra. Seu poder era escasso, com certeza, mas era hora de empunhá-lo. Com o mesmo tom de voz pesaroso de Farah, Geeta disse:

— Na verdade, a questão é que... não posso lhe dar mais dinheiro, infelizmente. Você está por conta própria.

— *Geeta!* — Foi uma mistura de adulação e choque. — Não me faça ir à polícia.

— Pode ir. Vou dizer a eles que você o matou sozinha.

— A ideia foi *sua*. Se *eu* quisesse matá-lo, teria parecido um simples ataque cardíaco. Tenho acesso a todo o *pong pong* do mundo. Só um imbecil completo escolheria uma bobina de mosquito. Falando sério, Geetaben, se eu realmente a quisesse morta... você estaria morta. Eu não teria me dado ao trabalho de fazer samosas com veneno de mosquito. Mas, como eu disse, você não tem utilidade para mim se estiver morta.

O coração de Geeta acelerou, a raiva batucando em suas orelhas.

— Este era o seu plano o tempo todo? Me enganar para ajudar você e, depois, me chantagear?

— Não a princípio, mas aí você perdeu a cabeça comigo e... não importa. — Farah balançou uma mão desdenhosa. — Você adorou e sabe disso. Adorou se sentir toda útil e prestativa.

— *Você* — Geeta disse — não é uma bonobo.

Farah piscou antes de dizer devagar:

— Não sei o que isso significa.

— São primatas cujas fêmeas se unem contra a agressão masculina. São aliadas, ao contrário de você.

— Eu deveria me sentir magoada por você *não* pensar que sou um macaco?

— Chimpanzé.

— Que seja.

— Eu não teria tanta confiança, Farah. Você queimou o corpo de Samir. É muito suspeito, não acha?

— Não. A polícia acha que o Dom fez merda.

— De qualquer forma, não existe evidência me ligando a Samir.

Os olhos de Farah se arregalaram em falsa inocência.

AS RAINHAS BANDIDAS • 253

— Exceto por aquela conversa de vocês dois que eu entreouvi.

— Do que está falando?

— Não se lembra? Aquela em que ele disse que pegaria seu dinheiro, e você falou que o mataria.

Geeta entrou no jogo.

— Então por que não foi falar com a polícia antes, já que suspeitava de mim depois que Samir morreu?

— É claro que deixei para depois. Geeta, você ameaçou a mim e meus filhos em seguida. Digo, o que eu *poderia* fazer?

— Está falando sério?

Farah sorriu, seus dentes brilhando. Ela piscou.

— Tão sério quanto um assassinato.

O que, Geeta pensou, Saloni faria? *Pessoas assim não compreendem palavras, somente chutes.*

Então, Geeta perguntou, de forma incrivelmente agradável:

— É muito solitário, Farah?

— O quê?

— Não ser como mais ninguém aqui — ela continuou, a postura mais alta, com dignidade defensiva. — Não digo só porque você é muçulmana, isso é óbvio demais.

A confusão desfigurou os traços de Farah.

— É óbvio?

Geeta foi acometida por uma breve sensação de prazer. Uma parte mesquinha sua passara a entender o que havia motivado Saloni, há tantos anos, a se tornar não apenas a rainha do grupo, como também uma pessoa intimidadora. Será que, em dado momento da vida, as pessoas se libertavam das políticas do parquinho?

— Claro. Sabe como é, as pessoas gostam de quem é parecido com elas. Confiam em quem se parece com elas, fala como elas, age como elas. É simplesmente... mais confortável. Mas você... digo, as mulheres a toleram, mas não *gostam* de você de verdade, gostam?

— Gostam. Digo, algumas gostam. Acho. — O titubear de Farah era como combustível.

— Não — Geeta falou, balançando a cabeça em uma negativa e sorrindo. — Elas não gostam nem um pouco. E foi esse o motivo de você ter vindo pedir ajuda para mim, pra começo de conversa, correto? Porque sabia que elas não gostavam de você, e pensou que não gostavam de mim, então imaginou que eu seria sua melhor opção. E, na verdade, não tem nada errado nisso. *Mas* você não estava buscando solidariedade nem uma amiga, você estava se aproveitando de mim. E isso faz de você tão ruim quanto Samir.

— O quê?! Não, eu...

— Talvez até pior. Você me disse no outro dia que não sou a Rainha Bandida; você provavelmente tem razão. Mas você também não é. — Geeta não esperou a resposta de Farah. — Você é a Kusuma.

— Quem?

O sorriso de Geeta se tornou sincero quando ela estalou os dedos.

— Exatamente. Por que você a conheceria? Não vale muito a pena se lembrar dela; Kusuma não se qualificou para a maioria dos livros e dos filmes. Meio que uma Phoolan de segunda categoria. Kusuma se autonomeou *dasyu sundari*, "*bela* rainha bandida". Não é maldoso pra caralho? Ela simplesmente *tinha* que superar Phoolan, tinha que girar a faca. E é *claro* que a questão seria a aparência, certo? A opção fácil dos invejosos.

"De um jeito ou de outro, Kusuma também fazia parte da gangue; bom, era mais uma concubina-amante comunitária do que uma *dacoit* de verdade. Mas ela tinha uma inveja imensa de Phoolan. Tanto que, na verdade, quando os membros das castas superiores mataram o marido de Phoolan, Vikram, você se lembra dele, e começaram a abusar de Phoolan, Kusuma ajudou os agressores. Ela rasgou as roupas de Phoolan. Roubou as joias dela, ajudou os homens a amarrá-la e, quando Phoolan estava sendo estuprada, Kusuma disse que ela merecia."

— Eu...

— Você jamais poderia ser uma amiga verdadeira para qualquer mulher, Farah, porque você é quebrada demais. Pode tentar mentir para o vilarejo e para a polícia, mas duvido que alguém vá acreditar em você. Você mentiu a respeito do Dom fazer confusão e cremar Samir...

Os olhos de Farah brilharam com um triunfo breve.

— Exato, viu? O policial *acreditou* em mim.

— Claro, em detrimento de um Dálite. É dessa hierarquia de merda que estou falando. E é por causa dela que o policial não acreditaria em uma muçulmana em vez de em quatro hindus.

— Q-quatro?

Geeta contou nos dedos.

— Saloni, Preity, Priya. Eu.

— Mas elas não estão com você. Você mesma disse que você e Saloni estavam...

— É claro que estão. Saloni e eu fizemos as pazes. Fui à festa dela. — Ela mostrou a própria hena como evidência. — Vê, você realmente está excluída dos eventos por aqui, não é? E as gêmeas são minhas novas melhores amigas. Nós jantamos juntas na noite passada. Fiz um "pequeno favor" a elas, como todo mundo aqui gosta de chamar, então as duas vão falar qualquer coisa que eu precisar.

— Pequeno favor? Que pequeno favor? — As sobrancelhas de Farah se franziram e, então, ergueram-se em compreensão ao mesmo tempo que Geeta dizia:

— Eu tirei a angola do nariz dela. Assim como fiz com o seu.

— *Você* matou Darshan?

Foi a vez de Geeta mostrar os dentes em um sorriso. Sua ameaça era vivaz.

— Tenho meios próprios de fazer meus problemas desaparecerem. Você deveria saber disso melhor do que ninguém. Entende por que não sou uma inimiga que você gostaria de ter, Farah? — Geeta avaliou a cabaça de modo casual, testando a pele do fruto com o polegar. — Tenho sido paciente com você. Paciente demais, para o seu próprio bem. Isso a fez criar maus hábitos. Então, não vou mais ser paciente, Farah, porque, à diferença do que você sente a meu respeito, você não tem qualquer utilidade para mim estando viva. Entende?

Farah balançou a cabeça, assentindo.

— Tem certeza? Sei que você é um pouquinho lenta às vezes.

A voz de Farah estava seca; cada palavra, um fio cortado.

— Entendo perfeitamente.

— Ah, fantástico. Dizem que você é lenta, meio tartaruga, mas não acho que seja verdade. Você simplesmente conta com que as pessoas a subestimem. O que é bem inteligente, à própria maneira.

— Obrigada.

— Não há de quê — Geeta respondeu, calorosamente. — Agora, tenho um grande dia pela frente, então faça o favor de dar o fora da minha casa.

A anfitriã acompanhou uma Farah espantada até a porta. Mas quando Geeta a abriu, lá estava Arhaan, os olhos cor de mel arregalados. Ele não pediu petiscos na mesma hora, o que, até mesmo mais do que a expressão solene em seu rosto, indicava que algo estava errado.

— Qual é o problema?

— A polícia ligou para minha casa. Querem que você e mamãe vão para Kohra agora.

Isto, é claro, deu mais credibilidade ao que ela tinha dito a Farah. Mas Geeta não pôde apreciar o rosto da outra mulher, porque sua própria face estava frouxa de terror. O suor brotou na pele entre seus seios.

— Por quê? — ela guinchou.

— Para poderem prender vocês.

VINTE E UM

O estado da delegacia de Kohra deveria ter tranquilizado o coração de beija-flor de Geeta. Era um posto policial apenas no nome: três homens em uniformes cáqui relaxavam no pátio em espreguiçadeiras de plástico, os tornozelos cruzados sobre as pernas, assoprando copos robustos de *chai*. Nem as boinas bege nem o humor deles murchava sob o calor. Apesar da cena relaxada, quando Geeta desceu da garupa da lambreta, sentia-se como se estivesse se arrastando para o próprio enforcamento.

Saloni estacionou a lambreta do marido, a sandália errando o apoio na primeira tentativa. Aproximaram-se juntas. Os caminhos até a entrada e o pátio eram ladeados por tijolos, todos inclinados como dominós caídos. Geeta ouviu risadas. Um garoto de recados coletava os copos vazios dos policiais. A piada devia ter sido de sua autoria, porque ele exibia um grande sorriso enquanto os homens davam risadinhas. O mais velho, com as mangas e dragonas mais decoradas, deu um tapa nas costas do garoto em aprovação. Música saía de um rádio que estava fora de vista, possivelmente de um dos comércios vizinhos. Sucessos dos anos dourados em vez de sucessos recentes do pop.

Teria sido uma cena idílica, não fosse pelos dois policiais em uma cela, batendo com seus *lathi*s em um homem que chorava. Geeta se retraiu quando um dos cassetetes acertou a parte de trás dos joelhos do homem e ele dobrou-se. Cada um dos policiais o pegou por um dos cotovelos, em busca de endireitá-lo. Quando o equilíbrio do homem estava restaurado, os três voltaram a golpear e soluçar. As coisas poderiam acontecer de um jeito ou de outro, Geeta percebeu, absorvendo a dicotomia. Por um lado, se isso fosse realmente uma formalidade de rotina — e Arhaan fosse um pateta dramático, como Saloni insistira —, logo elas estariam bebericando chá. Alternativamente, dentro de quinze minutos ela poderia substituir o homem que soltava os sons medonhos. Diante de tal pensamento, os dedos de Geeta brincaram com seu lóbulo até que Saloni baixou sua mão com um tapa.

— Pare com isso! Juro, você nunca deveria jogar pôquer. — Ela sussurrou instruções de última hora para Geeta. — Apenas lembre-se: siga minha deixa. Aja de maneira casual. Você não sabe de *nada* sobre como ele morreu, ok? É assim que eles botam o infrator em cana no C.I.D.; ele sempre sabe de algum detalhe que não deveria. — Ela ajustou o lenço de Geeta, puxando-o mais para cima. — E mantenha seu pescoço coberto.

Infrator? Botar em cana? Geeta estava prestes a perguntar quantos episódios, afinal, Saloni tinha assistido, mas não havia tempo.

O superintendente não ergueu os olhos quando as mulheres se aproximaram. Também não o fez quando Saloni anunciou que tinham sido chamadas a respeito do falecimento recente de um sr. Darshan Varesh. O homem meramente sorveu de seu copo de *chai* reabastecido, o bigode se umedecendo, e inclinou a cabeça, indicando uma mesa operada por, bom, para surpresa geral, uma mulher. Ela estava sentada logo ao lado da entrada amarela, sob o toldo, a mesa posicionada entre duas portas abertas.

Com a visão da mulher policial, as esperanças de Geeta se multiplicaram. Depois de Phoolan Devi ter executado seu massacre vingativo no Dia de São Valentim, ela foi encarcerada. Sendo uma celebridade, foi tratada muito melhor do que boa parte dos internos, e construiu uma amizade com a diretora da prisão, Kiran Bedi, que ajudou Phoolan a entrar no mais alto bastião de criminosos: a política.

Na cadeia, Phoolan aguardou um julgamento que as autoridades garantiam que nunca aconteceria. Mas, então, todas as quarenta e oito queixas foram retiradas, e ela subitamente, finalmente, abruptamente, até que enfim, estava livre. Depois de onze anos na prisão, foi solta e eleita membra do parlamento... até ser assassinada aos trinta e sete anos — mas Geeta não queria pensar muito naquela parte da história. Em vez disso, focou em criar uma aliada, sua própria Kiran Bedi.

— Err, *namaskar* — Geeta cumprimentou, as palmas das mãos juntas. — Fomos chamadas para prestar depoimento? Somos do mesmo vilarejo do sr. Darshan...?

— Varesh. Sim. Sentem-se. Vamos começar em breve.

Saloni e Geeta se sentaram em duas espreguiçadeiras frágeis, as bolsas sobre os colos. O rosto da mulher era severo; o cabelo escuro estava repuxado para trás em um coque baixo a fim de acomodar sua boina. Ela era jovem — Geeta teria chutado vinte e seis anos ou algo perto disso — e fazia grandes esforços para esconder a própria beleza. Não usava delineador nem *bindi*; os lábios estavam tão nus quanto seus dedos. Assim como os homens, ela ostentava uma plaquinha preta sobre um dos bolsos do peito, contendo seu nome, e um broche da bandeira indiana no outro.

Sushma Sinha, S.A.P.,[2] fazia diversas anotações em uma pasta vermelha. Sua mesa — uma mesa dobrável, na verdade, Geeta observou enquanto esperavam — tinha pilhas de muitas pastas similares, separadas habilmente de quatro em quatro por fios. A caneta da S.A.P. Sushma Sinha estava amarrada à sua pasta com um fio idêntico. Ela parou de escrever para beber de sua garrafa d'água roxa. Sua boca não tocou a borda, e ela não derramou uma única gota.

Competente, Geeta pensou, suas esperanças azedando até virarem pavor. A mulher era muito competente. Sushma Sinha, S.A.P., também parecia ser Engajada com o Trabalho. Sob outras circunstâncias, o fato poderia ter agradado Geeta. Quando Sushma

---

2   Sigla que significa "superintendente adjunto da polícia". (N. T.)

Sinha, S.A.P., voltou a escrever, sem uma palavra ou olhar de relance para suas convidadas relutantes, Saloni e Geeta trocaram olhares entre si. Saloni ergueu os ombros, mas Geeta não conseguia mais tolerar a incerteza.

— Err, agente Sinha, senhora?

Sushma Sinha, S.A.P., ergueu um dedo sem pinturas.

— Só um momento.

À esquerda, cada golpe no homem fora de seu campo de visão era uma prévia do futuro sombrio de Geeta. E os policiais não faziam coisas ainda piores com prisioneiras mulheres?

Apesar de ser uma assassina, ela nunca sobreviveria àquele lugar pavoroso, sujeita a espancamentos e Ram sabe o que mais, tudo ao som de sucessos dos anos dourados. Não, Geeta simplesmente teria que seguir Samir e Darshan, e livrar-se de seu fardo mortal. Com certeza, a essa altura, era uma especialista e conseguiria providenciar a mesma punição que estivera distribuindo a todos como se fosse *prasad* de um templo. Ela mastigaria uma bobina de mosquito, prepararia uma sobremesa de *pong pong* ou...

O homem espancado soltou mais uma queixa de dor. Geeta disse:

— Com licen...

— Só um momento, senhora — Sushma Sinha, S.A.P., repetiu, com uma cortesia hostil.

Então elas cozinharam no calor do meio-dia, Saloni inspecionando o estado dos pelos do braço, que se regeneravam, Geeta concebendo o próprio suicídio, até que Sushma Sinha, S.A.P., disse:

— Onde vocês estavam na noite de ontem?

— Pra você! — Geeta irrompeu, tirando a cabaça de Farah de sua bolsa e o empurrando pela mesa.

S.A.P. Sushma Sinha olhou feio para o fruto.

— E o que vou fazer com isso?

Saloni deu uma risadinha:

— Dá pra fazer um *subji* excelente. Muito melhor do que os dos mercados daqui; são tão duros, não é? Você pode usar este aqui hoje à noite. Sinta.

— Não. A noite de ontem?

Geeta colocou a cabaça rejeitada de volta em seu colo enquanto Saloni respondia:

— Jantamos na casa das gêmeas.

— Sim, as gêmeas. Preity Varesh e Priya Bhati.

— *Ji*. Jantamos e...

— Curry de legumes! — Geeta falou, novamente sem pensar, a voz alta demais.

— O quê?

Saloni apertou a sandália nos dedos do pé de Geeta.

— É o que comemos no jantar. Esta aqui é doida por um curry vegetariano.

As sobrancelhas de S.A.P. Sushma Sinha se franziram; ela não estava achando graça. Sua expressão carrancuda adicionava anos de idade a seu rosto, o que Geeta imaginou que fosse estratégico.

— Quando saíram da casa delas?

— Logo depois do jantar.

— Quando foi isso?

— Ah, humm. Talvez às nove? Teríamos ficado mais, mas ela precisava tomar conta da filha. Um pesadelo, sabe como é.

— Quem é "ela"?

— Preity — Saloni disse, enquanto Geeta, distraída pelo açoite do prisioneiro, respondeu "Priya".

Merda. Qual das duas ela tinha dito? Qual delas ela devia ter dito?

Sushma Sinha, S.A.P., finalmente sorriu, o que não trouxe muito alívio para as duas suspeitas.

— Poderíamos ir a algum lugar mais privado? — Geeta perguntou, pensando rapidamente. — É difícil ouvir suas perguntas.

— Vai estar quente demais lá dentro. Nenhum dos ventiladores está funcionando — S.A.P. Sushma Sinha disse. — Podemos dar conta, prossiga.

Geeta se remexeu em seu assento na direção do som do espancamento.

— Aquele homem... ele... ah... está dizendo que não é culpado.

— Todos dizem isso. Só precisa de um pouquinho de incentivo para se lembrar de que roubou uma televisão.

— Digo — Geeta falou, quando os berros do homem ficaram mais altos —, ele parece ter bastante certeza de que não roubou.

— Vocês viram o sr. Varesh quando saíram da casa dele?

— Sim — Saloni disse.

— E ele estava vivo — Geeta ofereceu, prestativa.

Os olhos de Saloni se fecharam em uma prece por paciência.

— Entendo. O que fizeram quando saíram da casa das gêmeas?

— Fomos até a loja de Karembhai para comprar... err... petiscos para meu marido e os amigos dele.

— Sim, mas ele diz que vocês só apareceram para comprar "petiscos" às dez da noite. Porém, vocês dizem que saíram da casa às nove. O que fizeram nesse meio-tempo?

— Você falou com Karem? — Geeta guinchou. Já tinha garantido que o comércio dele em Kohra lhe fosse tirado... Se o fizesse ser preso, para completar, seria pior, carmicamente falando, do que qualquer um dos assassinatos pelos quais ela era culpada. Os filhos dele! Quem tomaria conta das crianças se ele fosse preso e ela se matasse? E se...

— Sim, falei. É um problema?

— Não, senhora. — Os dedos de Geeta tremularam na direção da orelha, mas, diante do olhar furioso de Saloni, ela escolheu se sentar sobre a própria mão.

S.A.P. Sushma Sinha as observou com o mesmo desprezo que tinha mostrado à cabaça.

— Falamos com muitas pessoas. É o nosso trabalho. Bom. Seu marido e os amigos dizem que vocês chegaram com os "petiscos" às dez e quinze, mas onde vocês estavam das nove até as dez?

— Em lugar nenhum. — Saloni ofereceu as mãos, como se pedisse desculpas. — Não olhei para o relógio quando saímos. Pode ter sido mais tarde.

— Humm, *mas* você disse que foram embora quando uma das crianças teve um pesadelo, correto?

— Correto.

AS RAINHAS BANDIDAS • 263

— Mas as crianças dizem que...

— Você falou com as *crianças*? — Geeta perguntou. Por toda a Índia, os cidadãos reclamavam que não conseguiam que as autoridades fizessem seus trabalhos, e aqui estava Sushma Sinha, S.A.P., de Kohra, dando conta do trabalho de um mês em poucas horas.

Sushma Sinha, S.A.P., baixou a caneta, exasperada.

— Sim. Eu precisava da sua permissão?

— Não, não — Geeta disse. — Você pode falar com quem quiser, seja lá quem for.

— *Dhanyavad.* — Sushma Sinha, S.A.P., agradeceu com tamanho escárnio que Geeta, devidamente repreendida, baixou os olhos para sua cabaça rejeitada. Ficava cada vez mais aparente que Sushma Sinha, S.A.P., não seria uma Kiran Bedi. — Bom, as crianças disseram que só dormem bem depois das dez. E elas não se lembram de ninguém tendo um pesadelo ontem à noite.

— Você falou com Sonny? — Saloni perguntou, balançando uma mão no ar. — Estou lhe dizendo, aquele garoto fuma tanta maconha que duvido que consiga achar o próprio nariz, muito menos saber as horas. No casamento dos Raval...

Mas S.A.P. Sushma Sinha não estava interessada no casamento dos Raval; ela ergueu uma das mãos, e Saloni fechou a boca com tanta agilidade que seus dentes bateram.

— Crianças se esquecem das coisas quando dormem, não é? — Geeta perguntou.

Os olhos de S.A.P. Sushma Sinha imobilizaram Geeta.

— Você tem filhos?

— Eu... err... não, não tenho.

— Por que não?

Saloni disse:

— Geeta está fazendo a parte dela para ajudar no controle populacional. E quanto a você?

S.A.P. Sushma Sinha não gostou daquilo, apesar do — ou, possivelmente, devido ao — aspecto agressivamente amigável de Saloni. Sinha se voltou para Geeta, praticamente rosnando:

— Não seria porque seu marido desapareceu misteriosamente há cinco anos?

Deus do céu, Geeta pensou, atordoada. Sushma Sinha, S.A.P., evidentemente não acreditava em hobbies nem em beber *chai* no pátio.

— Como...

Saloni riu antes que Geeta pudesse terminar.

— Sabe, certa vez, meu mais velho foi dormindo até a cozinha, comeu umas batatinhas e voltou a dormir ali mesmo! Não se lembrava de nada pela manhã. Ele é maluco por petiscos, juro a você. Não come uma refeição, mas petisca o dia todo. As alegrias da maternidade, me entende? Você me *entende*? Tem filhos?

— Não que seja da sua conta, mas estou focada em minha carreira no momento. — As palavras saíram com facilidade, na mesma ordem e cadência de um endereço declamado. Estava nítido que Sushma Sinha, S.A.P., já as repetira muitas vezes antes. — Há muito tempo para filhos. Sou jovem.

— Sim — Saloni concordou, balançando a cabeça. — Você é. Carreiras são importantes. Especialmente para mulheres. Sabe, nós também somos mulheres trabalhadoras. Temos...

— Sim, um microempréstimo, eu sei. O que vocês sabem sobre Samir Vora?

Os olhos de Geeta se arregalaram, mas ela mordeu o lado interno da bochecha e conseguiu, pensava ela, aparentar o coquetel apropriado de confusão e inocência.

— Samir? Bom, ele bebia, sabe...

Saloni suspirou.

— E, lamentavelmente, a bebida o matou.

Geeta olhou para Saloni enquanto a S.A.P. fazia uma anotação longa e condenatória.

— "Lamentavelmente"? — Geeta articulou em silêncio, mexendo a boca.

— A morte de Samir Vora foi supostamente causada por intoxicação alcoólica. Na noite passada, durante a segunda morte, muitos membros de seu vilarejo também estavam embriagados com... como é que você disse? "Petiscos." — Ela falou a palavra em inglês com um sotaque guzerate exagerado, que Geeta achou um pouquinho ofensivo, e a fez soar mais como "priscos".

Ela tentou ficar parada, mas não conseguia se sentir confortável na cadeira. Suas roupas deslizavam no plástico e ela não parava de afundar sob o interrogatório da S.A.P., os ombros se curvando com o que sem dúvida seria interpretado como culpa. Como Saloni ainda estava com as costas eretas?

— Estou curiosa em relação a como todos esses "petiscos" estão aparecendo como mágica em um estado que especificamente proíbe tais "petiscos".

Até mesmo Saloni, tão confiavelmente eloquente, se emudeceu depois disso, os lábios repuxados para dentro. Geeta fez uma tentativa de encolher despreocupadamente os ombros, pensando em como melhor proteger Karem.

— Bom, pelo que ouço falar, eles vêm daqui.

A insistência do homem torturado em sua inocência e ignorância, que tinha se misturado ao plano de fundo, tornou-se mais alta. Sushma Sinha, S.A.P., precisou se inclinar para a frente para ouvir.

— O quê?

Atrás dela, o garoto de recados passou com uma bandeja de garrafas Thums Up. Sushma Sinha, S.A.P., pediu uma, mas ele seguiu alegremente na direção da cela. Saloni disfarçou sua engasgada de divertimento com uma tossida.

— Ouvi dizer que há um mafioso em Kohra. Ele usa o nome Bada-Bhai...

— Sim, sei quem é Chintu. Estamos de olho nele. Mas ele é escorregadio, sabe de quem molhar as mãos.

Não faria bem algum ressaltar que tais mãos pertenciam àquele exato departamento.

— Bom, se não conseguem pegá-lo por isso, podem pelo menos dar uma punição pelos cachorros?

De novo, elas precisavam erguer as vozes.

— Hã?

— Cachorros. Os cachorros.

— O quê?

Naquele momento específico, os policiais agressivos fizeram uma pausa para o refrigerante e a vítima ficou em silêncio, enquanto Geeta berrou:

— *Kutte!*

Todos olharam.

Era lamentável, é claro, que, enquanto o termo literal para cachorros era *kutte*, este também era um coloquialismo que queria dizer "desgraçados". Para a delegacia inteira ouvir, Geeta acabara de ofender diretamente Sushma Sinha, s.a.p., e seus colegas policiais.

— Não você! Não ela — ela tranquilizou o pátio desconfiado. — Cães de verdade. — Geeta abaixou uma mão a meio metro do chão para indicar. — Filhotes.

— O que tem eles?

— Bada-Bhai os está maltratando. Mistura metanol a seu estoque e, depois, testa nos cachorros. Alguns estão ficando cegos.

— É mesmo? Bom — Sushma Sinha, s.a.p., ergueu os ombros —, vamos precisar de mais do que isso para botá-lo em cana. Crueldade animal significa uma multa de dez rupias. — Ela parou. — Digo, a não ser que seja uma vaca, é claro. E como é que você sabe de tudo isso?

— Eu estava... eu descobri por acidente, e ele me ameaçou. Foi por isso — Geeta acrescentou às pressas — que não vim denunciar antes. Estava assustada.

— É — s.a.p. Sushma Sinha disse, desinteressada. — Vocês duas parecem bem assustadas. Agora, voltando ao falecido. Darshan Varesh.

— *Ji* — Saloni disse. — O que tem ele?

— É interessante que ninguém parece estar chateado a respeito. Em especial a esposa dele. Ou a cunhada. Claro, elas estão chorando o dia todo, mas não param de cochichar sobre um par de brincos idiotas e um tal garoto Sikh.

— Mas não é exatamente uma tragédia, é? — Geeta disse. — Digo, ele atacou Priya.

— Como é que *você* sabe disso? — S.A.P. Sushma Sinha perguntou, a voz como um espeto afiado.

— Eu não... *você* disse... digo, eu presumi... ou ouvi falar...

— O que é isso, múltipla escolha? — Os olhos de S.A.P. Sushma Sinha brilhavam de triunfo quando ela se levantou. — Um momento.

— Cacete — Saloni sibilou quando as duas ficaram a sós. — O que foi que eu falei, Geeta? Nunca revele demais. Maldição!

— Merda — Geeta sussurrou. — Merda, merda, merda. — Como sua cabeça ainda estava zonza, ela trocou para: — *Kabaddi, kabaddi, kabaddi.*

S.A.P. Sushma Sinha, flutuando com importância, foi diretamente ao superintendente, que a observou se aproximar da mesma forma que mulheres fazem quando uma criança as chateia com uma demanda que elas não têm tempo de atender. A policial falou. O homem sacudiu a cabeça, negando. Ela insistiu. Ele passou de irritado para bravo.

— Qual é a necessidade de tudo isso? Só faça isso aqui, tá?

— Senhor, eu gostaria de separá-las e recolher os depoimentos delas.

— *Bey yaar*, de novo com isso? Já não basta estar tão entediada que ficou atormentando aquelas outras duas senhoras a noite toda? Fazendo-lhes as mesmas perguntas sem parar... — Saloni e Geeta trocaram um olhar, que Sushma Sinha, S.A.P., detectou com facilidade. Os olhos dela voaram de seu superior para as mulheres sentadas atrás dele.

— Senhor... — A policial ergueu um dedo para calá-lo educadamente, mas o homem falou por cima dela. Ele foi até a mesa e ela disparou logo atrás.

— Enquanto isso, o idiota do marido bêbado ainda está lá dentro, roncando.

Era o motivo pelo qual, Geeta percebeu, a policial não as tinha deixado entrar. O rosto de S.A.P. Sushma Sinha se contorceu com

268 • PARINI SHROFF

a possibilidade lhe escapando, como se alguém tivesse arruinado o fim de um livro prazeroso.

— Senhor, devemos falar com todas as testemunhas individualmente a fim de verificar os eventos. Elas acabaram de mencionar que a vítima atacou a cunhada antes de morrer.

O superintendente, cuja plaquinha dizia M. D. Trivedi, suspirou.

— Ele fez isso. Ela falou. Várias e várias vezes.

— Mas como é que *elas*...

— Ei, senhora S.A.P.! — Trivedi vociferou sem qualquer piedade. — Ninguém lhe ensinou que existe uma diferença entre falar com uma testemunha e interrogar um suspeito? E agora, vai interrogar a mim depois?

— Mas, senhor, este é o segundo incidente no mesmo pequeno vilarejo. Tem algo de estranho nesta sopa de lentilhas. Elas sabem a respeito da tentativa de estupro. *Acabaram* de mencioná-la!

Trivedi soltou um suspiro generoso. Perguntou a Geeta e Saloni:

— Como ficaram sabendo do ataque?

Geeta ergueu uma mão tímida.

— Na verdade, eu não sabia, senhor, até agora. Mas não sou de espalhar fofocas.

Saloni balançou a cabeça em concordância.

— É verdade. — Ela sussurrou para Trivedi: — Precisamos de mais gente como ela. Então... — Colocando um cotovelo na mesa, ela se inclinou para a frente com interesse lascivo. — Que história é essa de estupro? Não me diga que Darshan... — Ela cobriu a boca com uma mão. — *Oh, baap re*. A vergonha, a vergonha.

S.A.P. Sushma Sinha pareceu capaz de bater os pés.

— É mentira! Aquela ali acabou de dizer que Darshan atacou Priya!

Geeta piscou. Ela organizou o rosto em uma expressão adequada de confusão inofensiva.

— Não... Ah, entendi por que você está confusa. *Preity*. Ele jogou ácido em *Preity* muitos anos atrás. Você deve ter isso nas suas anotações certo? — Geeta virou a pasta vermelha para si em busca de examinar anotações em inglês que não conseguia decifrar. Ainda assim, ela fingiu, compartilhando o livro com Saloni enquanto ambas murmuravam em falso escrutínio.

— Afastem-se das anotações! — S.A.P. Sushma Sinha gritou, arrancando o livro de volta. — São assuntos da polícia.

Saloni prosseguiu, sussurrando alto para Geeta:

— Pobre Preity, não é? Ela já não sofreu o bastante? Espere até o grupo ouvir...

— Não foi Preity! *Priya!* Ele atacou *Priya* e *ela* o matou!

— Hã? — Saloni ergueu os olhos, com curiosidade. — É mesmo?

— Muito bem, Sinha — Trivedi comentou causticamente. — Por que não coloca um anúncio no jornal de uma vez?

— Senhor, essas duas definitivamente estão aprontando algum *hera pheri*. Só preciso de uma sala...

— Não temos espaço extra para você brincar de policial, Kali Maa. Talvez um dia você tenha um departamento policial inteiro para suas conspirações histéricas. — As entradas do cabelo dele chegavam até atrás das orelhas, ocupando o espaço liminar entre careca e não careca. Seus olhos foram até as mulheres e, então, permaneceram em Saloni. Geeta sempre conseguia determinar o momento exato em que alguém, homem, mulher ou criança, notava os olhos verdes de Saloni. Frações de segundo de negação, confirmação e apreciação, tudo em uma sucessão organizada.

Com um gesto das duas mãos, ele enxotou S.A.P. Sushma Sinha e se sentou.

— Eu mesmo vou recolher o depoimento destas senhoras.

— Senhor...

— Está dispensada, S.A.P.

Ela suspirou, murchando.

— Sim, senhor.

Geeta quase sentiu pena da mulher. Não sabia bem demais como era a sensação de ser descartada? Subestimada e engavetada? Saloni tinha razão, talvez pudessem se safar daquilo, no fim das contas.

Trivedi revirou os olhos para Saloni, convidando-a para uma piada particular.

— Cotas, sabe? "Contrate uma mulher", eles disseram. "Contrate alguém de casta registrada", disseram. "Precisamos de diversidade", disseram. Blá-blá-blá. — O policial sorriu para Saloni. — Ela sequer ofereceu água ou chá a vocês?

— Err... não.

Ele gritou para o garoto de recados, o chamado soando como um arroto muito longo, mas ninguém apareceu.

Saloni disse:

— Não se preocupe. É realmente muito simples. Nós fomos jantar...

— Não, não. — Ele puxou o próprio celular. Pouco depois de discar o número, começou a gritar. — Onde? Hã? De novo? Todas as vezes que ligo para você, ou está cagando ou está comendo. *Bey yaar.* Venha pra cá rápido. Cague no seu tempo livre. Traga chá e biscoitos.

Geeta fez uma careta.

— Não é necessário — Saloni insistiu, erguendo um dedo, mas foi ignorada.

— O que é isso? — ele perguntou, indicando o colo de Geeta com a cabaça.

— Ah, para você! — Saloni disse e Geeta entregou a cabaça. — Está macia no nível exato. Sua esposa deveria prepará-la hoje à noite; amanhã, talvez esteja mole demais.

Ele analisou o fruto.

— Muito bom.

— É uma grosseria fazer visitas de mãos vazias, né? — Saloni continuou. — E nosso vilarejo tem as melhores cabaças.

— Como eu sempre digo: "O futuro da Índia está em seus vilarejos".

— Não foi Gandhi... — Geeta começou, mas Saloni estava dando risadinhas, e seus cílios, geralmente reservados para Varun, o agente financeiro, estavam fazendo hora extra no momento.

— *Você* pensou nisso? É tão inteligente, não é?

Trivedi abriu um largo sorriso.

— Onde eu estava?

— Hum, na noite passada, nós fomos jantar na casa das gêmeas.

— Gêmeas? Que gêmeas?

— Preity e Priya.

— Elas são gêmeas? — Ele estreitou os olhos para as anotações de S.A.P. Sushma Sinha. — As duas têm sobrenomes diferentes.

Saloni não riu, como Geeta quase fez, mas disse, pacientemente:

— Elas são casadas, senhor.

— Ah, certo. Sim, eu sabia disso, é claro. E depois do jantar?

— Depois do jantar, fomos a uma loja da cidade para comprar petiscos e, então, eu os levei para meu marido perto da caixa d'água. Ele e os amigos estavam lá... socializando.

— Sim, eu sei. Não estou aqui para coisas insignificantes como goró contrabandeado. É um crime sem vítimas.

Aquilo resolvia o mistério do dono da mão que estava sendo molhada por Bada-Bhai. Geeta deu uma olhada sorrateira para S.A.P. Sushma Sinha, que estava no corredor, gesticulando com selvageria e repreendendo o garoto de recados.

— Certo. E, então, fomos cada uma para sua casa. — Saloni olhou para Geeta.

— Correto. — Geeta balançou a cabeça. — Direto para casa.

— E ficaram lá a noite toda? Alguém poderia corroborar quanto a isso?

Foi uma guinada tão inesperada em seu profissionalismo que Saloni piscou.

— Err, sim, meus filhos me viram. E meus empregados.

— E você?

— Não, eu... eu moro sozinha, mas... — Geeta estava a ponto de oferecer Karem como álibi, mas Trivedi não pareceu interessado.

— Sozinha? Que lamentável. Sabe o que dizem sobre mulheres morando sozinhas; são como baús do tesouro destrancados, apenas convidando saqueadores.

— Err...

— Sei que é verdade que você já não está no ápice de sua *jawani*, mas não se pode vacilar nas precauções. Mesmo que esteja em seus anos de declínio, os homens podem ser criaturas perigosas.

Geeta se engasgou, mas Saloni colocou uma mão aplacadora sobre a dela.

— Obrigada, senhor. Nós cuidamos uma das outras. Somos muito próximas; é o costume em nosso vilarejo.

— Nem todos os homens, é claro — ele disse, estufando o peito. — Alguns de nós apoiam o H.C.E.O., sabiam?

— *Ji* — elas concordaram, muito embora não soubessem.

Ele recitou em inglês, a pronúncia meticulosa e falha:

— "Homens Contra o Estupro e a Opção doméstica." Foi um ator de cinema que fundou, então sabemos que é confiável. Ele é muçulmano, mas ainda está valendo.

— *Ji.*

— Alguns homens não precisam estuprar. Alguns recebem muitas propostas.

— *Che* — Geeta murmurou.

— O que foi?

— Eu disse "*ji*".

— Então não estavam na casa quando Darshan atacou Preity? Ou quando ela o atacóu?

— Hum, o senhor quer dizer "Priya"?

— O quê? Err, sim, a que não tem ... — O policial gesticulou vagamente para o próprio rosto. — Vocês sabem.

— Não, senhor, já tínhamos ido embora. Teríamos feito algo se estivéssemos lá, não é?

Ele sacudiu a cabeça.

— Se ao menos Zubin não tivesse saído para "socializar". Ele poderia ter protegido a esposa.

Geeta não conseguiu se conter:

— Acho que ela conseguiu proteger a si mesma muito bem. Ele está morto.

— Sim, mas foram necessários muitos golpes fracos para conseguir o que teria exigido apenas um de um homem.

Geeta estreitou os olhos.

— Me parece que ela fez um trabalho satisfatório.

— Vamos, vamos, Geeta — Saloni a repreendeu. — "Um único golpe de um ferreiro equivale a cem golpes de um ourives."

— Isso é bom — Trivedi comentou, alisando os cantos de seu bigode. — Muito bom. Foi você que inventou?

— Eu? Não, não! — Ela riu. — Como eu poderia, senhor? Meu pai costumava dizer isso.

— Sim, faz mais sentido. — Ele pigarreou. — Onde está aquele garoto maldito com o *chai*? Aposto que está cagando de novo.

— Não se incomode, senhor, não há necessidade de se dar ao trabalho. O senhor deve ter tarefas muito importantes aguardando. E já terminou aqui, de toda forma, muito mais rápido do que a senhora S.A.P.

— Terminei? — O homem baixou os olhos para o papel, onde não havia escrito nada. — É, terminei.

VINTE E DOIS

— Já que estamos aqui — Saloni disse, ao deixarem a delegacia —, podemos dar uma passada no salão? Preciso fazer meus braços. — Ela mostrou o antebraço, onde raízes finas de pelos apareciam na pele.

— Tudo bem.

Do lado externo do posto policial, uma voz fez Geeta pausar. Não porque a chamava, mas porque lhe era familiar. Ela se virou para ver Khushi falando ao celular. Com a mão livre, a mulher deixou as sandálias caírem no chão. Uma delas caiu de ponta-cabeça, e Khushi a arrumou com os dedos dos pés antes de calçá-las. Geeta foi na direção dela a fim de cumprimentá-la, mas um homem usando uniforme a alcançou primeiro. Ele balançou a cabeça, apontando para as *chappals* dela e, depois, para a rua. Khushi concordou de modo distraído, curvou-se para pegá-las e passou andando por Geeta e Saloni.

— Khushiben?

— *Ji*? — Ela desligou. — Namastê. — Agora oficialmente fora do alcance da delegacia, a mulher calçou os sapatos. Geeta viu que ela parecia cansada, a pele sob seus olhos enevoados de azul enrugada de fatiga.

— O que está fazendo aqui?

— *Ay-ya.* — O suspiro de Khushi foi pesado. — Houve uma confusão com um corpo que retirei. Eu o cremei, mas parece que era um muçulmano, então, obviamente, cometi um erro. E eles simplesmente adoram esfregar isso na minha cara.

Geeta ficou paralisada com a ideia de as consequências caírem na cabeça de Khushi em vez de na de Farah.

— Samir Vora?

— *Ji.* Se este lugar tivesse uma casa funerária decente, eu nem sequer lidaria com sacramentos muçulmanos, mas pra onde mais eles iriam?

— Conhecemos a esposa dele, err, a viúva. Vamos voltar lá para dentro e acertar isso.

— Não posso entrar lá — Khushi disse. — Eu não estava reclamando de esperar do lado de fora, mas aquela maldita senhora policial ficou toda: "Décimo quinto artigo isso, décimo quinto artigo aquilo". Aí, o policial gordo me expulsou. Por que *eu* preciso ficar no meio do drama deles? Mas deixa pra lá, não é? Está tudo acertado agora. Eu só queria pagá-los e seguir a vida, mas a maldita senhora policial ficou toda "subornos são uma ofensa ao distintivo". Tagarelando que eu destruí evidências em uma investigação de assassinato. Bah! Que assassinato? O beberrão sufocou com o próprio vômito. Cheirava pior do que uma latrina seca, e eu tenho conhecimento de causa.

Saloni tentou aliviar o clima:

— Uma agente honesta da polícia na Índia inteira, e ela está justamente em Kohra. Quais as chances?

Geeta não riu.

— Como as coisas se acertaram?

— Ah, o policial gordo não reclamou em aceitar o suborno. — O canto esquerdo da boca de Khushi se curvou para cima em um sorriso depreciativo. — Acho que meu dinheiro não é contaminado.

— Você precisa de carona para voltar?

Saloni tossiu.

— Merda, mas eu só tenho dois lugares. — Era uma questão válida, mas Geeta se deu conta de que não sabia como Saloni, uma Brâmane, enxergava castas.

Khushi sacudiu o celular.

— Meu mais velho está a caminho. Ele levou a lambreta hoje para a aula. Frequenta a escola aqui por perto.

— Por que ele não vai à escola do vilarejo? — Saloni perguntou.

Khushi balançou a cabeça.

— Era o que ele fazia, há um bom tempo, mas a professora só ficava lhe fazendo limpar os banheiros. Digo, eu o mandei para a escola justamente para ele *não* precisar limpar banheiros. *Ay-ya*, devia ter cobrado da escola pelo trabalho, mas ele tinha cinco anos; não fez um trabalho muito bom. De qualquer jeito, deixe estar. Esta escola é muito melhor: ele está estudando para ser especialista em dissecações. Bem mais chique do que "coletor de cadáveres", não é?

Geeta sentiu a incredulidade de Saloni se equiparando à própria. Aquela mulher tinha dinheiro o bastante para comprar policiais, professores melhores e uma lambreta. Khushi pareceu adivinhar o que se passava na cabeça delas, porque sorriu.

— Falei sério sobre a minha casa ser maior do que a sua, Geetaben. Quando se faz o "trabalho sujo" que ninguém mais quer fazer, pode cobrar o quanto quiser. — Khushi continuou: — Não me entenda mal. Se é alguém pobre, só cobro o que podem pagar. Todos merecem sacramentos finais. Mas outros... — Ela ergueu os ombros. — Bom, nunca esqueço um rosto. Mesmo quando estão mortos, consigo reconhecer no mesmo instante. E quando chegar a hora da pira funerária da mãe daquele policial gordo... — Khushi deixou a frase inacabada, simplesmente esfregando dois dedos no polegar, no gesto universal que indicava *paise*.

Saloni riu tão alto que Geeta a beliscou.

— O quê? — Saloni se lamuriou, esfregando o cotovelo. — Ela é engraçada. — Para Khushi, ela disse: — E ele merece. Arranque as tripas do porco, é o que penso.

Uma lambreta se aproximou. Os pés do filho de Khushi tocaram o chão quando ele desacelerou.

— Mãe — ele disse.

Khushi revirou os olhos para as mulheres.

— "Mãe" — ela imitou, o rosto distorcido. — Antes de ele vir estudar aqui, costumava ser "ma".

— As alegrias da maternidade, não é mesmo? — Saloni disse.

— Pois é. Gratificantes.

— *Mãe*. — O filho de Khushi estava mais constrangido do que impaciente, mas, quando Khushi se ergueu para subir na garupa, ela disse:

— Estou indo, estou indo, dê uma colher de chá à sua velha mãe. Você também não chegou exatamente em cinco minutos, sabia?

Os dois se foram em uma nuvem de poeira. Saloni deu ré na lambreta do marido, manobrando-a na direção da estrada. Enquanto Geeta subia, como Khushi tinha feito, Saloni vestiu luvas longas e enrolou um lenço em torno da parte inferior do rosto e por cima da cabeça, como um *dacoit*.

— Pronta? — ela perguntou, a voz abafada.

— Pronta — Geeta disse no ouvido da amiga. Podiam conversar enquanto dirigiam, contanto que Geeta mantivesse a cabeça próxima da de Saloni e as duas gritassem.

— Isso acontecia quando estávamos na escola? Não me lembro de crianças Dálites limpando os banheiros. Mas me lembro de Payal.

— Quem? — Saloni virou a cabeça para que suas palavras não fossem levadas pelo vento. — Eu me lembro deles nas aulas, sempre se sentavam no fundo. Mas naqueles sacos de juta, não nas mesas.

— Terrível.

— Não era tão ruim quanto em outros lugares, sabe? Com espancamentos, comer merda e tudo o mais. Eles ficavam na deles; nós ficávamos na nossa.

Brita do asfalto acertou os olhos de Geeta, que os fechou, lacrimejando. O vento levou embora a umidade.

— Essa é nossa melhor defesa? Que "não era tão ruim"?

— Ouça, sou uma Brâmane e cresci com muito menos do que os filhos de Khushi. E meus irmãos patetas eram orgulhosos pra caramba. Podiam ter morrido de inanição, mas pelo menos teriam morrido "Brâmanes puros". Não interessa se comíamos qualquer coisa em que conseguíssemos colocar as mãos, inclusive carne. "Puros", minha teta esquerda! Que castas, que nada, Geeta, *dinheiro* é poder. E Khushi tem dinheiro.

— Eles deixaram a mulher do lado de fora da delegacia, descalça; como isso seria poder?

O suspiro estático de Saloni soou ressentido, como se Geeta estivesse colocando a culpa toda na cabeça dela.

— O que podemos fazer? Não conseguimos nem que eles atualizem os dados do recenseamento em nossa cidade, e você quer mudar dois mil anos de "tradição"? Obviamente, maltratá-los é errado. É por isso que é mais fácil, sabe, ficar quieto, entender e aceitar.

Saloni tentou estacionar perto de uma loja de fotografias para passaportes, sob um letreiro vermelho da empresa Airtel. Um guarda de uniforme azul abanou a mão, dizendo a ela que saísse. Ela o ignorou, com um movimento semelhante da própria mão. O guarda fez uma careta, mas voltou para a cadeira na sombra. Saloni despiu os braços e a cabeça, então trancou as peças no compartimento sob a garupa.

Geeta disse:

— Assim como maridos nos batem e nós devemos ficar quietas, entender e aceitar? Isso também é "tradição"?

— Geeta... — As duas subiram os degraus lascados que levavam ao salão. Saloni deu o próprio nome e indicou que Geeta também deveria se sentar com ela atrás de uma cortina.

— Espera, me deixe terminar. Estou pensando nisso desde que essa bagunça toda começou. Se Ramesh batesse em você, seria inaceitável. Mas ele bateu em mim, então é só o que se espera de um casamento. Darshan tentou me estuprar, então eu tinha justificativa para atacá-lo. Mas se ele tivesse tentado estuprar Preity, também seria só o que se espera de um casamento. Khushi é uma Dálite, então não pode se sentar conosco nem comer conosco, e só pode fazer um tipo de trabalho; os filhos dela podem conseguir um diploma, mas eles, também, só podem fazer um tipo de trabalho. E...

AS RAINHAS BANDIDAS • 279

Geeta se calou quando uma garota vestindo uma *kurta* entrou de súbito pelo lado em que estavam atrás da cortina fechada. Ela usava aquelas calças jeans skinny que Geeta via com frequência nos jovens, mas o nome da peça não servia ali, as calças estavam folgadas e volumosas em torno das pernas de graveto da garota. Fones brancos plugados em suas orelhas, fios gêmeos se pendurando na frente de seu corpo e desaparecendo dentro do bolso, que abrigava o celular. A melodia vaga de uma música rap recente preencheu o mundo cercado delas. *"Lungi dance, lungi dance, lungi dance."* Sem sequer um olá, a garota pegou o braço de Saloni e começou a espalhar cera com a prática apática de um profissional da medicina.

Saloni espreitou em torno da garota para encarar Geeta, que se empoleirava em um banco tão baixo que não faria diferença ter se sentado no chão.

— De onde está vindo essa *andolankara, yaar*?

— Não sei — Geeta confessou. Ela *realmente* parecia estar agitada. As palavras de Karem flutuaram até ela, a respeito de crianças não questionarem injustiças. Mas e quando adultos também deixavam de fazê-lo? Se mulheres eram capazes de ajudar umas às outras a cometer assassinatos porque sentiam ser moralmente correto, então por que não conseguiam ajudar outros que estavam sendo injustiçados, também?

Quando Geeta era mais nova, muito antes de o *panchayat* votar para que fosse construída, na parte sul do vilarejo deles, uma cisterna igual, mas separada, os Dálites vinham à bomba d'água para encher seus potes de aço e argila. Não tinham permissão de bombear, é claro, mas Geeta observava sua mãe, ou outra mulher, fazer aquilo por eles — os *Harijans*, como aquela geração os chamava com condescendência —, derramando a água de uma altura profilática, com cuidado para não tocar o balde nos potes deles. As pessoas do vilarejo identificavam castas à primeira vista, como se fosse gênero, e se comportavam de acordo. Sua mãe não havia mostrado malícia, não maltratara ninguém, mas, ao seguir as regras, ela as tinha aceitado, e ensinou Geeta a fazer o mesmo. Mas, agora, todos os costumes que Geeta fora condicionada a considerar como valor de referência estavam se mostrando suspeitos.

Geeta não era uma rebelde; nunca seria alguém a desafiar o mundo inteiro e vencer. Phoolan Devi também não o fora, mas tinha desafiado e vencido alguns homens, e sua história tinha tocado a de outras incontáveis mulheres, incluindo Geeta. Ela sempre tinha enxergado a vida de Phoolan como traçada pelo gênero: uma mulher contra punhados de homens que constantemente usavam de sua condição como mulher para desumanizá-la, para, literalmente, arrastá-la na lama. Mas Geeta passara a ver que as castas marcaram a história de Phoolan tanto quanto — se não mais do que — seu gênero.

Ela tinha nascido Phoolan Mallah, Dálite e mulher, portanto subjugada em dobro. Mesmo em uma gangue sem consideração por civilização ou leis, a casta reinava. Seu marido, Vikram, foi massacrado por causa de sua casta, ela foi coletivamente estuprada por causa de sua casta. Matou vinte e dois homens de casta superior como vingança. E foi só então que deixou de ser uma mulher e se tornou uma lenda; o país deixou de lado seu sobrenome demarcado pela casta, "Mallah", e fez dela uma Devi no lugar.

Mas Geeta dispunha de poucas palavras para expressar aquilo a Saloni, cujo rosto estava paciente, mas na expectativa, observando Geeta por trás da depiladora adolescente. Então, Geeta tentou de novo:

— Estive sozinha por anos e fiquei bem, você sabe disso. Mas... a melhor forma que consigo explicar é assim. Às vezes, quando fico com Bandido dentro de casa por tempo demais, me acostumo com o cheiro dele. Então, saio de casa para buscar água, para uma reunião dos empréstimos ou o que quer seja, volto e sinto o cheiro dele, e percebo que o cachorro está sujo, está fedendo, precisa de um banho.

Saloni não reagiu quando a garota arrancou o tecido, pressionou-o novamente e puxou mais uma vez.

— Acho que passei a vida toda sem olfato e, agora, consigo sentir os cheiros. Está sujo, Saloni. Está fedendo e precisa de um banho.

— Pernas? — a garota disse tão alto que Geeta deu um pulo. Saloni fez que não, sacudindo a cabeça.

A garota se afastou. Saloni examinou os braços, que tinham pedacinhos grudentos de cera residual.

— Mas, Geeta, pense bem: se convidássemos Khushi para jantar ou deixássemos que ela tirasse água da nossa bomba em vez da deles, você se sentiria bem consigo mesma, mas iriam atrás *dela*, não de você. Queimariam a casa *dela*, bateriam *nela*.

"Alguns anos atrás, uma garota da região se casou com um médico de Amedabade, sabe? O casamento aconteceu em um vilarejo próximo, e eles convidaram uma família Dálite, já que a noiva era a melhor amiga de infância da garota. Logo depois, alguns dos convidados de castas superiores os espancaram por terem comido junto de todos. Amarraram trapos embebidos em gasolina nas mãos do homem e as queimaram. Estupraram a mulher e a filha. — Saloni engoliu em seco, com dificuldade. — Não é certo; eu sei disso, você sabe disso. Não deveria ser assim. Mas, independentemente das suas intenções, suas ideias têm consequências que afetam outras pessoas."

Enquanto Saloni pagava, Geeta teve mais dificuldade do que gostaria para se erguer do banco. Seus joelhos estalaram de maneira mais vergonhosa do que dolorida. Quando tinham voltado à estrada, a caminho de casa, Geeta disse:

— Mas por que não podemos tentar novas regras? Digo, você faz parte do *panchayat*!

Saloni revirou os olhos.

— Eles *precisavam* ter uma mulher, era obrigatório. Meu sogro garantiu que eu vencesse para ele ter outro voto a seu favor. Na maior parte do tempo, nem me avisam sobre as reuniões do conselho.

— Você tem mais influência do que pensa. Eu me lembro de dois anos atrás, você nem sequer estava no conselho ainda, mas quando estavam todos votando sobre o crime de honra daquela garota, você convenceu o *panchayat* a resolver a questão com uma multa.

A risada de Saloni foi irônica.

— Pois é, e a família foi à falência tentando pagar a multa. Não ajudei ninguém. Além disso, eles anularam o casamento, então, na verdade, de que serviu tudo aquilo?

— Aquela garota está *viva* por sua causa! E lembra do que você disse sobre Preity? Que, se as pessoas a impedissem de tentar fazer as coisas só por ser uma viúva, teriam que se ver com você? *Isso* também é poder, Saloni. E nós deveríamos usá-lo.

Depois de terem saído da rodovia, a estrada ficou mais acidentada, e os dentes das duas batiam.

— Como?

Saloni estacionou em frente à própria casa. Geeta desceu primeiro e, enquanto Saloni equilibrava o apoio, a inspiração a atingiu. Geeta estalou os dedos.

— Podíamos casar sua filha com o filho de Khushi!

Quando Saloni mais uma vez libertou o rosto de seu lenço, Geeta viu que ela estava olhando feio.

— Aparna tem cinco anos, Geeta. Você não vai consertar a intocabilidade casando crianças. E não deveríamos primeiro resolver nossos problemas mais imediatos? Tipo você-sabe-o-quê? Depois, podemos "ser a mudança que queremos ver no mundo", Gandhi.

Geeta sorriu.

— Tem certeza de que Trivedi não inventou essa expressão, também?

Saloni soltou uma gargalhada sincera.

— Que imbecil. E as pessoas acham que *eu* sou convencida. Deus.

— Quando é a próxima reunião do conselho?

Saloni deu de ombros.

— Não sei, mas vou perguntar a Saurabh.

— Ótimo. Acho que tenho uma ideia. Se conseguirmos colocar Khushi no conselho, então...

— Geeta, não fique cheia de esperanças, ok? Esse sistema é tão antigo quanto a Índia, e nós somos mulheres, caso você tenha se esquecido.

AS RAINHAS BANDIDAS • 283

— O que houve com sermos "facilitadoras do carma"? Você está subestimando a capacidade dos vilarejos. Tipo, todas as vezes que acontecem aquelas revoltas nas cidades, hindus e muçulmanos matando uns aos outros, nada nunca acontece aqui, não é? Se podemos fazer aquilo, somos capazes disso também.

Saloni sacudiu os quadris sugestivamente.

— Ahhhhh — ela cantarolou. — *Agora* entendi por que você está entoando esse *bhajan* da igualdade. Queremos paz para ninguém perturbar quando você e Karem... — Saloni contraiu os lábios e deu três beijinhos rápidos no ar.

— *Che!* Não seja nojenta.

— Nojenta? *Você* tem cinco anos, também? Não é nojento. É *sexy* — ela disse, a palavra em inglês soando tão pornográfica que a cabeça de Geeta girou para se assegurar de que ninguém tinha entreouvido.

— Certo, estou indo.

— Para ver o Kare-eeem?

— Cale a boca.

— Foi uma piada.

— "Eu não gosto de piadas."

— "Eu não gosto de *você*."

O diálogo era parte do pouco inglês que Geeta sabia, ainda famoso anos depois do lançamento do filme. Antes de seu casamento, Geeta tinha assistido a *Kuch Kuch Hota Hai* com Saloni, sob os protestos de Ramesh. As coisas estavam bem tensas entre ambas, e um filme parecera um terreno seguro; elas não podiam discutir na paz sistematizada da sala de cinema. As duas tinham gostado do filme — assim como boa parte da Índia — e, via acordo silencioso, nenhuma delas mencionou o casamento ou Ramesh. Tinham discutido sobre outros filmes no caminho de volta; no entanto, o assunto girou em torno do realismo (ou a falta dele) de um antigo amor reaparecer assim que a protagonista tinha superado e seguido em frente. Depois da altercação, as duas seguiram por caminhos diferentes, murmurando algo sobre uma "próxima vez" que nunca aconteceu.

Mas agora ela e Saloni tinham se reencontrado. Saloni e Karem eram abrigos modestos em meio a um caos de assassinatos, desordem e chantagens, e Geeta se afundava naquele refúgio com alívio, se não com felicidade. Com o passar dos anos, a solidão tinha se tornado um braço morto, inútil e pesado, mas que lhe pertencia, de toda forma, então ela o arrastava junto de si, seus outros membros fazendo mais força para compensar o fardo. Naquele momento, era como se o braço em questão funcionasse em conjunto com o restante, enfim ajudando em vez de obstruindo. Geeta não percebeu que assobiava até que parou, seus pés tropeçando quando ela se deparou com o visitante à sua soleira.

Ele nunca fora particularmente bonito, e naquele momento, com Ramesh se erguendo para cumprimentá-la, Geeta percebia que, apesar de muitas outras coisas terem mudado em cinco anos, aquele fato permanecia o mesmo.

VINTE E TRÊS

Ramesh sorriu para ela. Seu foco estava impreciso, levemente voltado demais para a esquerda, mas ele disse:

— Geeta? Eu sabia que era você. É como aquela música de que você gostava: "Mesmo que meus olhos se fechem, eu ainda reconheceria seus passos".

Os versos estavam errados, mas ela estava ocupada demais negando o que os próprios olhos, muito abertos, viam para corrigi-lo.

— Você não pode estar aqui.

— Não, sou eu mesmo. Em carne e osso. — Os braços dele se ergueram ao lado do corpo, mostrando a si mesmo como um prêmio duvidoso. Segurava uma bengala branca na mão direita. Estava, ela percebeu ao se aproximar cuidadosamente da porta da frente, cego.

— Não — ela disse. — Quero dizer que você *não pode* estar aqui. — Se Farah ficasse sabendo que Ramesh estava vivo, que Geeta não tinha retirado a própria argola do nariz, suas ameaças se tornariam mais insubstanciais do que água. Nesse ínterim, suas esperanças altivas para o futuro de Bandido como cão de guarda evidentemente estavam mortas. Onde estava aquele vira-lata? — Há quanto tempo você está aqui? Alguém o viu?

Ele gesticulou para a bengala com um sorriso pesaroso.

— Como eu saberia?

Mas ela tinha preocupações maiores do que a falta de visão de Ramesh.

— Vá para dentro! — ela sibilou.

Ele não se mexeu.

— Me ajuda? — perguntou, a voz tão baixa e patética que a palma da mão de Geeta coçou de vontade de estapeá-lo. Ainda assim, ela o manobrou, seu toque indelicado, e fechou a porta atrás deles.

— O que está fazendo aqui?

— Poderia me dar um copo d'água? Está tão quente lá fora — Ramesh pediu, da mesma maneira submissa. Geeta o fez, com um resmungo tão profundo quanto sua relutância. Depois de um momento em que Ramesh tentou e fracassou em segurar o copo, ela envolveu com impaciência a mão dele em torno do aço.

Tinha imaginado aquele momento muitas vezes, em especial no primeiro ano de ausência de Ramesh. O momento em que ele voltaria, transbordando desculpas e explicações, era consistente em cada fantasia. Cairiam nos braços um do outro, chorando; ele pararia de beber e ela engravidaria. Ou, então, Geeta recusaria a princípio, o faria sofrer, e Ramesh se esforçaria arduamente pela confiança dela, como o herói de um filme. Ou, então, ela proferiria um discurso longo e emocionalmente carregado (que ensaiava enquanto lavava os cabelos), falando de como sobrevivera por conta própria e que não precisava mais dele, então ele podia muito bem continuar desaparecido.

Depois de beber, Ramesh secou a boca, e Geeta exigiu novamente:

— O que está fazendo aqui?

— Você é minha esposa.

Ela não pôde conter uma gargalhada de hiena.

A voz dele ficou irritada.

— O quê? É verdade.

— É, uma esposa que você abandonou há cinco anos. Então, o que realmente está fazendo aqui?

Talvez ele tivesse intuído que ela encontrara outro, seguira em frente, e então correu de volta para marcá-la como sua. Não movido por amor ou mesmo por desejo, mas simplesmente da mesma forma que um senhorio marca a propriedade a fim de evitar invasores. Mas isso era paranoia; não havia maneira de ele saber a respeito de Karem. Era simplesmente a vida se desdobrando como queria e, mais uma vez, completa e totalmente fodendo Geeta.

— Senti sua falta.

Geeta o encarou. Seus olhos estavam abertos, mas desfocados. Ele bateu a bengala para ter uma ideia dos móveis na casa. Aquelas eram as palavras, de alguma forma, da fantasia dela. Geeta quis perguntar como Ramesh tinha ficado cego, mas não queria dar a ele a impressão de que se importava. Era peculiar, mas a condição degradada do homem diluía suas recordações de terror. Ou talvez fosse o fato de ele ter envelhecido, ou de ela ter envelhecido e encarado problemas mais aterrorizantes do que ele. Talvez Geeta estivesse simplesmente atônita demais para sentir medo. Qualquer que fosse a razão, o resultado era que, no momento, ela se sentia mais irritada do que ameaçada.

— Então, você quer dinheiro.

— Não! Ouça, sei que estraguei tudo. Mas quero me redimir com você. Por favor, permita que eu faça isso.

— Impossível.

— Deixe-me tentar.

— Você precisa ir embora. Mas não agora. De noite, quando ninguém for vê-lo.

Ele tentou se mover na direção de Geeta, mas não conferiu a desobstrução do caminho com a bengala antes, e tropeçou em uma cadeira de plástico. O móvel retiniu ao cair de lado, e Geeta avançou para equilibrar Ramesh, antes que pudesse lembrar a si mesma que não se importava se ele caísse e rachasse o crânio.

— Geeta, por favor. Não tenho mais para onde ir. Olhe para mim. Levei semanas só para chegar aqui.

— E eu levei cinco anos para chegar até aqui.

288 • PARINI SHROFF

— Mas eu estou *cego*. — Ele quis ser persuasivo, Geeta pensou, assim como Farah fazia.

— É mais fácil ser um homem cego do que uma mulher abandonada. Você não pode simplesmente aparecer e arruinar tudo pelo que me esforcei.

— Não quero arruinar as coisas.

— Mas você *vai*, é isso que você faz.

— Mas eu sou seu *marido*.

Demorou um bom tempo para Geeta parar de rir.

— Seria de esperar que fosse menos engraçado da segunda vez — ela disse —, mas não.

A voz de Ramesh estava amarga.

— Entendo o seu lado. Mas estou falando sério: quero me redimir com você. Deixe-me fazer isso, Geeta. — Depois de uma longa pausa, ele perguntou: — No que você está pensando?

— Estou pensando que gostava mais de ser viúva.

Exceto pelo fato de que ela não era uma viúva. Era uma assassina e — dado o contexto seus pensamentos se voltavam para Karem e para os momentos que compartilharam —, tecnicamente, uma adúltera, para completar.

Vozes encheram o cômodo. Através das barras de suas janelas abertas, Geeta avistou pessoas, quase todas de branco, andando na direção da casa de Darshan, onde uma pranteadora profissional já devia estar, batendo no próprio peito e encorajando Preity a externar sua dor. Enquanto isso, apesar de não saberem, as garotas na área ao sul do vilarejo estavam mais seguras do que tinham estado em um bom tempo. Depois que o sacerdote conduzisse as orações de todos, Khushi e seus filhos levariam o corpo para ser cremado e o filho de Darshan acenderia a pira.

— O que está acontecendo? — Ramesh perguntou, a cabeça inclinando-se.

— Estão se preparando para os sacramentos finais.

— De quem?

— Geeta? — alguém chamou do outro lado da porta.

— Shh! — Geeta sibilou para Ramesh, apesar de ele não ter dito nada. Ela reconheceu a voz de Farah. — Esconda-se.

— Hã?

— Eu disse "shh"! Você precisa se esconder. Ela não pode saber que você está vivo.

— Por quê? — Ramesh sussurrou, seguindo a deixa dela.

— Porque minha vida depende dela pensar que você está morto, e que eu o matei.

— Como é?

— Saia pelos fundos. Não, espera, outras pessoas podem ver você. Entre no armário.

— Geeta? Sei que está em casa, o cadeado está aberto.

— Um minuto — ela gritou. — Armário. Vá.

— Mas...

Geeta deixou o próprio rosto espetacularmente feroz, embora o esforço tenha sido em vão.

— Está dizendo que quer se redimir comigo? Então entre.

Ramesh entrou, apalpando ao seu redor e dobrando o corpo contra os sáris. Geeta enfiou a bengala na barriga dele e fechou as portas com um *uuuff* vindo do homem. Ela expirou em frente ao espelho, então virou-se para abrir a porta da frente com um "O quê?" bem alto.

Farah estava com roupas pálidas.

— Que elegância. Você não deveria estar na cadeia? De qualquer forma, pretende ir à casa de Darshan? Não sei dizer se é uma grosseria maior você ir ou não, nesse caso. Não existe bem um livro de etiqueta sobre assassi...

— Por que está aqui? — Geeta a interrompeu, agudamente ciente de Ramesh, que podia ouvir tudo através do algodão que o envolvia.

— Porque seu vira-lata está pulando por todo lado. Alguns de nós estão tentando *ficar de luto*, sabia? Não *você*, obviamente, mas...

— Bandido, venha. — O cão subiu os degraus aos pulos e lambeu a mão estendida dela. Então, congelou, perdendo o interesse de imediato e correndo para latir diante do armário.

— Mas que diabos?

— Ele, err, faz isso às vezes — Geeta disse. — Vejo você na reunião da semana que vem.

— Espere, o que aconteceu na delegac...

Geeta fechou a porta no meio da pergunta de Farah.

— Bandido, quieto! — Ao estender a mão para a maçaneta da porta do armário, Geeta hesitou. Seria muito mais fácil se pudesse simplesmente manter Ramesh escondido e livrar-se dele. Ou se a ficção se tornasse fato e Bandido lhe fizesse a maior das gentilezas e comesse o seu marido.

— Geeta? — ele chamou. — Tem, tipo, um cachorro aqui?

Sempre muito inteligente esse homem. Ela suspirou, levando Bandido para os fundos antes de libertar Ramesh, que caiu de dentro do armário, a bengala em mãos.

— Eu ouvi certo? Darshan morreu? — Ramesh suspirou. — *Oh, baap re.* Eu costumava beber com ele.

Geeta olhou feio para o marido.

— Você costumava beber com todo mundo, *gadheda.* — Ela jamais teria ousado falar com o marido dessa maneira antes, e seu corpo inflou de orgulho.

Ramesh não se ofendeu.

— Isso é verdade. Mas estou limpo agora. Não toco o negócio desde... — Ele ergueu o braço para balançar a mão na frente dos olhos, e o corpo inteiro de Geeta entrou em pânico. De repente, ela tinha vinte e dois anos de novo, dobrada no chão da cozinha, o pé de Ramesh enterrado em sua barriga, em suas costas. Ela encolheu-se, tropeçando para trás com um arquejo antes de registrar o movimento como inofensivo.

Mas era tarde demais. Foi como se um interruptor tivesse sido ligado. De mulher segura com o próprio poder, ela decaiu para alguém com absolutamente nenhum. Um punho terrível apertou seu peito; ela não conseguia falar. Olhar para ele era perturbador demais, então Geeta não o fez, focando em vez disso as próprias mãos trêmulas, e em como seu mindinho esquerdo tremulava em um ângulo anormal.

Tentou respirar e não encontrou ar. Seu único consolo era o fato de que ele não conseguia enxergar sua reação repentina e volátil.

— Como? — Geeta conseguiu empurrar a palavra para fora com a voz firme.

— *Tharra*. Peguei um lote estragado. Misturado com algum veneno ou algo do tipo.

Geeta não sentiu vontade de mencionar Bandido ou o metanol de Bada-Bhai. Ela mancou até a mesa e se sentou, encarando a fotografia da Rainha Bandida, tentando desfazer o nó da ansiedade por trás de seu esterno. Não havia necessidade de sentir medo; ela tinha uma vida e amigos ali, Ramesh, não. Mesmo enquanto dizia a si mesma que ele não podia mais tocá-la, percebeu que não acreditava nisso.

— Por que você foi embora?

— Fui um merda com você, sei disso. Fui um covarde: os agiotas estavam vindo atrás de mim. Teriam me matado. Mas eu sabia que não a machucariam; eles sabiam que você não tinha nada de valor.

Ramesh instigava aproximadamente a mesma confiança de um piloto cego.

— *Você* me machucou bastante.

— Nunca mais, Geeta. E estou cego, sim, mas juro que não sou um fardo. Sei viver dessa maneira. Havia uma ONG em Amedabade...

— Então você esteve em Amedabade nos últimos cinco anos?

— Não o tempo todo. Fiquei pedindo esmola nas ruas por um tempo antes de a ONG me encontrar. Eles me ensinaram a trabalhar assim. Ainda consigo consertar bicicletas e fazer cadeiras de vime. Ainda sou bom com minhas mãos.

— E quanto aos seus pais? Seu irmão disse que eles não conseguiam encontrar você.

— Eu estava envergonhado demais para vê-los, e não queria ser um fardo para meu irmão. Ele já precisa tomar conta dos nossos pais. E eu não conseguiria lidar com a decepção deles.

Ele poderia estar mentindo, mas o que era crucial, ela sabia, era ter certeza de que Ramesh não escutasse seu medo. Geeta manteve a voz leve ao dizer:

— Bom, pelo menos você não teria que ver a decepção deles.
Ramesh sorriu.

— Engraçado. Você sempre foi engraçada. — As sobrancelhas
dele se franziram. — Realmente não fizeram contato com você?
Em todos esses anos?

— Todos pensaram que eu tinha feito algo a você. Feito você
desaparecer.

— Ah, Geeta.

Ela pigarreou.

— Já foi. Assim como nós. Vá embora, por favor.

— Pelo menos me deixe ficar durante o Diwali — ele disse.

— São mais de duas semanas! Não!

— Mas faz tanto tempo que não venho para casa. Olha, vou
guardar um pouco de dinheiro para minha bengala e, depois disso,
se você ainda não me quiser por perto, vou embora. — Ele beliscou
a pele da garganta. — Prometo.

— Que bengala?

O rosto dele ficou animado.

— É uma nova bengala *smart*. Uns estudantes em Deli que
inventaram. É incrível. Não sei como, mas ela sente as coisas em
torno de você e vibra para te alertar.

— Como um sonar?

Ele franziu a testa.

— Hã?

— Como os morcegos.

— Hã?

— Deixa pra lá. Quanto custa essa bengala?

— Vinte mil.

— Se eu lhe der o dinheiro, você vai embora? — Era evidente
que não importava quanto tempo tinha passado; se a reação dela
àquele homem era tão visceral assim, precisava dele longe, não
importava o preço. Assim como fizera com Farah, Geeta precisava
começar a proteger a si mesma em vez de apenas reagir.

— Eu não poderia lhe pedir...

— É uma pergunta de sim ou não. — Mas ela já estava indo na direção do armário. Geeta jamais revelaria a caixa a outra pessoa, mas Ramesh não era capaz de ver o conteúdo. Ela tirou o *mangalsutra*. — Sua família pagou por isto — ela disse, depositando-o na mão dele. — Então faz sentido que você fique com ele. Vá embora e venda isto para comprar sua bengala.

As pontas dos dedos dele leram as contas.

— Isto é o seu...

Geeta balançou a cabeça e, então, percebeu o próprio erro.

— Sim.

— Ah, Geeta...

— Não, pare. Eu não quero sua gratidão nem suas bobagens de cinema. Só pegue e vá.

O rosto de Ramesh, furado com profundas cicatrizes de varíola, estava constrangido.

— Não é isso. Deus, isso é tão constrangedor. Não consigo acreditar; deveria ter corrigido isso antes, mas, honestamente, meio que esqueci e, então, não importava mais, e... Deus, isso é vergonhoso. Essa é a questão de ficar sóbrio... você se lembra de todas as merdas egoístas que fez.

— O que você está dizendo?

— O *mangalsutra* é falso. Eu... eu usei o dinheiro que meus pais me deram para pagar uma dívida. E comprei uma bijuteria.

Não era chocante. Ainda assim, ela disse:

— Você o quê?

— Eu ia trocá-lo! Juro, quando conseguisse um pouco de dinheiro, mas...

— Quem foi que você pagou? — Geeta não precisava ter se dado ao trabalho de perguntar. — É claro que foi bebida. Você... — para seu completo alívio, ela emergiu do túnel de medo e se deparou com uma curva muito familiar a do ódio — ... é um canalha.

— Eu sei — Ramesh gemeu. — Sei que sou. É por isso que quero me redimir com você. Vou conseguir um emprego, juntar um dinheiro, comprar um *mangalsutra* e uma bengala.

— Esqueça — ela retorquiu. — O que é que vou fazer com a porra de um colar nupcial ganhado de você, Ramesh? — Estava furiosa consigo mesma e com seu gesto imbecil e inútil de gentileza; não, de fraqueza. Pelo menos, não tinha tentado vendê-lo; teria saído da loja sob gargalhadas. — Deus do céu, esqueci que pedra no sapato você é.

— Perdoe-me — o marido pediu. — Perdoe-me, por favor. Vou encontrar um jeito de me redimir, juro. — O colar estava na mão dele, entre os dois. A peça balançou quando Ramesh perguntou timidamente: — Você, bom, quer isto de volta ou...

Geeta o arrancou da mão dele.

— Eu deveria enfiar isto aqui no seu buraco de mijar.

Ele piscou.

— Você sempre foi tão vulgar assim?

...

Ela não compareceu ao luto de Darshan. Saloni foi, no entanto, então Geeta esperou na varanda dela. Quando saiu da própria casa, Ramesh fizera uma tentativa de indagar sobre seus planos, e ela a esmagou rapidamente, informando-o com falsa bravata que não tinha interesse algum em retornar para uma vida em que ele tinha qualquer tipo de poder sobre ela. Bandido tinha caminhado a seu lado e, no momento, perdia uma batalha contra um novo lagarto ágil.

— Bandido! — Arhaan gritou quando chegou com sua família. Em razão do luto por Darshan, todos usavam branco e, naquele instante, pareciam uma propaganda do sabão de roupas Nirma.

— Oi — Saloni cumprimentou. — Você está bem?

— Não muito.

Arhaan e a irmã levaram Bandido para brincar na rua. Depois de acenar a cabeça em um cumprimento para Geeta, Saurabh entrou. Geeta explicou que Ramesh tinha voltado, falido e quebrado.

— Está falando sério? Por quê?

— Diz que quer tentar de novo, mas não tenho certeza.

O pânico inundou o rosto geralmente confiante de Saloni e, por um momento, ela paralisou.

— Não tem certeza! Você não pode aceitá-lo de volta, Geeta! Não depois de tudo que ele...

— Não, não, quero dizer que não tenho certeza do que ele está de fato aprontando. Ofereci dinheiro a ele e não funcionou.

— A única coisa que você deveria oferecer àquele *chutiya* são duas bofetadas. Ele já roubou o suficiente de você.

— O quê?

Saloni balançou a cabeça, vacilando por apenas um segundo antes de suas palavras ficarem fluidas novamente.

— Você entende o que quero dizer. Seu tempo, por exemplo. Amor. Seu sal.

Geeta sentia-se próxima às lágrimas.

— Foi horrível vê-lo de novo, Saloni. Nem consigo explicar. Parecia... parecia que não tinha passado tempo algum, mesmo que tudo tenha mudado. Quando penso em Ramesh, o odeio tanto que poderia arrancar os membros dele, mas então... quando o vi hoje, não foi assim. Foi...

— O quê?

— Aterrorizante — ela sussurrou. — Eu não estava brava, estava só assustada. Não posso ficar junto dele.

Saloni hesitou.

— Será que deveríamos, tipo, "nos livrar" dele?

Geeta deu um tapa na própria testa.

— Por que essa é sempre a solução de todo mundo? Só quero me livrar dele do jeito "normal", não *me livrar* dele.

— Não sei, digo, todo mundo já acha que ele está morto. Poderíamos só... você sabe. Você disse que ele está cego, certo? Então vai ser mais fácil do que os outros.

— Ou então, que tal, o *panchayat* poderia decidir que ele não é mais meu marido, e que portanto não lhe devo nada e ele precisa ir embora.

A boca de Saloni repuxou-se para baixo, com dúvida.

— Você quer levar isso ao conselho? E se eles decidirem contra você?

— Bom, tenho seu voto, certo? E você e Saurabh podem convencer seu sogro. Seja qual lado ele for, os outros vão seguir.

— Ainda é um grande risco.

Geeta olhou para a rua, onde as crianças puxavam um graveto apertado entre os dentes de Bandido.

— Estive pensando em Khushi.

— Oh, Ram. — Saloni suspirou. — Tem uma tempestade de merda caindo na sua cabeça, e ficar se distraindo não vai limpar as coisas, Geeta.

— Se Khushi conseguir um lugar no *panchayat*, ela também votaria contra Ramesh. Além do mais, ela poderia ajudar a si mesma e os outros Dálites. É uma vitória dupla.

— *Supondo* que vocês vençam. Nunca permitiriam duas mulheres no conselho.

— Talvez precisem: existe uma vaga reservada para uma casta registrada, assim como para uma mulher.

— E daí? A lei não foi imposta até agora.

— Certo, mas tenho a sensação de que a S.A.P. Sushma Sinha *iria* impô-la.

— Acabamos de tirar aquela mulher de nossas vidas, por que a convidaríamos de volta?

— Não quero convidá-la para vir morar aqui, só quero que ela exija que o *panchayat* obedeça à lei. Você ouviu a Khushi, Sinha adora o décimo quinto artigo.

Saloni balançou a cabeça, seu tom de voz amargo.

— Sua casa está pegando fogo e você vai simplesmente doar água?

— Se eu tiver os votos, vou me livrar de Ramesh de uma vez por todas.

— Existe outra maneira de se livrar dele de uma vez por todas. — Diante da exasperação de Geeta, Saloni completou, maliciosa: — Só estou dizendo.

— Eu quis dizer — Geeta falou, tentando dar um sorriso e falhando — uma maneira que não garanta que eu reencarne como uma barata. Vou falar com Khushi.

— Agora?

Geeta lembrou-se do próprio medo quando Ramesh simplesmente moveu o braço.

— Eu... eu não consigo voltar para casa agora.

...

Como anunciado, a casa de Khushi era mesmo muito maior do que a de Geeta. Dois andares avantajados, além de um terraço com jardim. Depois de alcançar a área sul do vilarejo, seguindo o dreno de água, o caminho havia sido fácil. Todos sabiam onde a abastada Khushiben morava. A indicação de cada pessoa a levava para mais perto.

Geeta bateu às portas duplas verdes. Uma garota descalça atendeu e, quando Geeta perguntou de Khushi, a garota olhou para trás de si, mas não disse nada.

— Eu cuido disso, Amali — Khushi disse. — Vá fazer mais chá.

A garota foi embora com a mesma servilidade que demonstrara ao abrir a porta. A silhueta de Khushi, generosa e suave, engoliu a lacuna entre as portas abertas. Ela não sorriu, não exatamente, mas seu tom de voz era leve quando falou, à guisa de um cumprimento:

— Espero que seu cachorro não tenha morrido.

— O quê? Ah. — Geeta riu. — Não, bate na madeira. Eu queria falar com você. — A última frase permaneceu viva entre elas, um aroma azedando à medida que Khushi continuava a não convidar Geeta para entrar.

— Estou com visitas — Khushi anunciou.

Eram da casta de Khushi, foi a informação implícita, acompanhando as palavras dela como legendas, e a casta de Geeta criaria a necessidade de ajustes desconfortáveis. As visitas não poderiam se sentar em móveis na presença dela, ficando em pé em vez disso, como sinal de respeito, antes de passarem para o chão.

— Ah, certo, entendo. Hum, eu poderia passar uma outra hora?

— Não, não, diga.

Tradução: *Seja rápida.*

— Certo, ok. Então, hã, eu estava pensando em quanto você já conquistou e em como você é impressionante, como mulher de negócios e como mulher, e pensei, bom, você deveria estar no *panchayat*, porque, com aquele tipo de plataforma e de poder, você poderia trazer para outros o mesmo tipo de conquistas que trouxe para si mesma, "outros" significando Dálites, com certeza, mas também outras mulheres. De um jeito ou de outro, acho que você teria uma boa chance de ganhar, especialmente se sua candidatura fizer com que os Dálites votem de fato, desta vez, porque sabe, a maioria não vota, acham que não faz diferença, não que não tenham justificativas para se sentir assim, porque nada nunca muda, então por que se dar ao trabalho? Mas se o *seu* nome estivesse nas eleições, isso *poderia* significar mudanças e eles *realmente* votariam, o que...

— Respire — Khushi instruiu.

Geeta obedeceu, engolindo ar como se fosse água. Ela sorriu.

— Vai se candidatar?

— Não.

Geeta murchou.

— Não?

— Não, obrigada — Khushi corrigiu.

— Mas...

Uma voz vinda de dentro interrompeu:

— Khushiben? Está tudo bem? Preciso estar em casa às nove, e nós ainda temos que... ah, olá, Geetaben. Bem-vinda — Farah disse, bebendo chá no pátio de Khushi, como se estivesse na própria casa.

VINTE E QUATRO

Porções da casa de Khushi haviam sido erguidas com barro cuidadosamente alinhado para parecer tijolos, mas a maior parte era cimento. As adições mais recentes, como o banheiro e as duas salas de estar que Geeta viu enquanto era conduzida pelo pátio, eram distinguíveis pela pintura mais viva e pela ausência de manchas d'água. Bastante atônita, ela se sentou em uma grande sala de estar, em um divã ao lado de Farah, que sorveu as borras de seu chá até que a garota voltou com uma bandeja de xícaras reabastecidas. Geeta estava a ponto de estender a mão para pegar uma quando Khushi se pronunciou:

— Você não vai querer o chá, é claro — ela falou brandamente, de seu próprio divã.

— Ah, eu...

Mas a garota, Amali, já tinha obedecido às palavras de sua mestra, andando até onde Khushi se recostava em uma almofada comprida, fumando narguilé com a autoridade tranquila de um sultão inspecionando uma cortesã. Anéis de prata adornavam os dedos de seus pés. Acima dela, estava pendurado um retrato emoldurado em preto e branco de dr. B. R. Ambedkar. Khushi escolheu um *paan* dobrado da bandeja de Amali e enfiou a folha inteira na boca. Amali equilibrou a bandeja com uma mão ao passo que reordenava os carvões do narguilé com um par de pinças. Quando Khushi inalou, a água borbulhou.

— Ah, Amali — Farah disse calorosamente, saboreando a nova xícara. — Você sempre se lembra de que eu gosto de mais açúcar.

Geeta piscou diante da familiaridade; sua língua coçava para perguntar sobre a relação de Farah com Khushi, mas ela se recusava a dar a Farah a satisfação de admitir qualquer curiosidade. Depois de uma leve reverência de reconhecimento, Amali abriu as quatro portas do cômodo para que o ar circulasse e, então, saiu.

— Eles me ofereceram isso anos atrás, sabe. Quando começaram as cotas — Khushi falou, mastigando o *paan*.

— Hã? — Geeta disse.

— O *panchayat*. Até disseram que pagariam todas as despesas para que eu concorresse. Faz sentido. Mulher *e também* de casta registrada; preenche as duas cotas, com apenas um assento, um voto.

— E você recusou?

O riso de Khushi foi irônico.

— Por que eu aceitaria? Para arrastar minha bunda até o escritório uma vez por ano e posar para uma foto, enquanto eles fazem o que diabos quiserem nos outros dias do ano? Na verdade, só pioraria as coisas, porque, assim, todos aqui pensariam que faço parte das merdas que eles decidem. Eu me esforcei demais, por tempo demais, para deixar que estraguem minha reputação. E tudo por uma coroa falsa? *Ay-ya*!

— Mas ela não precisa ser falsa! Você poderia fazer mudanças de verdade. — Geeta tinha planejado explicar seu problema com Ramesh, mas a presença de Farah complicava a questão.

— Escute, err, qual era seu nome mesmo?

— Geeta — Farah informou, prestativa. A alegria irradiava dela como calor do asfalto.

— Certo. Geetaben. — Khushi soltou uma nuvem generosa de fumaça. — Sua culpa não é de muita utilidade para mim.

— Não, eu...

— Não me sinto particularmente honrada por você ter se "rebaixado" vindo até aqui, entrando em minha casa. Você deixou meus filhos encostarem no seu cachorro, e daí? Não vou cair aos seus pés com gratidão.

— Não achei que você fosse, só...

— Sim, você achou. — O sorriso de Khushi foi indulgente, mas astuto. E naquele momento, finalmente, Geeta registrava a raiva titânica da mulher, a princípio coberta por um sorriso de lábios fechados e uma civilidade furiosa, que caíra por terra como um véu. Um pouco de saliva se juntou no canto da boca de Khushi conforme a voz dela aumentava gradualmente.

— Achou que viria correndo até aqui, a parte ruim da cidade, se oferecendo para me salvar, para poder sentir que alcançou algo significativo com sua vidinha fazendo... joias, era isso?

— *Mangalsutra*s — Farah respondeu antes que Geeta pudesse fazê-lo. — Mas ainda é "arte", certo, Geetaben?

Geeta olhou furiosa para Farah, cujo sorriso era só dentes. Não pela primeira vez, Geeta se admirou com a vasta gama emocional das mulheres. Aqui estava Farah, adaptando sua ternura direcionada a Amali e a Khushi como um florete adicional em sua selvageria contra Geeta, que estava mais impressionada do que ofendida. E não era apenas Farah, eram todas elas: Saloni, as gêmeas, a própria Geeta. Seus alcances, como mulheres, eram extremos. Os homens gravitavam para um lado ou para o outro e permaneciam lá; Ramesh por certo fora assim. Mulheres se esticavam entre extremidades opostas, crueldade e gentileza igualmente amplas.

— Eu só queria ajudar — Geeta pontuou, a voz baixa, incapaz de olhar para qualquer uma delas. Omitiu que também precisava desesperadamente de ajuda. — Não tive nenhuma intenção ruim. Ele — ela continuou, apontando para a fotografia de Ambedkar acima da cabeça de Khushi — queria assentos separados para Dálites no governo. Porque ele sabia que não se pode esperar que os "tocáveis" zelem pelos outros. Não aconteceu, mas achei que pudesse acontecer aqui, pelo menos.

O rosto de Khushi ficou uma fração mais suave.

— O dr. Ambedkar também pensou que seria melhor que nós vivêssemos separadamente dos indianos pertencentes a castas. Para ele, intocáveis só existiam onde a ideia de "tocabilidade" também existia; é um conceito parasitário. Mas o raciocínio dele não funciona. Porque isso nos persegue. Vê ela? — Khushi apontou para Amali, que estava no pátio do lado de fora. Geeta observou a garota jogar um balde d'água no chão e se abaixar com uma *jhadu*. O lenço dela dividia o torso ao meio, as duas pontas amarradas em um nó no quadril enquanto ela trabalhava, movendo-se lentamente de cócoras ao varrer.

— Amali conseguiu um trabalho preparando refeições na escola, mas quando descobriram que ela era Dálite, demitiram-na e jogaram fora toda a comida em que ela tinha tocado. Então, ofereci-lhe trabalho aqui, e os pais dela recusaram. Por quê? Porque ela é da casta Dhobi e eu sou uma Dom, e trabalhar aqui a contaminaria.

"Os pais dela morreram no ano passado, de inanição. Preferiam que ela morresse do que os contaminasse, consegue imaginar? É claro que consegue; não é exatamente uma história especial. O que estou dizendo é: não precisamos que vocês, indianos de casta, nos digam que somos intocáveis, não quando estamos ocupados demais reprimindo uns aos outros."

— Mas Amali está aqui agora.

— Sim. — Khushi balançou a cabeça em concordância. — Ela come de meus vasilhames e mora aqui, também. Valoriza mais a barriga do que o carma.

— Ou talvez ela simplesmente também não acredite nessa besteira.

Khushi riu, então, e Geeta sentiu o alívio como uma brisa fresca. Ela queria a aprovação de Khushi com o mesmo desespero ansioso que provavelmente a impedia de obtê-lo. Saber disso, no entanto, não equivalia a ter o poder de alterar ou mascarar sua sede. Apesar de ter conseguido sua resposta e de estar ciente de que não era exatamente bem-vinda, Geeta procurou evitar que lhe indicassem o caminho da porta. Tudo que a aguardava em casa era Ramesh. Ela procrastinou:

— Então, há quanto tempo vocês duas são amigas?

— "Amigas"? — Khushi pronunciou a palavra como se experimentasse uma roupa e não achasse que lhe caía bem de imediato. — Diríamos que somos "amigas"?

— Claro, amigas — Farah concordou. — Mas mais parceiras de negócios.

Khushi fez que sim com a cabeça, mas a corrigiu.

— Nem mesmo parceiras; para ser mais exata, fizemos um acordo necessário. — Khushi inalou pelo bocal do narguilé enquanto Geeta tentava determinar o que uma costureira e alguém que queimava cadáveres precisariam uma da outra. Parecia a premissa de uma charada bem esquisita.

— Que acordo?

— Khushiben aqui queimou o corpo de Samir antes que a polícia pudesse sequer pensar em pedir para vê-lo. Fez toda a papelada para mim e subornou os policiais. — Diante do alarme de Khushi, Farah explicou: — Está tudo bem, Geeta já sabe a respeito de Samir. Foi ela que me "ajudou".

— É ela a senhora bobina de mosquito? — Quando Farah balançou a cabeça em concordância, Khushi soltou uma risada desbocada às custas de Geeta. — Não ligue para mim, tá bom? Foi muito fofo. Não teria sido minha primeira escolha, mas às vezes as pessoas gostam de optar pela rota mais complicada. Constrói caráter.

— Peço perdão. — Geeta ficou emburrada. — Eu não tinha exatamente uma vasta experiência.

— Não é verdade; e quanto a Ramesh?

Com o idiota insistindo em ficar, não havia mais sentido no sigilo. Não em um vilarejo em que o primo de segundo grau da cunhada do seu vizinho sabia a respeito das suas hemorroidas, antes de você mesmo saber.

— Eu não o matei — Geeta falou, os dentes cerrados. — Ele me abandonou. Mas está de volta agora.

Farah não pareceu irritada.

— É claro — ela se gabou, batendo com a mão na coxa. — Bom, isso faz muito mais sentido. Você definitivamente não serve para assassinatos.

Isso devia ter sido um elogio, mas passou longe de ser. Geeta fechou a cara para ela enquanto se dirigia a Khushi:

— Foi por isso que vim aqui; preciso da sua ajuda.

— E eu aqui, pensando que você queria me ajudar? — Khushi perguntou, fingindo surpresa.

— Achei que pudéssemos ajudar uma à outra. Se você estivesse no *panchayat*, poderia votar para que meu casamento com Ramesh fosse anulado, e ele teria de ir embora.

— Por que não o quer de volta? — Khushi perguntou, antes de abanar a mão. — Deixa pra lá, que pergunta idiota. Ainda assim, é um monte de "e ses": e se eu me candidatar, e se eu ganhar, e se eu votar a seu favor.

— Não sei qual alternativa eu tenho. Ele não vai embora por vontade própria.

Farah deu de ombros.

— Mate Ramesh.

— Por quê? — Geeta perguntou, ríspida. — Para você ter mais sujeira com a qual me chantagear?

Geeta olhou para Khushi à procura de uma reação, mas ela não pareceu surpresa nem consternada, e Geeta se deu conta tardiamente de que esperara afundar Farah na estima de Khushi, como uma estudante sem amigos, esforçando-se para ser a queridinha dos professores.

Farah fez um som de zombaria.

— Você também tentou me ameaçar, ok?

— Só depois que você tentou me extorquir para conseguir dinheiro e, ah, claro, envenenar minha comida!

Farah revirou os olhos.

— Ainda não superou isso? Já lhe falei mil vezes que não foi nada *pessoal*.

Geeta a ignorou, dirigindo-se a Khushi em vez disso:

— Você, pelo menos, pode pensar em se candidatar?

— Não. Alguma outra pergunta?

Geeta teria de encontrar outra maneira de arrancar Ramesh de sua vida. Ainda assim, não poderia suportar ir para casa e vê-lo de novo.

— Só uma. Você fez um enorme favor para Farah. Por quê?

Khushi sorriu e estendeu a mão para pegar outro *paan*.

— Está dizendo que eu não pareço generosa?

Geeta sustentou o olhar de Khushi.

— Você não parece idiota. Você cremou um homem muçulmano, mentiu e subornou policiais. Não correria esse tipo de risco a não ser que ganhasse algo em troca.

Khushi deixou a afetação de lado.

— Claro que ganhei. Ela se livrou de Samir. E isso significa que não pode mais atacar as garotas. Eu devia a ela um favor em retorno.

A cabeça de Geeta zunia com questões múltiplas e conflitantes.

— Pensei que você só tivesse filhos homens.

— E é verdade, graças ao Altíssimo. Meninas são impossíveis de proteger. Qualquer filha é um fardo, mas uma Dálite? Esqueça. Seus homens de castas superiores acham que nossas sombras os contaminam, mas não veem problema em invadir nossas bocetas.

A palavra fez os músculos no baixo-ventre de Geeta se apertarem, pensando em Darshan.

— O único momento em que não nos importaríamos em sermos intocáveis. — Khushi meneou o queixo na direção da porta, apesar de Amali, tendo terminado de varrer o pátio, já ter saído de lá a fim de executar outra tarefa. — Como eu disse, Amali é de uma subcasta mais alta, mas ela também é uma empregada, então não usava nosso banheiro. Em certa manhã, há alguns meses, ela foi até os campos e, no momento em que abriu as calças, um homem começou a sufocá-la. Ele tentou estuprá-la e teria conseguido, se um grupo de garotas não estivesse passando por lá e o tivesse assustado. Agora, ela usa nosso banheiro, quando *consegue*; meu filho o monopoliza noite e dia. Ele não se dá bem com laticínios, mas preferiria morrer do que abrir mão de queijo Amul, *ay-ya!*

— Você tem uma geladeira? — Geeta perguntou.

Khushi piscou diante do *non sequitur.*

— Err... não. Íamos comprar uma, mas com todas as férias de energia, por que se dar ao trabalho?

Como, Geeta pensou, aquilo não tinha lhe ocorrido?

— Devo continuar? Então, nós fizemos uma reclamação. E o que o *panchayat* disse?

— Porra nenhuma — Geeta vociferou. — É por isso que eu queria que você entrasse lá; para fazer as coisas de maneira diferente!

Khushi soltou a fumaça de seu narguilé e as objeções de Geeta.

— Bom, nós fizemos de maneira diferente, de qualquer forma. Ele está morto, não está?

E isso trazia outra questão.

— Mas o agressor não era Samir...

Farah interrompeu:

— Era, sim. Às vezes, ele ficava fora a noite toda, não voltava para casa até depois do amanhecer. E duas daquelas noites foram quando garotas tinham sido atacadas. Além disso, Khushiben diz que não houve ataques desde que ele morreu.

Ainda assim, Geeta pressionou:

— E quanto a Darshan?

— O que tem ele? Meus garotos o estão cremando agora. — Khushi conferiu o horário em seu celular. — Logo estarão de volta.

— Darshan era o agressor...

Os filhos dela entraram no pátio e, com eles, o cheiro de carne queimada e fumaça de madeira, tabaco e algo mais doce. Drogas, apesar de Geeta não ter certeza de qual tipo. O fedor era tão esmagador que ela respirou pela boca enquanto os garotos cumprimentavam a mãe.

— Como foi? — Khushi colocou a mão na cabeça do filho quando ele tocou os pés dela, em respeito. — Você bebeu?

O garoto revirou os olhos.

— É o único jeito de aguentar o cheiro, mãe.

— Você precisa de todos os neurônios para a escola; e se alguma vez deixar seu irmão fazer isso, eu...

— Tá, tá. — O garoto apontou para o suporte do narguilé. — E isto aqui?

Khushi deu um tapinha afetuoso nele.

— Vícios são para os velhos. — Quando os meninos saíram para tomar banho, Khushi perguntou às mulheres: — Onde estávamos? — Ela apontou o bocal para Geeta. — Você tem certeza a respeito de Darshan?

— Razoavelmente. — Geeta fez uma pausa. Ela já tinha se gabado por matá-lo para Farah e, para ser honesta, queria a admiração de Khushi, também. — Antes de eu matá-lo...

— Ah, como você "matou" Ramesh?

— Vá se foder, Farah. Antes de eu matá-lo, ele me sufocou. — Geeta gesticulou para o pescoço machucado. Farah se calou, virando-se no divã para dar a Geeta toda a sua atenção. — Imaginei que seria ele. O mesmo *modus operandi*.

Incrível, ela estava começando a falar como Saloni em plena maratona de C.I.D. As risadinhas de Farah indicavam que ela, também, achou o linguajar de Geeta risível. Geeta deu-lhe uma cotovelada. Ela deu uma de volta.

Khushi abstraiu a altercação das duas. Esfregando a ponta do narguilé contra os lábios, ela refletiu em voz alta:

— Podem ter sido os dois. Ram sabe que não há escassez de estupradores no mundo.

— E, da maneira que vejo, eu matei dois deles. Então você não deve um favor a Farah, mas a mim.

Os olhos de Khushi se fixaram em Geeta, intensos, com o que ela reconheceu ser respeito. Geeta sentiu-se radiante.

— Que opinião interessante. Você realmente matou Darshan, é? Acho que consigo adivinhar, mas por quê?

— Eu duvido... — Farah começou, mas Geeta a interrompeu.

— Porque eles podem não ver problema em "invadir nossas bocetas", mas eu vejo.

— Amali — Khushi chamou, sem tirar os olhos de Geeta. — Traga um chá para nossa convidada. Agora, Geetaben, vamos negociar.

VINTE E CINCO

Verme como era, Ramesh rapidamente voltou às graças dos aldeões e conseguiu alguns bicos. Tanto com charme quanto com diligência, ele consertou bicicletas e arrumou cadeiras, serviu chá e enrolou *paan* para diversos comerciantes, tudo por meio do tato. Ele só aceitava notas individuais, mas era capaz de distinguir moedas com facilidade.

Karem não tinha visitado desde que as notícias de Ramesh (*Ele está vivo! Acho que ela não é uma* churel, *no fim das contas!*) espalharam-se pelo vilarejo como gripe. Geeta se perguntou se Karem estava aborrecido, dada a intimidade de que desfrutaram antes de Ramesh retornar. Independentemente disso, ela estava aborrecida com Karem. Tinha passado as últimas noites revisitando os momentos compartilhados dos dois (ao som dos roncos de Ramesh) e, naquele momento, tinha as próprias queixas: ele deixara escapar em duas ocasiões o estado de cegueira de Ramesh — como teria sabido? Ainda assim, Geeta esperava que ele não achasse que algum *chakkar* estava acontecendo. Se Karem estava a par das fofocas, saberia que o verme estava dormindo do lado de fora da casa de Geeta (em uma *charpai* doada), em penitência pública hiperbólica. O marido pródigo retorna, humilde, para conquistar sua esposa alienada.

Era, para o vilarejo, uma canção de amor de retratação.

Era, para Geeta, um poço sem fundo de aborrecimento.

Ela ainda não tinha pedido uma determinação formal do *panchayat*; não faria bem algum no momento, não com a cidade o enxergando como um modelo de coragem, uma prova de resiliência e adaptabilidade. Geeta precisava esperar duas coisas: que Khushi encontrasse um indivíduo Dálite adequado para se candidatar ao conselho, como tinha prometido dias antes, e que o valor social de Ramesh caísse. No momento, as pessoas comentavam sobre a boa sorte dela; era fácil cair em desgraça, quase impossível erguer-se depois. Ramesh, legalmente, era seu marido, o nome dele ainda estava na escritura da velha casa deles; ele tinha um lugar no vilarejo e este lugar era com Geeta. Ela não tinha argumentos para negar-lhe isso.

Pelo menos, tinha em Bandido um aliado, cuja hostilidade contínua com respeito a Ramesh era satisfatória, ainda que peculiar. O cão não agia de forma desconfiada, como fora com Farah ou com Saloni enquanto as analisava minunciosamente. Com Ramesh, o antagonismo de Bandido era inflexível — ele rosnava a cada vez que o homem se aproximava, e o sentimento era mútuo, o que vinha a calhar para Geeta. O posto fixo de Bandido debaixo de sua cama dissuadia Ramesh de tentar se aproximar dali. Mesmo que ainda não tivesse sido ousado a ponto de tocá-la — de fato, Geeta fazia questão de deixar um bom espaço entre eles, caso algum movimento aleatório provocasse sua ansiedade novamente —, estavam evidentes as intenções de reavivar a domesticidade dos dois em algum momento. Geeta não era persuadida pelas palavras de Ramesh, mas, com sua sobriedade contínua, ela se encolhia cada vez menos quando estava perto dele.

Exceto pelo *papadam* assado, ele não era capaz de cozinhar — uma falha devida à sua criação, não à visão —, mas preparava chá de manhã. Subiu em uma cadeira e apertou os parafusos do ventilador de teto dela. Tirava água, mesmo que esta fosse uma tarefa consolidadamente feminina. Para seu alarme, Geeta até o encontrou certa vez agachado ao lado do fogão *sigri*, virando um *papadam* para ela.

— Como sabe quando está pronto? — ela perguntou quando Ramesh retirou a massa da chama. Ela esperou que esfriasse.

O homem sorriu e deu uma batidinha no nariz.

— Meu olfato é tão bom quanto o do seu cachorro agora, aposto.

Então. Será que o sofrimento poderia fazer um homem podre virar bom? Era improvável. Mas será que poderia torná-lo menos podre? Evidentemente. Embora Geeta não se visse *gostando* de Ramesh, ela encontrou, de fato, menos questões a se odiar nele, o que, considerando o ponto em que estavam, era um pequeno milagre. Mas então:

— Preciso admitir... o *papad* não é completamente de graça; tenho um favor a pedir.

É claro.

— O quê? — ela disse, inexpressiva.

— Acha que eu poderia começar a tomar banho aqui dentro? — Ramesh estava se lavando no círculo próximo ao poço, onde os homens costumavam se ensaboar e enxaguar usando roupas de baixo. — É que é difícil saber em qual momento não tem ninguém por perto. E eu sempre perco o sabonete.

Geeta quebrou o *papadam* ao meio e mastigou com força. Farelos flutuaram até seu peito, como cinzas.

— Tudo bem.

Uma concessão que levou a Ramesh sentado de pernas cruzadas no chão, secando o cabelo enquanto ouvia a segunda metade do programa de rádio com ela. (*Quem diria que baleias assassinas eram tão filhinhos da mamãe? Aposto que são indianas.*) O que, por sua vez, transformou-se em uma refeição compartilhada em certa noite, quando nenhum dos chefes dele — um dos quais geralmente lhe fornecia comida — tinha sobras. (*Tem certeza de que tem o suficiente? Não quero que você fique com fome.*) Mas oferecer comida não significava partilhar a mesa; Geeta o fez comer do lado de fora e lavar os utensílios depois. (*Não tem praticamente nada para ser lavado, Geeta. Estava tão delicioso que eu limpei o thali lambendo.*) Na tarde seguinte, Ramesh comprou vegetais na mercearia. (*Um pequeno agradecimento pelo seu banquete na noite passada.*) Geeta descobriu que fatiar um pouco a mais não tomava muito tempo, cozinhar um

AS RAINHAS BANDIDAS • 311

pouco a mais não tomava nenhum, e ter companhia depois não era doloroso, mesmo que fosse a de Ramesh. (*Quer saber um segredo? Na verdade, não acho que perdi muito. Eu estava bêbado, que é uma maneira própria de cegueira. Estou sóbrio agora, o que é uma maneira própria de enxergar.*) Assim, viram-se afundados até os joelhos em domesticidade artificial: Ramesh feliz com cada pequena vitória, Geeta se convencendo de que não estava perdendo terreno, porque detinha o controle dos privilégios que havia oferecido e poderia retirá-los a qualquer momento. Assim como com Karem, cuja loja ela visitou certa manhã, sob o pretexto de executar diligência prévia.

— Oi — ela cumprimentou. Ele parecia bem.

— Olá.

— Como estão as crianças?

— Fazendo muita bagunça. Como você tem passado?

Enquanto expirava, Geeta disse:

— Ramesh voltou.

— Foi o que ouvi dizer.

— Ele veio vê-lo? Comprar de você?

Karem balançou a cabeça.

— Não.

— Acho que ele está de fato sóbrio, então — ela concluiu.

— Eu não teria certeza.

Ela estreitou os olhos.

— E isso significa que...?

— Não confio nele, Geeta.

— Mas eu deveria confiar em você?

Foi a vez de ele estreitar os olhos.

— E isso significa que...?

Não era uma simples questão de ter transferido sua fé de Karem para Ramesh. Não confiava em nenhum dos dois. Mas a leve insinuação de que ela estava sendo feita de trouxa ou que podia ser feita de trouxa — inferno, que ela *fosse* uma trouxa — a feriu. Aquilo, combinado com o fato de que Ramesh tinha mantido segredos dela, a fez sentir-se duplamente enganada.

— Você sabia que Ramesh estava cego, você mesmo disse. Eu só não imaginei que significasse alguma coisa. Além do mais, você sempre falou dele no presente; todos os outros diziam *"hato"* ou *"tha"*. E isso significa que você sabia que ele estava vivo. Sabia onde ele estava esse tempo todo e nunca me disse uma palavra.

Do outro lado do balcão, Karem suspirou, seus ombros afundando, e Geeta foi forçada a renunciar à esperança escondida de que tivesse entendido tudo errado.

— Não. Geeta, eu juro. Ok? Eu o vi uma vez em Kohra, há mais de um ano. Bada-Bhai chamou todos os homens dele porque achou que Lakha... você se lembra da mulher Rabari? — Geeta fez que sim; ela duvidava que esqueceria em algum momento ter visto a mulher ser estapeada na cozinha de Bada-Bhai. — Bom, ela e o filho tinham desaparecido. Nós fomos procurá-la, e eu vi Ramesh na casa.

E isso por fim explicava a aversão imediata e categórica de Bandido com relação a Ramesh; o cão já tinha o encontrado antes.

Geeta perguntou:

— Ela falou por que fugiu?

Karem ficou surpreso, mas respondeu prontamente, ávido para voltar às boas graças dela.

— Lakha? A esposa de Bada-Bhai a maltratava. Ela disse que não estava fugindo, só se escondendo. Geeta, ouça. Não falei com Ramesh ou algo assim, só o vi, e Bada-Bhai comentou que ele tinha ficado cego. Então, ele sumiu de novo, e não falei nada porque Bada--Bhai é bem inflexível com relação a seus funcionários manterem o bico calado. E, eu juro, isso foi muito antes de... nós.

Geeta sacudiu a cabeça para Karem.

— Qualifique como quiser, mas sabe que devia ter me contado. Senão, não precisaria de qualificadores, para começo de conversa.

O suspiro de Karem foi pesado, mas ele acenou com a cabeça. Geeta notou que ele estava usando o brinco novamente.

— Justo. Não confie em mim. Não até que eu consiga sua confiança de volta. Mas não confie em Ramesh também, ok? Ele está longe de merecer isso.

O que Karem e os outros — até mesmo Saloni — não sabiam era que ela não era apenas uma esposa descartada que fora convencida a perdoar o marido desprezível. Estava apenas esperando o momento certo para fazer sua jogada. Se estava sendo cortês com Ramesh no meio-tempo, era apenas porque, no mais, ela admirava a disciplina que a sobriedade exigia.

— Eu não confio nele — ela disse a Karem. — Mas não é como se ele pudesse aprontar muita coisa; está cego.

— Isso não é ofensivo? Ter expectativas mais baixas com os cegos?

Geeta olhou feio para ele.

— Não voltamos para o nível de brincadeirinhas ainda.

— Desculpe — ele pediu, tão contido quanto Bandido depois de levar uma bronca. — Ainda quero que sejamos amigos.

— Eu também, só preciso de um tempo para entender as coisas.

— Tipo os seus sentimentos por Ramesh?

Geeta se apressou a corrigi-lo.

— Não, mas preciso ter cuidado. Legalmente, não posso expulsá-lo, e todo mundo aqui sente pena dele.

Karem deu de ombros.

— Nem todo mundo.

— A maioria, sim. Digo, o cara está *cego*, Karem. Você mesmo disse, isso é o fundo do poço.

— Mas ele já *estava* cego antes. E, ainda assim, não voltou. Por que voltar agora?

Não era, Geeta pensou ao caminhar de volta para casa, uma questão injusta. Foi por esse motivo que ela puxou a garrafa de rum cristalino — a que Saloni havia incitado Karem a entregar — do canto esquecido de suas provisões e a enfiou perto da lata de chá solto que Ramesh pegava todas as manhãs. Havia diferença entre um teste e uma armadilha? Talvez apenas o resultado que se espera.

Quer fosse exagero ou garantia, Geeta espalhou os móveis pela casa, observando Ramesh tropeçar na cadeira deixada aqui, no balde colocado ali. Ele andava com a autoridade de alguém que tinha memorizado e confiava em determinada configuração, e, a cada vez que Geeta o via tropeçar, a vergonha a encobria. Mas o momento em que mais se sentiu vil foi a noite em que Ramesh perguntou, por cima dos pratos de curry de batata dos dois:

— Nunca esperei que você confiasse em mim da noite para o dia, Geeta. E você tem direito a um pouco de vingança. Então, mexa todas as cadeiras e baldes que quiser. Eu mereço. Mas me sabotar?

— O quê?

— Eu encontrei a garrafa. Como você queria.

— Ah. Eu... — Apesar dos pensamentos embaralhados a respeito de suas motivações para o teste-armadilha, ela também se sentia um pouco triunfante. — Espera, como é que você a viu? Você...

Ele deu uma batidinha no nariz.

Ela murchou.

— Ah.

— Mas por quê?

— Eu... eu não tenho certeza do que estava tentando provar. Que você não tinha mudado, talvez.

— Eu disse que não bebo mais, não que não sou tentado a fazê-lo. É assim que o vício funciona. Tento me manter longe da tentação porque aceito que sou incapaz de lidar com ela. Então o que você fez... — Ramesh sacudiu a cabeça. — Não foi legal.

— Você está certo.

— Entendo que esteja com raiva de mim. E isso não vai simplesmente desaparecer porque mudei. Eu a machuquei muito, por muitos anos. — Os olhos desfocados dele se encheram de lágrimas. — Às vezes, sou grato por estar cego, só por não precisar encará-la de verdade. Que covarde, hein?

— Eu...

— Vim até aqui para fazer as pazes. Mas não acho que você esteja pronta.

Geeta, com certeza, era uma pessoa melhor do que isso. A confusão se retorceu ferozmente dentro de seu corpo, e suas entranhas pareciam um pano de prato torcido. Ela não queria viver com

AS RAINHAS BANDIDAS • 315

Ramesh, mas isso não significava que precisava arruiná-lo, fazê-lo voltar a ser o monstro que tinha sido.

— Eu... eu vou me livrar dela. Foi errado da minha parte.

— Obrigado, mas não é necessário. Vou sair daqui amanhã.

Suas palavras foram tão tristes, tão surpreendentes, tão desprovidas de censura que instigaram mais autoaversão. Em vez de se deleitar com o alívio da liberdade, ela se viu falando, sem pensar:

— Por quê?

— Geeta, não posso arriscar minha sobriedade estando perto de alguém que quer me ver falhar.

— Eu não...

O homem ergueu uma das mãos.

— Posso ficar cego, surdo e mudo, mas não posso beber novamente. Minha sobriedade é tudo para mim. Sem ela, não sou nada.

— Sinto muito.

Ramesh lhe deu um meio-sorriso pesaroso.

— É só decepcionante, nada mais. Eu, enfim, estava descobrindo quão maravilhosa você é, enfim podendo apreciá-la como pessoa. Esta última semana com você foi ótima. Fez com que eu acreditasse no que nos disseram: quando se para de beber, as coisas começam a entrar nos eixos.

Geeta não conseguia encará-lo. Um dia em que ela fora um ser humano mais repugnante do que Ramesh era um dia patético. As pessoas mudavam, ela sabia disso, elas cresciam. A própria Geeta tinha passado por isso, Saloni também. Não precisava abrir os braços para Ramesh, mas também não precisava ser tão maliciosa quanto ele já fora.

— E eu caguei em tudo isso.

— Não foi o que eu disse.

— Você não precisou dizer. Arrisquei algo precioso para você, e com que objetivo? Para me convencer de que você é o mesmo? Na verdade, eu *queria* que você fosse o mesmo. Porque, assim, eu não teria que pensar em perdoá-lo, que é algo que nunca achei que precisaria considerar.

— Você não precisa. Mas o perdão é um presente que damos a nós mesmos. É por isso que *eu* vou perdoar *você* pela sua travessurinha, quer você peça por isso ou não.

Apesar de suas palavras, uma questão, um pedido, uma exigência brotou no espaço entre os dois. Geeta se sentiu certa com relação às palavras que saíram, mas como um robô, vazia e mecânica. Estava executando uma tarefa memorizada, nascida da sobrevivência, enterrada com a liberdade e, naquele momento, ressuscitada:

— Você está certo. Eu estou errada. Sinto muito.

VINTE E SEIS

As mulheres discutiam. O agente financeiro estava para chegar em questão de horas, e ainda lhes faltavam duzentas rupias. Ou melhor, o que estava faltando eram Geeta e as duzentas rupias dela. As outras quatro mulheres do grupo de empréstimos haviam se reunido, como faziam todas as terças-feiras, para juntar seus respectivos fundos.

— Onde ela está? — perguntou Saloni.

As outras a olharam, inexpressivas.

— Bom, quando foi a última vez que alguém a viu?

Nada de respostas. Priya coçou uma casquinha no cotovelo esquerdo enquanto Preity procurava um fio de cabelo caído que fazia cócegas no vale entre seus seios.

Até mesmo o som plosivo de irritação de Saloni, que denotava seu desagrado e geralmente provocava pelo menos um pouco de bajulação, não serviu muito bem para ganhar a atenção delas. Complacentes. Quando é que todas tinham ficado tão complacentes? Ela apontou para Farah.

— Você.

— O quê. — A voz de Farah estava entediada.

— Você está sempre espreitando por aí, tentando arrancar dinheiro dela. Onde ela está?

Farah deu de ombros.

— Não sei, estive muito ocupada. O Diwali está quase chegando. Estou me afogando em medidas e, para minha surpresa, descobri que Irem costura como se estivesse tão bêbada quanto o pai morto. As alegrias da maternidade.

Priya ofereceu:

— Acho que eu a vi há mais ou menos uma semana.

— Onde?

— Aqui.

Saloni fechou os olhos e tentou invocar paciência.

— No nosso último encontro, então? Onde *todas* nós a vimos?

— É.

— Obrigada, Priya. Prestativa como sempre. Alguém a viu *desde* então?

— Digo — Preity choramingou. — Nós temos *vidas*, sabia? Sou uma viúva agora, lembra? E não é simplesmente ficar sentada chorando o dia todo, ok? Tenho que achar jeitos de impulsionar as vendas, já que as economias de Darshan não vão durar muito. É um trabalho duro!

— Ai, tão duro — Priya disse. — De qualquer modo, por que presumir que tem algo estranho na sopa de lentilhas? Geeta nunca foi de socializar.

Preity balançou a cabeça, apoiando.

— Ela deve só estar ocupada com Ramesh. Ouvi dizer que ele está tentando reconquistá-la de volta. Cego e ainda se esforçando tanto. É romântico.

— Ai, tão romântico.

Saloni olhou feio para Preity.

— E quando as pessoas acharam que Darshan tinha tomado jeito, tentando fazer *prayashchit* pra voltar a tirar sua calcinha? Para você, ele ainda era o mesmo *chut*, correto? — Preity se remexeu, em silêncio, mas Saloni não pretendia deixá-la responder, de qualquer forma. — Correto. Porque um *chut* é um *chut*.

Farah estreitou os olhos.

— Então por que *você* não sabe onde ela está?

A autocensura não tinha escapado a Saloni. Ela, também, não tinha registrado a ausência de Geeta. Hábitos não se alteravam com tanta facilidade, e Saloni tinha se acostumado há muito tempo a não ver Geeta. A reunião delas se tornara uma anomalia em sua rotação caótica de trabalhos domésticos, cerâmica, ser mãe e ser nora. Recentemente acrescentada à sua bandeja de obrigações, estava a voz íntegra de Geeta matraqueando sobre os meios de abolir o sistema de castas. Depois da viagem delas até a delegacia de Kohra, Saloni estivera sutilmente insinuando para seu sogro que eles poderiam querer um Dálite no conselho do vilarejo, conforme a cota.

Nesse ínterim, à medida que as preparações para sua festa anual de Diwali/Ano-Novo se intensificavam, Saloni dava voltas e voltas pela cidade, gastando seus melhores olhares furiosos de coma-merda-e-morra naquele *chut* do Ramesh sempre que o via trabalhando — não que ele tivesse ciência de seu veneno. Mas Geeta... bom, desculpas e cus eram coisas que todos possuíam, mas, no fim das contas, Saloni sabia que O *Chut* estava farejando por aí e, ainda assim, falhara em conferir como sua amiga estava.

Fazia muitos anos desde a última vez que ela tinha pensado em sua alcunha pessoal para Ramesh, e ainda mais tempo desde que precisara usá-la. Logo de cara, O *Chut* tinha se revelado um *baniya* — apesar de que, agora que Geeta tinha plantado o flagelo do sistema de castas na mente de Saloni, ela imaginava que estereótipos também eram nocivos. Tudo bem. Logo de início, O *Chut* tinha se revelado um pão-duro ganancioso e ávido por dinheiro, com a aparência e os princípios de um percevejo macho (uma espécie que Saloni agora, infelizmente, sabia, cortesia de Geeta e seu maldito programa de rádio, ser suscetível a algo chamado *inseminação traumática*, adjetivo que podia se aplicar à própria Saloni depois de ter feito uma busca por imagens no computador de Arhaan).

No começo, quando o interesse de Ramesh em Geeta tinha se provado exclusivo e absoluto, Saloni ficara contente; sua amiga merecia um homem com globos oculares inabaláveis. Parecia que

Ramesh não dava muita importância às aparências, e o belo rosto de Saloni (não era presunção se fosse *verdade*) não havia feito o dele se mexer. Mas, mesmo que a genitália d'O *Chut* não fosse gananciosa, seus bolsos certamente eram. O apelo de Geeta não estava no fato de scr uma jovem mulher bondosa, engraçada e inteligente, e sim em seu status como única filha de uma família com algumas posses materiais e nenhum herdeiro homem.

Assim que os pais de Geeta mandaram os convites de casamento, O *Chut* & Companhia (como Saloni apelidou Ramesh e sua família avarenta de percevejos com ideias afins) engrossaram suas exigências do dote. O *Chut* jurou sua devoção a Geeta, mentindo a respeito de ter recusado o dote; a Companhia, enquanto isso, arrancou dos pais dela uma lambreta, joias de ouro, móveis, equipamentos de cozinha, uma televisão e, literalmente, uma bandeja de prata de dinheiro a ser entregue pelo pai de Geeta. O lado deles deveria ser servido primeiro em todas as cerimônias, com comida e bebida de melhor qualidade do que o lado da noiva. Sem alternativa, em tal situação que arriscava a desonra, os pais de Geeta cederam a cada demanda — tirando dinheiro da poupança, cobrando dívidas e favores, transferindo a posse da casa deles, pegando empréstimos ultrajantes. Não tinham escolha; os convites já tinham sido entregues. Se o casamento fosse cancelado, o nome de Geeta seria arrastado na sujeira. E, como ela passaria a vida toda com O *Chut* & Companhia, os pais de Geeta fizeram Saloni jurar segredo. Não fazia sentido, eles disseram, que Geeta entrasse em sua casa conjugal com ressentimento. É o que os pais faziam por seus filhos, a mãe de Geeta garantiu a Saloni, enquanto retirava as próprias joias de casamento para serem pesadas e penhoradas. E fizeram tudo isso com alegria. Não era um sacrifício, não quando se tratava da filha.

Mentira, Saloni havia fervido de raiva. *Mentira!* Os sonhos dos pais eram míopes demais — eles juntavam as mãos e rezavam para que sobrevivessem ao casamento da filha. *Se apenas conseguirmos que ela se case, tudo vai ficar bem.* Ninguém se incomodou com a pergunta que Saloni considerava desesperadamente óbvia: se eles eram um bando de extorsionistas sem-vergonha antes do casamento, que tipo de família seriam depois? Tente apontar algum vilarejo que não presenciou uma noiva recém-casada ser queimada viva quando exigências retroativas de dote não foram cumpridas. Não, Geeta jamais estaria segura naquela família.

Então Saloni tinha tentado, sem quebrar a promessa que fizera para as pessoas cujo sal ela tinha comido durante a maior parte da vida, guiar Geeta para que visse O *Chut* & Companhia pelo que eram: as entranhas da sociedade indiana ultrapassada, aterrorizando os outros ao brandir os dois pênis que a mãe d'O *Chut*, por acaso, tinha expelido de seu útero arrogante, tudo sob o pretexto da tradição. Mas a porra de um *papadam* deu a Geeta antolhos cor-de-rosa. Ficou tão cega quanto O *Chut* viria a se tornar.

Um pensamento indesejado: *E se a história estivesse se repetindo?*

— Ah, nem fodendo — Saloni anunciou em voz alta para o grupo de empréstimos confuso. — Farah, venha comigo.

— Aonde? Por quê?

— Vamos ver se Geeta está bem.

— Mas eu não *ligo* para Geeta — Farah choramingou. — Leve uma delas. — Ela apontou para as gêmeas.

— Preciso lembrá-la o quanto Geeta fez por você? Por *todas* vocês? O mínimo que você pode fazer é vir comigo.

Farah andou, Saloni pisou duro. Apesar de ter muito menos volume, Farah encontrou dificuldades em manter o ritmo. O rosto de Saloni, pálido o bastante para corar, estava enfurecido, sem demonstrar paciência alguma para cordialidades, mas ela ainda era uma figura conhecida no varejo: a nora do *sarpanch* e uma integrante do conselho. "*Ram Ram*", cada transeunte a cumprimentava. E, para cada transeunte, Saloni murmurava um "*Ram Ram*" apressado.

Ofegando ao se aproximarem, um pensamento ocorreu a Farah.

— Não podemos aparecer de mãos vazias! Devemos arranjar uma cabaça?

322 • PARINI SHROFF

— Agora não é a hora para a merda de uma cabaça.

— Caramba, tudo bem. Você não gosta mesmo dele, hein?

— Ele é um homem terrível, simplesmente terrível.

Farah bufou, zombeteira.

— Ele não é o único no vilarejo.

Saloni sacudiu a cabeça.

— Não, estou falando sério. Ele... ele... Eu nem tenho palavras.

— Você está bem?

Saloni bateu à porta de Geeta, percebendo com desânimo que a *charpai* onde O *Chut* heroicamente estivera dormindo não se encontrava mais do lado de fora.

— Não sei. Pergunte-me em dois minutos.

Geeta atendeu a porta rapidamente, para a surpresa de Saloni. Mas o que ela havia esperado, ver a amiga amarrada e amordaçada?

— Ai, merda! É terça-feira? — Ela parecia bem, apenas um pouco alarmada. Nenhum machucado visível, Saloni catalogou. Nenhuma marca em seus braços ou rosto, nem escondidas pelo cabelo, que estava penteado, mas solto, não no típico coque severo dela. A diferença significativa instigou Saloni a notar outras.

— O que caralhos — Saloni disse — você está usando?

Geeta baixou os olhos para o sári laranja.

— Ramesh me deu de presente.

— Não isso. Isto. — Saloni bateu na própria argola do nariz.

— Ah. — A mão de Geeta se apressou a cobrir sua narina. Ramesh apareceu às suas costas, a bengala em mãos. Uma onda de ódio percorreu Saloni, deixando-a sem ar. A tontura deixou sua visão quadriculada, e ela se sentiu como se um homem muito gordo estivesse sentado em cima de seu peito. Quando seus olhos enfim se desanuviaram, Farah estava lançando a ela um olhar curioso.

— Geeta? Quem é?

— Namaskar, filho de uma cabra — Saloni cumprimentou.

Ramesh franziu o cenho.

— Saloni. Geeta, achei que você tinha dito que não eram mais amigas.

AS RAINHAS BANDIDAS • 323

— Ah. — Geeta vacilou, com uma submissão tímida que Saloni, ironicamente, quis arrancar dela com um tapa. — Eu... nós... isso...

— Não éramos, um lapso que consertamos recentemente. E vejo que você fez algumas mudanças, também — Saloni disse. — Laranja continua não sendo a cor dela, otário, não que eu esperasse que a cegueira tivesse melhorado seu bom gosto de merda.

Ramesh estreitou os olhos, seu olhar desfocado, mas ainda assim hostil.

— Queria poder dizer que senti sua falta, Saloni. Mas não sou um mentiroso.

— Desde quando? — Saloni riu com escárnio. — O que está fazendo aqui? Além de tentar arruinar Geeta mais uma vez.

— Arruiná-la? Como, dando joias a ela? Por que ela não deveria usá-las? Ela não é viúva, não precisa se vestir como uma mártir.

— Você tem que admitir — Farah sussurrou — que ela está com uma cara muito melhor. — Ela se aproximou de Geeta e estreitou os olhos. — Você *esfoliou* a pele?

— Cale a boca — Saloni disse a Farah, sem tirar os olhos de Geeta. — Preciso falar com você. A sós.

— Qualquer coisa que você tem a dizer a ela, pode dizer para mim.

— Geeta? — Saloni implorou. — Por favor?

A voz de Geeta estava calma quando ela disse a Ramesh:

— É quase meio-dia, você precisa ir para a tenda de chá, de qualquer forma. Vou ficar bem. — O medo de Saloni se intensificou. Geeta não estava nutrindo carinho de verdade pelo *Chut* Pródigo, estava?

Ramesh se foi com um suspiro, batendo a bengala.

Saloni gritou às costas dele:

— *Aavjo*, filho de uma cabra.

— *Aavjo*, sua bruxa gorda.

Ainda na soleira, Saloni notou então o silêncio.

— Cadê o seu cachorro?

Geeta mexeu com o lóbulo da orelha.

— Ah, ele... Bom, Bandido e Ramesh não se dão bem, então só o deixo entrar quando Ramesh está fora.

A mão de Saloni gesticulou da cabeça aos pés de Geeta.

— Tudo isso por um bundão cego?

— É por *mim*. O que foi, não posso ficar bonita? Foram você e as gêmeas que falaram que eu era um desastre.

Saloni esticou o pescoço para analisar o lado de dentro. A mesa de Geeta não estava lá, substituída pela *charpai*.

— Aquele palhaço está dormindo aqui dentro? Com você?

— Só desde que começou a ficar mais frio.

— Onde está sua mesa?

— Está tudo bem. É diferente desta vez, confie em mim — Geeta disse, ainda parada na porta. — Ouça, me desculpe por ter faltado na reunião. Vou lhe dar o dinheiro, mas é melhor lhe dizer agora: não preciso mais ficar no grupo de empréstimos. Ramesh está trabalhando e disse que quer apoiar meu negócio. Ele está tentando se redimir, então...

— Então... *o quê*? — Saloni ecoou, a voz desagradável.

— Vou pagar o que devo e, então, vou sair do grupo de empréstimos.

Farah perguntou:

— Sem os empréstimos, como vai aumentar seus negócios?

— Ramesh vai investir nos negócios, sem cobrar juros. Faz muito mais sentido do que um empréstimo.

— Me diga que você está vendo — Saloni exigiu. — Ele está fazendo de novo.

A discordância de Geeta foi rápida e inflexível. Seus cabelos balançaram quando ela sacudiu a cabeça em sinal de negação.

— Não é verdade. Ele não me tocou uma única vez. Eu também não queria acreditar, mas acho que ele mudou. Ramesh está tentando se redimir pelo que fez. E, honestamente, não mereço deixá-lo fazer isso depois de tudo o que ele fez? Eu mereço o dinheiro dele, os pedidos de desculpa, a coisa toda.

Saloni contou nos dedos.

— Ele está isolando você de novo. Está tirando sua independência de novo. Sem reuniões, sem empréstimos, sem amigos.

— Nós não precisamos do grupo de empréstimos para sermos amigas! Espere, deixe-me pegar o dinheiro.

Depois que Geeta fechou a porta para ter privacidade, Farah se voltou para Saloni.

— Viu? Deveríamos ter trazido uma cabaça.

Saloni bateu o pé com raiva mal reprimida. Ela desabafou em cima de Farah em vez de para ela.

— Deus, aquele *chut* é rápido. Não acredito que já prendeu ela no anzol de novo. Agora ela vai sair do grupo de empréstimos? É pior do que pensei.

Os ombros de Farah se aproximaram das orelhas.

— Ela não parece feliz?

— *Che!* Como ela consegue simplesmente perdoá-lo?

— Digo, ela perdoou você.

— Como é?

— Bom, vocês eram amigas e, aí, deixaram de ser, mas ela lhe deu outra chance. Por que *não* a ele? Você é o quê, a única pessoa digna?

Foi um resumo indesejado.

— Cale a *boca*.

— Ei! Você me arrastou aqui só para me ofender? Tenho coisas melhores para fazer, sabia?

— Seus vestidos feiosos podem esperar. Estamos em missão de resgate.

Farah rosnou:

— Qual é o seu problema?

Ramesh. Ela mesma.

— Você... Você! *Você* é o meu problema. Você é uma vagabunda desleal que atazanou Geeta, fazendo uma armadilha e a chantageando.

— Só estava tentando me proteger. Fiz umas escolhas ruins, mas já recuei, não foi?

— E agora ela está encrencada até o pescoço e você é egoísta demais para ajudar.

— *Eu* sou egoísta? Rá! Você é maluca, sabia disso? Deixou Geeta no ostracismo por anos e, aí, no instante que parece que ela talvez esteja seguindo em frente, fazendo uma nova amiga, se reconciliando com Ramesh, você fica toda louca e possessiva.

— Escute, conheço aquela mulher há mais tempo do que conheço a mim mesma. *Eu* posso fazer isso — Saloni declarou, batendo com o dedo no próprio peito. Com o mesmo dedo, ela cutucou Farah. — E você não é amiga dela. Você não é uma bonobo.

Farah afastou a mão de Saloni com um tapa.

— Qual é a dessa obsessão de todo mundo com macacos, ultimamente? — Ela expirou com força, as narinas dilatadas enquanto fazia esforço para se acalmar. — *Kabaddi, kabaddi, kabaddi...*

Saloni revirou os olhos.

— Ai, cale a...

— Se me disser para calar a boca mais uma vez, vou costurar a sua. Assim, talvez você perca um pouco de peso.

— Sua...

Como crianças, elas imediatamente fizeram silêncio quando Geeta abriu a porta, a caixa de joias em mãos.

— Entrem, antes que vocês arranquem sangue.

Elas ficaram no meio do cômodo, entre a cama de Geeta e a *charpai* de Ramesh. Saloni queria perguntar se Geeta tinha dormido com ele. Se não fosse a presença de Farah, Geeta provavelmente responderia. Por que ela achou que trazer Farah era uma boa ideia?

— Sei que você não entende o porquê — Geeta disse, sentando-se em sua cama dobrável enquanto abria a caixa. — Mas é minha escolha. Nós não reatamos ou nada assim, só estou deixando-o se redimir. Imaginei que você seria completamente a favor de segundas chances. — Saloni ignorou o sorriso presunçoso de Farah. — E, se eu mudar de ideia, sempre posso recorrer ao *panchayat*.

— Está falando sério? — Saloni parou quando viu a expressão perplexa de Geeta. — O quê?

— Tinha mais... eu pensei... onde...

— O quê? O que foi?

— Eu tinha mais ou menos dezenove mil rupias aqui. Agora, tem menos de sete.

— Ah, aquele filho de uma puta gorda. — Saloni socou o ar com ira. Ainda assim, se fosse o necessário para acordar Geeta, então ela estava feliz por Ramesh ser estúpido demais para encobrir seus rastros.

— Mas ele não faria isso — Geeta disse. — Talvez eu tenha contado errado?

Para a surpresa de Saloni, Farah opinou:

— Certo, eu não via problemas com você estar em uma jornada idiota para reavivar um romance de centavos. Mas isto aqui? Isto é demais. Você ameaçou me matar por *pedir* dinheiro... ok, tudo bem, "chantagear você", se quiser ser *técnica*, mas, ainda assim, por apenas pedir. Esse desgraçado roubou você. Precisa se livrar dele.

— Como ele soube?

— Me poupe — Saloni cuspiu, andando de um lado para o outro pela extensão do quarto. Ela chutou a perna da *charpai* d'O *Chut*. Seu dedão doeu. — Uma caixa de joias é seu grande esconderijo? Um imbecil qualquer poderia encontrar isso. Um imbecil qualquer *encontrou*. Ramesh era um idiota ganancioso desde o primeiro dia. E eu deveria ter dito a você. Prometi a seus pais, mas deveria ter quebrado aquela promessa. Eles não iam querer esta vida para você.

— Do que está falando?

Saloni endireitou os ombros.

— Se vamos fazer isso, eu preciso de uma bebida. Cadê aquela garrafa que o Karem trouxe pra cá?

— No armário — Geeta disse, fazendo um gesto vago. — Talvez ele tenha pegado para comprar a bengala nova?

— Sim, e talvez eu emagreça até o Diwali. — Saloni apontou para Farah. — Está dentro?

Farah recusou altivamente, com amplo julgamento.

328 • PARINI SHROFF

— Não bebo. Além do mais, temos que encontrar Varunbhai logo mais, não é?

— Não é *tharra*, é rum de verdade.

— Ooh. — Farah se animou. — Então, tudo bem.

Saloni não perdeu tempo com copos. Ela girou a tampa e deu um golinho antes de se engasgar.

— Isto aqui — ela anunciou, enojada — é água.

— O quê? — Geeta estendeu a mão. Ela deu uma fungada delicada. — Merda.

Farah bufou, sarcástica.

— O truque mais velho do mundo. Simplesmente preguiçoso, na verdade.

Geeta gaguejou, as mãos suspensas no ar perto da cabeça.

— Esperem, isso não faz sentido nenhum. Eu o vi; ele está sóbrio. Quando encontrou a garrafa, ele disse...

— Acorde, Geeta! — Farah falou com rispidez, batendo as costas de uma mão contra a palma da outra. — Ele é um beberrão e um ladrão. Exatamente como Samir. A única pergunta aqui é o que você vai fazer a respeito.

Saloni inspecionou Farah com um respeito relutante; talvez trazê-la não tivesse sido um erro, no fim das contas.

— Vou confrontá-lo quanto ao dinheiro. Não sabemos a história inteira ainda.

— História inteira? — Saloni perguntou. — Ok. Tudo bem.

Geeta ficou sentada, imóvel, congelada e pálida sob a pele escura enquanto Saloni falou sobre o dote. Em determinado ponto, Farah, notando a pele arrepiada de Geeta, abriu a porta e assobiou. Não foi preciso mais convite algum. Como um ator esperando sua deixa ao lado do palco, Bandido irrompeu pela porta, indo direto para o colo de Geeta. Ela então finalmente se mexeu, e fez um leve movimento para abraçá-lo. Ela tolerou a língua ávida e o nariz úmido dele, mas sua falta de entusiasmo era contagiosa, e o cão não demorou para se assentar em seu colo, as patas massageando seu sári laranja para oferecer conforto. Saloni continuou a falar, incerta se alguma de suas palavras estava sendo compreendida. Ela olhou para Farah, cujos ombros subiram e desceram, o rosto um ponto de interrogação à altura.

— Uma geladeira? — Geeta repetiu, a voz tão clara e coerente que assustou as outras duas mulheres.

— Hã?

— Você disse que eles exigiram uma geladeira.

— Sim — Saloni disse com cautela, intrigada. — Entre outras coisas.

— E meus pais concordaram?

— Sim.

— Filho de uma puta gorda.

Os braços de Saloni se ergueram em um alívio vitorioso.

— Aí está ela!

As palavras de Geeta saíram em uma enxurrada, a raiva tornando-as mais altas e agudas.

— Ele disse, ele *disse*, tantas vezes, que meu pai tinha nos deixado, deixado a *mim*, todas aquelas dívidas. Que ele tinha fingido ser bom com dinheiro, que tinha enganado a família de Ramesh para que ele se casasse comigo. Ele falou mal de meu pai para todos no vilarejo. Disse que eu tinha "sorte" por ter encontrado alguém que não exigiu dote. Senti *gratidão* verdadeira por ele, dá pra acreditar nisso? *Maldito* seja! Sou uma completa idiota!

Farah deu tapinhas nas costas de Geeta, o conforto verdadeiro, mas ainda estranho entre corpos desacostumados à proximidade.

— Respire. Lembra?

Geeta fez que sim com a cabeça. Ela se balançou com Bandido no colo.

— *Kabaddi, kabaddi, kabaddi.* — Mas aquilo não trouxe alívio. Geeta soluçou.

— E agora aquele *chut* tem a pachorra de voltar para repetir a dose — Saloni disse.

— Quero meu dinheiro de volta.

— Nós vamos recuperá-lo.

Conforme as ramificações do que Saloni havia confessado eram absorvidas, a expressão de raiva de Geeta desmoronou. Ela enterrou o rosto em Bandido e chorou.

— Para quê? Meus pais renunciaram a tudo por mim, só para morrerem sem nada. E é tudo minha culpa. — Quando um homem segura uma filha bebê colocada em seus braços, vê o próprio nome e legado desaparecerem, para serem engolidos por outro homem. Seus netos precisam se empenhar para recuperar o nome da família, um nome que seus bisnetos jamais conheceriam. E ela havia custado ao pai muito mais do que isso ao concordar em se casar com Ramesh.

Geeta ergueu os olhos, o rosto molhado sombrio.

— É por isso que as pessoas querem filhos homens.

Farah se afastou.

— Isso não é verdade.

— Não é? Tem alguma diferença do que Khushi nos disse sobre filhas? — Ela não esperou uma resposta. — Não passamos de inconvenientes. Depois de tudo que meus pais fizeram por mim, eles morreram pobres e famintos.

Bandido ganiu, preocupado, lambendo as lágrimas de Geeta como se fossem seu alimento.

— Geeta, não foi tão ruim assim — Saloni pontuou — Eu juro. Assim que me casei com Saurabh, nós os ajudamos. Àquela altura, eles já tinham assumido dívidas demais, como Runi, mas não passaram fome. Eu juro. — Ela beliscou a pele da garganta.

— Então você...?

— É claro. Comi o sal deles por duas décadas. Foi uma honra ajudá-los.

— Mas como é que *eu* não notei?

— Seus pais não queriam que você se preocupasse com eles. Por isso que pegaram todos aqueles empréstimos, para início de conversa, para manter as aparências. E não queriam se colocar entre Ramesh e você. Imploraram para eu não contar. Eu não deveria ter dado ouvidos. Sinto muito.

Geeta descartou o pedido de desculpas.

AS RAINHAS BANDIDAS • 331

— Obrigada — agradeceu — por tomar conta deles. Deus, eu sou uma idiota. Como diabos vim parar nessa situação de novo?

A expiração de Saloni foi compreensiva.

— Não é sua culpa. Você acredita no melhor das pessoas. Não é algo ruim. Mas, às vezes, voltamos a ser quem éramos perto de alguém. Nem sequer nos damos conta, só... acontece. Ele tinha controle sobre você.

— Posso perguntar... por quê? — Farah disse. Quando Saloni lhe pediu que se calasse, a mulher se pôs na defensiva. — O quê? Como se você nunca tivesse se perguntado o mesmo? Ele não é nenhum Akshay Kumar. — A voz baixa, ela acrescentou: — Um Kishore Kumar, talvez.

Saloni continuou:

— Vou falar com meu sogro. Acho que temos evidência o bastante para expulsar Ramesh, talvez até mesmo para conseguirmos por escrito que vocês não são mais casados e que ele não tem direito...

Geeta a interrompeu, anunciando abruptamente com a mesma franqueza inexpressiva com que se pede para usar o banheiro:

— Eu quero matá-lo.

— É claro que sim.

— Não. O que eu quero dizer é que vou matá-lo.

— Oh. — Farah tossiu. — Err, isso é um pouco mais...

Saloni se curvou, as mãos nos joelhos, até que Geeta olhou em seus olhos.

— Ok — ela concordou, balançando a cabeça.

Farah se pôs de pé com um salto.

— Como é que é?

— Ela ajudou você a tirar sua argola do nariz, é hora de retribuir o favor.

Farah se engasgou.

— Samir era um beberrão e um predador. Darshan também. Ramesh é um verme completo, concordo, mas isso não é, bom, um crime matável. Não podemos simplesmente liquidar todo mundo de quem não gostamos. Isto aqui não é o *Indian Idol*.

— O raciocínio para todos eles é o mesmo: ele vai continuar arruinando a vida dela até acabarmos com a dele, então por que não?

— Porque não — Farah disse, agitada. — Existem regras para esse tipo de coisa. — Ela colocou uma mão na altura da testa e a outra perto do queixo. — Molestador de crianças alcoólatra, com certeza, vence ladrão cego alcoólatra.

— Então quer que esperemos que ele moleste uma criança?

— *Bey yaar!* Não é isso que estou dizendo e você sabe. Você e o *panchayat* podem expulsá-lo da cidade, mas não podemos matá-lo. Acham que a polícia não vai ver problema com *mais um* cara morto no vilarejo?

— Não foi você que disse que eles não têm o direito de fazer todas as escolhas? — Geeta disse a Farah. — Que nós podemos fazer algumas, também?

— Vamos fazer as circunstâncias com esperteza — Saloni sugeriu, voltando a andar de um lado para o outro. — Ele é cego, é um bêbado. Um acidente esperando para acontecer. Talvez ele "caia" da caixa d'água.

A cabeça de Farah caiu nas próprias mãos.

— Ya'Allah — ela grunhiu. — Isso sempre acontece. Assassinos ficam arrogantes e, então, são pegos.

Saloni se virou, o rosto se abrindo em um sorriso.

— Você assiste C.I.D.?

— Religiosamente.

— Viu o episódio da "Haveli Amaldiçoada"?

— Aah, esse foi muito bom. Eu adoro quando ele diz: "*Daya...*".

Saloni continuou:

— "*Arrombe a porta!*" — Ela riu junto de Farah. — Então, está dentro?

Farah emitiu um som de desdém.

— Não! Eu tenho, assim, setenta vestidos para fazer; não tenho tempo de matar outro homem. Mas, se querem meu conselho, deveriam esperar o Diwali passar. Assim, todas vão ter tempo de esfriar a cabeça e, sabe, *reavaliar* as coisas. — Por cima da cabeça curvada de Geeta, Farah lançou a Saloni um olhar severo, as sobrancelhas subindo até a raiz dos cabelos.

— Não vou mudar de ideia — Geeta declarou, a boca afundada no pelo de Bandido.

Saloni pigarreou, limpando a garganta.

— Depois do Diwali seria melhor para mim, também. Todo esse planejamento para a festa está me matando.

— Aah, aah! Você vai fazer aquelas coisinhas de costeletas de novo? Com os barquinhos fofinhos de chutney? Estavam de primeira qualidade.

Saloni balançou a cabeça.

— Pois é, são de queijo *paneer*, sabia?

— *Paneer?* Caramba. Eu adoraria essa receita.

— Eu lhe passo... se você nos ajudar.

— Absolutamente não.

Saloni suspirou.

— Não custava tentar. Geeta? Você vai ficar bem?

— Não até que ele esteja morto.

— Você vai poder fazer isso. Só precisa fingir por alguns dias, fingir que nada mudou. Depois, vamos dar um jeito. Mas não podemos deixar que ele desconfie. Acha que consegue?

— Não sei. — Geeta esfregou o rosto, sentiu a argola do nariz e grunhiu. Ela ficou de pé para observar o próprio reflexo no espelho do armário. Sua narina se esticou quando ela desfez o fecho do lado de dentro. — Tinha esquecido o quanto eu odiava esta coisa. — Depois de tê-lo retirado, ela espirrou uma, duas vezes e, então, falou para as mulheres que aguardavam: — Vou dar um jeito.

VINTE E SETE

O inverno começou para valer e, enquanto os habitantes do vilarejo, radiantes com as celebrações do Diwali, mal perceberam a mudança, o gado notava. Os dias de novembro ainda ofereciam calor, mas as noites traziam um frio desértico. Os pastores nômades vieram do Rajastão, como faziam em todos os invernos, ovelhas e bodes a lento reboque, e negociaram com o *panchayat* os contratos anuais para utilizar os terrenos nas cercanias do vilarejo.

Geeta foi até o acampamento deles, enviada por Ramesh a fim de comprar leite para a agitada tenda de chá. Ele trabalhava sozinho durante o feriado, enquanto o dono celebrava com parentes em Amedabade. No acampamento, os homens Rabaris tinham levado o gado para pastar, mas as mulheres permaneceram, cuidando de uma fogueira e organizando o esterco que tinham coletado de manhã para venderem. Quando viram Geeta se aproximar, uma delas se levantou de sua posição agachada e limpou as mãos na saia. Pilhas de grossos braceletes brancos decoravam a parte de cima dos seus braços, formando um funil: os acessórios de cima maiores, afunilando-se cada vez mais ao se aproximarem de seus cotovelos esguios. O pescoço e as mãos dela eram tatuados com fileiras organizadas de símbolos minúsculos que se repetiam: um círculo, um *Y*, uma estrela, uma seta, um diamante. Na base de sua garganta, um ॐ verde-escuro aninhava-se entre as clavículas. Mulheres Rabaris começavam a prática do *godna* — enterrar a agulha — com pouca idade, partindo das mãos e pés. Geeta se perguntou, distraidamente, quando Lakha havia começado, e se as tatuagens dela se tornaram fonte de lembranças felizes ou apenas um lembrete indesejado do que ela havia perdido.

Quando criança, Geeta ouvira colegas de classe comentarem que os Rabaris tatuavam suas mulheres para torná-las menos atraentes e, portanto, seguras de outras tribos e castas predadoras. Quando foi confirmar a informação com a mãe, ela lhe disse que os Rabaris não tinham casas permanentes para guardar posses; tudo que valorizavam ou de que precisavam, eles carregavam em suas viagens. Tatuagens eram simplesmente joias sem peso que nunca poderiam ser deixadas para trás, roubadas ou perdidas. Geeta ainda não sabia se alguma, ambas ou nenhuma das explicações eram verdadeiras, mas no momento a ideia de certas joias — como um colar matrimonial — serem permanentes a perturbava.

Quando Geeta cumprimentou com um *"Ram Ram"*, a mulher acenou com a cabeça. Geeta pediu leite e a mulher perguntou de qual tipo.

— Cabra? Camelo?

Ramesh não havia especificado e Geeta não se importava.

— Qualquer um — ela disse.

Cada um dos cantos dos olhos da mulher abrigava uma minúscula tatuagem de um *V* invertido. Eles se franziram quando ela sorriu, e Geeta teve a sensação de estar sendo levemente caçada. E por que não deveria? Era uma idiota que não tinha aprendido quase nada nos cinco anos que passara lutando para construir uma vida. Mesmo antes de Ramesh ter ido embora, sua existência era uma farsa: presa a um homem que não apenas tinha devorado seu patrimônio e a agredia (os efeitos adversos de grande parte dos casamentos), como também disfarçara de amor o roubo, vestindo a pele de um homem de princípios (até certo ponto). Por tanto tempo ela havia categorizado o amor de Ramesh como irregular e defeituoso, e, tarde demais, percebia que não era espécie alguma de amor.

Enquanto a mulher derramava leite em um recipiente de aço, Geeta observou as mãos fortes e decoradas dela trabalhando. As palavras voaram de sua boca como pássaros presos:

— Você conhece alguma Lakha, por acaso? Ela é mais ou menos da nossa idade, mora com o filho em Kohra.

A mulher não parou de servir o leite, apesar das sobrancelhas erguidas.

— De sobrenome?

— Err... — Geeta arriscou um chute. — Rabari?

Sem ofender-se, a mulher balançou a cabeça em negativa.

— Não tenho certeza, mas vou perguntar por aqui.

Depois de agradecê-la, Geeta se foi, prometendo devolver o vasilhame em breve.

Dizer que Geeta estava atravessando os cinco dias de Diwali no piloto automático não seria estritamente a verdade. Durante a última semana, arroubos de raiva com relação a Ramesh ou de lamento pelos sacrifícios de seus pais a acometiam em momentos inoportunos. Mesmo que Ramesh não fosse capaz de enxergar sua hostilidade, ele, com certeza, conseguia ouvi-la em sua voz. A reação confusa dele era ser aduladoramente gentil, o que apenas exacerbava a fúria de Geeta. Então ela entrava na linha com o lembrete de que deveria fingir ignorância para que Ramesh não suspeitasse do plano delas (Geeta não sabia qual exatamente era o plano; aquela parte estava sob o alcance de Saloni). Então exagerava no sentido oposto, encharcando Ramesh com gentileza açucarada e abrupta, à medida que ele cambaleava com seu humor variável. O resultado era que ambos estavam sendo risivelmente generosos um com o outro, dividindo tarefas (*Não, não, deixe que eu faço, eu insisto*) e compartilhando comida (*Não, não, você, por favor, eu não poderia*) com uma solicitude que beirava o maníaco. Desesperada por descanso, Geeta sugeriu que ele visitasse a família; o Diwali era, afinal, um momento de libertar ressentimentos e perdoar erros. Ramesh se opôs, citando o perdão dela como constrangimento suficiente de riquezas imerecidas.

AS RAINHAS BANDIDAS • 337

A quantidade de papo-furado de merda que saía da boca daquele filho da puta poderia fertilizar metade da Índia.

Ela notou que Ramesh estava confortável. Em sua posição dentro da comunidade e na casa dela. Tão confortável que passara a fazer tentativas de conseguir um espaço na cama. Já tinha feito comentários experimentais a respeito de intimidade e de se aproximar mais dela, os quais Geeta defletiu. Na noite anterior, no entanto, ele havia ficado frustrado, resmungando de sua *charpai*:

— Estou ficando cansado de implorar.

Em breve, Geeta tinha tranquilizado a si mesma, enrolando o corpo em uma vírgula para longe dele. Em breve aquele imbecil repulsivo seria arrancado de sua vida como um pelo grosso do queixo.

Em breve, ela lembrava a si mesma agora ao carregar o recipiente de leite. Em breve queimaria a *charpai*, as roupas e a bengala dele. Em breve, Bandido voltaria a ficar dentro da casa. Aquele era o segundo dia do festival. No dia seguinte, seria Diwali e, na noite seguinte, a festa anual de Ano-Novo de Saloni. Então, arregaçariam as mangas para se livrar de Ramesh.

Talvez Geeta devesse ter estudado a mudança em si mesma, admirado-se com como passara de protestar para promulgar assassinatos, comparado a mulher que tinha agonizado com o sangue de Darshan à que agora salivava pelo de Ramesh. Talvez ela devesse ter sido, se não crítica, ao menos *curiosa* com relação à mudança em sua escala variável de moralidade. Mas, em vez disso, tudo lhe parecia ter simplesmente demorado muito a acontecer.

Apesar de Phoolan Devi ter esfaqueado o primeiro marido, o que a estuprou quando se casou criança, ela não o tinha matado. Mas em dado momento, sua postura mudou, e ela começou a executar seus estupradores, os estupradores de outras. A cada homem que Phoolan matava, a recompensa por sua cabeça aumentava. Conforme a pilha de seus crimes crescia, o mesmo acontecia com sua lenda, até que ela passou a ser venerada e repudiada na mesma medida. Anteriormente, Geeta havia equiparado a ausência de arrependimento de Phoolan com valentia inabalável. Mas, no momento, percebia que suas teorias tinham como base informações corrompidas. Se Phoolan Devi não sentia arrependimento por seus crimes, talvez fosse porque, para ela, não eram crimes de maneira alguma; eram simplesmente justiça.

No vilarejo, cravos e bandeirolas voltavam a decorar as casas, como no Karva Chauth, mas, naquele momento, luzes piscantes de cores variadas também formavam treliças acima. Muitas garotas estavam sentadas do lado externo das casas, esboçando formatos festivos com giz branco antes de preenchê-los com pó colorido, para formar *rangoli*s. Enquanto andava, Geeta contou diversas padronagens de flores, interpretações de Ganesha, uma mulher torta que dançava segurando uma vareta *dandiya* em cada mão, e um pavão especialmente bonito.

A loja de Karem vendia fogos de artifício sazonais, e Geeta estava certa de que suas prateleiras estavam vazias àquela altura. As próximas duas noites estariam animadas com fumaça e poluição sonora. Famílias desenrolariam longas tiras de fogos de artifício cor de argila que, depois de acesos, explodiam e chiavam por quarenta segundos ou mais, cada um cronometrado por gravações de vídeo eufóricas em celulares. Balões também eram populares, apesar de os jornais ficarem agitados no dia seguinte com incidentes envolvendo fogo onde quer que os trecos pousassem, chamuscando jardins, choupanas e caudas de animais que dormiam.

Geeta parou para trocar de braço, o leite mais pesado agora do que quando ela deixara o acampamento Rabari. Crianças vestidas com fantasias davam gritinhos, perseguindo umas às outras. O deus Hanuman era sempre uma escolha popular entre os garotos por causa de sua força extraordinária. Alguns deles usavam máscaras de macaco e brandiam clavas sem pontas, envoltas em papel dourado barato. Geeta esperou até que tivessem passado correndo por ela, os rabos flácidos se arrastando na terra. Não percebeu que tentava averiguar se algum deles era Raees, até que confirmou que nenhum era. Um homem pulou da escada em que estava e lhe acenou a cabeça.

— *Ram Ram* — ele saudou.

— *Ram Ram.* — Desde o retorno de Ramesh, Geeta não era mais misturada à sujeira, e o número de vezes que ela agora precisava dizer o cumprimento rivalizava com Saloni. Era cansativo, ela estava descobrindo.

Ao se aproximar da banquinha de chá enfeitada, fez uma pausa, permitindo-se um momento antes de precisar voltar a fingir que não desejava arrancar o rosto de Ramesh como carne *halal* em um espeto.

Ramesh se mexia com uma economia confiante de movimentos. Ele tinha organizado a tenda de acordo com seus gostos, sabia que o chá, o açúcar e os copos estariam exatamente onde os deixara antes. Tinha instalado pequenas estátuas de Ganesha e Lakshmi, oferecendo-lhes todo o dinheiro que aceitava de clientes em troca de bênçãos. Àquela altura, Geeta sabia que ele às vezes fazia sala, contando histórias a clientes e explicando como conseguia se virar sem sua visão. Dois homens Dálites, descalços, aproximaram-se para comprar chá. Ramesh se pôs a trabalhar imediatamente, puxando dois copos plásticos e servindo o chá. Ele manuseou as moedas deles, contando, enquanto os dois sentavam-se agachados, longe das cadeiras de plástico desocupadas, e bebiam.

Geeta não falava com Khushi desde a noite na casa dela, há mais de duas semanas. Saloni havia relatado que estava progredindo em seu convencimento para que o conselho oferecesse um lugar a um membro da comunidade Dálite, o que agradava Geeta, mesmo que ela já não precisasse do voto do *panchayat*, já que Ramesh estaria morto em breve.

— Leite — Geeta lhe disse. Ela guiou a alça até o alcance dele.

— Geeta! Bem na hora! — Ele anunciou para a banquinha: — Digo a vocês, desde a Sita de Ram, não há uma esposa como essa!

Geeta correu os olhos pela área vazia. Os dois homens estavam rindo de uma piada compartilhada, suas atenções inabaláveis.

— É, não tem ninguém aqui.

— Ah.

— Preciso devolver o balde.

— Certo, vejo você em casa? Nossa própria celebração *choti* do Diwali?

Um bando de homens mais velhos com pelos espessos nas orelhas e tornozelos finos chegou a fim de comprar chá, poupando Geeta de precisar responder com qualquer afeição. Havia algo estranho coçando em seu cérebro, como um nome antigo enterrado sob informações recentes. Geeta se concentrou, mas não foi atingida por epifania alguma, apenas a mordiscada persistente de uma oportunidade perdida. Frustrada, tentou esquecer a questão ao começar a jornada de volta para o acampamento Rabari. Nos últimos tempos, todas as palavras de Ramesh a irritavam como poliéster barato. Sim, descrever Sita como pertencente a Ram era aborrecedor, mas a objeção de Geeta nesse ponto era mais acadêmica do que pessoal.

Na verdade, compará-la a Sita era jogar sal rosa nas feridas que Ramesh havia reaberto. Antes de o primeiro dominó de toda aquela encrenca ter tombado, antes de ela ter ajudado Farah a matar o marido, Karem tinha se referido a Geeta, em tom de brincadeira, como *adarsh nari*. A Mulher Indiana Ideal era, como qualquer um sabia, desde políticos até vaqueiros, Sita. Mas o gracejo de Karem não a tinha irritado, não como o elogio meloso de Ramesh fizera no momento.

A história de *Ramayana* era especialmente popular durante o Diwali, quando crianças se vestiam de seus diversos personagens. Geeta se lembrou de um colega de classe que tinha se recusado a tirar a fantasia fedorenta de Hanuman durante todo o feriado escolar de duas semanas. Garotos dispunham de uma variedade de heróis: Ram, Lakshman, Hanuman, e até mesmo Ravana e suas dez cabeças. A lista deles era ampla, mas a única opção para garotas — deixando de lado sedutoras lascivas e bruxas anciãs — era Sita. A bela, paciente, silenciosa e sofredora Sita. Um bastão usado para agredir outras mulheres, cujas cabeças pendiam de vergonha quando ousavam expressar emoções *não* ideais, como indignação ou autorrespeito.

Na teoria, o feriado marcava o fim da batalha entre Ram e Ravana, o triunfo do bem sobre o mal. Alguns o chamavam de

Festival das Luzes, porque, quando Ram e Sita retornaram para seu reino, os aldeões acenderam lamparinas *diya* para receberem seu príncipe. Mas aquele incêndio não foi o único, bem como o Diwali não foi um final feliz, e sim meramente uma pausa feliz. As histórias que contamos a nós mesmos, Geeta percebeu, o balde vazio ressoando, as histórias que contamos uns aos outros são perigosas.

O *Ramayana* começava quando Ram estava prestes a ser coroado rei, mas foi, em vez disso, banido de seu reino por catorze anos, por ordem da madrasta. Sua esposa fiel, Sita, escolheu acompanhá-lo, trocando a vida luxuosa do palácio por uma ascética na floresta. Enquanto o casal estava condenado ao ostracismo, Ravana (rei de Lanka) sequestrou Sita para vingar sua irmã, que, Geeta achava que valia a pena lembrar, Ram tinha maltratado e mutilado. Ravana, então, apaixonou-se profundamente por Sita, mas queria o amor dela na mesma medida (o que significava que não a estuprou). Geeta supunha que um dia no qual um homem recebia enaltecimento por não estuprar era um dia sombrio neste mundo, mas Ravana agiu com honra. Apesar de o Diwali celebrar a luz expulsando a escuridão, Ravana não era um vilão raso. E Ram não era um herói infalível.

Ram (com muita ajuda símia de Hanuman), por fim, resgatou Sita, entretanto, para a decepção da mulher, ele recusou suas afeições com apatia gélida. Ao que parecia, Ram teve um pouco de dificuldades para acreditar que sua esposa permanecera "pura" depois de ter "morado" com outro homem por tanto tempo. As raízes da humilhação de mulheres por suas práticas sexuais, Geeta conjecturou, eram profundas. Exceto que, lá em 7.292 A.C, ela era chamada de "*dharma*".

Embora Sita não tivesse gostado daquele tratamento tão nocivo, amava Ram e desejava voltar para casa. Apesar de ser uma mera mulher, dispunha da vantagem de ser privilegiada e bem-nascida, o que Geeta comparava a ser a melhor jogadora em um time que está perdendo (de maneira parecida com como Khushi era a mais rica dos pobres Dálites). Sita comprovou a própria pureza ao sobreviver a uma fogueira sacrificial. E eis que! As dúvidas incômodas e chauvinistas de Ram foram mitigadas! O glorificado retorno dos dois para a cidade de Aiódia, então, originou o Diwali. Mas o mal não foi derrotado na batalha. O mal retornou para casa com eles. E o conto de fadas azedou.

Os subordinados de Ram consideravam-no um corno manso. Com sua autoridade gravemente comprometida, ele exilou Sita, então em estágio avançado de gravidez, de volta para a floresta. Para não fazer injustiças, vale dizer que ele ficou bem abatido com a própria decisão, tagarelando didaticamente que também sofreria, mimado e desamparado, governando as pessoas de seu palácio gigante e solitário.

No meio-tempo, indigente em uma cabana, Sita pariu e criou garotos gêmeos. Quando amadureceram, encontraram Ram, que então estendeu a Sita um convite hipócrita para que retornasse, contanto que pudesse, mais uma vez, provar a própria natureza sobrevivendo ao fogo. Sita, por alguma razão boba e histérica (provavelmente a dignidade), recusou a oferta magnânima de Ram e, em vez disso, pediu que a Mãe Terra a engolisse. A deusa Bhumi, ciente da sina infeliz na vida de sua filha e do amor leviano de seu genro, prontamente aquiesceu. Eis que surge Sita! A *Adarsh Bhartiya Nari:* a Mulher Indiana Ideal. Na verdade, Geeta pensou, Sita tinha todos os motivos para retornar como uma *churel.*

Que tipo de danos estranhos, Geeta conjecturou com alarme súbito ao observar crianças fantasiadas brincando pelo vilarejo, estavam perpetuando com essas histórias? Sita era, reconhecidamente, uma senhora de primeira: sensata, inteligente, bondosa e leal. Mas, ao idealizar o sofrimento dela, as pessoas justificavam o punitivismo de Ram. Um pedido de desculpas, pelo amor dos deuses, teria ajudado muito. No entanto, desde o início, eles treinavam garotos para que não se desculpassem e mulheres para que não esperassem aquilo deles, para, em vez disso, silenciar a dor e torná-la uma forma de arte. Era...

— Geeta!

Ela se sobressaltou e deu um grito, quase derrubando o balde de aço.

Saloni estava lá, abanando o calor nas bochechas.

— Estava chamando você. Não escutou?

— Não, eu estava pensando... Ei, a Aparna vai se fantasiar de Sita este ano?

Saloni pareceu confusa.

— Era *nisso* que você estava... Deixa pra lá. Sim, na apresentação da escola. Mas ela cresceu, então tivemos que costurar uma roupa completamente do zero. E Farah não estava mentindo. Ela não tem tempo livre algum, está com a agenda lotada.

— É, mas será que ela *deveria*?

— Por que não? É um dinheirinho bom.

— Não, estou falando da Aparna. Por que glorificar o machismo em...

Saloni grunhiu e colocou as palmas das mãos sobre as orelhas.

— Você tá de brincadeira comigo? Há semanas que estou comendo meu próprio cérebro na tentativa de não apenas convencer meu sogro a ceder um lugar no conselho a Khushiben, como também tentando convencê-lo de que a ideia é *dele*. *Depois*, comi as sobras tristes do meu cérebro para achar um jeito de fazer você-sabe-o-quê com você-sabe-quem. E, agora, você quer boicotar Sita no meio do Diwali? Juro, Geeta, você tem mais causas do que eu tenho pentelhos.

Geeta estava empolgada demais para lhe lembrar que Khushi não queria nem chegar perto do conselho.

— Você achou um jeito? — Ela agarrou as mãos de Saloni com gratidão. — Isso é incrível! Qual é o seu plano?

— Ah, não — Saloni respondeu, sacudindo a cabeça. — Eu me lembro de você na delegacia; você é uma péssima mentirosa. Quanto menos souber, melhor.

Geeta franziu a testa, moderadamente ofendida.

— Você contou a Farah?

— Não, ela ainda se recusa a se envolver. Tudo bem; não precisamos dela. Sei que dissemos que esperaríamos até a distração do

344 • PARINI SHROFF

Diwali passar, mas acabei de me dar conta: vamos *usar* a distração! Quase todos da cidade estarão na minha festa. Fogos de artifício estourando a noite toda. É o momento perfeito para atacar.

— Ramesh também não estará na sua festa?

— Sim, é por isso que eu a estava procurando. Na festa, você precisa dizer a ele para voltar até sua casa, para buscar algo que esqueceu. Vou esperar lá...

— Calma, mas se você não estiver na sua própria festa, as pessoas vão reparar.

— Não, o trabalho é tanto que nunca estou *na* festa em si. O Saurabh anda pra lá e pra cá e as pessoas simplesmente pensam que viram nós dois.

— Sério?

O olhar mordaz de Saloni foi suavizado por seu sorriso.

— Você saberia, se tivesse vindo alguma vez.

— Não achei que você me quisesse lá.

— Eu queria e não queria. Não sei. É difícil de explicar, e não temos tempo, de qualquer maneira. Seja como for, é o álibi perfeito para mim. Geralmente fico tão ocupada coordenando que mal me alimento, muito menos interajo. *Você*, por outro lado, precisa ser vista por todo mundo, entendeu? Merda, isso me lembrou de uma coisa, preciso ir buscar o *kaju katli*, argh! Nunca há *tempo* o bastante!

— Saloni. Se essa festa é tão estressante, por que organizá-la?

Saloni inclinou a cabeça, a boca aberta de espanto.

— Hum — a amiga finalmente disse. — Nunca me ocorreu a ideia de *não* organizar. — Deu de ombros. — Para onde está indo?

Geeta ergueu o recipiente de leite e Saloni concordou com a cabeça.

— Diga a Meenaben que mandei um oi.

— Quem?

Saloni apontou para o vasilhame vazio.

— A mulher que lhe vendeu isso.

Quando Geeta transmitiu a mensagem no acampamento Rabari, o rosto marcado de Meena se abriu em um sorriso à menção de Saloni.

— Ela convenceu o *panchayat* a concordar com uma permuta melhor este ano.

— Ela consegue ser bem persuasiva. — Geeta entregou o recipiente para Meena.

— E ela presta atenção. Gosto disso. Perguntei por aqui sobre a sua Lakha, a propósito.

— Ahn?

— Ela é de Kutch, certo? Ela e a família tinham planos para se encontrarem no último Diwali, mas ela não apareceu. Não conseguiram mais entrar em contato com ela depois disso.

A risada de Geeta foi incrédula.

— Como você descobriu tudo isso com tanta rapidez?

Meena sacudiu um celular Nokia, os braceletes brancos fazendo barulho.

— Posso falar com ela, se isso ajudar? Da próxima vez que estiver em Kohra, quero dizer. — Geeta não tinha muita certeza de como conseguiria, mas inventaria um plano, talvez ficar esperando em torno da casa de Bada-Bhai até que Lakha saísse para tratar de algum assunto. — Ou posso lhe passar o endereço dela. Meu amigo Karem sabe onde ela está.

Meena pensou por um momento antes de dizer:

— Pegue meu número, Geetaben. Se ela quiser ver a família, podemos ajudar.

— Claro, eu... Ei, como sabe meu nome?

O sorriso de Meena se ampliou.

— Eu também presto atenção.

VINTE E OITO

A "arte" de Farah, que até mesmo Geeta, relutantemente, reconhecia ser deslumbrante, estava à mostra por toda a festa de Ano-Novo de Saloni. Praticamente todas as mulheres presentes rodopiavam em um sári ou *lengha* novos costurados pelas mãos, no momento inchadas, de Farah. A moda do néon tinha chegado das cidades, e as mulheres estavam envoltas em fragmentos brilhantes e fluorescentes. Lantejoulas e contas bordadas brilhavam conforme os convidados circulavam da sala de estar de Saloni até a varanda dela. A própria designer, no entanto, estava quase adormecida, apoiada em um canto ao lado de um prato de isopor com petiscos intocados empilhados. Todos os dedos de Farah estavam envoltos com fita branca. Ela estava jogada em um banco de vime com formato de ampulheta, a cabeça apoiada na parede. Diferente de sua arte vibrante, parecia à beira da morte.

— Oi — Geeta cumprimentou. — Você parece à beira da morte.

Farah piscou, exausta demais para brigar.

— Eu preferiria a morte a como estou me sentindo.

— Por que não vai para casa e descansa?

— Não — ela disse, sonolenta, fazendo pela festa um arco com a mão enfaixada. — Quero ver minhas criações.

— Deus do céu — Geeta murmurou. Com dois dedos, ela retirou um pedaço do cabelo de Farah de dentro do copo de *lassi* da mulher.

— Ah — Farah disse, com pouco interesse. — *Oops*. A propósito, estou feliz por você não sair do grupo de empréstimos. Samir era exatamente como Ramesh, sabe, ele também não queria que eu entrasse.

— É?

— É. Acho que ele tinha medo. Somos praticamente os únicos muçulmanos aqui, e ele achava que não nos encaixávamos. E acho que ele queria eu tivesse medo, também. Para eu ficar em casa. Para meu mundo não crescer.

— O que o fez mudar de ideia?

— O goró foi mais importante do que o medo, eu acho. No fim das contas, ele não precisava se preocupar. Não é como se meu mundo tivesse crescido com nosso grupo de empréstimos, de qualquer maneira.

Geeta assentiu com a cabeça, solidária.

— Elas também não gostavam de mim.

Apesar de seu estado, a bufada de discordância de Farah foi enérgica.

— É completamente diferente. Você e Saloni tinham a coisa de vocês, o que quer que fosse, e o grupo girava em torno dessa rixa. Pelo menos você era vista. Odiada, mas vista. Eu só era invisível.

Tal medida de honestidade se devia, Geeta presumiu, à exaustão de Farah. Ou talvez a intervenção recente na casa de Geeta tivesse atenuado a animosidade entre as duas.

— Foi por isso que você me chantageou?

Farah deu de ombros.

— Se eu seria excluída, poderia muito bem aproveitar e sair no lucro.

Porque, assim, sua circunstância era transformada em escolha. Geeta sabia uma ou duas coisas a respeito de recaracterizar acontecimentos através da lente do orgulho. Ela perguntou a Farah:

— Você falou com Saloni recentemente?

— Não, e não quero saber de detalhe algum. Mas prometo não dizer a ninguém. Depois, quero dizer.

— Obrigada. — Geeta estava prestes a sair de perto dela, mas parou. Curvando-se, estabeleceu contato visual com Farah, cujas pálpebras estavam pesadas. — Você vai se lembrar disso, certo?

— Me lembrar do quê?

— De me ver aqui. De que nós conversamos. Às... — Geeta conferiu a parede — ... oito e meia.

— Tá. — Farah bocejou. — Pode deixar.

Apesar de a noite estar fria — Geeta fora até lá usando um xale que, desde que chegara, não sabia onde tinha colocado —, havia convidados suficientes para aquecer o ar. Todas as portas da casa de Saloni estavam escancaradas, com apoios segurando-as. Saurabh parecia viçoso com a embriaguez de ser um anfitrião de sucesso e, Geeta imaginou, de alguns goles do negócio importado. Dera-lhe um cumprimento sólido, casualmente mencionando ter visto sua esposa dando duro na cozinha.

Quando Preity e alguns dos homens começaram a jogar cartas, Geeta mandou Ramesh para casa sob o pretexto do coito. Foi mais difícil do que ela havia pensado, criar uma tarefa falsa, mas viável para um homem cego. Primeiro, tinha lhe pedido que enchesse a tigela d'água de Bandido. *Não seria mais rápido se você fosse?*, ele perguntara, o que não deixava de fazer bastante sentido. Então, ela sugeriu encontrá-lo lá para uma — *ca-ham* — celebração privada. E lá se foi Ramesh com sua bengala. Muitas vezes, a promessa de sexo era muito mais potente do que o ato em si.

Desde que ele tinha saído perambulando em sua missão inútil, Geeta ocupou-se interagindo, de acordo com as instruções de Saloni. Ela participou e perdeu algumas rodadas de *teen patti*. Então, tendo deixado a sonolenta, Farah andou até uma mesa de petiscos, à procura de novos convidados com quem conversar. Lamparinas *diya* e flores decoravam vários pratos de doces. Ela fingiu inspecioná-las antes de se aproximar de uma mesa de *pani puri*, onde Karem tocou seu cotovelo. Usava uma *kurta* preta e tinha aparado a barba, o que o fazia parecer mais jovem, apesar dos cabelos grisalhos.

— Geeta, posso falar com você?

Ela queria concordar; Karem era um alívio das rodadas sociais exaustivas. Tinha falado com mais pessoas naquela noite do que nos últimos cinco anos. Mas Geeta já tinha falado com Karem mais cedo, perguntando de seus filhos. Então, ele tinha tentado entrar em uma discussão mais séria, ela soube pelo modo como sua voz ficou baixa com seriedade e a cabeça dele se curvou na direção dela. Assim como a maioria dos outros convidados, um *tilak* vermelho com grãos de arroz colados decorava sua testa, cortesia de quando fora recepcionado na festa.

Muito mais tagarelice precisava ser feita; Geeta tinha que ostentar sua presença.

— Humm... — ela enrolou, erguendo os olhos para ele. O arroz tinha caído de seu vermelhão, que secara.

Por cima do ombro de Karem, ela viu Preity e Priya se aproximando, os pratos vazios. O riso de Priya morreu abruptamente quando viu quem estava ao lado do *pani puri*, e ela deu uma cotovelada na irmã duas vezes com urgência, sussurrando algo. Os olhos de Preity se arregalaram, e as duas executaram curvas em *U* sincronizadas e idênticas. Geeta ficou confusa demais para se sentir ofendida. Já tinha falado com elas, feito o contato visual necessário e as riscado de sua lista, mas esperava usar a presença delas como motivo para evitar Karem.

— É importante — ele frisou.

Geeta riu alto demais, propositalmente atraindo a atenção daqueles que estavam por perto. Ela explicou, dividindo um milissegundo de contato visual fixo entre todos aqueles que olharam:

— É que ele é engraçado demais! Estamos criando lembranças pra caramba, não é mesmo? Feliz Ano-Novo! *Saal Mubarak!* — ela gritou para os convidados confusos, enquanto ele a conduzia para o lado de fora.

Karem esperou até que estivessem na varanda para dizer:

— Ouça, é sobre Bada-Bhai. Estive tentando falar com você a noite toda, mas você sempre está... ocupada.

— Ocupada criando lembranças!

— Certo — ele disse, duvidosamente. — Está se sentindo bem?

— Como assim?

— Você não para de encarar todo mundo, exigindo que se lembrem de você. — Ele arregalou os olhos e fixou-os nela, sem piscar, seguindo-a sempre que ela afastava a cabeça, desconfortável. — Feliz Ano-Novo! — ele crocitou com alegria maníaca. — *Saal Mubarak!*

— Não sou tão ruim assim!

— Então por que estão todos falando da moça maluca com olhos esbugalhados?

— Certo — ela disse, ainda rindo. — Talvez eu esteja mais nervosa com o fato de voltar à vida social do que tinha percebido.

— Bom, é só uma festa. Tente se divertir. Sabe, coma, beba. Pisque de vez em quando, talvez.

— Acho que tinha me esquecido que sinto falta de falar com você.

Karem sorriu.

— Eu também. Você está bonita, a propósito.

Ela usava um sári de seda em vermelho e verde que Ramesh havia oferecido como outro presente, os fundos certamente saindo das próprias economias da caixa de joias. Agradecer a ele quase tinha lhe custado uma úlcera, mas Geeta deu conta, imaginando-o morto. Começava a se arrepender de deixar Saloni lidar com a questão sozinha; Ramesh nunca saberia que Geeta tinha conspirado por sua morte. Mas a soberba já tinha causado a queda de assassinas menores, Geeta lembrou a si mesma. A Rainha Bandida tinha orgulho, é claro, mas também tinha um cérebro.

O elogio de Karem a fez sentir mais envergonhada do que lisonjeada. Ela deu uma batidinha constrangida no próprio coque. Antes de sair de casa com Ramesh, tinha espetado ali um velho broche de bijuteria, as duas pontas afiadas enterradas nos cabelos torcidos. Grande parte das mulheres naquela noite, no entanto, tinham envolto seus coques com jasmim fresco.

— Você também. O que estava dizendo a respeito de Bada-Bhai?

Karem voltou a ficar sério.

— Eu estava em Kohra, tentando ver se conseguia arranjar algum negócio novo, e entreouvi um dos capangas dele em uma barraquinha de *chaat*. Ele estava ao telefone, falando algo a respeito de limpar a conta de alguém.

— Certo — Geeta disse, franzindo a testa. — O que isso...

— Tem a ver com você? Bom, ele também disse que era em troca de se vingar da "cadela que levou os cachorros".

Um punho quente de terror apertou o peito dela.

— O quê?

Karem balançou a cabeça.

— Exatamente. — Estava nítido que ele tinha conectado as peças, assim como ela fazia no momento: uma dívida perdoada em troca de vingança contra Geeta, misturado à chegada súbita e inconveniente de Ramesh. — Geeta, não quero passar dos limites. E sei que seu relacionamento com Ramesh só diz respeito à vocês dois, mas...

— Acha que Ramesh voltou porque Bada-Bhai quer se vingar de mim em troca da dívida de Ramesh.

— Com certeza parece improvável porque Ramesh está limpo, mas...

— Não — ela disse, mordiscando a pele seca de seu lábio. — Não é improvável. Ramesh continua bebendo. Às escondidas.

— Ah. — Karem deu um passo para trás. — Isso...

— Não é nem um pouco surpreendente? — ela completou.

— Eu sei.

A mente de Geeta zumbia. Se Bada-Bhai viesse procurá-la, talvez ela pudesse argumentar com ele, oferecer o pouco de dinheiro que tinha sobrando.

A ideia de um confronto com um aspirante a mafioso não a entusiasmava muito, mas, de alguma forma, Geeta se sentia mais preparada para lidar com ele agora do que três semanas antes. Será que deveria arrumar uma arma? Não, não, isso seria loucura. Bom, talvez uma pequenininha, com...

Para além da varanda de Saloni, uma barraquinha de *lassi* tinha sido instalada ao lado do enorme caldeirão de um produtor de *jalebi*. O confeiteiro brandia um cone de massa, que girava em círculos concêntricos apertados. Uma vez fritos, eles eram mergulhados em xarope açucarado. O resultado eram rodas brilhantes e de um tom vivo de laranja. No formato de bobinas de mosquito, Geeta pensou, distraidamente. Sua boca salivou, o que era estranho, já que ela não ligava para doces, não como Saloni.

— Ok, ok — Geeta disse, convencendo a si mesma. — Vai ficar tudo bem, vai ficar tudo bem. Vou dar um jeito.

— Geeta — Karem disse, o nome dela como um alerta.

— O quê? Você mesmo disse que ele não é um chefão de verdade. Será que Chintu pode ser perigoso mesmo?

— Ouça, se eu precisasse chutar, diria que ele está mais aborrecido por uma "dona de casa" ter levado a melhor em cima dele do que por você ter soltado os cachorros. Mas estou preocupado que ele possa usá-la como exemplo para, não sei, fazer um nome para si mesmo.

Pois, se matar vinte, sua fama vai se espalhar; se matar só um, vão enforcá-la como assassina.

— Talvez possamos usar a polícia para assustá-lo.

Karem suspirou.

— A mesma que ele suborna?

— Não são todos que têm o rabo preso com ele. S.A.P. Sinha.

— Devemos ligar para ele?

Geeta ficou perplexa demais para corrigi-lo.

— Deus, não! Ela não vai acreditar em nada que eu disser. Mas Bada-Bhai não sabe disso.

O fabricante de *lassi* derramava leite de um recipiente de aço em um copo de vidro. Então, devolvia-o para o aço. De volta para o copo. A distância entre os dois vasilhames cresceu e cresceu enquanto ele criava uma fonte comprida e espumosa, mas nunca derramava o líquido. Continuou a servir, incitando o líquido, e sua dança era estranhamente hipnotizante. Ela se sentiu tranquilizada de maneira esquisita, relaxada, mas desperta, como se alguém estivesse coçando sua cabeça com unhas longas. Um pedaço estressado de sua mente se desligou, permitindo que uma porção dormente acordasse e, de repente, ela sabia o que estivera coçando seu cérebro dois dias antes, quando entregou o leite a Ramesh.

— Merda — ela sussurrou, a voz quase reverente ao baixar o prato descartável.

— O que houve?

— Merda, merda.

— *Arre*. O quê? — A testa de Karem se franziu.

— Preciso ir. Eu... esqueci de dar comida para o Bandido. Pobrezinho. Volto já.

— Posso ir com você. Com Bada-Bhai a procurando, você não deveria ficar perambulando sozinha à noite, certo?

— Não, vou levar Ramesh — ela mentiu. Era verdade que Karem poderia ajudar na situação que, naquele momento, ela se dava conta de ter interpretado espetacularmente mal, mas ele já tinha a ajudado muito. E ela não queria retribuir ao arrastá-lo mais ainda para o perigo. — Não se preocupe. Vejo você mais tarde, ok? E obrigada. Por tudo.

Geeta correu para casa, ou tentou fazê-lo. Seu sári de festa, ao contrário do algodão a que estava acostumada, era de seda rígida e a atrapalhava, até que ela ergueu as saias. Como é que havia levado tanto tempo para perceber, especialmente levando em conta todas as outras mentiras? Ele reconhecia os passos dela, tinha identificado o álcool, não queimara o *papadam* — Geeta tinha ouvido falar que, ao se perder a visão, os outros sentidos se tornavam aguçados. Tudo bem. Mas ele soubera que precisava usar copos plásticos com os dois homens Dálites na tenda de chá antes de eles dizerem uma palavra sequer.

— Merda, merda, merda — ela entoou enquanto corria. Passou por uma família que desenrolava fogos de artifício. — *Ram Ram*! — ela cumprimentou antes de voltar ao mantra "merda, merda, merda".

354 • PARINI SHROFF

Será que *uma* coisa não podia acontecer da forma correta? Como é que o marido de todo mundo era matável, exceto o seu?

Ela passou correndo por um gado inquieto. Fogos de artifício ressoavam às suas costas. Muitos aldeões estavam na casa de Saloni, mas alguns outros organizavam as próprias festas para jogar cartas ou preferiam celebrar com a família mais próxima. Naquele momento, depois do jantar, todos iam aos quintais ou campos abertos a fim de desenrolar e acender as *pataka*s que tinham sobrado da noite anterior. O coque de Geeta se soltou de sua rede adornada de joias, o broche decorativo que ela colocara mais cedo caindo. O pó que fora aplicado debaixo de seus braços desistiu, e seu suor fez a pele coçar. O frio do inverno estava forte, mas não era páreo para tal nível de empenho. A boca de Geeta estava seca e ela se sentia enjoada. Estivera tão ocupada agredindo todos com contato visual indesejado que não tinha comido. Enfim, avistou sua casa, a lâmpada pendurada brilhando do lado de dentro. Subiu correndo os dois degraus e irrompeu pela porta da frente, gritando:

— Ele não está cego!

— É — Saloni murmurou em torno da mordaça que repuxava os cantos de sua boca. — Meio que percebi.

VINTE E NOVE

A origem de uma *churel* é uma mulher que foi injustiçada. O falecimento de uma mulher grávida. Pelas mãos de sogros ou cunhados
cruéis, ou um marido violento. Morrer durante o parto ou dentro
do período de impureza de doze dias após esse evento. Sempre que
uma mulher morria enormemente frustrada, ela retornava como
churel. Aqueles que sobreviviam podiam tentar um entrave de sua
transformação: enterrando-a em vez de cremando, colocando pedras
sobre ela, cobrindo seu túmulo com espinhos, colocando-a no solo
de bruços a fim de desorientá-la. Se a mulher tivesse recebido tal
consideração saudável durante a vida, tais medidas seriam irrelevantes.
Contudo, se seu desejo por vingança fosse potente o bastante, ela
encontraria o caminho de volta para casa, e assim começava.

Os homens deveriam temê-la, mas as histórias variavam.
Ela os atraía para um covil em uma encosta, onde suas presas os
drenavam de todo fluido corporal, inclusive o sêmen. Mantinha-os
prisioneiros, exigindo coito repetidamente até que estivessem secos.
Alguns morriam, alguns voltavam para casa aos tropeços, cinzentos
e enrugados, sofrendo de estranha e súbita senilidade.

Uma bruxa. Uma *banshee*. Uma súcubo. Homens que sobre-
viveram a um encontro com ela compartilhavam detalhes consis-
tentes com relação à sua aparência. Nesse ponto, as histórias já
não variavam: a verdadeira forma dela era sempre horrenda. Uma

língua comprida e preta, peitos caídos até uma barriga saliente, cabelos emaranhados — tanto os da cabeça como os do púbis — e pés virados para trás.

Considerando que esta imagem não era propícia para seduzir presas, a *churel* se disfarçava. Podia se transformar em uma mulher jovem e bela, mas era incapaz de esconder os pés deformados, a marca registrada de uma *virago*.

Geeta e Saloni sempre tinham presumido que aquela era uma fábula escrita por homens e para homens. Apenas um homem imaginaria uma punição envolta em luxúria, em vez de simplesmente uma morte dolorosa. Apenas um homem transformaria uma mulher ferida em um monstro horrendo. Apenas um homem iria, então, em prol do orgulho fálico, atribuir-lhe poderes de transfiguração, para que a criatura com quem ele se deitara várias e várias vezes fosse enganosamente deslumbrante.

Mas, e se, Geeta pensou enquanto se via congelada à porta da frente, desesperadamente tentando pensar em um plano, a *churel* fosse uma fábula criada por mulheres e para mulheres? Se o mundo natural não lhes proporcionava proteção, então talvez uma história sobrenatural o fizesse. Um modo de aterrorizar homens para que pensassem no bem-estar das mulheres de vez em quando.

Geeta correu os olhos por sua casa: Saloni, silenciada e amarrada a uma cadeira plástica, os olhos verde-escuros de medo; Bada-Bhai apoiado na entrada do nicho de sua cozinha; Ramesh à espreita em outro canto. Ela teria sentido alguma esperança de se safarem da situação conversando, não fosse pela arma na mão de Bada-Bhai. Geeta ergueu as mãos em rendição, fixando os olhos no revólver em vez de em Ramesh. Sabia que ele provavelmente salivava por uma chance de se vangloriar por ter passado a perna nela. Idiotas sempre esperam um desfile de comemoração quando finalmente conseguem ser espertos.

Qualquer que fosse a origem do conto da *churel*, a amarga questão era que a história simplesmente não funcionava. Não tinha detido a mão de Ramesh nem a de Samir nem a de Bada-Bhai. Os homens podiam brandir o rótulo de *churel* para roubar a feminilidade de uma mulher, e podiam descartá-lo para roubar seu poder. Mas, assim como todo o restante, era a escolha *deles*.

— Bem-vinda, Geeta dos Designs da Geeta — Bada-Bhai disse, com simpatia fria. — Estávamos esperando. Sente-se. — Ele fez sinal para Ramesh, que procurou dentro do armário de Geeta e retirou um sári; o de cor laranja que tinha dado a ela. Ele se pôs a enrolar os oito metros em torno do torso de Geeta e sua cadeira sobressalente. Deu quatro voltas em torno dela, como *pheras* matrimoniais, antes de amarrar as duas pontas com tanta força que Geeta e a cadeira foram sacudidas com cada nó. Três nós para amarrá-la à cadeira agora, três nós quando tinha amarrado o colar de casamento dela há tantos anos: o primeiro nó representando sua obediência diante do marido, o segundo significando seu comprometimento à sua nova família, e o terceiro... Bom, o terceiro escapava à mente distraída dela no momento.

— Não. — Bada-Bhai parou Ramesh quando ele se moveu para amordaçar Geeta com uma blusa de sári, como fizera com Saloni. — Quero falar com ela.

Geeta olhou para Bada-Bhai, que notavelmente não tinha se vestido para o feriado, usando apenas uma camisa polo simples e jeans. Estava apoiado na parede dela com um ar afetado de despreocupação, os braços cruzados acima da barriga inchada, uma das mãos segurando o revólver. Apesar de seus braços e pernas serem esguios, ele tinha o abdômen de um homem que ainda não aprendera a recalibrar a própria dieta com a idade. Ainda estava usando sandálias — todos eles estavam —, um evento raro em uma casa indiana. Tão estranho como o restante daquela interação.

— Você está bem? — Geeta perguntou a Saloni. Uma pergunta idiota, mas Saloni balançou a cabeça em concordância. Para Bada-Bhai, ela perguntou: — O que você quer? Dinheiro?

— Duvido que você tenha algum. Olhe para este lugar, você nem sequer tem uma televisão. Aquilo é um *rádio*? Deus. — A boca bigoduda de Bada-Bhai se curvou para baixo em uma expressão de desprezo. — Estes vilarejos são tão atrasados. Como vocês vivem assim?

— Ei, eu fenho duas TBs, ok? — Saloni disse, por trás da mordaça. — Não somos fão afrasados. Adé demos *foz de bambus*.

— O quê?

— Postes de luz — Geeta traduziu.

— Ouça, sua *randi halkat*, você me fodeu. Tirou de mim o meu melhor fornecedor de *tharra*. Roubou meus cães, meus testadores. E, o pior de tudo, você me fez de idiota.

— Então pegue aquele cachorro maldito e vá embora — a voz distorcida de Saloni falou, saliva escurecendo a blusa.

— Não! — Geeta gritou.

— Esqueça o cachorro. Não posso deixar as pessoas achando que Bada-Bhai não se vinga quando é lesado. Não se pode ser um chefão se for um mole — Bada-Bhai continuou, mostrando duas bolsas de líquido. — Então *vocês* duas podem ser minhas novas degustadoras.

— Oh — Saloni disse, animando-se. — É uinho? Eu quero provar uinho! Se for uinho, eu topo.

— Ele quer dizer que vai nos fazer de cobaias. — Geeta sacudiu a cabeça. Uma bufonaria extrema permeava a situação: Ramesh estava cutucando o nariz, entediado, Bada-Bhai vacilava entre sacudir a arma, ameaçando, e esquecer completamente a função do objeto, usando o cano para coçar o queixo ou batendo-o na testa. Sua imprudência quase deixava tudo mais aterrorizante do que se ele fosse competente. — É *tharra*. Com metanol.

O nariz de Saloni se franziu com desgosto acima da mordaça.

— Ah. Nesse caso, não, obrigada. Não quero.

— Ei! — Bada-Bhai soltou os sacos de destilado e golpeou a parede com a mão livre. As mulheres se encolheram. Ele sacudiu a arma como forma de ênfase. — Isto aqui não é um hotel quatro estrelas, suas *randis halkat*. Isto aqui é vingança. Você roubou de mim, Geeta. Você me fodeu. Quer salvar todos os cachorros da Índia? Bom, então *você* pode ficar cega no lugar deles.

AS RAINHAS BANDIDAS • 359

— Isso é realmente o que você quer, Chintu? — Ramesh perguntou, observando o álcool contrabandeado. Seu desejo era evidente. Um verdadeiro viciado, incapaz de se privar até mesmo de álcool contaminado. — A vingança de um chefão deve ser rápida e terrível, não é?

Bada-Bhai franziu a testa.

— O que seria, então?

— Só corte um dedo do pé ou da mão para mandar uma mensagem, não é isso que mafiosos fazem?

— Buito bom — Saloni murmurou. Sua saliva tinha ensopado a mordaça, distorcendo ainda mais suas palavras. — Gue herói. Belo reito de dradar sua esbosa.

Ramesh disse a Bada-Bhai:

— Ela precisa ser lembrada de qual é seu lugar. Olhe para ela. Em dez anos, não foi capaz de me dar nem a porra de um único filho. — Ele passou de enojado para defensivo. — E você disse que limparia minha barra com aqueles chefões em Baroda, Surrate e Rajkot se eu lhe trouxesse a Geeta, *além* de me dar o goró. E nada dessa merda barata de *tharra*, entendeu? Só o negócio importado.

Bada-Bhai estreitou os olhos na direção de Ramesh.

— Ouça, em geral tento evitar dizer isso para meus clientes, é ruim para a fidelização e tudo mais, mas acho que você talvez tenha um problema.

Saloni bufou, zombeteira.

— *Talvez*?

— Cale a boca, sua cadela arrogante — Ramesh sibilou. — Essa aí nós podemos matar, BB. Mas preciso de Geeta viva. O passatempo idiota dela é lucrativo, na verdade, e já que o que é dela é meu...

Geeta sentia-se desconcertada. Sua prioridade desde que entrou na própria casa fora apenas a sobrevivência; tinha presumido que, se ela e Saloni dessem um jeito de saírem vivas, Ramesh partiria novamente, encontraria outra cidade para começar outra conta num bar. Mas sobreviver a isso apenas para viver sob o controle de Ramesh não era uma vitória.

Bada-Bhai analisou as duas mulheres.

— Não tenho problema algum com a gorda. Foi Geeta que me fodeu. Vacinei aqueles cachorros, eu os adestrei e os castrei. Nada disso é de graça, sabia? E, aí, ela simplesmente os soltou. Acredita que nenhum deles voltou?

— Que chocante — Geeta disse.

Bada-Bhai se aproximou dela, ameaçador.

— Feche sua matraca, mulher. Olhe à sua volta, você não está exatamente na vantagem aqui.

— Falando nisso — Saloni perguntou —, gual é o blano aqui, Chintu? Bosso de chamar de Chintu?

— Prefiro Bada-Bhai ou BB.

As sobrancelhas de Saloni se franziram.

— Dipo... "dama" em hindi?

A julgar pela irritação explosiva de Bada-Bhai, ficou evidente que ele já havia passado por mal-entendidos idênticos em outras ocasiões.

— Não, não *bibi*. As letras, em inglês: "B-B". De Bada-Bhai? Ramesh disse que não era confus... Que seja, olha, não está escrito em pedra, ok? Ainda está em desenvolvimento.

— Endendido, err... você se imborta?

— Hã? Ah, sim. — Ele desamarrou a mordaça improvisada, que caiu em torno do pescoço dela.

— Acha que eu poderia ir fazer *su-su*? Bebi, tipo, três... — Diante do olhar furioso dele, Saloni pigarreou. — Deixe pra lá, então. Certo, o que foi que o deixou tão irritado?

BB apontou o revólver para Geeta, cujos olhos fecharam-se instintivamente.

— Esta *randi halkat* roubou de mim, ela levou meus cachorros. Ela me fo...

Saloni balançou a cabeça, impaciente.

— Sim, sim, Chintu, ela é uma vagabunda cruel que o fodeu. Você já disse. Mas o que vai fazer com ela, conosco, agora?

Bada-Bhai hesitou.

— Bom, o plano era fazê-la beber a *tharra*, mas agora... não sei. Alguma outra coisa vingativa, acho.

— Claro, naturalmente, mas que *tipo* de vingança? Você quer dinheiro? Outros cães?

Bada-Bhai deu batidinhas com a arma no queixo enquanto refletia.

— Não — ele disse. — Acho que não.

— Entendo. Então só quer que ela sofra, é isso?

— Saloni!

— Quieta, Geeta, isto não diz respeito a você.

— Sim — BB refletiu. — Sim, sofrimento seria legal.

— Feito. — Ramesh sorriu. Uma camada gelada de medo envolveu Geeta. — Vamos tirar um dedo do pé. As mãos dela são fonte de renda para mim, então não dá pra ser um da mão. A não ser que seja um mindinho.

— Humm — Saloni disse, não demonstrando nenhum do terror que Geeta sentia. Ela falou, dirigindo-se unicamente a BB: — Então, vou te contar o que você não sabe. Sou meio que uma celebridade por aqui. Faço parte do *panchayat* do vilarejo e dou uma festa enorme de Ano-Novo todos os anos. Meu marido e meus convidados provavelmente estão procurando por mim neste momento. Algo de que *ele* deveria ter alertado você. — Ela indicou Ramesh com o queixo, que soltou uma expressão de escárnio.

A incerteza perturbou o cenho de BB.

— Você não deveria estar aqui. Ramesh me prometeu que Geeta viria sozinha para casa. — Ele inclinou o quadril e a cabeça. — *Por que* você está aqui?

— Para me envenenar — Ramesh respondeu. — Ela achou que eu estava cego, então colocou veneno de rato na minha bebida enquanto eu estava lá fora, te chamando. — Ele virou o sorrisinho na direção de Saloni. — Você foi ridícula, andando de fininho por aqui.

Saloni o ignorou.

— A questão é: um grupo de resgate vai aparecer a qualquer momento.

— Ela está mentindo.

— Não sei, não. Ela está arrumada para uma festa. Pensando bem, vocês todos estão. *Saal Mubarak*, pessoal!

— Feliz Ano-Novo — os outros três ecoaram mecanicamente.

— Se me deixar ir embora agora — Saloni disse —, não vou dizer nada a ninguém. Ramesh ganha o dedo do pé, você consegue sua vingança, eu posso fazer *su-su*. Todos saem ganhando.

BB pareceu mais julgá-la do que se sentir tentado.

— Você também vai simplesmente abandoná-la?

Saloni ergueu os ombros, limitados por suas amarras.

— Ah, nem somos tão próximas assim.

BB se virou para Geeta, as sobrancelhas inclinando-se com empatia inesperada.

— Primeiro seu marido, agora sua amiga. Sua vida é mesmo uma merda, não é?

Geeta fechou os olhos.

— Você não faz ideia.

— E então? — Saloni pressionou. — Não quero apressá-lo, mas eu meio que preciso mesmo fazer *su-s...*

— Não faça isso — Ramesh interveio. — Ela é uma vagabunda traiçoeira. Vai correr direto para a polícia. Se você as soltar, Chintu, estou fora. Devo dinheiro a você, não minha vida. O que vai ser?

BB bateu as mãos, a arma inclusa, próximo de suas orelhas, em irritação atormentada.

— Todo mundo cala a boca e me deixa pensar por um segundo. — O celular dele tocou. O homem atendeu com um berro: — O quê? Agora não dá. Vou lidar com vocês duas quando voltar pra casa. — Ele desligou, a respiração feito estática pesada. — Maldição! Não tenho paz em casa, e aqui também não.

— Lakha e sua esposa estão brigando de novo? — Geeta perguntou.

Ramesh torceu a orelha de Geeta. A parte de trás de seu brinco machucou a pele frágil.

— Ele disse para você calar a boca.

AS RAINHAS BANDIDAS • 363

— Quem é Lakha? — Saloni perguntou.

Geeta respondeu:

— A mãe solteira do único filho dele.

BB pareceu mais curioso do que desconfiado.

— Como você...

Geeta fingiu estar despreocupada.

— Eu presto atenção.

— Que seja. — A surpresa dele se transformou em exasperação.
— Minha amante e minha esposa brigam o tempo todo. A respeito
de tudo! Comida, roupas, as crianças, dinheiro, dinheiro, dinheiro.
E minha mãe só piora tudo. O médico disse que ela está passando
pela "menopausa", e aí cometi o erro de pesquisar sobre isso... — BB
parou de falar com um arrepio.

Ramesh puxou o ar pelos dentes.

— Já lhe falei várias vezes que umas bofetadas resolveriam
todos os seus problemas.

Bada-Bhai lançou a ele um olhar furioso.

— Então vou sair estapeando minha mãe sem mais nem menos,
é? Para, na próxima vida, voltar como um intocável? Seu homem
inútil. — BB voltou-se para Saloni. — Tem sido tão ruim ultimamente
que me escondo no banheiro para ter um pouco de paz. Agora, elas
acham que tenho problemas. — Ele deu um aceno vago na direção
da barriga. — Sabe, de digestão.

Saloni, que estalava a língua com compaixão enquanto BB
falava, disse:

— Se me permite, você deveria proteger sua esposa, não sua
amante.

— Por outro lado — Geeta disse —, você precisa proteger seu
filho da sua esposa.

Ramesh soltou um rugido irritado.

— Que porra é essa? *Koffee with Karan*? BB, me deixe cortar
as duas e vamos acabar logo com isso!

Do outro lado da porta de Geeta, ouviu-se um som estridente
e um latido, seguido por praguejadas abafadas e latidos contínuos.

— Quem é? — Bada-Bhai gritou. A julgar por sua expressão, ele percebeu que as palavras soaram vacilantes demais e disse, mais alto e brusco: — Quem diabos está aí? — Apesar do perigo, Geeta revirou os olhos. Morrer pelas mãos deste imbecil depois de ter matado dois homens e escapado da polícia seria como se a Rainha Bandida fosse abatida por uma picada de mosquito.

A barulheira devia ter sido um pote ou outro objeto de metal — Geeta pensou na tigela de água de Bandido. Todos os quatro observaram a porta imóvel. Fogos de artifício distantes estouravam de tempos em tempos, perturbando a canção solene dos grilos. Ocorreu a Geeta que BB e Ramesh provavelmente haviam tido a mesma ideia que Saloni, de usar o rebuliço do Ano-Novo como distração.

Quando ninguém se anunciou, BB avançou furtivamente na direção da porta e fez menção de abri-la, mas, então, deve ter pensado melhor no assunto. Ele meneou a cabeça, olhando para Ramesh, que emitiu uma recusa silenciosa. Mas os olhos protuberantes de BB não abriam brechas para protestos, e Ramesh obedeceu.

— Farah! — Geeta disse quando a porta se abriu.

Farah preenchia a entrada, confusa e de olhos sonolentos, a tigela de água de Bandido em sua mão. Bandido se sacudiu, um caos de gotículas voando no sári da mulher.

— Chutei isto aqui no cachorro por acidente. — Então, reparando em BB pela primeira vez, ela bocejou e perguntou: — Quem diabos é você?

— Quem diabos sou *eu*? Quem diabos é *você*? Deixe pra lá, eu não ligo. Entre aqui antes que alguém a veja.

Farah finalmente registrou as mulheres amarradas e a arma, e ficou em alerta.

— Err... não, tudo bem. Podem continuar. Feliz Ano-Novo.

Bada-Bhai apontou a arma para ela.

— Não foi um convite para jantar. Entre aqui ou eu faço com que ele a traga arrastada.

Farah cooperou, as mãos erguendo-se desajeitadamente até o nível dos ombros, do jeito que a televisão ensinava civis a fazerem. Ramesh tirou a tigela de água das mãos dela e fechou a porta, mas não antes que um Bandido molhado corresse para dentro do cômodo lotado, derrapando quando reconheceu seu antigo mestre.

— Você! — BB disse para Bandido, que repartia seus rosnados generosamente entre Ramesh e BB. — Você ficou com ele?

Geeta balançou a cabeça em aquiescência.

— É um bom cachorro.

— Sei, não. Ele sempre pareceu o burro do grupo.

— Ah! Que nem a Farah! — Saloni disse.

— Bom, vá se foder, também — Farah falou, de cara fechada.

— Amarre-a. Ram do Céu, estamos sem cadeiras. — BB olhou feio para Saloni e Geeta. — Vocês duas convidaram mais alguém?

Ramesh revirou o armário minguado, desta vez escolhendo um sári amarelo com padronagem desbotada de diamantes. Depois que Farah estava sentada na *charpai* dele, Ramesh a prendeu de maneira semelhante, amarrando seus pulsos e tornozelos.

— O que está fazendo aqui? — Geeta perguntou.

— Me ocorreu que Ramesh talvez não estivesse cego. E imaginei que deveria avisá-la. — Os olhos dela estavam fixos no revólver, que se movia de um lado para o outro no cômodo enquanto BB perambulava, ansioso. — Uma escolha da qual me arrependo profundamente agora.

— Como você soube? — Ramesh perguntou, sua curiosidade genuína. — Fui bem convincente.

— Bom, eu estava na festa e caí no sono. Bem em cima da mesa de doces. Quando acordei, me dei conta de que, no outro dia, quando viemos aqui ver Geeta, ele chamou Saloni de gorda.

— E daí? — BB disse. — Ela é, mesmo. Sem ofensas.

— Prefiro "voluptuosa", mas tanto faz.

Farah balançou a cabeça.

— Mas como *ele* sabia? Da última vez em que a viu, você era...

Saloni fungou com autossatisfação.

— Devastadoramente maravilhosa.

Os olhos de Farah se reviraram.

— Certo, tudo bem. Eu ia dizer "mais magra". E, claro, alguém poderia simplesmente ter dito a ele que Saloni estava gorda... desculpe, "voluptuosa", mas eu estava com um mau pressentimento, então...

— Então veio nos ajudar? — Geeta perguntou.

Saloni inclinou a cabeça.

— Por quê?

— Eu estava tentando ser uma bonobo, tá bom? — Farah se remexeu na *charpai*, o alcance de seus movimentos diminuto.

A boca de Geeta curvou-se para cima, mas Saloni simplesmente suspirou.

— Bom, uma arma ou algo do tipo teria sido útil. Parece que você não aprendeu nada com C.I.D.

— Bom, vendo por esse lado, você parece uma megera maior do que nunca.

Saloni engasgou-se com a própria risada.

— *Eu* sou uma megera? Você tentou chantagear Geeta, sem falar que ameaçou matá-la.

Farah grunhiu.

— Ya'Allah, por quanto tempo vai ficar batendo nessa tecla? Estou *aqui*, não estou? Hora de superar isso.

— Chega! *Randis halkat!* Já tenho o bastante dessa dor de cabeça em casa. — BB esfregou as têmporas. — Espera. Você também estava nessa festa? — Quando Farah confirmou com a cabeça, BB franziu a testa, os vales entre suas sobrancelhas aprofundando-se. — Mas você é muçulmana, não é? — Farah fez que sim. — Então por que está celebrando o Diwali?

— Porque ela é nossa amiga — Geeta disse, e viu o sorriso fraco de Farah.

BB sacudiu a cabeça.

— Vilarejos. Juro, se um muçulmano aparecesse na *minha* festa de Diwali, eu começaria uma rebelião.

AS RAINHAS BANDIDAS • 367

— Você trabalhou com Karem; ele é muçulmano.

— São negócios. Dinheiro não tem religião. Agora, se ele quisesse se casar com minha irmã, teríamos um problema.

— E, hum, quem é você mesmo? — Farah perguntou.

— BB — ele disse.

Ela ficou aturdida.

— "Mulher"?

— Não! Maldição. — Ele se voltou para Ramesh, que ergueu os ombros. — Eu disse que seria confuso demais.

— "B-B" — Geeta soletrou. — Bada-Bhai. Mas não está escrito em pedra.

— Ainda está em desenvolvimento — Saloni complementou, prestativa. — Ele está aqui para se vingar de Geeta.

— Porque eu fodi com ele.

Os olhos de Farah se arregalaram com interesse evidente e lascivo.

— Sério? Vocês dois? Quando?

Os sons de nojo de Geeta espelharam os de Bada-Bhai, que lhe deu um tapa na nuca, o ressentimento aumentando o tom de sua voz.

— Sei por que *eu* estou dizendo "*che, che*", mas por que *você* está dizendo "*che, che*"?

O rosto de Geeta queimou, não pelo insulto, mas pela humilhação de ser golpeada como uma criança tola que precisava ser repreendida.

Bandido, fazendo barulho, detectou seu nêmesis lagarto, que subiu deslizando pela parede e arfou, descansando fora de alcance. O cão latiu para a parede, as orelhas inclinadas para trás. Sua cauda balançava tão freneticamente que era incrível o fato de ele não levitar. Geeta fechou os olhos em vergonha materna. Dois homens ameaçadores, um dos quais portava uma arma, e a ameaça que seu cachorro priorizava era um réptil.

— Qual é o problema dele? — BB perguntou, indicando Bandido com o queixo.

— Atire logo nele — Ramesh falou.

— Não! — Geeta gritou. — Não ouse.

Mas ela não precisava ter se preocupado, porque BB pareceu igualmente chocado.

— Você fritou o cérebro? — ele exigiu de Ramesh. — Não vou atirar em um *cachorro*.

— Qual é o problema?

— Atirar em gente faz de mim um chefão; matar cachorros só faz de mim um psicopata.

— Caramba — Saloni arrastou a fala. — Até o criminoso fazendo três mulheres reféns acha que o *seu* compasso moral está estragado. Pense nisso só um pouquinho.

Ramesh fechou a cara.

— Vagabunda gorda. Você pariu crianças mesmo ou só as comeu?

Os dois se puseram a lançar insultos um ao outro, cada injúria mais alta do que a anterior. O rosto de Saloni ficou vermelho. Ramesh estava tão furioso que seu bigode quase vibrava, em sintonia com a cauda de Bandido.

— Escute, *chutiya* — Saloni disse, batendo os pés unidos no chão. — Você não faz ideia! Tudo muda depois de ter um bebê, tá bom? Você nem reconhece seu próprio corpo. — Ela se acalmou, a voz ficando mais baixa ao se dirigir a todos os presentes. — Sabiam que, quando meu filho saiu, ele esticou tanto a coisa toda que agora eu faço um pouco de *su-su* sempre que espirro? E aquele pirralho nem se dá ao trabalho de comer um legume por mim.

— O quê?! — BB se encolheu. — *Che, che.*

Diante da veemência dele, Farah balançou a cabeça e contribuiu:

— Eu, também. Mas só depois do meu segundo. Também fiz cocô nele durante o parto.

— Oh, Ram — Ramesh comentou, o rosto se contorcendo em uma ânsia de vômito.

Farah continuou:

— E a amamentação? Meus filhos simplesmente *acabaram* com meus peitos. Tipo, uma absoluta *barbaad*.

— Não quero ficar ouvindo essa porra! — Ramesh jogou as mãos para o alto, à procura de uma saída. Mas não havia qualquer canto do pequeno cômodo onde ele não pudesse escutar. Além disso, a cada vez que ele se mexia, Bandido (temporariamente esquecendo o lagarto) ia diretamente a seus tornozelos.

Geeta observou o lagarto, tendo conseguido um descanso do cachorro, disparar na diagonal, na direção do teto. Ele se moveu acima da cabeça dela, então da de Saloni, e pairou sobre um BB absorto.

Saloni continuou:

— Não é? Eu me lembro de quando meus mamilos apontavam na mesma direção. — Pelo canto dos olhos, ela prestou atenção na reação de BB.

Ele não desapontou. Seu estremecer foi profundo quando disse:

— *Offo*.

Geeta piscou, já não mais preocupada com a migração do lagarto.

— Esperem, esperem. Eles não... voltam ao normal, simplesmente, depois que você termina?

Farah deu uma risadinha, mas a risada de Saloni foi um zurro grasnado. Ela parou de súbito.

— Merda. Acabei de mijar um pouquinho.

— Não, Geeta — Farah disse, com paciência exagerada. — Praticamente *nada* volta ao normal. É só peitos caídos, mijo quando se espirra e filhos ingratos.

BB estava perplexo.

— Mas e as recompensas? As alegrias da maternidade?

Farah ergueu um ombro antes de deixá-lo cair.

— *Blé*.

— O quê?! Mas é... é a melhor coisa que podem fazer com suas vidas, certo? — Ele dividiu o olhar entre as duas, o tom de voz cada vez mais incerto. — Ser... uma... mãe?

Saloni e Farah deram de ombros.

— *Blé*.

A voz de BB enfraqueceu. Na verdade, ele por inteiro pareceu encolher. Seu rosto estava angustiado quando questionou:

— Então... vocês não amam seus filhos?

— *Tauba tauba*!

A veemência de Saloni foi idêntica à de Farah.

— Cale essa boca, Chintu. Meus filhos são minhas coisas preferidas no mundo, cacete.

— Eu *mataria* por eles. Com alegria. — Farah piscou. — Ah. Acho que já fiz isso.

— Mas. Mas. Vocês acabaram de dizer...

Saloni lhe lançou um olhar de repreensão.

— As coisas podem ser mais do que preto no branco, sabia?

— Então, o que acham que eu...

Ramesh bateu a base da mão contra a testa.

— BB, elas estão te manipulando, *yaar*. Deixe-me cortar essas *bhosda*s!

Os olhos de Farah se arregalaram.

— Espere. "Cortar"? — Ela se virou para Geeta e Saloni em busca de esclarecimentos. — Cortar? Cortar o quê?

— Mas tem muitas delas agora — BB lamentou. — O que vou fazer com três dedos?

— Dedos! — Farah arquejou. — Mas eu faço arte!

— Ouça — BB disse a Ramesh. — Consigo subornar a polícia para ignorar a bebida, mas mutilar metade de um vilarejo? Não tenho tanto dinheiro assim. Que tal deixar umas cicatrizes nas *randi*s *halkat*? Nos rostos. Um lembrete, para que não mexam comigo. Uma mensagem para que outras pessoas não mexam comigo. É o suficiente para ser possível molhar a mão dos policiais. Acho.

— Tudo bem — Ramesh disse. — Devo só passar a faca nelas?

Enquanto os homens conversavam, Farah chorava em silêncio, o queixo trêmulo. Saloni tentou fazê-la se calar, mas o pânico da mulher não apenas era autossustentável, como também contagioso. Bandido ficou cada vez mais agitado, alternando entre pular e trepar com os móveis, o que Geeta pensara tê-lo treinado o bastante para não fazer. Enquanto Ramesh e BB debatiam sobre mensagens diversas para entalhar nos rostos das mulheres, eles ergueram as vozes para serem ouvidos por cima de tanto os ganidos de Bandido como os gemidos de Farah.

— Ya'Allah — a mulher entoava, balançando-se para a frente e para trás na *charpai*.

— Farah! Cale a *boca*! — Saloni sibilou.

— Por quê? Não entendem? As coisas nunca vão ficar bem porque, para cada Samir com que lidamos, existem cinquenta outros deles esperando. Não faz sentido nos arrastarmos um centímetro para a frente quando eles podem nos assoprar dez quilômetros para trás a qualquer momento.

— Farah, nós *vamos* ficar bem — Geeta mentiu. — Respire. *Kabaddi*, lembra?

Farah balançou a cabeça em concordância, sussurrando o mantra enquanto se balançava.

— "BB"? — Bada-Bhai sugeriu em voz alta. — Tipo, um em cada bochecha?

Ramesh chutou Bandido para longe enquanto aconselhava BB:

— Não sei se essa ideia tem o poder que você quer, considerando que todo mundo interpreta errado.

Nesta questão, até mesmo Saloni concordou com ele.

— Não está escrito em pedra, e não deveria ser escrito em nossos rostos.

— A porra do nome foi *sua* ideia! — BB guinchou. — Deus, você é um imbecil.

— *Kabaddi, kabaddi, kabaddi...*

Bandido, agitado pelo mantra que ouvia com frequência vindo de uma Geeta angustiada, há muito cansado de latir em vez de morder, e ainda ressentido com as táticas evasivas do lagarto, focou-se, em vez disso, em presas menos ágeis. Seus dentes enterraram-se no tornozelo de Ramesh com satisfação geralmente reservada para sobras de comida. Ramesh, que nunca tivera muita tolerância à dor, berrou em um misto de sofrimento e pavor, e sacudiu a perna capturada, pulando na outra ao tentar se equilibrar. Mas Bandido segurava com força, os olhos maníacos de um modo que Geeta nunca tinha testemunhado, o contorno preto de sua mandíbula brilhando sob a luz fraca. Ramesh tentou escapar, tropeçando até que a parede oposta atingiu suas costas com um golpe reverberante. De lá ele deslizou até o chão, a respiração escapando de seu peito, como um morcego assustado. O impacto duplo desalojou o lagarto empoleirado no teto. Enquanto o animal caía, ele não se debateu nem se contraiu, como se estivesse sereno com suas perspectivas, confiante de que o universo lhe proveria um novo lar. E assim foi. Em vez de despencar todos os dois metros e meio do teto até o chão, ele encontrou um alívio macio na metade da romaria, um *dharamshala* na forma do ombro esquerdo de Bada-Bhai.

O guincho de surpresa enojada de BB se equiparou ao de Saloni, cuja repulsa foi indireta ao observar de sua cadeira, boquiaberta. O homem se balançou e deu voltas, sacudindo a criatura para que fosse ao chão, onde Bandido aguardava ansiosamente, mas não antes de a mão direita de BB se fechar em um espasmo, enfim puxando o gatilho que estivera acariciando com nervosismo desde o início da noite.

O tiro foi, ao menos aos ouvidos de Geeta, ensurdecedor. Por certo alguém ouviria a balbúrdia e invadiria o lugar. Mas, ao mesmo tempo que se permitiu sentir esperança, vários outros estampidos ressonantes entrecortaram a noite, e ela percebeu que os fogos de artifício comemorativos continuavam a todo vapor.

Todos congelaram, chocados e em silêncio. Os olhos das mulheres correram entre si, compartilhando expressões variadas do mesmo *merda* apavorado. Farah parou de chorar. Bada-Bhai encarou a própria mão como se alguém tivesse lhe oferecido uma iguaria repulsiva, e ele não tivesse certeza de como se retirar da situação de maneira diplomática. Ramesh continuou no chão, suando e gemendo pela mordida de Bandido, como se tivesse sido amputado. O ódio de Geeta por ele se amplificou, mesmo enquanto admitia que havia um punhado de sangue se empoçando ao lado dele. Mas Bandido tinha perdido seus dentes de filhote; sua mordida não era tão feroz assim. Foi somente quando Farah soltou um arquejo e Saloni gralhou de alegria que Geeta se deu conta de que a bala errante de BB havia ido parar dentro da batata da perna de Ramesh.

— Você atirou em mim — Ramesh disse. Mais do que acusativo, ele parecia confuso. — Por que você atirou em mim?

Mas BB estava aflito demais com seu trauma recente para dar atenção ao de Ramesh.

— Para onde a coisa foi? — ele questionou as mulheres, que sacudiram a cabeça. Era uma questão de extrema importância também para Bandido, que se punha agora a farejar o chão e o ar com súbita dedicação disciplinada, digna de um cão de guarda. — *Odeio* lagartos! Mas, pelo menos, eles trazem sorte. — Ele tirou o pingente dourado de ॐ de sob a gola da camisa para beijá-lo. — Onde estáv...

Alguém bateu à porta da frente com tanta força que ela estremeceu.

— Geeta, sua vagabunda ordinária! Sei que você está aí. Pode sair agora mesmo!

— Ah, que porra é essa, agora? — BB gemeu. — Alguém vá atender. — Dando-se conta de que era a pessoa com mais mobilidade no local, BB bufou, irritado, e foi até a porta, a arma atrás das costas.

— Sei o que você fez, Geeta! Um convidado na minha festa me deu os parabéns pelas eleições. Achou que eu simplesmente cooperaria com você? Nós tínhamos um acordo, sua... Ah. — Khushi estacou quando a porta se abriu. Bandido correu para fora. — Quem é você?

— Quem é *você*? Deixe pra lá, eu não ligo. Entre.

Khushi hesitou na soleira, segurando uma caixa de doces em uma mão e uma cédula de votação na outra. Ela exibia mais ornamentos do que Geeta jamais a vira usar: braceletes, *jhumka*s e um *bindi* grande e vermelho. Se Geeta fosse chutar, diria que Khushi

374 • PARINI SHROFF

também estava usando uma criação de Farah. A atmosfera tensa, tão discernível quanto um cheiro ruim, deixou-a inquieta.

— Err... não, não dá. Poderia apenas falar com Geetaben?

— Geeta está indisposta no momento. E, agora, você também está. — BB brandiu a arma com uma das mãos e esticou-se para pegar o antebraço de Khushi com a outra. Ela tentou evitar o toque, mas o homem a puxou para dentro e trancou a porta às costas. — Não, não — ele disse. — Esqueça os sapatos. Não tem problema.

Khushi os retirou, de toda forma.

— Amarre-a — ele instruiu a Ramesh, que tinha arregaçado uma perna da calça. De sua cadeira, Geeta viu que era uma ferida superficial, a bala nem sequer estava no corpo dele. Ramesh revirou os olhos.

— Vá se foder.

— Eu, me foder? Vá *você* se foder! Você disse que ela era uma solteirona triste e sem amigos. Que ninguém sentiria falta dela. Olhe para isso, já virou uma festa, caralho!

— Você *atirou* em mim!

— Foi... — BB disse, à guisa de um pedido de desculpas — ... uma infelicidade lastimável.

— Veja pelo lado bom — Saloni provocou Ramesh. — Pelo menos, você já tem uma bengala.

— Ouça — Khushi falou devagar, em pé no meio do cômodo, com as mãos erguidas. Geeta tentou fazer contato visual, mas Khushi estava absorta com o revólver. — Não quero encrenca alguma. Só vim até aqui porque estava brava com Geeta...

— Entre na fila. Ei, isso são doces?

— Err... sim, mas...

BB tirou a caixa de doces das mãos de Khushi antes que ela pudesse terminar.

— São caseiros? Deixe pra lá, eu não ligo. Estou com fome pra cacete. — Ele empurrou um grande doce esférico para dentro da boca e gesticulou para a cama de Geeta. — Sente-se — murmurou.

Khushi fez menção de sentar-se no chão, mas Geeta sacudiu a cabeça enquanto BB alcançava mais um *boondi ladoo* amarelo.

— Na minha cama — ela sussurrou.

— Mas...

— Confie em mim!

Khushi se sentou lentamente na cama, as nádegas tensas, como se o móvel fosse mordê-la. Estava de frente para Farah, com Saloni e Geeta flanqueando cada um dos lados da cama.

— Não fique brava com Geeta — Saloni sussurrou. — A votação foi culpa minha.

Os dentes de Khushi se cerraram.

— Já não é bem minha maior preocupação no momento.

— São muito bons — BB disse, os farelos dispersando-se. — Melhores do que os da mamãe, até, mas não diga a ela.

— Não vou dizer — Khushi prometeu, lentamente. — Err... quem é você?

— Este é Chintu — Saloni disse. — Ele está aqui para se vingar de Geeta.

— E o restante de nós?

O suspiro de Farah foi taciturno.

— Somos o que é chamado no C.I.D. de "danos colaterais". Basicamente, estamos fodidas.

Em vez de revigorar BB, o açúcar o deixou ansioso. Ele andou de um lado para o outro, pausando para chutar a perna da *charpai*. Farah encolheu-se.

— Merda! Eu nunca deveria ter vindo aqui. Só queria a Geeta, e agora tenho um time de críquete inteiro de titias. Não compensou porra nenhuma. — Ele arrumou o bigode com o polegar e o indicador. Mais farelo caiu em sua camisa.

— Então, nos solte — Geeta disse. — Antes que mais alguém venha nos procurar.

— Quem? — BB gritou, a voz corrosiva e furiosa. — Quem mais pode vir, quando a porra do vilarejo inteiro já está aqui?

Geeta suspirou, enrolando como se lutasse com uma confissão constrangedora, enquanto sua mente estava a mil. Ela precisava conseguir proteção sem arrastar Karem para dentro do caos.

— Meu... namorado talvez venha verificar como estou. Eu estava com ele na festa de Saloni e, já que não voltei, ele vai ficar preocupado.

— Ele com certeza vai vir pra cá — Saloni acrescentou, rapidamente. — Os dois estão, assim, juntos pra valer.

— O quê?! — Ramesh se virou, desequilibrado pela perna ferida. — Do que ela está falando?

— Namorado? É mesmo? — Farah murmurou para si mesma. — Acho que a Geetaben *realmente* é uma *randi halkat*.

— Se eu soltar vocês, vão correr para a polícia e, aí, vou estar fodido de verdade. — BB foi até onde Khushi estava sentada na cama de Geeta e, com um abano desconexo da mão, berrou: — Chegue pra lá! — Ela cooperou, afastando-se, e ele se sentou, apoiando a cabeça nas mãos. As mulheres tentaram fazer parecer que não estavam olhando para a arma, que tinha sido colocada no colchão, entre BB e Khushi. Até mesmo Farah endireitou as costas.

— Não vamos — Geeta disse. — Prometemos. Olhe à sua volta: você está com todo o poder aqui. Por que iríamos irritá-lo de novo?

— Isto, bem aqui, é o motivo de você não ter paz em casa, BB — Ramesh comentou. Em vez de amarrar Khushi, como fora instruído, estava sentado no chão para estancar o sangramento de sua perna com um saiote do armário de Geeta. — Deixa as mulheres pisarem em você. Sua mãe, sua esposa, sua amante, até três vagabundas aleatórias. Seja um *mard*, uma vez na vida.

O mindinho de Khushi tinha começado a se mover furtivamente na direção da arma, mas ela congelou quando BB endireitou a coluna, ofendido. Seu rosto se distorceu com o que Geeta reconheceu como irritação instigada. Ela desejou que Ramesh calasse a boca.

— Quem diabos você pensa que é, falando assim comigo? — ele questionou Ramesh. — Sou duas vezes mais homem do que você.

— Sei disso — Ramesh disse. — Não estou tentando desrespeitá-lo. Estou tentando ajudá-lo.

A mão firme de Khushi estava a quinze centímetros da arma.

— Me ajudar? — BB disse, a voz fria. Seu corpo tinha ficado imóvel. Depois de todo o constrangimento e toda a indecisão do homem, aquela transição propositada derramou terror pela nuca de Geeta. Masculinidade questionada, ela havia aprendido, era uma manopla perigosa. E a destruição resultante, em geral, era direcionada para a espécie dela, não a deles. — Você não é nada além de um bêbado inútil.

— Vê? Está se enraivecendo comigo a noite toda, em vez de com essas cadelas que o estão manipulando. São exatamente como sua amante e sua esposa. Você *deixa* que elas fodam o seu juízo e, em vez de fazer o que um homem faria, se esconde no banheiro.

Dez centímetros.

Os olhos de BB brilhavam quando ele os estreitou, olhando para Ramesh. A ameaça endureceu suas feições. Geeta ouviu sua respiração rápida, um animal preparado para atacar. Desejou que Khushi se apressasse.

— Ninguém mexe com o Bada-Bhai.

— Elas mexeram. — Ramesh meneou o queixo, indicando as mulheres. — Lembre a elas que você é um homem.

Cinco centímetros. Geeta estava suando tão profusamente que achava que jamais precisaria urinar novamente. Suas coxas estavam escorregadias sob o saiote, e ela conseguia sentir o cheiro das próprias axilas. O peito de BB subia e descia, com uma fúria que ameaçava entrar em erupção.

— Ei! — BB se pôs em pé com um pulo, arrancando a arma das pontas dos dedos de Khushi. As mulheres murcharam. Farah gemeu em voz alta. — Cadelas traidoras — ele anunciou, fervendo de ódio. Quando golpeou a coronha da arma contra a têmpora de Khushi, ela caiu esticada na cama com tanta agilidade que Geeta pensou que tinha simplesmente desmaiado. Então, o sangue pingou através das molas, e os chapes suaves eram o único som no cômodo.

TRINTA

— Ela está morta? — A respiração de BB estava carregada ao avaliar o corpo imóvel de Khushi.

A bochecha dela estava apertada contra a cama; o sangue não parava de se acumular.

Farah se pusera a chorar novamente, suas fungadas úmidas. Saloni ficara pálida, os olhos fixos no sangue de Khushi.

— É melhor você rezar para que não esteja — Geeta lhe disse, fingindo bravata. Os músculos em suas coxas tremiam, o que ela esperava que não estivesse óbvio. Autodesprezo uniu-se a seu medo. Aquela confusão era apenas dela, mas tinha arrastado três outras consigo, incluindo Khushi, cuja vida ela havia tagarelado ingenuamente a respeito de melhorar. Em vez disso, talvez tivesse deixado os garotos dela órfãos. Saloni tivera razão: *Suas ideias têm consequências que afetam outras pessoas.*

— O que você quer dizer?

Enquanto sua pulsação martelava, Geeta tentou expressar indiferença.

— É mau agouro matar uma mulher durante o Diwali, porque ela volta como...

— Uma *churel* — Bada-Bhai terminou, com um arrepio. Geeta imaginou uma lâmpada tinindo sobre a cabeça dele. O homem inspecionou Khushi, horrorizado.

— Isso só serve para mulheres que morrem grávidas — Ramesh opinou. Ele tinha encharcado mais um pedaço de pano com sangue e o jogado de lado, praguejando.

— Serve para qualquer mulher que morra de causas não naturais. E *isso* — Geeta rebateu, olhando para o revólver — com certeza não é natural.

Bada-Bhai balançou a arma entre as três.

— Alguma de vocês está grávida?

— Não tem como ela estar — Ramesh disse, apontando para Geeta. — Mas Ram sabe que eu tentei.

— Como pode ter certeza?

— Porque nós não... Ei! — O rosto dele se contorceu em ultraje. Apesar da própria perna, ele se lançou na direção dela e a golpeou com força usando as costas da mão. Sua cabeça foi atirada para a direita. Havia anos que Geeta não levava um tapa e, mesmo que a dor, com certeza, não fosse insignificante, ela tinha esquecido a profundidade da humilhação. Seus olhos se encheram de água, ela sentiu o gosto do próprio sangue. Assim que sua cabeça voltou ao centro, Ramesh impeliu o punho em seu estômago. A visão de Geeta ficou branca. A cadeira foi arrastada para trás, raspando o chão. O ar lhe escapou; ela arquejou, tentando conseguir oxigênio, e falhou. Seus órgãos se contraíram e ela se sentiu zonza.

Saloni arfou.

— Seu maldito — ela sussurrou.

— Nada disso... — Geeta começou, e então parou, ofegando. Apesar de a lateral de seu corpo doer terrivelmente, ela já conseguia respirar. — Nada disso muda o fato de que você pode ter acabado de matar uma mulher de casta inferior durante o Diwali. — Ela inclinou o queixo, indicando o corpo de Khushi. — Talvez ela já seja uma *churel*.

— Casta inferior? — BB repetiu, o pescoço girando. — Quem foi que disse algo a respeito de casta inferior? Qual é o nome dela?

— Khushi Balmiki.

Ramesh praguejou.

BB ficou boquiaberto.

— Ela é uma Harijan? Não parece!

— Uma Dálite, sim — Farah concordou.

BB olhou para as próprias mãos, da mesma forma que fizera quando inadvertidamente disparou a arma em Ramesh. Ele se voltou para Saloni, enraivecido.

— Mas ela entrou! Ela está bem aqui, contaminando tudo!

— Você não deu muita escolha a ela.

— Eu toquei nela!

— E os *ladoos* — Saloni acrescentou. — Você comeu todos os *ladoos* dela.

Bada-Bhai estapeou Saloni com um movimento tão econômico que levou um longo momento para que Geeta entendesse o que tinha acontecido. Então, a bochecha de Saloni floresceu em vermelho com a marca dele, os lábios abertos em choque. Ela, Geeta imaginou, não levava um tapa desde que era criança.

Bada-Bhai agarrou um punhado do coque afrouxado de Geeta e puxou com força. O rosto dela se ergueu com um solavanco.

— Você não me disse isso de propósito, não foi? Para me enganar de novo.

— E... eu não fiz isso — ela mentiu. — Juro. Estava assustada; e... eu não estava pensando direito. Por favor.

BB a soltou com um grunhido. A consternação se acumulava na barriga de Geeta. Aquele homem tinha um gosto pela violência que ela, estupidamente, não havia levado em conta. Seu temperamento se tornara titânico, mudando o rosto do homem até ela ter dificuldades em reconhecer as papadas anteriormente suaves.

— Todas vocês, cadelas miseráveis, fizeram minha vida impossível nesta noite. Com a tagarelice constante, seus truques e suas malditas mentiras. E ele tem razão, permiti que o fizessem, mas não mais. Acha que isto aqui é uma brincadeira, caralho? — Quando Geeta ficou em silêncio, ele a estapeou, gritando: — Me responda!

Apesar de ter doído pouco comparado à mão de Ramesh, foi muito mais forte do que o tapa complacente atrás de sua cabeça que BB tinha oferecido mais cedo, e o medo lhe percorreu o corpo. Estava com medo de morrer, com certeza, mas era um medo distante. Seu medo mais urgente era a dor. Geeta havia passado por um bom tempo sem estar sujeita a esse tipo de sofrimento físico, e seu retorno a desestabilizara. Queria ser impenetrável, estar enraivecida, mas, em vez disso, sentia-se apenas acuada e assustada.

Todos aqueles anos com Ramesh a inundaram, a puxaram para baixo, roubando seu ar. Ela se lembrou do próprio casamento com clareza demais. Aquela viagem para Amedabade, na qual Ramesh não a deixara usar o banheiro o dia todo. A noite em que ela tinha acordado com as mãos dele em torno de sua garganta. O modo como, quando iam juntos a algum lugar, ele a fazia andar atrás de si e olhar para o chão. A ocasião em que a trancou para fora no meio de uma tempestade e ela tinha dormido no concreto molhado, ao lado da porta deles. Como sempre havia a medida exata de afeto para mantê-la com esperanças de conseguir mais, como fora mais fácil obedecer do que lutar, como ela ficava brava consigo mesma porque se simplesmente conseguisse se comportar, ele não precisaria de raiva. Ramesh havia esperado até que todos que já tinham a amado se fossem antes de a desmantelar. Quando acabou, tinha lhe mostrado como a via: pequena, sem valor, idiota, sem amor, impossível de se amar.

— Não — Geeta sussurrou para BB, os olhos se enchendo. — Não acho que isto seja uma brincadeira. Por favor. — Se aquilo terminasse tão mal quanto ela temia, esperava que Saloni não culpasse a si mesma, como fizera com Runi. Esperava que Saloni pensasse e se lembrasse delas como quando eram crianças: não apenas no mesmo time, mas a mesma jogadora.

— Estou contaminado! — BB gritou na cara dela, saliva pousando em sua bochecha. Àquela proximidade, Geeta viu um tique pulsando sob o olho esquerdo dele. Como um relógio, ele media o tempo que restava a ela. — E bem no Ano-Novo. Você claramente não dá a mínima para seu carma, convida muçulmanos e *chuhra*s para entrar em sua casa. Mas alguns de nós somos hindus decentes, porra. —

BB estalou os dedos duas vezes. — Acha que sou idiota? Tudo que a lenda da *churel* diz é que não posso matar você. Ela não diz que não posso fazer com que deseje estar morta.

Ele acenou para Ramesh, que mancou até a cozinha, privilegiando a perna ferida, e voltou com uma faca. Ele foi até Geeta.

— Pare! — Saloni gritou, debatendo-se para se colocar de pé, a cadeira amarrada às suas costas. Ela tentou pular para a frente. Seus olhos estavam selvagens de angústia. — Pare agora mesmo. BB! Faça ele parar!

— Cale a boca! — BB vociferou. Ele empurrou Saloni, que cambaleou alguns passos na direção da cama de Geeta, mas permaneceu em pé. — Você vai ter sua vez depois. Todas vocês.

Ramesh deixou Geeta para avançar na direção de Saloni, mas Geeta não sentiu alívio algum. Ela reconhecia aquele modo de andar. Ramesh enfiou a ponta da faca através da argola do nariz de Saloni. Saloni inspirou fracamente. Geeta se forçou contra suas amarras. Farah balançava a cabeça de um lado para o outro, como se negasse a estar ali. O sangue desapareceu das bochechas de Saloni. Ramesh mexeu o pulso para puxar a argola dourada, a narina esticando-se grosseiramente. Ela choramingou, aproximando a cabeça da mão de Ramesh para atenuar o dano.

— Vou arrancar isto aqui.

Geeta olhou para sua fotografia pendurada da Rainha Bandida; havia tirado a mesa de lugar para a cama de Ramesh, mas não retirou o recorte. Era de um jornal dos anos 1980: Phoolan se rendendo com sua gangue, a testa envolta com uma bandana vermelho-cereja. Ela era baixa, parecendo ainda menor com todos os homens que a cercavam. Apesar de seu olhar estar voltado para baixo, não parecia derrotada. Era difícil ter certeza, mas, julgando pela boca e pelas maçãs do rosto salientes, parecia sorrir. Geeta inspirou.

— Bada-Bhai, ainda há tempo para consertar isso. Você tem razão: os policiais têm o rabo preso com você. Mas nosso *panchayat*, não. E você já matou um membro dele.

— Quem?

— Khushiben. Se nos ferir, o conselho vai exigir justiça e, então, os policiais não vão poder fazer vista grossa, não importa o quanto você pague a eles. O marido de Saloni não é como Ramesh. Ele nunca vai parar de persegui-lo, e não vai aceitar suborno algum. E o sogro dela? Ele é o chefe do *panchayat*! Aceite a realidade: se nos machucar, acabou para você.

— Eu... — O celular de BB tocou. Ele verificou quem estava ligando e puxou o ar pelos dentes. Ao atender, sua voz estava contida: — Diga. E daí? Vou só pagar o de sempre a ele, não é? Como assim, "ela"? Merda. Aquela cadela da S.A.P. Sinha é incansável.

Diante do nome familiar, os olhos aguados de Saloni encontraram os de Geeta. Ramesh baixou a faca para ouvir.

BB continuou, cheio de raiva:

— É claro, Sinha é a única que não tem nada melhor a fazer durante o Diwali. Mas como diabos ela sabe que estou aqui? — O rosto dele ficou sombrio. — *Você* contou... Ah, entendo. Devia ter imaginado. Vou ligar para o chefe dela agora mesmo; ele vai dar um jeito nela. Agradeço a dica. Não vou esquecer isso. — BB desligou. — Merda!

Tinha que ter sido Karem. É claro. Ele era cuidadoso demais para realmente envolver os policiais — não depois do que Geeta havia lhe dito —, mas, com certeza, era também esperto o suficiente para mentir para BB e, assim, garantir a partida do homem. E, com certeza, era gentil o bastante para se desdobrar a fim de proteger Geeta.

— Preciso fazer umas ligações e arrancar a Sinha das minhas bolas. Não faça nada, Ramesh. Só fique de olho nelas até eu resolver isso.

Assim que BB saiu pela porta da cozinha, Ramesh foi na direção do *tharra* e rasgou um pacote com os dentes. Em vez de limpar seu ferimento na perna, ele bebeu.

Saloni baixou a cadeira até o chão, dessa vez com as costas da cadeira para Khushi, parcialmente ocultando a cama. A narina dela estava vermelha devido à agressão de Ramesh.

— Onde está com a cabeça, Ramesh? — Geeta perguntou. — Quanto tempo acha que podem nos manter aqui? Você ouviu BB. Os policiais estão vindo.

Em vez de responder, ele deu outro gole no *tharra* e fez uma careta.

— Ah, muito melhor assim. Sabe, a ideia de BB era boa, de colocar o nome dele em você. Acho que vou acrescentar o meu também. — Ele puxou um dos braços de Geeta das amarras e o torceu para que a palma da mão dela estivesse na direção do teto. O pacote de *tharra* estava vazio; ele o virou do avesso para chupar o plástico antes de jogá-lo fora.

— BB lhe disse para não fazer nada. Você quer deixá-lo ainda mais bravo? — Saloni perguntou. — Além do mais, se tocar nela, não vai poder ficar aqui. Todos vão se voltar contra você.

Ele não a fitou.

— Não foi o que fizeram antes.

Do outro lado do quarto, para além das costas curvadas de Ramesh, os braços de Saloni estavam livres. Geeta piscou para se certificar. Khushi devia ter silenciosamente se aproximado e os desamarrado; Geeta só conseguia ver suas pernas, a parte de cima do corpo estava escondida pela cadeira de Saloni, que puxou os lábios para dentro, cuidadosamente retirando os braceletes dourados sem fazer som algum. Ela se dobrou para soltar os tornozelos. Geeta sacudiu a cabeça contidamente; com os sapatos e o vestido pesado, Saloni não conseguiria se mover sem alertar Ramesh.

— É diferente agora — Saloni disse.

Quando Ramesh fez menção de se virar, Geeta se remexeu, atraindo a atenção dele de volta para si.

— Será que é mesmo? — Farah soltou o ar pelo nariz, com uma risada que não era uma risada. — Ele tem razão. Nada mudou, Saloni. Olhe para nós. Só conseguimos os microempréstimos porque os homens acham que o *bhajan* de empoderamento feminino é bonitinho. Inofensivo. Vocês não entendem? Não estávamos progredindo de verdade; estávamos só sendo toleradas.

Ramesh tocou o braço de Geeta com os dentes gelados da faca.

— Escutem sua amiga. Geeta é minha esposa, ela pertence a mim. Vocês, todas vocês, vagabundas, não passam de dor de cabeça. Esta cidade costumava ser semidecente, todos entendiam seus lugares. Um punhado de empréstimos de caridade de segunda categoria para seus passatempos e, de repente, vocês acham que são alguma coisa? Vocês só têm o que *nós* permitimos que tenham, entendido? Se amanhã disséssemos "chega de empréstimos", o que vocês iam fazer, hein, idiotas? Enganaram a si mesmas, se fazendo acreditar que não precisam de nós. Você não é nada sem mim — Ramesh enfatizou, em voz alta. Ele bateu na têmpora de Geeta com os dedos, em um gesto feito para humilhar, que cumpriu seu propósito. — Não entendeu a essa altura? Depois que fui embora, você passou a valer menos do que sujeira. Se eu não tivesse voltado, você continuaria daquela maneira. E depois que BB for embora, vou lhe ensinar uma lição que você nunca mais vai esquecer.

Geeta fechou os olhos. A maior ameaça das outras mulheres era Bada-Bhai, mas ela sabia que, mesmo se BB as deixasse ilesas, Ramesh permaneceria e passaria a própria vida arruinando a dela. Ramesh era seu marido e ela não estaria livre até que um dos dois morresse.

— Ramesh — ela declarou —, prefiro que você me mate agora.

Saloni fez um gesto para que Farah se aproximasse; Farah recusou-se, o queixo se inclinando na direção das costas de Ramesh. O rosto de Saloni se distorceu com ferocidade. Farah moveu-se na *charpai* de Ramesh e estendeu os braços presos silenciosamente; como viúva, ela não usava joias e nada mais do que um sári fino e simples. Saloni se estendeu para libertar os pulsos nus de Farah. Enquanto as mulheres se moviam, Geeta tentava capturar a atenção completa de Ramesh. A náusea a fazia salivar.

— Um fazendeiro mata sua melhor galinha produtora?

— Sim, se a galinha arrancar os olhos dele.

Ramesh pareceu achar graça.

— Ah, é? É isso que você vai fazer, minha pequena galinha?

— Pedi a Saloni que matasse você; esse foi meu erro. Vou fazer por conta própria. E não vou parar de tentar até ver seu corpo queimar.

— Você nunca teve cérebro direito, muito menos culhões.

— Já matei antes. E nem sequer os odiava. Imagine o que vou fazer com você.

Ramesh fez um som de zombaria.

— Quem? Quem você matou?

— Samir foi o primeiro — Farah respondeu, atrás de Ramesh. Ela tinha retirado as sandálias e, como um espectro, se movido na direção dele. O homem girou de supetão, brandindo a faca. O destilado tinha deixado seus movimentos desleixados; Farah se esquivou com facilidade.

— Como você se soltou? — Ramesh exigiu. — Vá se sentar de novo. Agora mesmo.

— Não — Saloni retrucou, colocando-se em pé com um pulo. Ele se virou de novo, balançando a faca entre as duas mulheres. — É sua vez de se sentar, caralho.

— Vou cortar vocês.

Saloni fingiu pensar no assunto.

— Vai cortar *todas* nós? Mesmo que conseguisse fazer isso, pense bem. BB vai ficar furioso com você. O conselho vai bani-lo e, então, como você vai sugar o sangue de Geeta?

— O *panchayat*? Quatro homens e uma vagabunda simbólica, você quer dizer? — Ramesh riu. Já não mais pego desprevenido, a confiança dele retornou. — Vou correr o risco.

— Duas vagabundas simbólicas — Khushi o corrigiu, erguendo-se com cuidado da cama. Ramesh se assustou. Com sangue manchando o lado direito de seu rosto, os cabelos bagunçados, ela parecia uma *churel* perfeita. — E não precisamos que o conselho lide com você.

— Acha que tenho medo de você, *chuhra*? Tente e veja o que acontece. Vou quebrar primeiro as pernas dela. — Ramesh acariciou o lábio cortado de Geeta com o polegar antes de esfregar o sangue na linha dos cabelos dela como se fosse vermelhão, a marca de uma mulher casada. — Mas não as mãos, é claro.

— Onde estava essa preocupação quando você quebrou meus dedos?

— Eu fiz isso? — Ramesh pareceu surpreso. — Quando?

Geeta não respondeu, aturdida. A dor havia definido seu tempo com Ramesh, fora sua lua, suas estações. O fato de ele considerar seu sofrimento irrelevante não era novidade, mas o fato de ser capaz de esquecer por inteiro a desconcertou.

— Sabe o que acontece quando um homem morre, Ramesh? — Saloni perguntou. Todas as três mulheres se aproximaram, o círculo apertando-se. — Ele se mija.

— Você ficaria surpreso com quantos se cagam, também — Khushi disse.

Farah acrescentou:

— Samir fez isso. Também me implorou que o ajudasse. Pensei que seria difícil vê-lo morrer, que ia querer ir embora e não voltar até que tivesse terminado. Mas fiquei e testemunhei cada minuto. Geeta também vai fazer isso.

— Você está blefando — Ramesh disse, as costas atingindo a parede. O pânico dele era um bálsamo para Geeta. — BB! Chintu, venha cá!

— Ela não está blefando — Khushi interveio, indicando Geeta com a cabeça. — Todas nós matamos Samir.

— E Geeta matou Darshan sozinha — Saloni contribuiu. Ela se moveu para desamarrar Geeta. Ramesh, suando e perplexo demais com as revelações que se amontoavam, não a impediu. Depois que estava livre, Geeta ficou ao lado de Saloni.

— Darshan? — Ele se afastou. Seu equilíbrio estava instável.

— Sim — Geeta disse. — Afundei o cérebro dele. Queria que tivesse sido o seu.

— Vagabunda! — Ramesh avançou aos tropeços, mas se esqueceu da própria perna, que falhou, e Geeta escapou de suas mãos com facilidade. Com um pé aplanado, ela empurrou o ferimento de Ramesh. Ele soltou um berro ao cair, metade dor, metade fúria.

— Ele não atende — BB disse ao voltar pela porta de trás. — Aquela cadela da Sinha provavelmente vai chegar aqui em meia... — Ele estacou ao inspecionar o cenário. — Porra, tá de brincadeira comigo, Ramesh? Três amarradas, uma meio morta, e *ainda assim* você conseguiu fazer merda?

Ramesh estava no chão, segurando o ferimento. Com Geeta exacerbando o machucado e o álcool afinando seu sangue, a mancha de uma nova torrente atravessou o saiote que ele tinha amarrado como torniquete.

— Não é minha culpa! Essas cadelas são assassinas, BB.

— Então talvez eu devesse contratá-las no seu lugar! — BB bradou, erguendo a arma. As mulheres instintivamente ergueram as mãos. — Fica falando de ser um homem quando é um quarto de um *mard*. Porra! Olhe para elas: são só mulheres, não assassinas.

— Na verdade, nós somos — Geeta disse. — Virou meio que um trabalho paralelo. Esposas que prefeririam ser viúvas.

— Vocês não conseguiriam — ele zombou. — Como sequer fariam algo? São um bando de donas de casa, não criminosas.

As palavras inflamaram o temperamento de Geeta.

— Exatamente, somos um bando de donas de casa. Fazemos a comida de vocês, tomamos conta de seus filhos, ouvimos suas conversas. Sabemos da vida de vocês o bastante para acabar com elas. Então, eu teria cuidado.

— Minha esposa nunca...

— E Lakha?

O rosto de BB afrouxou. Geeta falou por cima das gaguejadas dele:

— Eu lhe disse: eu presto atenção. Você a chama de sua amante, mas não é isso que ela é, certo? Está mais para sua prisioneira. Lembra-se de quando ela quase fugiu? Não, não; não se preocupe com como eu sei disso. Preocupe-se com o fato de ela talvez decidir tentar uma abordagem diferente. Não acha que a vida dela seria melhor sem você e a bruxa da sua esposa? Não acha que ela deseja sua morte, para que ela e o filho pudessem ser livres?

— Está me ameaçando?

Geeta sacudiu a cabeça.

— Não preciso ameaçá-lo; há quatro de nós, BB. Você não pode atirar em nós todas. E, apesar do que você pensa, não sou sua inimiga.

Saloni disse:

— Nenhuma de nós é. Então, seja esperto o bastante para ouvir quando digo que sei como ajudá-lo.

BB bufou pelo nariz.

— Acha que confio em você?

— Geeta! — Ramesh ordenou. — Venha aqui.

— A polícia está a caminho — Saloni disse. — Você não tem muita escolha.

Quando o rosto de BB se contorceu, ela acrescentou:

— Ouça, Chintu, você está pensando um passo à frente em vez de dez. E se, na altura que os policiais chegarem, for como se você nunca estivesse aqui, para começar?

BB pareceu tentado, mas gesticulou para o sangue e a desordem do quarto.

— Como?

— Se for embora, vamos dizer que foi uma briga doméstica. Você esteve em casa a noite toda; sua família vai atestar isso. Ramesh machucou Geeta, nós tentamos impedi-lo.

BB franziu o cenho, ainda na dúvida, mas ouviu.

— Como vão explicar o tiro que ele levou?

— É só um ferimento superficial; vamos dizer que o cachorro o mordeu ou qualquer coisa assim. Mas, por segurança, precisamos encontrar a bala. No C.I.D., eles sempre encontram a arma por meio da bala.

— Geeta! — Ramesh vociferou. Ele bateu duas palmas para chamar atenção. — Se não vier até aqui agora mesmo, juro por Ram que vou quebrar sua cabeça maldita.

— Mas se mentirmos por você — Geeta disse, olhando apenas para BB —, tudo isto acaba, Bada-Bhai. Jure pela cabeça do seu filho: sem mais vingança, sem mais ameaças, sem mais. Se não, faremos da sua vida um inferno. Faremos com que Sinha se meta em todos os seus negócios. Vamos ajudar Lakha a levar seu filho embora. Você acha que não tem paz agora? Só espere.

— O que aconteceu com não ser minha inimiga?

— Feche o acordo e não serei.

BB avaliou as mulheres. Depois de tudo que havia acontecido, Geeta não acreditava que possuía a capacidade de ter esperanças, mas lá estava ela, batendo como uma asa atrás de seu peito. *Que isso funcione*, implorou a todos os deuses disponíveis. *Que nós escapemos disso*. O tique abaixo do olho de BB pulsava enquanto ele pesava sua raiva e seu orgulho.

— Como vou saber que vocês quatro conseguem contar uma história convincente para a polícia?

Farah disse:

— Temos bastante prática.

BB respondeu:

— Se fizerem merda, suas *randis halkat*, e aquela cadela da Sinha vier até minha casa, vou encontrar vocês. E vou trazer capangas melhores do que ele. — BB apontou para Ramesh.

Como sabia, bem lá no fundo, que provavelmente não havia policiais a caminho, a calma de Geeta era verdadeira quando ela disse:

— Então, estamos bem motivadas a não fazer merda, não estamos?

Saloni baixou os olhos com timidez calculada, a voz muito baixa quando falou:

— Você tem todo o poder aqui, Bada-Bhai. Só diga e nós obedeceremos.

BB não parecia feliz, mas deu um aceno sucinto com a cabeça.

— Me ajudem a encontrar a maldita bala e temos um acordo.

Ramesh deu um tapa no chão e chiou como um ganso desprezado:

— Você pode agir toda convencida com suas amigas cadelas por perto, Geeta, mas no instante que elas forem embora, vou fazer você pagar por isso.

Geeta finalmente baixou os olhos para a silhueta patética dele.

— Sua cabeça dura não entende mesmo, Ramesh? Eu nunca, nunca mais vou voltar a morar com você. Você nunca, nunca mais vai voltar a roubar de mim. Eu diria que me mataria antes de deixar que isso acontecesse, mas seria mentira. Primeiro, vou ver você morto. Entendeu? Se você ficar neste vilarejo, vou garantir que você morra.

Khushi balançou a cabeça, assentindo.

— Todas nós vamos.

— Não temos problema em nos unir e em sermos cúmplices. Como um conjunto de joias, mas muito mais perigosas — Saloni disse, os lábios se abrindo em um sorriso selvagem. Ela agarrou a vassoura de Geeta.

— Isso deveria me assustar? — Ramesh estava apoiado em um canto, a perna esticada. Suor pontilhava sua testa enquanto ele agarrava a faca com mais força.

— Sim — Farah concordou de forma encorajadora, como se ele fosse um aluno que enfim tinha dado a resposta correta.

— BB, me dê a arma — Ramesh grunhiu. Mas BB estava do outro lado do quarto, perto de Geeta, a cintura curvada enquanto procurava.

— Devo mencionar que há mais de nós — Saloni revelou casualmente, varrendo o chão em busca da bala. — Preity e Priya vão ficar felizes em ajudar.

— As gêmeas?

— Quem você acha que queria Darshan morto?

— Oh, Ram — BB murmurou em meio às buscas. — Homem nenhum está seguro neste vilarejo.

— Vocês todas são insanas. — Ramesh observava Geeta, caçando uma fraqueza que pudesse usar para feri-la. Ela manteve o rosto calmo.

— Eu não diria isso — Farah comentou, se ajoelhando para procurar embaixo da cama de Geeta. — Nunca matamos ninguém que não tivesse merecido.

— Por que eles mereceram? — Ramesh questionou, o queixo se projetando de forma hostil. — Só porque vocês acharam que sim?

— Eles estavam molestando crianças — Khushi disse. — Mereciam algo muito pior do que a morte.

Ramesh fez silêncio.

— Ainda?

— Você sabia disso? — Geeta piscou, aturdida. Suas orelhas zuniam. — E nunca disse nada?

Ramesh tentou erguer os ombros.

— Digo, sim, é meio zoado, são garotinhas... mas fazer o quê? Vou dedurar meus *amigos*? Sem chance. Existe um código para essas coisas que vocês nunca vão entender. Além do mais, não é como se *eu* encostasse em garotinhas.

— Então você não é um pervertido, só um covarde?

O rosto de Ramesh se contraiu com raiva diante do insulto, e ele se lançou da parede na direção dela, a faca em riste.

Quando Geeta puxou a arma da cintura de BB e atirou no rosto de Ramesh, ela não estava reagindo por impulso. Mais tarde, quando as mulheres contassem a história às gêmeas, elas preencheriam as lacunas com o que teriam suposto: os instintos de Geeta a dominaram. Ela não as corrigiria, não tentaria explicar que, naquele momento, o tempo desacelerou, generoso, permitindo que as dendrites extensas de sua mente saltassem várias posições quando ela apertou o gatilho pela primeira vez e, depois, ao encontrar resistência, apertou com mais força. Ela pensou na árvore da forca na beirada do vilarejo, na fruta estranha daquelas garotas. Pensou nas mãos de Darshan em seu corpo, nas mãos de Ramesh em seu corpo. Pensou em prerrogativa e vulnerabilidade, vergonha e lascívia, justiça e iniquidade, e pensou em como apenas metade desses itens era disponível para seu gênero. Pensou em quanto odiava a covardia masculina e a forma como todos eles protegiam uns aos outros e se safavam todas as vezes. Então, não. Geeta não reagiu.

Ela *decidiu*.

A cabeça de Ramesh se virou para a lateral com um solavanco, como se ele tivesse levado um tapa. O estampido correu pelo cômodo e ricocheteou, vibrando pelas paredes e pelos corpos dos presentes. Depois de um momento suspenso, Ramesh tombou no chão.

— Ah, meu Deus! Geeta!

O queixo de BB estava caído.

— Que porra foi essa?!

Geeta lhe ofereceu a arma de volta. O homem a repeliu.

— Ah, não. Pra mim já chega dessa porra. Estou dando o fora.

— Digo, você continua tendo atirado primeiro nele — Farah observou.

— Por *acidente*. Ela atirou *de propósito*! A cadela já é uma *churel*!

Ramesh estava caído de costas, as pernas esticadas, a cabeça virada para o lado oposto de todos. Sangue se espalhava em torno de sua cabeça como uma coroa escura. Seria, Geeta sabia, complicado para limpar.

— Ele está, tipo, morto? — Farah perguntou, olhando para Khushi.

— Devíamos confirmar — Khushi concordou, olhando para Geeta.

Geeta olhou para Saloni, que cedeu com um grunhido. Ao se agachar ao lado de Ramesh, os dedos em seu pescoço, ela murmurou:

— Não gosto de isso ter virado meu trabalho agora. A pulsação dele está fraca, mas, sim, ele continua vivo.

Um misto de alívio e decepção extinguiu a adrenalina de Geeta. Ela se sentia exausta quando Saloni prosseguiu:

— Deus, Geeta, bom, você arrancou o maxilar dele. Digo, não *arrancou* pra valer. Ele está só... pendurado.

— Fratura mandibular? — Farah perguntou com interesse brando.

— Pois é — Saloni disse. — Ele não vai voltar a falar tão cedo.

— C.I.D.? — BB adivinhou, e as mulheres acenaram com a cabeça.

— Eu devia mesmo começar a assistir a essa série. — Ele conferiu o relógio. — Certo. Foda-se a bala, fique com a arma. Não vou me envolver nessa encrenca de jeito nenhum.

— Não tão rápido — Geeta interveio, o revólver quente em sua mão. Estava disposta a testar a própria sorte se significasse sua liberdade de Ramesh. — O preço pelo nosso silêncio acabou de subir.

Ele a encarou.

— Você realmente é burra o suficiente para continuar a me ameaçar?

— Isso é chantagem, na verdade — Farah disse.

— Extorsão — Saloni corrigiu. — Acho.

— Você — Geeta argumentou, com cuidado — é um homem de negócios. Nós somos mulheres de negócios. Acho que podemos chegar a um acordo que satisfaça todos nós. — Ela olhou para o corpo de Ramesh. — E que se foda ele.

— Por que eu me daria ao trabalho? — Ele, no entanto, olhou para a arma e ficou no lugar.

— Porque nós podemos ajudá-lo a finalmente conseguir aquela reputação de criminoso que você tanto quer. Não vamos dizer nada aos policiais, mas você pode levar todo o mérito por atirar nele. Duas vezes. Assim, as pessoas não vão mexer com Bada-Bhai.

Bada-Bhai esfregou o queixo.

— Disso eu gosto. Mas posso simplesmente dizer isso às pessoas, de qualquer forma. Sou um homem, quem vai acreditar em um grupo de empréstimos de mulheres?

Geeta balançou a cabeça com seriedade, concordando.

— Exatamente. Ninguém vai acreditar que somos assassinas. Mas você sabe que somos. Viu do que eu sou capaz. — Homens como ele sempre olhariam para ela e veriam as coisas que ficavam felizes por não serem: fracos, pequenos, tímidos, impotentes. Que o fizessem. Geeta tinha gastado energia demais lutando por um lugar quebrado em uma mesa desnivelada. Inferno, ela construiria

AS RAINHAS BANDIDAS • 395

a própria maldita mesa. — Mas não faça uma cara tão aflita. Vai ter de volta seu fornecedor número um de *tharra*. Porque não vai mais fazer testes em cachorros. Não agora que tem uma cobaia humana muito disposta.

BB olhou de relance para a silhueta inerte de Ramesh, em dúvida.

— Ele não parece capaz de testar nada tão cedo.

— Você ficaria surpreso. Monstros não morrem tao facilmente. — Geeta puxou um fôlego trêmulo. — Mas, em troca, você o leva e garante que ele nunca mais volte aqui. Você ganha nosso silêncio, sua liberdade, sua reputação e seu comércio de *tharra*. Mas Ramesh nunca mais me incomoda. Faça com que seus homens o ameacem, bote-o numa gaiola ou o que for preciso, não me importo, mas mantenha-o longe de mim. Para sempre. Entendido?

BB a avaliou e, por um momento agonizante, Geeta pensou que rejeitaria a proposta. Que iria embora e todo o trunfo delas desapareceria junto. Mas, então, ele balançou a cabeça.

— Tudo bem, Geeta do Designs da Geeta. Estou dentro, contanto que Sinha fique de fora. — BB estendeu a mão. — Estamos quites?

Geeta estreitou os olhos, lembrando-se da degradação impotente de estar amarrada à cadeira quando ele bateu atrás de sua cabeça. Rápida como um raio, uma mão disparou para estapeá-lo com a censura disciplinadora que ela vira mulheres usarem com crianças. BB ficou tão surpreso que sua mão permaneceu estendida, congelada. Geeta a apertou duas vezes, antes que ele pudesse voltar atrás no acordo.

— *Agora* estamos quites.

EPÍLOGO

Geeta estava em frente à geladeira. Era velha. Teria que ser; dezessete anos tinham se passado. Seus sogros certamente poderiam arcar com um modelo mais novo, mas, como ainda funcionava, não havia muito motivo. Ao que parecia, seus pais tinham escolhido bem tantos anos antes o dote que ela nunca soube que haviam pagado. Geeta estendeu uma das mãos para tocá-la e, então, mudou de ideia. Tamanho sentimentalismo, mesmo que não abertamente absurdo, não seria lá muito útil naquele dia.

— Ele está pronto para ver você — sua sogra disse. — Bom, tão pronto quanto possível, acredito eu.

Geeta deu as costas para a geladeira.

— Não vou demorar — ela disse, erguendo a alça da bolsa. Ali dentro estavam um envelope de papéis, bem como as compras do dia até o momento: petiscos para Bandido, lantejoulas de que Farah precisava e os balões vazios que Raees havia pedido e Geeta lhe entregaria quando ele e o pai se juntassem a ela para o jantar naquela noite.

— É claro que não — sua sogra disse, sarcástica. — Por que algo assim levaria mais do que um minuto?

— Levou seis anos — Geeta corrigiu. — *Ele* abandonou *a mim* há seis anos. — Sua sogra havia envelhecido, mas, por outro lado, Geeta também. O rancor franzia a boca da mulher mais do que as rugas. Devia ser difícil, Geeta pensou. Dar à luz um filho com um suspiro de alívio, por enfim ter alguém para carregá-la quando a idade avançada chegasse, apenas para que, em vez disso, aquele filho desabasse em suas costas curvadas.

— Você fez um juramento. Nunca deu filhos a ele, o mínimo que poderia fazer é cuidar dele.

Um sibilo rápido de raiva irrompeu em Geeta.

— Como assim? E negar a você as alegrias da maternidade? É um privilégio, ouvi dizer.

A expressão dela ficou mais amarga.

— "O perdão é característica dos fortes."

— Eu o perdoei. De maneira que não espero nem quero nada dele — Geeta disse. Era verdade; Phoolan Devi tinha passado sua vida truncada vacilando entre medo e raiva, compreensivelmente, mas Geeta sabia agora que não queria viver daquele jeito. — Mas o perdão não significa que voltei exatamente para onde comecei.

Geeta cruzou o corredor sem esperar uma resposta. Ao bater de leve à porta, ouviu um resmungo de permissão. Ela entrou, então, fechando a porta atrás de si. Posicionada diante da cama, estava uma cadeira de madeira, o encosto entalhado com adornos. Ela se sentou, a bolsa no colo, e tirou de lá o envelope pardo para não amassar os papéis.

— Você está com uma cara melhor — ela mentiu.

O ônus, naturalmente, estava no fato de ela precisar ser a primeira a falar. Sua bala havia estilhaçado o maxilar de Ramesh e feito um buraco em sua língua, deixando-o incapaz de falar ou mastigar direito. O veterinário para o qual Bada-Bhai inicialmente o levara talvez tenha feito mais estrago do que consertado, mas médicos subsequentes previam que, com alguns anos, talvez o alcance dos movimentos de Ramesh aumentasse. A dieta líquida forçada, Geeta observou ao ver a garrafa e copo de vidro próximos da beirada da cama dele, não parecia uma inconveniência. Ele havia perdido dentes; ela os vira no chão da própria casa, mas os vãos não eram aparentes, porque ele não conseguia abrir a boca nem por três centímetros.

— Bada-Bhai mandou um oi. — Quando ele olhou feio para Geeta, ela corrigiu-se: — Certo, não foi um "oi", mas ele mandou uma leva nova. Ele finalmente desistiu do "BB", sabe? Disse que era confuso demais. — Ela colocou algumas sacolinhas na mesa ao lado da garrafa. — A propósito, recebemos aprovação para empréstimos maiores. Além disso, Chintu introduziu toda uma clientela nova para Farah e para mim. Não *adoro* o fato de serem quase todos capangas, mas Farah diz que dinheiro é dinheiro, e acho que ela tem razão. E, pelo menos, ninguém mais está ficando cego com o *tharra* dele. Por sua causa. É algo para alegrar você, não é?

"Ah, não fique amuado. Vamos ver, o que mais? Ei! Você lembra do Bandido, meu cachorro? Ele é uma *ela*! Em todo esse tempo, bom, eu nunca conferi. Ainda o chamo, digo, *a* chamo, de "bom garoto". Vou precisar me acostumar. Mas olhe para mim, não paro de falar." Ela pigarreou. "Como você está?"

Ele espalmou os lençóis da cama, procurando seu bloco de anotações. Estava mais ictérico do que a última vez em que ela o vira.

— "Continuo cego" — ela leu em voz alta da caderneta dele. — Poderia ser temporário, sabe? — Geeta disse, sacudindo a garrafa para que ele entendesse do que ela falava. — Se você tentasse parar.

Ela leu:

— "Não vale a pena." — Suspirou. — Chintu diz que muda a fórmula baseando-se em quando você volta a enxergar, mas você não para de beber. Sabe que isso o está matando. "Não rápido o suficiente." Certo, então, é sua escolha. Não me importaria em ser viúva, como sabe. Mas você está exaurindo sua mãe. Ela parece esgotada. Presumo que ainda pensa que uns capangas atiraram em você porque você não pagou as contas nos bares?

Ramesh permaneceu imóvel. Uma cicatriz enrugada em sua bochecha marcava o ponto em que a bala de Geeta havia saído, e o maxilar e queixo dele não se alinhavam corretamente, como uma camisa que fora abotoada errado. Havia, é claro, momentos em que Geeta se perguntava se tinha arrependimentos por atirar nele, se sentia remorso ao causar tanta dor a um ser humano, especialmente

AS RAINHAS BANDIDAS • 399

um que ela já havia amado. Já não o amava mais, era verdade, mas, muitas vezes, a lembrança do amor era mais poderosa do que o amor em si. Por um curto período, que havia parecido um longo período, ele fora seu mundo. Mas o mundo dela se tornara maior. Então, o pesar, ela decidiu, deveria ser apenas dele. Para Geeta, o arrependimento era como enxugar gelo; além do mais, ela tinha muitos outros arrependimentos em sua lista, como o tempo que ela e Saloni haviam perdido.

Talvez houvesse uma versão dela que teve a elegância de não atirar, mas Geeta fora forjada no fogo e o fogo formou sua índole. Essa era a versão dela que havia sobrevivido, e não fazia sentido se desculpar por ser uma sobrevivente.

Ela tirou os papéis do envelope.

— Realmente agradeço por isso. O advogado disse que divórcios com consentimento mútuo levam a metade do tempo dos que são contestados.

Ramesh apontou para ela e, então, passou o polegar próximo da própria linha do cabelo.

Geeta riu.

— Não, não vou me casar de novo.

A palma virada para cima, ele estendeu os dedos em forma de leque. *Por quê, então?*

— Porque nossas vidas não estão mais unidas, Ramesh. Estive vivendo como uma mulher solteira há anos, e quero que isso seja oficial. Por mim. Não quero seu nome.

O homem ficou imóvel, e Geeta temeu que tivesse mudado de ideia. Se fosse verdade, ela tinha outros meios, opções, mas não sentiria prazer em recorrer a eles. Deixariam-na se sentindo tão exausta como a mãe dele aparentava estar. Por fim, ele sacudiu a mão em um movimento de escrita.

— Sim. — Geeta guiou a mão dele pela página. — Um pouquinho para a esquerda, mais para baixo, sim, agora. Perfeito.

Ramesh empurrou uma palavra tensa por seu maxilar paralisado.

— Fim?

— Ainda não. Essa é só a primeira moção de nossa petição conjunta. Depois, vamos precisar comparecer ao tribunal. Vai estar disposto?

O homem ergueu os ombros, mas foi um movimento petulante, uma criança brandindo o silêncio como se fosse uma espada. Ela sabia que ele podia, e provavelmente iria, voltar-se contra ela durante o processo multietapas. Esqueceria-se das habilidades dela e ela precisaria lembrá-lo: sempre podia remover o próprio brinco do nariz de graça, em vez de pagar por um divórcio complicado. A segunda opção era um presente para ele, prolongando sua existência secundária, permitindo-lhe que se apegasse à bebida por um pouco mais de tempo, antes que a cirrose finalmente vencesse.

— Sabe — ela disse, esticando as pernas e balançando os dedos. — Se pensar bem no assunto, você conseguiu tudo que sempre quis.

A sobrancelha de Ramesh se ergueu.

— Você pode beber como se fosse seu trabalho, o que realmente é. Sua família não compra álcool nenhum para você, mas Chintu lhe dá de graça. Não espero um agradecimento, mas não era esse seu sonho?

Os olhos dele assumiram uma expressão carrancuda quando o maxilar não cooperou.

— Você nunca compreendeu ironias, mesmo.

Ele a dispensou com um movimento curto do pulso. *Vá embora.*

— Antes de eu ir — Geeta disse, com alegria —, vou lhe dizer o que suspeito que você já tenha descoberto: você é uma pessoa ruim, Ramesh, e quase morrer não mudou isso. Você foi ruim ao se casar comigo, por mentir a respeito de Saloni, por deixar que aquelas garotas fossem violentadas, por deixar que seus pais roubassem dos meus. O fato de ter me abandonado foi ruim, mas não pior do que ter ficado comigo. Obrigada por isso. Sei que você agiu assim para me machucar, mas ainda lhe agradeço.

"Acho que, se eu fosse você, não ia querer ficar sóbria também. É muito mais fácil tolerar a si mesmo se estiver simplesmente o tempo todo um pouquinho alegre, certo? Falando nisso..."

AS RAINHAS BANDIDAS • 401

Geeta serviu uma dose e meia e colocou os dedos dele em torno do copo.

— Sei por que você tentou estragar minha amizade com Saloni, a propósito.

— Ah, é? — Ramesh balbuciou, mais devido à língua defeituosa do que à bebida. Ele sorveu um gole. O líquido escorreu de um canto de sua boca, seu dedo o pegou e o trouxe de volta para os lábios.

— Nunca estive mais fraca do que quando fiquei sem ela. Com ela por perto, você não tinha chance alguma de me fazer sentir pequena. Seus fracassos não são minha culpa, mas tudo que você fez foi me culpar por eles.

"Sabe, todos me diziam que eu precisava me esforçar em um casamento. Todos diziam: 'Você conectou sua vida à dele, estão juntos agora, não há uma alternativa, você precisa perdoar e fazer funcionar'. Uma discussão, uma briga ou um soco, isso não é o fim, porque não pode ser, não em um casamento."

Diante da expressão de "e daí?" de Ramesh, Geeta sorriu.

— Mas eu deveria ter usado a mesma regra com Saloni. Por que ninguém me disse: "Você conectou sua vida à dela, precisa perdoar e fazer funcionar", e tudo o mais? Eu conhecia você há um instante, e ela, a minha vida inteira. Mas, ainda assim, não me ocorreu que tinha a mesma importância o fato de não permitir que uma briga com ela arruinasse nossa amizade. Por que eu estava tão ocupada protegendo o cobre que tinha com você, que destruí o ouro que tinha com ela?

"Eu sei, eu sei. 'Por que está despejando tudo isso em cima de mim e não dela?'. Não se preocupe. Eu disse isso a ela, também." Geeta limpou as mãos como se tivesse acabado de terminar uma tarefa doméstica. "Bom, vou indo, então. E, Ramesh?"

Quando ele inclinou a cabeça na direção onde ela estava, perto da porta, Geeta disse:

— Você está errado, eu estou certa, e, com certeza, não sinto muito.

Sua sogra não estava na sala comunal, e Geeta foi embora por conta própria, sem mais despedidas. Saloni estaria esperando com sua lambreta no fim da viela; elas tinham decidido fazer umas compras enquanto estavam na cidade, talvez assistir a um filme ou finalmente ir em busca de um pouco de vinho, e Geeta já a deixara esperando o suficiente. Ao fechar a porta atrás de si, ela vislumbrou mais uma vez a geladeira velha, verde-menta.

A dela era muito mais bonita.

NOTA DA AUTORA

Apesar de Phoolan Devi (nascida Phoolan Mallah) ter sido uma pessoa de verdade, ela viveu uma vida repleta de extremos que vão além da credulidade, tanto que sua lenda adota uma demão cinematográfica, ficcional. Tal aura de mito épico com certeza é intensificada pelas diversas adaptações de sua vida, algumas feitas com seu consentimento; outras, não.

Phoolan começou a vida com uma miríade de desvantagens: nasceu pobre, em uma casta inferior e mulher. Todavia, com pouca idade, ficou nítido para seus pais exasperados que Phoolan não seria nem silenciada nem reprimida. Provavelmente foi por isso que fizeram uma Phoolan muito jovem e obstinada se casar com um homem que tinha o triplo de sua idade, com resultados desastrosos. Depois de se juntar a uma gangue de *dacoits,* ela tanto cometeu como foi sujeita a uma série de crimes. Por fim, entregou-se à polícia e ficou presa por onze anos. Depois de sua soltura, tornou-se membra do Parlamento e foi ativista até 2001, quando acabou assassinada, aos trinta e sete anos.

Como com qualquer pessoa de carne e osso, existem inconsistências e contradições com o que foi visto, o que foi ouvido, o que foi feito. Procurei aderir à autobiografia dela e a relatos embasados, mas havia eventos que Phoolan, compreensivelmente, era reticente em discutir. De fato, sou grata por ela ter compartilhado tudo o que compartilhou conosco em sua autobiografia, *I, Phoolan*

Devi: The Autobiography of India's Bandit Queen.[3] Também tive a sorte de ter acesso a fontes como *India's Bandit Queen: The True Story of Phoolan Devi*,[4] por Mala Sen, e a *graphic novel* lindamente produzida *Phoolan Devi   Rebel Queen*,[5] de Claire Fauvel. Dito isso, quaisquer erros cometidos são unicamente meus.

Invoco o nome e a história de Phoolan muitas vezes no decorrer deste livro e, enquanto escrevia e reescrevia esses trechos, perguntava a mim mesma: *Estou honrando Phoolan ou a explorando?* A primeira opção era minha intenção; a segunda, meu pesadelo. Esforcei-me para atrair a curiosidade dos leitores para a pessoa extraordinária que Phoolan foi, e não a usar como ferramenta unidimensional para ganhar poder enquanto roubava o dela. Ela é idolatrada pelas protagonistas do livro; no entanto, ao prestar uma homenagem, eu estava ciente do fato de que nenhum de nós é inspirado pela história *inteira* de uma pessoa. Phoolan é exemplo de uma alternativa improvável, uma inspiração para qualquer mulher que busca fazer as próprias escolhas em um mundo onde o que lhe é dito — e o que suas circunstâncias confirmam consistentemente — é que os homens farão suas escolhas por ela. Dessa maneira, Phoolan é uma fonte de inspiração para as personagens deste livro, um grupo de mulheres fazendo as próprias escolhas.

As personagens de Geeta e Farah surgiram em minha mente há uma década, quando eu estava visitando meu pai e meu irmão na Índia e fomos até Samadra, no Guzerate, para comparecer a uma reunião de um grupo de microempréstimos em cujo financiamento meu pai estava envolvido. As histórias das mulheres, de empoderamento e livre-arbítrio financeiro eram, é claro, encorajadoras. Mas eu não deixava de me perguntar o que, em uma área rural de um

---

3   "Eu, Phoolan Devi: A Autobiografia da Rainha dos Bandidos da Índia", em tradução livre. Sem edição em português até o momento. (N.T.)
4   "A Rainha dos Bandidos da Índia: A Verdadeira História de Phoolan Devi", em tradução livre. Sem edição em português até o momento. (N.T.)
5   "Phoolan Devi — Rainha Rebelde", em tradução livre. Sem edição em português até o momento. (N.T.)

país patriarcal, poderia impedir qualquer um dos maridos delas, caso optassem por isso, de exercer sua dominância. Empréstimos por si só não erradicavam, não *poderiam* erradicar, a vulnerabilidade feminina. E isso me levou a uma observação desconfortável: aquelas mulheres tinham certa liberdade, mas somente dentro dos âmbitos delineados por homens. Assim, este livro teve início, mas como uma história curta, sem assassinatos, sem caos, com mistérios mínimos.

Durante a quarentena em 2020, voltei às poucas páginas da história e um mundo maior se desdobrou, e Saloni, Preity e Priya juntaram-se a este quadro sortido de mulheres vingativas. Ao me enterrar na ficção, me vi desejando o que incontáveis outras pessoas também desejaram durante a pandemia: felicidade. Encontrei humor, ainda que um humor ácido, esgueirando-se para as páginas. Enquanto procurei abordar com o máximo de respeito e precisão os flagelos da violência doméstica, do ostracismo derivado de gênero/religião/castas, e do patriarcado, acreditei que o humor poderia agir como sustentação e evitar que o livro desmoronasse sob o peso desses assuntos oportunos e preocupantes. O que tornou possível um humor tão mórbido, penso eu, foi a resiliência das mulheres e o poder da irmandade.

O lamentável *status quo* é que as coisas são difíceis para mulheres *em todo lugar*, e as amizades femininas são o que vai nos sustentar pela escuridão e pelo absurdo da vida. Tais conexões, no entanto, nem sempre são formadas com facilidade em um mundo ávido para dividir, marcar e rotular pessoas como "outros". Procurei abordar o conceito nocivo das castas com a personagem irreprimível de Khushi. Dado o escopo contínuo do livro focado em Phoolan Devi, explorar as ramificações de ser uma mulher Dálite na Índia rural não pareceu apenas orgânico, como também fadado a acontecer.

Apesar de os detalhes e nuances diferirem, existem séculos de opressão e violência em cada sociedade. Não há escritos o bastante sobre essas lutas e mortes, e foi e é minha esperança fervorosa que este livro gere uma faísca de curiosidade, que atraia leitores para narrativas daqueles que foram historicamente marginalizados e crie um clamor por mais.

Para mim, a ficção é quando a pesquisa encontra a compaixão; acredito que, muitas vezes, é por isso que fatos não fazem as pessoas mudarem de ideia, mas histórias, sim.

AGRADECIMENTOS

Sou grata a e por:

Minha mãe, Anjana Shroff; meu pai, Pratul K. Shroff; meu irmão, Advait P. Shroff; e o restante de minha família louca e maravilhosa, que me deixou amolá-los constantemente com "só mais uma pergunta". Obrigada, pessoal.

Téa Obreht, cujo amor não para de me fazer voar mais alto.

Minha agente campeã e maravilhosa, Samantha Shea, e meus editores brilhantes, Hilary Rubin Teeman e Caroline Weishuhn; Rahul Soni da HarperCollins India; e Kate Ballard da Allen & Unwin: cada um de vocês tornou esta jornada fabulosa e este livro melhor.

Meus amigos e professores que estão perto e longe, por serem generosos com seu tempo, apoio, risadas e percepções: Elizabeth McCracken, Scott Guild, Cassandra Powers, Lucas Schaefer, Christine Vines, Teresa DiGiorgio, Dan Sheehan, Roxane de Rouen, Freya Parekh, Aashni Shah, Muskan Srivastava, Mohan Kachgal, Sara Ferrier, Ren Geisick, Serena W. Lin, Alex Chee e Mark S. Edwards. Vocês todos são meus bonobos.

As várias escolas de arte que foram gentis o bastante para me dar o presente do tempo e espaço: The MacDowell Colony, Djerassi, Jentel, The Studios of Key West, Kimmel Harding Nelson Center for Arts, e Sangam House. E às mulheres de Samadra, Guzerate, que deixaram que esta intrusa observasse.

Arthur T. Javier, primeiro e melhor leitor, querido amigo e espírito afim. Este livro pertence a nós dois.

E Devin, que teve fé de sobra quando eu não conseguia ter nenhuma.

GLOSSÁRIO

Aavjo: "volte outro dia"; "venha visitar outra vez".

Achaar: termo para conserva tipo picles.

Ambani: empresário mais rico da Índia.

Andolankara: agitador; ativista.

Arre, yaar: equivalente a "ei", "caramba" ou "como assim?".

Baap re baap: "oh!"; "minha nossa!"; "ai, meu Deus".

Bada-bada: muito grande; imenso.

Bahut ho gaya: "é o suficiente"; "já chega!".

Beedi: tipo de cigarro.

Ben: sufixo utilizado para indicar respeito, um termo no sentido de "vovó" ou para se referir a uma mulher mais velha.

Beta: termo afetuoso para se referir a filhos e crianças.

Bey yaar: expressão equivalente a "oh, meu amigo".

Bhabhi: sufixo que indica cunhada ou esposa de um grande amigo.

Bhajan: canções ou cânticos religiosos.

Bhai: sufixo utilizado no Guzerate, estado hindu em que se passa a narrativa. Significa "irmão" e é aplicado depois do nome como sinal de respeito.

Bhangi: subcasta dos Dálites.

Bindi: enfeite tradicional usado na testa.

Bolo: diga algo; fale.

Buri nazar: mau-olhado.

Chaat: aperitivo salgado muito similar ao pani puri.

Chakkar chal: envolvimento amoroso.

Chapati: pão típico indiano.

Charpai: modelo de cama feita de tecido trançado tipicamente indiano.

Che: "caramba"; "eca"; "que coisa".

Choti: pequeno.

Chuhra: termo pejorativo para membros das castas inferiores da Índia.

Churel: termo para uma criatura mítica/ lendária demoníaca e vingativa que se disfarça de mulher para atrair suas presas.

Chut: omisso.

Chutiya: idiota; estúpido.

Dandiya: dança típica indiana que utiliza varetas coloridas durante o festival de Navratri.

Daru: destilado similar ao licor, tradicionalmente fabricado no interior da Índia.

Dhanyavad: obrigada(o); gratidão.

Dharamshala: prédio religioso usado para caridade e também para abrigar viajantes.

Dhat teri ki: uma expressão de choque/ praguejamento.

Dheeli: perdida; arruinada.

Dhokhebaazi: fraude; enganação.

Dhoti: tipo de vestimenta usada por homens.

Diwali: festa religiosa hindu, também conhecida como Festival das Luzes.

Do kaudi ka: de segunda mão, malfeito.

Dost: equivalente a amigo/ amiga.

Dupatta: vestimenta parecida com um longo lenço.

Eid Mubarak: saudação muçulmana em festivais.

Fatafat: rapidamente.

Gadhedi(a): termo ofensivo, burra(o); tola(o).

Garba: dança típica indiana, geralmente apresentada em festivais e outros eventos no Guzerate.

Ghelchoido: idiota; tolo; babaca.

Ghogha: lesma; lerdo.

Gobar: esterco de gado.

Hajj: peregrinação realizada pelos mulçumanos à cidade santa de Meca.

Hera pheri: trabalho sujo.

Jaan: termo afetuoso para amor.

Jalebi: doce tradicional indiano frito, muito similar ao pretzel.

Jannah: o paraíso na religião islâmica.

Japamala: cordão sagrado hindu, equivalente ao terço no cristianismo.

Jawani: juventude.

Jhadu: vassoura de palha.

Jhumka: tipo de brinco.

Ji: sufixo que indica respeito, usado em fim de nomes. Ex: Mamãeji.

Jihad do amor: termo utilizado por grupos hindus de extrema-direita para pedir a proibição de casamentos de mulheres indianas com mulçumanos.

Kabaddi: jogo infantil no qual é necessário atravessar o território do time oposto enquanto se recita o nome da brincadeira, sem parar para tomar fôlego.

Kaju katli: doce tradicional indiano preparado com castanha-de-caju e açúcar.

Kharabi: culpa; falha.

Khichdi: prato preparado com arroz e lentilhas.

Kismet: destino.

Kurta: tipo de vestimenta.

Ladoo: doce tipicamente servido em festivais religiosos na Índia. Feito com farinha de grão-de-bico torrado, manteiga ghee e açúcar.

Lakmé: sacerdotisa protagonista de uma ópera em três atos, de mesmo nome, que se passa na Índia.

Lassi: uma bebida gelada de origem indiana, preparada com iogurte, água e especiarias. Pode ser tanto doce quanto salgada.

Lathi: tipo de cassetete usado pela polícia.

Maharani: termo feminino utilizado para a realeza indiana, equivalente a "rainha".

Masi: sufixo equivalente a "tia". Ex: Geetamasi.

Mangalsutra: colar que o noivo amarra em torno do pescoço da noiva em cerimônias de casamento indianas.

Mehndi: tatuagem temporária feita de hena nas mãos das noivas.

Mukhwas: tipo de petisco consumido pós-refeição preparado com sementes e castanhas.

Mukkabaaz: brigão; encrenqueiro.

Namaskar: variação mais formal de "namastê".

Nath: acessório usado por noivas indianas no nariz, parecido com brinco.

Navratri: festival hindu.

Offo: "meus deuses"; "caramba".

Paan: mistura de tabaco, noz-de-areca triturada e cal, enrolada em folha de bétele. Conhecida por seu efeito estimulante e prejudicial à saúde.

Pah!: onomatopeia usada para demonstrar desgosto, desagrado, desdém ou desprezo.

Paisa: moeda divisionária que corresponde à centésima parte de uma rupia. Plural: paise.

Pallu: parte decorativa do sári.

Panchayat: conselho do governo existente em vilarejos indianos.

Pani puri: tipo de salgado frito recheado.

Pheras: os votos matrimoniais sagrados.

Prasad: oferendas religiosas do hinduísmo.

Prayashchit: expiação; redenção.

Puja: rituais de oração/ celebração do hinduísmo.

Punditji: sábio; conselheiro.

Purdah: prática de impedir que mulheres sejam vistas por homens que não são da família próxima.

Ram Ram: cumprimento tipicamente indiano.

Randi halkat: vagabunda atrevida.

Randi: vagabunda.

Rangoli: decoração feita geralmente nas entradas das casas, com desenhos geométricos, mandalas ou outras figuras, utilizando pós coloridos.

Rishtaa: casamento arranjado; proposta de casamento.

Roti: outro termo para chapati.

Rupia: dinheiro corrente na Índia.

Salaam: saudação tipicamente muçulmana.

Salwar-kameez: traje tradicional feminino que inclui vestido e calça.

Samosa: prato indiano feito de massa frita recheada. Similar ao nosso pastel.

Sanskaar: conjunto de filosofias indianas.

Satyagraha: movimento introduzido por Mahatma Gandhi, que defende o protesto em busca da verdade sem o uso violência.

Shabash: termo equivalente a "parabéns".

Shehnai: instrumento musical de sopro, similar ao oboé.

Sidhi-sadhi: mulher decente.

Sikh: grupo etnorreligioso que segue o siquismo.

Solah shringar: "dezesseis acessórios nupciais" que uma noiva indiana precisa usar no dia de seu casamento, acompanhados de dezesseis rituais que a mulher deve seguir ao se preparar.

Subji: prato típico preparado com vegetais cozidos e temperos.

Su-su: xixi.

Tamasha: confusão.

Tauba tauba: expressão usada para demonstrar surpresa ou objeção diante de algo considerado negativo.

Teen patti: jogo de cartas.

Thali: prato grande, similar a uma bandeja, no qual são servidas as refeições indianas.

Thappad: bofetada.

Tharra: bebida parecida com o daru, mas produzida de maneira ilegal.

Tutti: cocô.

Undhiyu: prato típico da região do Guzerate, preparado com vegetais mistos e especiarias.

Ya'Allah: expressão árabe equivalente a "Meu Deus!", "Deus do céu!".

Yahan, wahan: aqui e lá.

Yuvraj: príncipe; herdeiro do trono.

Primeira edição (agosto/2025)
Papel de miolo Luxcream 60g
Tipografias Adobe Kis VF e Brice
Gráfica LIS